Les petites filles

Julie Ewa

Les petites filles

ROMAN

Albin Michel

COLLECTION « SPÉCIAL SUSPENSE »

« Les filles sont nées pour souffrir,
dommage qu'elles ne soient pas des garçons. »

Xinran

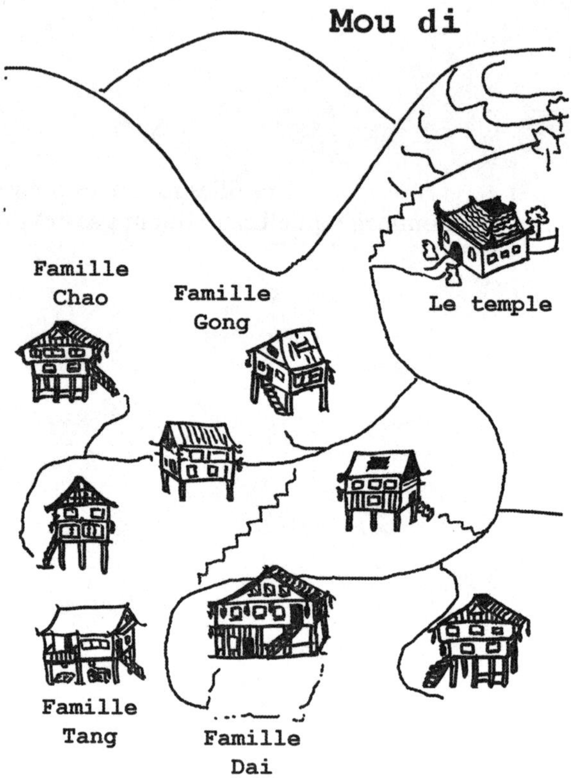
Mou di
Famille Chao
Famille Gong
Le temple
Famille Tang
Famille Dai

Prologue

20 septembre 1991

POUSSER, souffler, crier, pousser.

– Écarte donc ces jambes ! ordonna sa belle-mère.

D'une poigne de fer, elle lui attrapa les cuisses pour l'immobiliser. Ses ongles sales et pointus s'enfoncèrent dans la peau, lui arrachant un hurlement furieux.

– Tais-toi, ingrate ! Si tu gesticules comme un ver, tu ne pourras pas lâcher le morceau.

Li-Li Dai serra les dents, en poussant de toutes ses forces. La jeune femme était nue, étendue sur le plancher, le ventre tiraillé par d'affreuses douleurs. De fortes odeurs organiques avaient envahi la pièce, et un nuage de moustiques voltigeait au plafond. Les insectes assoiffés se préparaient à planter leur dard dans cette chair moite et tiède.

– Poussez !

À côté d'elle, la sage-femme lui appuya sur l'utérus, en grondant comme un tracteur. Rien à faire, le marmot ne sortait pas. Li-Li endurait ce supplice depuis plus d'une heure pour la quatrième fois de sa vie.

– Fais un effort, bonne à rien !

À chaque nouvel accouchement, sa belle-mère se montrait plus hargneuse. Elle la traitait de tous les noms, en lui flanquant des gifles. La furie était replète, aux traits sévères et hideux, et surtout, elle n'avait aucune indulgence pour une « épouse inutile ».

Penchée au-dessus de Li-Li, la sage-femme s'énerva :

– On n'y voit vraiment rien ! Il faut ouvrir les volets, madame Dai !

– Hors de question ! rétorqua la belle-mère. Je ne laisserai pas le voisinage profiter de ce spectacle !

Elle alla chercher un bougeoir et approcha la flamme vacillante de la bouche rouge et visqueuse, béante entre les cuisses. Du liquide amniotique avait coulé sur le drap qui protégeait le plancher.

Pousser, souffler, pousser.

Li-Li hurla à nouveau, et son corps tressaillit violemment. Une sensation de brûlure lui avait fouetté le pubis.

Effrayée, elle plaqua sa main droite sur la zone douloureuse, où une matière molle et chaude durcissait entre ses poils.

« Abrutie ! » pensa-t-elle.

Sa maudite belle-mère avait renversé de la cire sur ses parties génitales. Maladresse ou méchanceté ?

– Écartez-vous de là ! ordonna la sage-femme. Vous allez blesser le bébé !

La tête du nourrisson venait d'apparaître entre les lèvres, déchirant en même temps le bas de la vulve.

Sous les ordres de la ventrière, Li-Li contracta son vagin, en poussant un cri rauque.

– Nous y sommes ! se réjouit la sage-femme.

Le crâne était passé, aussi chauve qu'un œuf de poule. Maintenant, le bas-ventre de Li-Li expulsait un maigre corps, parsemé de caillots. En moins de trente secondes, son sexe ensanglanté avait régurgité l'enfant.

Sans aucune délicatesse, la sage-femme lui attrapa les deux pieds et le laissa pendre dans le vide, pour le montrer à la belle-mère. Mme Dai grimaça de dégoût, tandis qu'un braillement déchirait l'air.

Aussitôt, Li-Li se redressa et jeta un œil angoissé en direction du bébé.

« Pitié... pitié... »

Mais les dieux n'étaient pas avec elle.

À la vue du nourrisson, sa bouche se tordit de douleur. Elle trembla de tous ses membres, avant d'éclater en sanglots.

– Tu es une bonne à rien ! s'exclama méchamment la belle-mère. Tu as encore gâché neuf mois !

I

« Dans ces villages miséreux, ne pas avoir de fils ou de petit-fils était plus grave que de ne pas avoir de maison ou de terre. »

Xinran

1

20 septembre 1991

SUN TANG avait les pieds dans l'eau.

Ses bottes étaient usées, trouées, mais elle n'avait que celles-là. Depuis deux heures, elle se penchait, donnait des coups de faucille, et récoltait les panicules de riz. À chaque mouvement, un cri étouffé sortait de sa bouche. Elle avait mal, très mal. La chaleur l'assommait, et malgré son chapeau en bambou, elle était prise d'étourdissements.

– Rrrrrr...

Un peu plus loin, la vieille Zhen venait de pousser un grognement. La pauvre femme était presque accroupie dans la bouc, suante et les habits terreux. Un foulard enroulé autour du crâne, elle soufflait comme un âne à l'agonie.

– Madame Gong...

Sun fit un pas vers elle, mais la vieille lui tourna le dos, dans une totale indifférence. Cela n'avait rien d'étonnant. Depuis la mort de son mari, quatre ans plus tôt, Zhen Gong ne parlait à personne et n'aimait que son fils. Elle ne mettait le nez dehors qu'en automne, quand les femmes du coin moissonnaient. Le reste du temps, elle endossait le costume de la matriarche tyrannique, et persécutait sa belle-fille à longueur de journée.

Sun Tang s'immobilisa et leva les yeux vers le village.

Construit à flanc de montagne, Mou di était entouré d'innombrables rizières en terrasses, qui semblaient dégringoler comme des cascades en gradins. De tous côtés, des monts boisés jaillissaient vers le ciel, masqué par les brumes matinales.

Sun habitait là depuis plus de six ans, et pourtant elle trouvait ce paysage toujours aussi grandiose et surréaliste.

Elle posa une main sur son ventre bombé.

– Je sais que tu n'aimes pas, murmura-t-elle, mais je n'ai pas le choix. Tu comprends ?

Comment aurait-il pu comprendre, il n'était même pas né ! Depuis plusieurs jours, Sun sentait que son état se dégradait, comme si son ventre allait se déchirer pendant l'effort. Sous son nombril, le futur nouveau-né se débattait, alors que sa mère refusait de prendre du repos. Car même à huit mois et demi de grossesse, Sun avait l'obligation de travailler dans les rizières, et ce dimanche compris.

– Maman ! Maman !

Les cris de Chi-Ni alertèrent la jeune femme. Plus haut sur la colline, sa fille de six ans faisait de grands gestes pour attirer son attention.

Ce n'était pas bon signe… Chi-Ni ne dérangeait jamais sa mère au moment des récoltes.

– Maman, viens vite !

Sun laissa tomber sa gerbe de riz, avant de se précipiter vers le village sous l'œil intrigué de la vieille Zhen. Cent mètres plus haut, elle saisit l'épaule de sa fille, qui semblait à deux doigts de pleurer.

– Chi-Ni, que se passe-t-il ?

La petite tremblota en entrouvrant la bouche. Sun l'avait rarement vue dans cet état. Chi-Ni était une enfant courageuse, qui savait surmonter ses peurs.

– Ma chérie, je suis là, réponds-moi !

– Des cris… j'ai entendu des cris !

2

20 septembre 1991

SUN TANG abandonna Chi-Ni au bord du chemin en lui défendant de la suivre.

– Laisse-moi venir avec toi ! supplia la fillette.

– Non, rentre à la maison, je te rejoins tout à l'heure !

Chi-Ni s'immobilisa, les lèvres pincées. Derrière sa frange un peu trop longue, sa frimousse débordait d'inquiétude.

– Allez, file ! insista Sun. Va jouer dans ta chambre !

La jeune mère pressa le pas vers la maison de ses voisins, perchée sur des pilotis.

Rapidement, elle entendit les hurlements d'une femme lacérer le silence. Les plaintes semblaient jaillir d'une fenêtre entrouverte, sous les toits.

« Li-Li est en train d'accoucher ! »

Sun et sa voisine s'étaient retrouvées enceintes à la même période, il y a presque neuf mois. Contrairement aux autres paysannes, Li-Li ne travaillait pas dans les rizières, mais passait la majeure partie de son temps à s'occuper du bétail de son mari, le seul éleveur du village. Dans l'ensemble, Sun et Li-Li avaient des vies similaires : pauvres, laborieuses, conditionnées jusqu'à l'os par les traditions ancestrales. Pourtant, une différence capitale subsistait : Sun avait une fille, tandis que Li-Li n'avait pas d'enfant malgré trois grossesses successives.

Toutes les fins d'après-midi, les deux amies se retrouvaient devant une tasse de thé pour échanger des conseils. Elles cherchaient un moyen efficace de mettre au monde un fils. Quelles plantes étaient recommandées ? Existait-il des formules miracles pour influencer le sexe du bébé ? Leur rituel avait duré des semaines, toujours à l'abri du regard de leurs maris. Après leurs journées de travail, les deux femmes savouraient ces courtes pauses avec délectation, en appréciant chaque gorgée de thé. Au fil du temps, le breuvage avait pris un goût de liberté et de transgression.

L'esprit agité, Sun pénétra dans l'arrière-cour de la famille Dai, où un âne dormait devant la maison. Entièrement en bois, la bâtisse était surélevée de deux mètres environ, l'espace entre les pilotis servant d'abri aux porcs et aux poulets. La journée, les animaux vagabondaient librement dans la boue, au milieu d'excréments et de déchets alimentaires.

Sans attendre, Sun grimpa les escaliers qui menaient à l'entrée. Une affiche rouge ornée d'effigies sacrées avait été placardée sur la porte, pour attirer la chance. Sun poussa énergiquement le battant, avant de se retrouver nez à nez avec le gros Kun, le colosse despotique qui avait épousé Li-Li.

– Que faites-vous ici, Sun Tang ?

Le tyran se frotta la barbe, éjectant quelques miettes qui nichaient entre les poils. Son chandail décousu sentait le cochon.

– Puis-je apporter mon aide ?

– Notre accoucheuse se débrouille à merveille. Merci tout de même.

À peine eut-elle le temps de reculer d'un pas que Kun Dai claqua la porte.

« Toujours aussi courtois », pensa la jeune mère avec ironie.

Le molosse de cent vingt kilos était l'archétype du mari tout-puissant. Le couple avait célébré son union il y a quatre ans, mais le mariage avait été arrangé depuis leur jeunesse. Comme beaucoup de femmes chinoises, Li-Li vivait dans une parfaite soumission, obéissant au doigt et à l'œil à un époux qu'elle n'avait jamais aimé, mais qu'elle devait honorer et servir, comme le préconisait Confucius. Après son mariage, elle avait quitté sa famille et ses amis pour accomplir le devoir de toute femme qui se respecte : satisfaire son mari en lui donnant un fils.

Malheureusement, la chance ne lui avait pas souri. En trois ans, trois filles. Elle avait trahi tous les espoirs de son impitoyable époux… Cette quatrième tentative serait-elle fructueuse ? Li-Li n'avait pas le droit à l'erreur : sa belle-famille s'impatientait.

En haut des escaliers, Sun fixa la porte close avec désarroi. Les gémissements de Li-Li traversaient les planches…

Et si elle insistait pour entrer ?

« Non, Kun ne te laissera pas faire. »

Dans les bourgades, les accouchements avaient souvent lieu au sein d'un cercle restreint et impénétrable : le couple, les beaux-parents, voilà tout. Seules les sages-femmes étaient autorisées à percer l'intimité des familles.

Consciente qu'elle n'avait pas le choix, Sun prit son mal en patience et s'assit sur une marche.

Elle n'avait plus qu'à attendre.

Attendre et prier pour qu'il s'agisse d'un garçon.

3

8 janvier 2013

– TRÈS BIEN, mademoiselle, il ne nous manque plus qu'une signature.

Lina fixa la feuille, l'air désorientée. Juste une signature, et l'aventure commençait.

Elle griffonna une large marque, un L entremêlé d'un S qui piquait vers le ciel. Lina Soli. Soli comme « solitaire ». Ou « solide ». Deux adjectifs qui la caractérisaient bien. À vingt-trois ans, Lina était sans famille, et ce depuis ses quinze ans. En grandissant, elle n'avait connu aucune relation sentimentale. Ce n'était pas faute d'être jolie, mais aucun rêve exalté ne l'avait jamais envahie. À vrai dire, elle n'en avait pas eu le temps. Un drame lui avait volé son adolescence et enlevé le goût des chimères. Son cœur était aigri et crevassé, une « morne plaine » comme disait son meilleur ami. Plutôt une morne peine au quotidien.

– Un problème vous tracasse ?

Lina leva les yeux. Tracassée ? Le mot était faible.

Son interlocutrice la dévisagea avec insistance. L'étudiante desserra les lèvres, mais ne dit rien. Elle secoua la tête et partit.

Elle avait signé.

En juillet, elle rejoindrait le sud de la Chine pour un séjour de dix mois, dans le cadre de ses études.

S'en aller, s'enfuir, décamper. Voilà longtemps que Lina en rêvait ! Après des années de galère, elle avait décidé d'oublier ou, à défaut d'une mémoire arrangeante, d'essayer de panser les plaies.

Lina poussa la porte du Patio, un bâtiment universitaire où elle suivait ses cours de chinois. À l'extérieur, le froid la glaça.

La jeune femme n'aimait pas cette période de l'hiver. Au centre-ville, les derniers vestiges du marché de Noël évoquaient un squelette congelé sur la voie piétonne. Les trottoirs dégoulinaient de neige fondue, aussi noirâtre que pâteuse. Cette crasse engluait les semelles.

Lina s'aventura dans les rues de Strasbourg, en jalousant les nomades du désert tibétain.

À deux pas, la cathédrale surplombait les maisons, sa flèche noyée dans une nappe de brouillard. Tout semblait triste en cette fin d'après-midi. Tout sauf peut-être le spectacle qu'offrait la crèche pour enfants, au rez-de-chaussée du bâtiment d'en face. Derrière la baie vitrée, des bambins vagabondaient à quatre pattes, çà et là, entre les jouets. Leurs mines concentrées ou joyeuses se coloraient d'émerveillement, au gré de leurs rencontres. Sourires, grimaces, regards interloqués. Un cortège d'émotions.

En les observant, Lina eut un pincement au cœur. Elle pensa aux autres enfants, les « siens », comme elle se plaisait à le dire. Emmurés dans un hôpital, certains n'en sortiraient probablement jamais.

Il y a cinq ans, Lina avait intégré les Blouses roses, une association consacrée aux malades et aux personnes âgées des établissements médicaux. Aux côtés d'autres bénévoles, elle passait deux demi-journées par semaine à l'hôpital de Hautepierre, où elle s'occupait d'enfants hospitalisés.

Au départ, la jeune femme s'était engagée par besoin de se détourner d'elle-même, en se consacrant aux autres. Elle avait passé de fabuleux moments auprès de ses petits malades, en essayant à chaque visite de leur communiquer une joie de vivre qu'elle avait peu à peu perdue. Car, avec un tel investissement, le quotidien de la Blouse rose n'était pas des plus drôles. Cancer, sida, paraplégie, les pires horreurs avaient croisé sa route. Au fil des années, son investissement était devenu maladif. L'étau dans sa gorge se resserrait vicieusement, la privant d'oxygène. Elle avait choisi cette vie, mais cette vie l'avait progressivement asphyxiée. Elle brûlait de l'intérieur, à petit feu…

« Réveille-toi ! avait crié une petite voix dans sa conscience. Reprends ta vie en main, ton cœur tombe en morceaux. »

Lina accéléra le pas en direction de son studio, un dix-huit mètres carrés place Gutenberg.

En juillet, elle prendrait un avion pour Canton, en plein delta de la rivière des Perles. Là-bas, elle rejoindrait les bancs de l'université de Sun Yat-sen pour perfectionner son chinois.

Son téléphone vibra à l'intérieur de sa poche. L'appel venait de Marc, son meilleur ami, un rêveur philanthrope membre lui aussi des Blouses roses.

– Alors, ma grande, c'est définitif ?

– Eh oui… j'ai signé. Dans six mois, je pars en Chine.

– Il était vraiment temps que tu t'en ailles.

Lina sourit. Elle savait que dans le fond, il était très inquiet de la voir partir seule.

– Ne dis pas ça, je vais te manquer.

– Beaucoup trop.

Le cœur de Lina se pinça, alors que son meilleur ami soupirait. Marc aussi allait lui manquer. À Strasbourg, il était son plus grand soutien, et même sa seule famille.

Quand elle eut raccroché, Lina leva la tête vers le ciel et respira à pleins poumons, les pieds engourdis.

Des flocons se mirent à virevolter.

4

20 septembre 1991

LES CHEVEUX de Sun étaient sombres comme de la suie. Elle les gardait toujours attachés, quelles que soient les circonstances. Ses grands yeux noirs en amande rehaussaient un visage pâle et effilé semblable à celui d'une geisha japonaise. Selon les hommes du village, elle était aussi belle qu'une fleur de prunier… mais pour ses vingt-trois ans, ils la trouvaient beaucoup trop dégourdie et contestataire. « Plus une femme est stupide, plus elle sera vertueuse », prônait une devise chinoise. Or Sun bravait beaucoup trop l'autorité de son mari.

Toujours assise sur l'escalier, elle tendit l'oreille. Les bruits diminuaient. Elle patientait depuis plus d'une demi-heure, le temps pour le soleil d'atteindre son zénith.

Depuis son poste, elle pouvait embrasser d'un seul regard le village de Mou di. Au cœur d'un moutonnement de montagnes, les maisons sur pilotis étaient rudimentaires et délabrées, presque amassées les unes sur les autres. Le village épousait l'inclinaison vertigineuse de la pente, et les habitations avaient été construites à des hauteurs différentes. Entre elles, plusieurs chemins de terre serpentaient jusqu'aux rizières, comme autant de dragons fougueux et indomptables. Pour traverser Mou di, les villageois devaient gravir plusieurs escaliers de pierre ou emprunter des ponts de bambou enjambant la rivière.

Le silence se fit. Sun sursauta quand la porte s'ouvrit.

– Encore là ? s'exclama Kun avec mépris.

Le mari dévala les marches aux côtés de son père, une pipe à la main. Les deux hommes s'éloignèrent dans la cour pour fumer.

Sans attendre d'autorisation, Sun se glissa à l'intérieur et rejoignit la pièce à vivre. Immédiatement, une odeur désagréable lui agressa les narines. Un mélange de sang et de nourriture.

Une sage-femme se trouvait là, accroupie sur le sol. Son tablier était couvert de taches rouges et grumeleuses. La pièce était chaotique : des résidus de repas traînaient sur une table, au milieu d'ustensiles de ménage et de sacs de riz.

En apercevant Sun, la sage-femme rougit légèrement, sans doute embarrassée. Aucun gazouillis de bébé n'égayait l'atmosphère.

Qu'en était-il de l'accouchement ?

Soudain, la belle-mère de Li-Li entra dans la pièce, d'un air las. Courbée et rondouillette, elle tenait un vieux seau en métal entre les bras. Elle posa le seau sur un buffet de cuisine, près d'un portrait de Mao au sommet de sa gloire. Ensuite, elle donna une enveloppe à la sage-femme, qui s'empressa de quitter les lieux avec son salaire.

– Madame Dai, osa Sun d'une voix faible, je m'inquiète pour mon amie. Comment va-t-elle ?

La quinquagénaire la toisa avec suspicion. Elle faisait penser à une grue un peu trop grasse, le genre d'oiseau au ventre mou et flasque dont les plis pendouillaient à chaque mouvement.

– Elle se repose dans la chambre.

La belle-mère s'essuya la main avec un torchon, avant de s'affaler dans un siège en rotin. Sun remarqua des filets de sang sur ses genoux.

– Et le bébé, il va bien ?

– De quel bébé parlez-vous ?

– L'accouchement...

– Il n'y a aucun bébé, coupa la belle-mère d'un ton sec.

Sun écarquilla les yeux. Aucun bébé ? Li-Li avait-elle fait une fausse couche ?

La belle-mère soupira. L'expression de son visage était indescriptible, mélange de souffrance, d'accablement et de résignation.

Un sentiment de panique gagna Sun.

– Madame Dai, où est le bébé ?

La jeune femme avait détaché chaque syllabe, en espérant intimider la belle-mère. Mais celle-ci grinça des dents.

– Ce n'était pas un bébé, juste une fille.

Et sous l'œil horrifié de Sun, elle désigna le seau posé sur le buffet. Sun s'approcha d'un pas, puis recula brutalement, manquant de trébucher.

Une main minuscule dépassait du seau en métal. Une main qui remuait encore.

5

22 juillet 2013

L'ENFANT était allongé sur le lit, sous un léger drap blanc. Sa figure était émaciée et ses maigres épaules laissaient entrevoir la forme de ses os. Sur le dos de sa main, une perfusion lui administrait des antibiotiques et des antalgiques, pour pallier la douleur.

Au tirage au sort des naissances, Albin n'avait pas fait bonne pioche. À peine six années sur cette terre et déjà une leucémie. Seul au milieu de la chambre d'hôpital, il semblait chétif, souffrant, perdu.

Quelqu'un toqua à sa porte. Aussitôt, une jeune femme entra, vêtue d'une longue blouse rose ornementée d'un cœur.

Le visage de l'enfant s'illumina.

– Lina !

– Bonjour, Albin, répondit-elle d'une voix claire, je peux m'asseoir ?

Le garçon articula un « Oui », l'air endormi. Il avait du mal, sous le poids de la fatigue, à garder ses paupières ouvertes.

Lina s'assit sur une chaise, au pied du lit. Les murs de la chambre étaient joliment décorés : des dessins, des posters et des stickers d'animaux. Un ours en peluche était posé sur une table, à côté de la pompe à perfusion.

– Tu es venue me dire au revoir ? demanda Albin d'une voix triste.

Elle sentit son cœur se serrer.

– Oui, je dois m'en aller.

– Tu dois t'envoler, rectifia le garçon.

– Tu as raison, c'est ce que font les fées, non ?

Albin hocha la tête, en fixant du regard celle qui lui rendait visite chaque semaine depuis six mois. Un chignon blond comme les blés, une frange rebelle, un visage anguleux et de grands yeux bleus. Tous les enfants de l'hôpital la comparaient à la fée Clochette.

– Tiens, je t'ai apporté un cadeau.

Elle lui tendit un livre, qu'il prit en se réjouissant :

– Les aventures de Peter Pan, avec le capitaine Crochet !

– Comme ça tu penseras à moi, mon petit pirate !

Elle déposa un baiser sur son front, tandis que l'enfant luttait pour ne pas fermer les paupières.

– Moi aussi j'ai un cadeau ! dit-il en lui donnant un dessin.

Au crayon pastel, Albin avait tracé un long rectangle gris, représentant la Muraille de Chine. Des montagnes se dressaient, presque fluorescentes, tandis que le ciel était parsemé de nuages en forme de cœur. Albin s'était dessiné au milieu du croquis, un sourire aux lèvres et flottant dans les airs. Il tenait la main d'une jolie fée au chignon jaune, qui semblait lui montrer la voie.

Lina caressa le papier, en proie à une vive émotion. En cinq ans d'engagement associatif, jamais elle n'avait noué une aussi belle relation.

– Le jour où ton voyage sera fini, tu reviendras me voir ? demanda-t-il d'une petite voix.

– Je te promets !

En même temps qu'elle prononçait ses mots, sa gorge se noua. Elle savait qu'à son retour, dans un an, Albin ne serait peut-être plus de ce monde. Avant lui, d'autres « enfants perdus » avaient déjà rejoint le pays imaginaire.

– Tu restes un peu ? implora Albin en lui prenant la main.

– Je vais attendre que tu t'endormes.

Soulagé, l'enfant tourna la tête vers la fenêtre, l'esprit égaré dans un monde de pirates et de magie. La voix de Lina le berça doucement :

– Rêve ta vie en couleur, c'est le secret du bonheur ! Rêve que tu as des ailes, hirondelle ou tourterelle, et là-haut dans le ciel, tu t'envoles, tu t'envoles, tu t'envoles…

Quand l'enfant se fut assoupi, Lina quitta la chambre, les yeux humides. Dans ces moments-là, elle rêvait de pouvoir tout réparer avec de la poussière de fée.

6

20 septembre 1991

COUCHÉE SUR LE LIT, Li-Li avait les yeux mouillés. Ses joues étaient bouffies, cireuses, empâtées, et ses cheveux noirs et courts dégoulinaient de sueur.

Autour d'elle, la chambre était sens dessus dessous. Des draps sales et rouges de sang traînaient sur le sol, au milieu de vêtements et de chiffons. Au mur, quelqu'un avait arraché les formules destinées à attirer la chance...

– Je ne l'ai même pas prise dans mes bras, murmura Li-Li d'une voix chevrotante, j'ai à peine vu ma fille.

Sun s'assit au bord du lit et lui prit la main. Elle avait vécu plusieurs fois cette scène, ces quatre dernières années. À chaque fois, aucune parole n'était suffisamment réconfortante. Li-Li faisait partie des femmes chinoises écorchées par le deuil, dont on avait tué les indignes nourrissons.

– Je suis vraiment désolée.

Li-Li fondit en larmes. Une douleur intolérable lui perçait la poitrine.

Quatre fois... c'était trop.

Qu'avait-elle fait pour hériter d'un si mauvais karma ? Elle avait perdu chacun de ses enfants, avant même d'avoir croisé leur regard.

Affligée, Sun épongea le front de son amie avec un linge prévu à cet effet. La peau de Li-Li était moite, bouillante, comme si une forte fièvre la submergeait.

La paysanne renifla. Elle avait honte de pleurer, c'était un signe de faiblesse.

– Mon bébé devait être un garçon, le chaman s'est trompé.

– Le chaman s'est trompé, répéta Sun le cœur pincé.

Au mois d'avril, les deux femmes étaient parties dans la forêt, à la rencontre d'un sorcier. Reclus dans une grotte, le curieux homme prétendait voir l'avenir en secouant des os de bêtes. Son présage pour les deux femmes était plus que positif :

– Vous allez toutes les deux mettre au monde un fils ! avait-il clamé en roulant des yeux.

Ce message avait eu l'effet d'une véritable délivrance. Toutes les femmes rêvaient d'un héritier mâle pour leur mari. Trop de filles mouraient étouffées avant leur premier cri.

– Kun va me détester, se lamenta Li-Li en s'essuyant les yeux, il va penser que je suis faible, il va vouloir adopter. Tu sais ce que tout le monde dit : les filles sont inutiles, elles n'attirent que des ennuis. Une fille est un morceau de chair superflu. Une fille n'est rien.

– Arrête ! Tu sais comme moi qu'ils ont tort.

– Tu dis ça à cause de Chi-Ni ?

– J'aime ma fille.

Un rire nerveux s'empara de Li-Li.

« J'aime ma fille, j'aime ma fille », ces paroles résonnèrent plusieurs fois dans son esprit, comme un écho lointain mais insupportable. Une énorme rancœur venait de l'assaillir.

– Toutes les femmes n'ont pas ta chance, Sun, tu es une privilégiée.

– Je sais, mon mari a un bon fond.

– Lu-Pan est comme les autres ! Si tu accouches d'un garçon, tu retrouveras Chi-Ni dans un ravin. Tu ne pourras pas garder ta fille, tu entends ?

Sun secoua la tête, frémissant d'indignation. Li-Li n'était plus la même. Son corps tremblait comme une feuille, elle avait le regard noir, débordant de colère et de désespoir. Où était passée la femme posée et joyeuse de ces dernières semaines ? Où étaient leur complicité, leur connivence, leur amitié ?

– Tu te trompes. Jamais mon mari ne ferait de mal à Chi-Ni. Elle n'a que six ans et Lu-Pan n'a jamais levé la main sur elle. Quand le bébé naîtra, nous serons quatre, en dépit des lois.

Li-Li la dévisagea sans rien dire. « Trop d'illusions… », pensa-t-elle avec chagrin.

– Je m'en vais, Li-Li, tu dois te reposer.

Sun épongea le front de son amie une dernière fois, puis elle quitta la chambre, avec l'impression de suffoquer.

Il n'y avait plus personne dans la pièce à vivre. Tout semblait mort et suspendu, l'accablement paralysait le temps.

Sun se pinça le nez pour rejoindre le couloir. La chaleur accentuait l'odeur fétide de nourriture et de sang.

Sur le buffet, le seau en métal appela son regard. Sun aperçut à nouveau la minuscule main fripée.

Mais elle ne bougeait plus.

7

25 juillet 2013

LINA DÉTESTAIT l'avion. Elle s'y sentait enfermée, comprimée, oppressée. Monter à bord de cet espace clos et sans chaleur lui donnait l'impression d'entrer dans une boîte en métal qu'un géant allait secouer férocement, comme une bombe de chantilly. Comment survivre dix heures d'affilée dans les airs, la frousse au ventre et le cœur battant ? Si elle n'avait pas programmé ce périple depuis des mois, elle aurait pris la poudre d'escampette. Alors pour apaiser ses angoisses, Lina avait englouti quatre calmants dans le TGV Strasbourg - Charles-de-Gaulle. À l'origine, le médecin les lui avait prescrits pour atténuer son stress en période d'examen. Mais avec le temps, elle avait fini par les avaler régulièrement, jusqu'à se faire traiter de « junkie » par son meilleur ami Marc.

« En Chine, tu arrêtes les médocs », s'était-elle juré ce matin, en buvant son café. Si elle n'enterrait pas ses vieux démons au cours de ce voyage, elle en perdrait définitivement l'occasion. En plus, la Chine regorgeait de médecins biscornus, aux potions insolites à base de serpents et d'insectes. Parmi leurs étranges mixtures, n'avaient-ils pas des remèdes à l'anxiété ?

Sur le siège voisin, un Chinois trentenaire jouait avec ses doigts. Il lui fit un sourire aguicheur, elle détourna le regard.

« Tu peux toujours courir ! »

Lina était un véritable Jedi en matière d'hormones : une femme imperturbable, qui excellait dans l'art de rembarrer les misogynes. D'ailleurs, le seul homme qu'elle arrivait à supporter était son meilleur ami, parce qu'il ne l'avait jamais regardée comme un morceau de viande fraîche. Et pour cause : Marc était homosexuel.

Une voix résonna dans les haut-parleurs :

– Mesdames, messieurs, bonjour, mon nom est Henri Hoerdt, votre chef de cabine. Bienvenue à bord de ce vol à destination de Pékin…

À l'avant, les derniers passagers venaient de s'engouffrer dans le Boeing, happés par la fraîcheur. La plupart étaient encore dégoulinants de sueur, sous l'effet des vingt-sept degrés de ce mois de juillet.

Confortablement installée sur son siège, l'étudiante saisit son sac à main et fouilla machinalement à l'intérieur. Elle en sortit une vieille photographie, le portrait d'une femme âgée de quarante ans.

Lina effleura le cliché du bout des doigts. « Tu vois, Maman, je t'emmène avec moi. »

Son cœur se serra, tandis que les souvenirs de son passé revenaient la hanter.

Enfant, Lina vivait avec sa mère, dans un appartement exigu de Strasbourg. Elle n'avait jamais connu son père mais leur quotidien était paisible et Lina s'en contentait. Tout semblait aller pour le mieux, quand sa vie avait basculé du jour au lendemain. Le 2 novembre 2005, sa mère avait ouvert la fenêtre et sauté dans le vide. Sixième étage, pas de miracle. Après un saut de cette hauteur, le corps n'était plus rien qu'un tas de chair à l'arrivée. Les os brisés, la peau lacérée. Même le cerveau avait giclé comme de la gélatine. Le temps que les pompiers débarquent, l'innocence de Lina s'était carapatée.

Comment se reconstruire après une telle tragédie ?

Les psychologues n'avaient rien pu faire : Lina avait gardé l'image de ce corps sanguinolent sur sa rétine, passant des nuits cauchemardesques au foyer. Et puis elle avait dû avancer. Parce que dans la vie « *mei banfa* », on n'a pas le choix, on doit faire avec.

Le moteur de l'avion ronfla, tandis que l'engin se dirigeait vers la piste.

Pendant qu'elle rêvassait, le chef de cabine avait annoncé l'imminence du décollage. Lina s'agrippa aux accoudoirs, en proie à une vive émotion.

« Nous y sommes », pensa-t-elle en scrutant la piste.

L'avion s'éleva dans les airs.

8

20 septembre 1991

Les rumeurs s'étaient répandues au village comme une traînée de poudre. Un mari furieux, une belle-mère indignée, un bébé étouffé. L'histoire avait de quoi alimenter les conversations des quinze prochains jours. Pourquoi Li-Li Dai s'obstinait-elle à mettre au monde des filles ? Pour échouer à quatre reprises, il fallait vraiment être une mauvaise épouse !

Vers 16 heures, Kun Dai ordonna à sa femme de se rendre au temple pour implorer Bouddha. Li-Li était épuisée, mais elle n'osait jamais désobéir.

En empruntant une ruelle pavée et grimpante, bordée de maisons, il n'y avait que trois cents mètres à faire depuis chez les Dai pour atteindre le lieu de culte qui surplombait le hameau. Comme toujours, les portes des habitations étaient grandes ouvertes, et la présence de Li-Li ne passa pas inaperçue. Alors qu'elle se traînait avec honte, des hommes crachèrent au sol en marmonnant des insultes entre leurs dents.

Non loin du monastère, la vieille Zhen revenait des rizières, une palanche sur les épaules. Les bras couverts de boue, elle s'approcha de la malheureuse, la mine austère.

– Comment oses-tu te montrer au village, en un jour pareil ?

Li-Li plissa le front, en faisant mine de ne pas comprendre. À Mou di, personne ne supportait Zhen Gong. Elle avait tout d'une femme ingrate et méprisante, sans aucun respect pour ses congénères.

– Que voulez-vous dire par « un jour pareil » ?

– Eh bien, que tu as encore déshonoré ta famille ! Tu sais ce qu'on dit : une femme qui ne donne pas de fils n'a pas de raison de vivre.

Zhen la scruta de son œil plus grand que l'autre, qui lui donnait un air mi-crétin, mi-sournois.

– Excusez-moi, madame Gong, votre belle-fille a-t-elle un fils ?

La vieille grogna, contrariée. Cette remarque l'avait piquée au vif, comme un vilain scorpion. Car, à son grand désarroi, Zhen était grand-mère d'une fillette de trois ans, qu'elle maudissait profondément. Certains disaient que la sorcière n'avait pas eu le courage de l'étouffer à la naissance, face aux supplications de son propre fils. Aujourd'hui, Zhen regrettait amèrement sa clémence : elle voulait un descendant mâle, et rien d'autre. Furieuse contre elle-même, elle avait reporté toute sa colère sur sa belle-fille, Xia, qu'elle maltraitait régulièrement.

– Cela ne saurait tarder, rétorqua-t-elle avec aigreur.

Li-Li émit un ricanement, alors la vieille rentra chez elle, remontée comme un coucou.

9

25 juillet 2013

LE CHINOIS du siège d'à côté n'arrêtait pas de la mater. Le Boeing survolait les nuages depuis quatre heures au moins, loin d'avoir parcouru les huit mille deux cents kilomètres qui séparaient Paris de Pékin. À bord, la plupart des passagers somnolaient. Mais dès que Lina baissait sa garde, le regard de son voisin glissait malencontreusement sur sa poitrine, ce qui commençait sérieusement à lui casser les pieds.

En temps normal, Lina aurait déclenché un esclandre. L'étudiante s'attirait souvent les foudres des mâles en rut qui l'observaient avec trop d'insistance. Dès que l'occasion s'y prêtait, la jeune femme lâchait la bride à son esprit caustique. Les mots sortaient comme des dards. Son humour corrosif provoquait des électrochocs.

Mais Lina partait en Chine, et ce détail changeait la donne… Car s'il y avait bien une règle sacro-sainte dans l'Empire du Milieu, c'était de ne jamais faire perdre la face à son interlocuteur. En d'autres termes, ne jamais l'humilier, le dévaloriser ou bafouer son honneur. Ceux qui perdaient la face en public finissaient reclus, exclus de la société.

– Hé ! Vous !

Alors qu'elle remontait pour la troisième fois le haut de son débardeur pour conjurer toute tentation, une passagère l'interpella dans la rangée contiguë. Lina tourna la tête, intriguée, et aperçut une jeune Chinoise qui l'observait avec un large sourire.

– Vous venez pour les vacances ? lui demanda-t-elle avec entrain.

Lina lui rendit un sourire aimable.

– Non, je suis étudiante. Et vous ?

– Étudiante aussi. J'ai passé trois ans à Bordeaux, un séjour inoubliable ! Vous allez dans quelle université ?

– Sun Yat-sen, à Canton.

Son visage s'éclaira.

– Canton ? La « perle du Sud », une ville impressionnante. Mes parents habitent là-bas ! Si vous voulez, je peux vous donner quelques adresses !

Elle lui montra un siège vide, sur sa gauche. Tout à coup, Lina comprit : cette jeune femme l'avait apostrophée dans le seul but de venir à sa rescousse.

– Avec plaisir !

Sous l'œil contrarié du lorgneur, Lina prit ses affaires et changea de place.

– Merci du coup de pouce, murmura-t-elle à sa sauveuse.

– Les Français appellent ça de la « solidarité féminine », n'est-ce pas ? répondit la Chinoise avec malice.

Elle lui tendit un sachet de graines de tournesol, dans lequel Lina piocha volontiers.

Après un brin de causette et un peu de sommeil, les deux jeunes femmes posèrent pied à Pékin à 7 h 30. Aussitôt, Lina se dirigea dans l'immense hall à la recherche du terminal de sa correspondance. L'aéroport était gigantesque : une fourmilière humaine, où tout était réglé comme du papier à musique. Le long des couloirs, des panneaux publicitaires associaient des visages occidentaux à de purs produits chinois.

Dès qu'elle eut trouvé sa salle d'embarquement, l'étudiante française s'acheta un jus de fruits et s'assit sur un banc. Face à elle, une énorme affiche vantait les mérites de la chirurgie esthétique, pour celles qui seraient tentées de se faire débrider les yeux.

« Pas d'erreur possible, tu es bien en Chine ! » se réjouit-elle.

Dans le deuxième avion, elle se trouva assise à côté d'un homme d'affaires coréen qui transpirait à grosses gouttes. Il la reluqua. Lina se crispa. Le destin venait de la fourrer dans un nouveau guêpier !

Trois heures de vol la séparaient encore de Canton.

10

20 septembre 1991

Lu-Pan Tang arriva à la maison à la tombée de la nuit. Au loin, la lune ronde et blanche jetait sa lumière pâle sur les montagnes et les rizières.

Le paysan avait passé sa journée à cultiver la terre, à neuf kilomètres de Mou di. Mais même dans les champs, il avait eu vent de la mauvaise fortune de Li-Li Dai. Certains lui jetaient la pierre, comme si elle était la plus ignoble des femmes. À vrai dire, Lu-Pan avait l'habitude de ce genre de sarcasmes. La plupart de ses amis le trouvaient fou d'avoir gardé Chi-Ni. N'était-il pas insensé de se priver d'un fils ? Pourquoi s'embarrassait-il d'une bouche inutile ?

– Sans fils, vous n'irez pas au paradis de la Terre pure, lui avait dit un jour la vieille Zhen d'une voix nasillarde, vos ancêtres seront furieux, ils ne vous laisseront pas entrer !

Lu-Pan ne savait pas d'où elle tirait ses histoires, mais il préférait éviter d'y penser..

D'après lui, la belle-mère Dai avait bien agi en tuant le bébé. Elle laissait une nouvelle chance à Li-Li d'assurer son salut en enfantant un fils, dès l'année prochaine.

Lu-Pan entra dans la salle à manger, où une odeur de légumes frits titilla ses narines. Il avait l'air perturbé. Le dos voûté, les traits saillants, son regard fuyait vers un vieux cadre photo posé sur le meuble. Cet objet était l'unique souvenir que Lu-Pan possédait de ses parents. Ils étaient morts onze ans plus tôt et leur fils s'était débrouillé seul.

Accoudée à la table, Sun l'observa du coin de l'œil. Lu-Pan était un homme trapu au visage amaigri par le labeur.

– Tu n'as pas l'air en forme.

– Pas moins que d'habitude.

– Comment était ta journée ?

– Ordinaire.

Le paysan jeta un œil à l'assiette qu'elle lui avait préparée. Il avait de très beaux yeux, gris avec des reflets marron. En ville, Sun avait entendu dire qu'il existait des yeux encore plus beaux en Occident : des bleus, des verts, aussi ronds que des soleils. Une dame lui avait raconté que beaucoup d'Européens avaient les cheveux jaunes... Sun n'en avait jamais vu, mais elle se méfiait des *da bizi*[1]. Personne n'aimait leurs bras poilus et leurs longs nez.

– Où est Chi-Ni ? demanda Lu-Pan en s'asseyant à côté d'elle.

– Dans sa chambre. Elle lit.

– Elle sait lire ?

– Et écrire. Depuis plusieurs mois déjà.

– Je ne vois pas pourquoi Yao-Shi lui enseigne ces foutaises.

– Ce ne sont pas des foutaises, Lu-Pan ! Et Maître Yao-Shi la trouve très douée.

Lu-Pan haussa les épaules. Lui-même n'avait jamais appris à lire. À quoi bon ? Yao-Shi avait de drôles d'idées, tout comme Sun... Pourquoi éduquer une fille dans un village si retiré ? Les moines bouddhistes n'avaient-ils pas mieux à faire ? Personne ne nourrissait une famille en lisant des poèmes, personne ne gagnait d'argent en récitant des mantras. Depuis son plus jeune âge, Lu-Pan avait appris à travailler, transpirer, souffrir. Il n'y avait pas d'autre façon de survivre dans une telle situation.

1. En mandarin, ce mot désigne les étrangers, mais signifie littéralement « long nez ».

« À moins de gagner au mah-jong… »

Cette pensée faillit le faire sourire.

– Les récoltes sont mauvaises.

– Vraiment ?

Sun n'était pas surprise, au contraire : elle sentait le mal venir depuis plusieurs semaines. Des pluies torrentielles, des tempêtes, des inondations.

– Nous allons manquer d'argent, se plaignit Lu-Pan en se servant une Tsingtao. À un moment ou à un autre, nous n'aurons plus à manger.

– Nous économiserons.

– Ce ne sera pas suffisant.

Le couple se regarda fixement, avec une intensité telle qu'ils n'avaient plus besoin de mots. Oui, ils allaient manquer d'argent. Oui, l'hiver serait rude. Non, ils n'avaient pas de solution.

– Je vais en ville, annonça-t-il pour rompre le malaise.

Il n'avait pas envie de discuter.

– Ce soir ? Toujours ces veillées festives avec tes amis ?

– Toujours.

Lu-Pan ne toucha pas à son assiette. Il but sa bière, enfila des vêtements propres, et s'éclipsa dans la nuit.

Sun savait très bien où se rendait son mari. Depuis cinq ou six semaines, il filait régulièrement dans l'agglomération voisine, où il passait ses soirées à miser aux jeux de hasard. Sun n'avait pas la moindre idée du montant qu'il dépensait au mah-jong, mais elle avait la certitude que ces parties nocturnes n'amélioraient pas leurs finances. Comme beaucoup de Chinois, Lu-Pan avait adopté les préceptes du grand mentor, Deng Xiaoping : pour vivre bien, il faut s'enrichir ! Seul l'argent rendait heureux. Mais à défaut d'un travail bien rémunéré, le paysan vivait avec l'espoir que le destin lui accorderait un peu de chance aux jeux de hasard. Il n'imaginait pas que la plupart des gageurs croulaient sous les dettes et finissaient par courir à leur perte.

« J'espère seulement qu'il ne doit rien à la mafia. »

Sun pensa à cet homme brûlé vif, retrouvé mort le mois dernier. Jamais aucun coupable ne serait arrêté… Dans le sud de la Chine, la mafia exploitait les établissements de jeux. Elle contrôlait tout le secteur, sous le regard conciliant d'une police corrompue. En l'absence d'autorité répressive, les mafieux ne reculaient devant rien pour soutirer l'argent des flambeurs : torture, meurtre, kidnapping.

« Il ne doit rien à la mafia », songea-t-elle fermement, sans parvenir à se rassurer.

11

20 septembre 1991

CHI-NI ÉTAIT sur son lit, un carnet bleu entre les mains. Ses yeux plissés déchiffraient habilement les caractères qui ondoyaient sur la page blanche. Sa frange ébène lui arrivait jusqu'aux sourcils et elle la remettait en place de temps à autre.

Sun avait toujours trouvé sa fille jolie. Jolie et brillante. Ce n'était pas l'effet de son amour maternel : plusieurs habitants reconnaissaient les qualités de la bambine. En fait, la jeune mère n'avait jamais rencontré d'enfants à l'esprit aussi vif. À l'âge de trois ans, Chi-Ni s'exprimait déjà comme une adulte. Elle apprenait des mots nouveaux à une vitesse déconcertante.

Yao-Shi l'avait rapidement remarquée. À cette période, le moine avait décidé de la prendre sous son aile, en lui donnant des leçons tous les après-midi. Il avait aménagé une pièce dans une aile du monastère : une salle aux allures secrètes, dotée de deux bureaux et d'une bibliothèque. À raison de trois heures par jour, Chi-Ni s'abreuvait de culture et développait ses capacités de réflexion.

Sun s'agenouilla au pied du lit. La chambre était minuscule, rustique, au confort plus que sommaire. Les murs étaient entièrement recouverts de papiers en tout genre : dessins, poèmes, images, tant pour décorer que pour cacher l'humidité de la cloison.

– Tu as l'air occupée, mon cœur.

Chi-Ni regarda sa mère, avant de poser le carnet sur ses genoux.

– Papa est parti ?

– Tu l'as entendu sortir ?

– Comme tous les soirs.

Sun soupira en grimaçant. Sa fille n'était pas dupe, elle sentait très bien le climat de tension entre ses parents.

– Et toi, qu'est-ce que tu fais ?

– Je raconte à mon journal le secret de Maître Yao-Shi.

– Ton journal a de la chance.

– Tu veux le connaître ? Maître Yao-Shi m'a donné la permission de le partager avec vous !

– Vous ?

– Oui, toi et mon petit frère !

Elle montra du doigt le ventre de sa mère.

À cet instant, Sun ne put s'empêcher d'esquisser un sourire… Sacré Yao-Shi ! Elle lui serait à jamais reconnaissante pour tout ce qu'il avait fait pour elle. À son arrivée à Mou di, six ans plus tôt, ils avaient immédiatement sympathisé. Arrachée à sa famille, Sun ne connaissait personne, en dehors de Lu-Pan, et le moine avait été le premier à l'accueillir. Depuis, ils se promenaient régulièrement sur la berge de la rivière. Apaisés par le chuchotis de l'eau, ils engageaient de longues conversations sur le monde, sur leurs convictions et leurs désirs. Comme Sun, Yao-Shi était un amoureux de la vie, doué d'une intuition et d'une ouverture d'esprit remarquables.

– Je suis prête, annonça Sun en s'asseyant au bord du lit, raconte-moi !

Chi-Ni se redressa et se pencha vers sa mère. Son expression était si sérieuse qu'elle semblait détenir le plus grand secret de l'humanité.

– La vie est un jeu, chuchota-t-elle les yeux brillants.

– Un jeu ? En voilà une drôle d'idée ! Et tu connais les règles ?

– Bien sûr ! Maître Yao-Shi dit qu'en chacun de nous, il y a un Bouddha qui dort… Il est plein de joie et plein d'amour mais il se cache à l'intérieur de notre cœur.

Chez certaines personnes, ce Bouddha dort beaucoup, à tel point qu'elles ont oublié qu'il était là, dans leur poitrine.

La fillette posa une main sur son buste, et leva l'autre vers le plafond, comme si elle prêtait serment.

– Le but du jeu est de le réveiller ! Nous devons réveiller notre Bouddha ! Maître Yao-Shi m'a donné le secret : à chaque fois que nous rencontrons un obstacle, nous devons écouter notre cœur, car alors il bat plus fort, et Bouddha est tiré de son sommeil.

Sun sourit. Elle reconnut là l'un des plus grands préceptes du bouddhisme, que le moine lui avait révélé. Selon lui, les épreuves de notre vie n'étaient jamais mauvaises, car chacune nous donnait l'occasion de réveiller notre nature de Bouddha.

– Tu sais, c'est un jeu difficile, confia-t-elle à sa fille, la vie est parfois dure avec nous.

– Je sais, Maman. Mais Maître Yao-Shi dit qu'on peut toujours gagner si on fait preuve de courage et de compassion.

Sun observa sa fille se recoucher, avec attendrissement.

– Ton maître a probablement raison.

– Je l'aime beaucoup.

– Il t'aime aussi, Chi-Ni.

Sun s'allongea à côté de sa fille et lui embrassa le front. La fillette avait de longs cils, courbés comme des virgules. Une beauté aérienne, pure, sublime. Sun lui caressa la joue et la regarda s'endormir, le cœur débordant de joie.

Oui, la vie était remplie d'occasions. Et celle que lui offrait Chi-Ni était assurément la plus belle. L'occasion pour elle d'éprouver un amour sans égal et souverainement puissant : l'amour d'une mère.

12

25 juillet 2013

Lina fut soulagée d'arriver à Canton. Après avoir passé les divers contrôles de l'immigration, elle récupéra son sac à dos et rejoignit le hall central.

Dès qu'elle arriva vers la sortie, une horde de racoleurs la harcelèrent, en lui tendant la carte d'un hôtel ou d'une agence de voyages.

– Non merci, j'ai tout ce qu'il me faut, s'exclama-t-elle en mandarin.

Ils écarquillèrent les yeux, surpris qu'elle parle chinois.

« Eh oui... je ne suis pas une vache à lait ! » pensa-t-elle avec amusement.

Lina savait que dans les zones touristiques, les vacanciers étaient souvent victimes d'arnaques. Généralement, les Occidentaux étaient les premières cibles : on les trouvait trop bêtes pour évaluer la valeur d'un objet, ou trop riches pour se soucier de leurs dépenses.

Gagnée par l'excitation, Lina se dirigea vers l'allée de taxis, en repoussant les rabatteurs. Son auberge de jeunesse était censée se trouver à une demi-heure de route, près de l'université. Là-bas, une chambre était réservée. Elle aurait un mois entier pour visiter la ville, avant la rentrée de septembre.

Tandis qu'elle se frayait un chemin entre les voyageurs, l'étudiante entendit une voix prononcer son nom, cinq mètres derrière elle. Elle se retourna, étonnée. Un homme blanc lui faisait signe, en arborant un sourire radieux.

Assez grand, la trentaine, les cheveux bruns ébouriffés, des joues mal rasées et une barbiche lui donnaient un air d'aventurier frivole.

– Lina Soli, c'est bien vous ?

Son ton était clair et dénué d'accent.

– Nous nous connaissons ?

L'homme lui tendit une main, que l'étudiante serra par politesse.

– Thomas Mesli. Je suis venu vous chercher.

– Ah bon ? Vous êtes de l'université ?

– Pas vraiment. Allons boire un thé et je vous expliquerai.

Lina fronça les sourcils, méfiante. Cet inconnu débarquait à l'improviste, alors qu'elle n'attendait personne. Il ne travaillait pas à l'université, mais connaissait son nom.

– Qui êtes-vous exactement ?

– Je vous l'ai dit : Thomas Mesli. Je travaille dans une ONG. C'est un peu long à expliquer, mais je suis en relation avec quelqu'un qui bosse au service international de la fac, c'est lui qui m'a parlé de votre parcours. Mon ami est chargé d'informatiser les dossiers des étudiants étrangers, y compris leur CV et leur lettre de motivation. Vous êtes une Blouse rose, n'est-ce pas ?

Lina fronça les sourcils, complètement perdue. Cette entrée en matière était vraiment étrange. Pourquoi ce gars s'intéressait-il à ses engagements associatifs ?

– Pardon, j'ai du mal à vous suivre. Le voyage a été long, j'ai très peu dormi… Pourquoi vous me parlez des Blouses roses ? De quelle ONG faites-vous partie ?

Le sourire de l'homme s'effaça. Son visage se contracta, soucieux. Il glissa son index dans la poche de sa chemise blanche et en sortit une carte de visite aux bords abîmés. En haut à gauche, le nom de son association en lettres capitales.

– Je travaille pour Cœur d'enfants, déclara-t-il avec sérieux. Mon ONG lutte pour la défense des droits de l'enfant et la prévention de la maltraitance dans le monde. Notre équipe est arrivée en Chine l'année dernière et nous avons visité plusieurs centaines de villages dans les environs. Je suis devant vous aujourd'hui car j'ai besoin de votre aide.

Lina le fixa, interloquée. Pourquoi une organisation humanitaire avait-elle besoin de son aide ?

– D'accord, je veux bien vous écouter. Mais s'il vous plaît, allez à l'essentiel, je suis vraiment fatiguée.

Thomas Mesli l'entraîna en direction d'une brasserie. L'étudiante le suivit, à la fois inquiète et intriguée. Une fois assis, l'homme la regarda droit dans les yeux, comme s'il craignait qu'elle s'en aille.

– Je ne sais pas si vous allez accepter. Honnêtement, je pense que peu de personnes accepteraient de faire ce que je vais vous demander. Depuis deux mois, j'ai tout essayé pour trouver une solution... Rien ne vous oblige à m'aider, mais j'ai le sentiment que vous êtes différente. Ne me demandez pas pourquoi, j'ai vu votre profil et je vous fais confiance. Mon intuition me trompe rarement...

– Je vous avoue que vous me faites un peu peur, répondit Lina. Allez droit au but, quel est le problème ?

Thomas se pencha vers elle et baissa d'un ton :

– Des disparitions d'enfants.

II

« C'est ainsi que disparaissent mystérieusement chaque année en Inde et en Chine des millions de filles. »

Source non identifiée

13

3 octobre 1991

QUAND SUN décida de quitter la rizière, ce jeudi 3 octobre, un sombre pressentiment l'assaillait.

Zhen Gong l'avait observée du coin de l'œil toute la journée. La vieille avait l'air fébrile. Ses gestes étaient brusques et maladroits. À 16 heures tapantes, elle avait filé au village, en jetant des regards inquiets autour d'elle.

Lorsque Sun rentra chez elle, trois heures plus tard, le ciel était couvert, presque noir. Les sommets montagneux étaient noyés dans la brume. La jeune mère n'avait qu'une idée en tête : s'allonger un quart d'heure sur le dos pour soulager son ventre qui s'arrondissait jour après jour. L'accouchement ne tarderait pas, elle le sentait venir.

Alors qu'elle pénétrait dans la salle de séjour, elle aperçut Lu-Pan assis sur le plancher. Son mari faisait face au foyer incandescent, au centre de la pièce. Rouges et ardentes, les braises crépitaient.

Le visage concentré, Lu-Pan aiguisait soigneusement la lame d'un long couteau.

– Tu as fini plus tôt ? s'étonna Sun en s'affalant sur une chaise.

– Comme tu le vois.

– Tant mieux, nous dînerons en famille. Chi-Ni est dans sa chambre ?

– Non. Elle n'est pas ici, je ne l'ai pas vue.

Sun écarquilla les yeux, offusquée.

– Lu-Pan ! Tu ne sais pas où est ta fille ?

– Quoi, c'est un crime ? Elle doit être avec son moine, en train d'apprendre à lire !

Un cynisme grinçant avait teinté sa phrase. À l'évidence, il n'était pas dans son état habituel. Ses yeux clignaient, divaguant vers des rivages lointains qu'il était seul à percevoir.

Sun parcourut la pièce du regard avec défiance. Oui, tout devenait clair : une bouteille de *baijiu* gisait au pied de la table, de l'alcool de riz capable d'abrutir même les plus inflexibles.

La jeune mère sentit poindre l'aiguillon de la colère.

– Je vais la chercher. Va dormir.

Lu-Pan la fixa avec dédain.

– Et quoi encore ? Tu n'en as pas assez de me donner des ordres ? Ça ne se passe pas ainsi dans les autres maisons ! Les femmes ne décident pas, elles obéissent !

Sun expira bruyamment, excédée. Comment échapper à une société qui, depuis des millénaires, érigeait l'homme en maître ? L'héritage confucéen n'avait pas que du bon.

Surtout, il y a longtemps que son mari et elle ne s'aimaient plus. Ces six dernières années, la paysanne s'était débrouillée pour tenir les ficelles de son couple, au mépris des coutumes. Elle voulait prouver à sa fille que naître femme n'était pas une malédiction. Hélas, elle savait qu'un jour ou l'autre Lu-Pan tenterait de reprendre ses droits. Au départ, il s'était montré docile par amour et peut-être aussi par commodité. Mais la flamme du désir finissait toujours par s'éteindre. Alors surgissait le réel, comme un vieux monstre oublié, déversant sur le couple sa froideur et sa rugosité brute.

– L'alcool te rend mauvais, Lu-Pan, tu ne devrais pas boire autant.

– Tais-toi ! J'arrêterai de boire quand tu m'auras donné un fils.

– Encore faudrait-il que tu sois prêt à être père.

– Que sous-entends-tu ? Voilà six ans que je le suis !

Sun secoua la tête, rouge de colère.

– Être géniteur ne suffit pas à faire de toi un père, Lu-Pan.

Son mari fit mine de ne pas comprendre, en se resservant du *baijiu*.

À quoi bon discuter ? Il n'admettrait jamais ses torts. Affligée, Sun le laissa en plan, noyé dans son alcool, puis s'élança dehors.

14

25 juillet 2013

DEPUIS DÉCEMBRE, Thomas Mesli et son équipe avaient engagé leur action dans la région autonome du Guangxi, à la frontière du Vietnam. Cette province au climat subtropical offrait de splendides paysages composés de grottes, de cascades, de rizières en terrasses et de reliefs calcaires. Comme partout en Chine, la population han était majoritaire, bien qu'une dizaine d'autres minorités ethniques y vivent aussi.

En sept mois, les bénévoles de Cœur d'enfants avaient exploré soixante-douze agglomérations, visitant les orphelinats, les écoles, les hôpitaux ; ils avaient parcouru la campagne, marchant plusieurs heures sur des sentiers sinueux pour dénicher quelques hameaux perdus du Guangxi. À chaque visite, leur démarche était la même : s'assurer que les enfants avaient une vie convenable, bénéficiant d'un accès au système éducatif et aux soins médicaux. Dans les régions reculées, de nombreux Chinois étaient toujours conditionnés par les coutumes ancestrales et par la politique de l'enfant unique qui s'appliquait uniquement aux Hans. Si les mentalités avaient évolué, l'infanticide existait encore, comme en Inde ou au Pakistan. Parfois, les parents choisissaient de ne pas déclarer leurs nouveau-nés, ou les abandonnaient sur un quai de gare.

Le 19 juin dernier, Thomas avait reçu un appel téléphonique, en milieu d'après-midi.

– Thomas Mesli ?

La voix masculine, assez faible, semblait enrouée à cause des parasites qui obstruaient la ligne.

– C'est bien moi.

– Vous êtes venu dans mon village il y a huit jours, Mou di, vous vous souvenez ?

Thomas n'avait pas eu à réfléchir. Il se souvenait parfaitement de l'accueil froid et suspicieux que lui avaient réservé les villageois. Mou di était un hameau minuscule situé au milieu des rizières. Les habitants étaient tous des Hans. Là-bas, son équipe n'avait rien noté de spécial. Les quelques enfants présents avaient l'air bien traités et se rendaient à l'école de Wuming, à une heure et demie de marche. Par contre, Thomas avait été frappé par la méfiance excessive des villageois. Alors que d'ordinaire les paysans étaient ravis de rencontrer des étrangers, ceux-là semblaient sur leurs gardes.

– Puis-je savoir à qui je m'adresse ?

– Non, je ne voudrais pas prendre de risques. Vous avez laissé votre carte de visite à une de mes connaissances. J'ai hésité à vous contacter, car je ne suis pas sûr que vous puissiez faire quoi que ce soit.

Thomas avait collé son oreille au téléphone, gêné par les grésillements.

– Qu'est-ce qui vous préoccupe ?

– C'est… compliqué. Il ne s'agit pas de moi mais d'enfants, de beaucoup d'enfants, peut-être des centaines. Je ne sais pas exactement combien ont disparu. Je ne voudrais pas en parler au téléphone, je préférerais le faire de vive voix.

Thomas avait senti une nervosité le gagner soudainement. Ces propos l'inquiétaient. Des centaines de disparitions ?

– Monsieur, j'aimerais comprendre, vous faites référence à des infanticides ? À un trafic d'enfants ?

– Pas au téléphone.

– De qui avez-vous peur ? Pouvez-vous au moins me dire de quoi il est question ?

– Vous ne pouvez pas imaginer l'ampleur de ce que j'ai à vous dire. Il s'agit d'un secret abominable, qu'une femme a découvert en 1991. Des hommes sont prêts à me tuer pour qu'il reste enseveli.

– 1991 ! Je ne sais pas quoi vous dire, c'était il y a plus de vingt ans !

– Vous vous trompez, le mal continue de se répandre. Plusieurs personnes partagent mon fardeau. Nous n'avons rien pu faire, à commencer par Sun Tang. La femme dont je vous ai parlé. Mais je préfère que nous en discutions en face à face.

– Où pouvons-nous nous rencontrer ?

Son interlocuteur avait hésité, anxieux.

– Peu importe, pourvu que l'endroit soit à l'abri des regards.

– Ne vous inquiétez pas pour votre sécurité. Notre organisme travaille en collaboration avec la police. Connaissez-vous le salon de thé du Lotus à Wuming ? Il est rue Ping'an, en face de la poste. Pouvez-vous vous y rendre demain matin, à 10 heures ?

– J'y serai.

L'homme avait raccroché.

Le lendemain, personne ne s'était présenté au rendez-vous.

15

3 octobre 1991

Les rues avaient une apparence austère, l'obscurité fichait la trouille. Au fond d'elle, Sun soupçonnait son imagination de lui jouer des tours.

Depuis ce matin, un étrange pressentiment l'habitait, qui ne cessait de grandir. D'abord confus, absurde, il était devenu si poignant et encombrant qu'un nœud comprimait sa gorge. Peut-être parce que Sun avait conscience que la Chine ne tournait plus rond. Les villageois perdaient la boule, enlisés dans une pauvreté croissante. Et puis elle avait senti que cette journée serait différente…

Après avoir vérifié que sa fille n'était pas dans les parages, Sun se dépêcha de traverser le hameau. Le temple bouddhiste était sur les hauteurs, à flanc de montagne. Le soir, aucun habitant ne s'aventurait au-dehors. Le souffle du vent se mêlait à celui des bêtes rôdant autour des maisons. La jeune mère regretta de ne pas avoir emporté une lampe à huile. Leur village ne connaissait pas encore l'électricité et les rues devenaient extrêmement sombres une fois la nuit tombée.

Que faisait Chi-Ni ? Elle devait regagner le domicile familial avant 18 heures, c'était une règle d'or. Parfois, Yao-Shi l'invitait à des veillées bouddhistes, pour entendre les Sutras[1], mais dans ce cas, la fillette demandait toujours la permission avant d'y retourner.

Sun accéléra le pas en jetant des regards inquiets autour d'elle. Partout des ombres flottaient dans la brume, aussi sinistres que menaçantes. Après quinze minutes de marche, elle arriva tant bien que mal au temple afin d'y retrouver Yao-Shi. Elle passa entre les deux imposants lions de pierre qui accueillaient les visiteurs, avant de se faufiler dans l'édifice religieux. Aussitôt, un frisson la glaça. Dans la première salle, une chandelle vacillait. Quatre immenses statues brandissaient leurs armes, un effroyable rictus aux lèvres.

« Juste les Rois célestes, calme-toi. »

Les quatre empereurs aux visages colériques semblaient la menacer de leurs pics.

La jeune femme quitta la pièce à la hâte, pour rejoindre la cour intérieure. Là, de l'encens brûlait dans un brasero.

– Maître Yao-Shi ?

Aucune réponse.

Dans la salle suivante, Sun s'arrêta un court instant devant le Bouddha rieur, pour le prier de l'aider. Cet étrange personnage avait le corps potelé et les oreilles anormalement longues. Avachi sur un coussinet, il riait aux éclats.

– Sun ?

Une main se posa sur son épaule.

– Sun, je suis content de vous voir.

La jeune femme se retourna et aperçut Yao-Shi, le sourire rayonnant. Drapé d'un *kesa* orangé, le moine avait des cheveux noirs et courts, un crâne rond, pas une ride. Ses yeux pétillaient d'une lueur apaisante. D'où lui venait cette douceur infinie ?

– Je viens chercher Chi-Ni.

Au grand désespoir de la jeune mère, le visage du moine s'assombrit.

---

1. Les textes sacrés du bouddhisme, contenant les enseignements des différents maîtres.

– Elle n'est pas ici, elle a quitté le temple à 17 heures, comme tous les jours.

Sun sentit sa gorge se serrer. Elle devait étouffer le cri qui jaillissait en elle. La nuit était tombée, la brume se levait, et sa fille de six ans demeurait introuvable…

Yao-Shi tenta de la rassurer :

– Elle est peut-être chez un voisin, ne paniquez pas.

– Vous savez comme moi qu'elle m'aurait demandé la permission…

Sun souffla plusieurs fois, de plus en plus nerveuse. Son pressentiment venait de revêtir une nouvelle tournure : celle d'une alarme, d'une mise en garde.

– Et si elle était en danger ? Si le Planning familial découvre son existence…

– Je doute que le Planning familial y soit pour quelque chose. Nous allons commencer par la chercher au village, qu'en pensez-vous ?

Sun parcourut la pièce du regard, en s'attardant sur la statue blanche de Guanyin, protectrice des enfants. Le fœtus tambourinait contre son ventre.

– Et si on ne la trouve pas ?

– Nous la trouverons ! Elle ne doit pas être très loin.

Yao-Shi agrippa son bras et l'entraîna vers l'extérieur, en essayant de la tranquilliser.

Mais rien ne pouvait empêcher Sun de sentir que sa fille courait un danger. Elle le sentait au plus profond d'elle-même.

16

25 juillet 2013

– NOUS SOMMES RETOURNÉS à Mou di au moins trois fois. Nous n'avons pas réussi à identifier l'auteur de l'appel… J'avais laissé ma carte de visite à la plupart des habitants. Sur place, lorsque nous évoquions les mots « disparitions d'enfants », toutes les portes se fermaient. La police municipale de Wuming a effectué une recherche sur Sun Tang. Il s'avère que cette femme était une jeune paysanne, portée disparue à l'âge de vingt-trois ans.

– Laissez-moi deviner… elle a disparu en 1991 ?

– Vous êtes perspicace : octobre 1991, l'année où elle aurait découvert le fameux secret… Dans le rapport, il est écrit que Sun Tang ne s'entendait plus avec son mari, et qu'elle a quitté leur domicile sur un coup de tête, probablement pour refaire sa vie ailleurs. C'est en tout cas ce qu'a affirmé le principal concerné, Lu-Pan Tang, qui habite toujours à Mou di. Comme la police ne voyait pas l'intérêt de remettre en cause son témoignage, elle a retenu son hypothèse et clos l'enquête. Depuis, personne n'a eu de nouvelles de Sun Tang, ou alors personne n'ose en parler.

– Elle avait des enfants ?

– Non, en tout cas pas d'enfant déclaré. Mais il arrive fréquemment que les paysans soumis à la politique de l'enfant unique ne déclarent pas leur premier enfant si c'est une fille, en espérant que le Planning familial ne leur tombera pas dessus. Bref, début juillet, les responsables de mon association ont estimé que nous avions passé suffisamment de temps sur cette histoire. Nous devions poursuivre nos visites dans les autres villages et laisser cette énigme entre les mains de la police chinoise. Mais je ne voulais pas lâcher l'affaire, alors j'ai décidé de rester ici, pour poursuivre les recherches. Les gens de Mou di ne parlent pas parce qu'ils ont la frousse, ils ne font pas confiance aux organisations humanitaires.

Thomas marqua une pause pour finir son café. Il avait fait ce récit avec tant d'ardeur qu'il aurait pu convaincre le roi des incrédules. Malgré sa méfiance, Lina n'en avait pas perdu une miette, la curiosité piquée au vif.

– Et alors, en quoi ça me concerne ? questionna l'étudiante avec intérêt. J'aimerais vous aider, mais je ne vois pas comment.

– Je ne vous aurais pas contactée si je n'avais pas été certain que vous puissiez m'être utile.

Il lui tendit la photocopie d'une lettre écrite en chinois. Lina la parcourut du regard, quand un détail la frappa : son nom et son prénom, en guise de signature... Pourtant, elle n'avait jamais rédigé ce texte !

– Mou di est un hameau isolé, poursuivit Thomas, sans se soucier de la stupéfaction de son interlocutrice, un coin paumé en montagne où les habitants croupissent depuis des générations. Ils n'accueillent pas de touristes et aucun étranger ne peut s'y rendre plus d'une fois sans paraître suspect. À une seule exception... Lisez la lettre.

Lina se concentra pour déchiffrer les caractères. En bref, l'auteur de la missive, une étudiante française, expliquait au destinataire qu'elle viendrait bientôt en Chine dans le cadre d'un master en langues étrangères. Cette même étudiante confiait son désir d'être au plus proche de la population, et de séjourner une ou plusieurs semaines au sein d'un village typique, bercé par les traditions. Elle avait entendu dire que les moines bouddhistes de Mou di hébergeaient des élèves européens, et c'est pourquoi elle le priait de bien vouloir la recevoir parmi eux, au courant de l'été.

Lina resta bouche bée.

– C'est vous qui avez écrit cette lettre ? Vous l'avez envoyée en mon nom, avant même que je ne vous donne mon accord ?

– Bien sûr, avec votre CV.

– J'hallucine ! Vous êtes vraiment gonflé ! Et comment pouvez-vous être sûr que ces moines vont accepter ?

– Ils ont accepté.

Un large sourire se dessina sur ses lèvres, comme s'il sentait qu'il avait triomphé.

– Les moines de Mou di accueillent des étudiants chaque année. Ils vivent dans une indigence extrême. Ils savent pertinemment que les Occidentaux qu'ils reçoivent leur feront un don.

L'étudiante termina son thé d'une traite. Il était presque froid.

Les idées tourbillonnaient dans son esprit, un cafouillis d'images et d'émotions. La demande de cet homme était claire : elle devait marcher sur les traces de la mystérieuse Sun Tang… Que lui était-il arrivé ? Avait-elle réellement décidé de quitter son mari ? Et quel secret avait-elle découvert ? Les habitants de Mou di avaient sûrement leur opinion sur cette vieille histoire.

– Si je comprends bien, vous me demandez de séjourner à Mou di pour un temps indéterminé, en vue de trouver des indices sur la disparition de Sun Tang ?

– Et sur ce qu'elle a découvert, répondit Thomas. Des centaines de disparitions, cela cache probablement un trafic. Si vous restez là-bas plusieurs jours, vous arriverez peut-être à gagner la confiance de certains habitants. Vous vous sentez d'attaque ?

Lina inspira profondément, en le regardant droit dans les yeux. De mystérieuses disparitions. Un possible trafic d'enfants… Oui, elle était tentée d'accepter. Lina avait le goût du risque et de l'imprévisible. De tels défis soulevaient en elle une ardeur combative. Alors pourquoi refuser ?

– Je ne pense pas que ce soit une bonne idée.

Thomas écarquilla les yeux.

– Je... Pardon ?

– Je suis désolée, répondit-elle calmement, mais je ne vous connais pas, et je n'ai aucune preuve que ce que vous dites est vrai. En plus, vous avez envoyé une lettre en mon nom sans mon accord, pour une affaire qui ne me concerne pas. Je doute que cette méthode soit en conformité avec une quelconque ONG.

Thomas s'étonna. Il y a deux minutes à peine elle voulait bien l'aider, et maintenant qu'il lui en offrait l'opportunité, elle l'envoyait royalement paître.

– Je comprends pour la lettre, mais je ne pouvais pas faire autrement. Écoutez, vous ne resterez pas à Mou di plus de deux semaines et...

– Monsieur Mesli, le coupa-t-elle, je viens de débarquer à l'aéroport. Il y a six heures de décalage horaire, je suis crevée.

– Alors on en reparlera demain, qu'en dites-vous ? Après une bonne nuit de sommeil, vous aurez les idées plus claires.

Il lui tendit sa carte de visite.

– D'accord, souffla-t-elle en prenant la carte, je vous rappellerai demain.

– Attendez !

Il sortit un dossier de son sac et le lui fourra entre les mains.

– Ce dossier est pour vous. Lisez ces documents. Vous êtes une Blouse rose, je sais que le sort des enfants ne vous laisse pas indifférente.

– Oui, oui, je les lirai.

– N'oubliez pas : des vies d'enfants sont peut-être menacées !

Les lèvres tordues par un rictus nerveux, l'étudiante disparut parmi la foule survoltée de l'aéroport.

Avec le dossier sous le bras.

17

3 octobre 1991

SUN ET YAO-SHI avaient parcouru l'ensemble du village, maison après maison. À chaque fois, pas de trace de la petite fille. Les femmes restaient muettes, les hommes fronçaient les sourcils : à quoi bon chercher une fille ? En valait-elle vraiment la peine ?

– Allons chez les Gong ! s'exclama Sun au bout d'un quart d'heure. Chen sait peut-être quelque chose.

Deux fois par jour, les femmes du village se rendaient au puits pour remplir des seaux. L'eau de la rivière était polluée car tous les villages des montagnes y déversaient une partie de leurs excréments et ceux des animaux. Les huit familles de Mou di dépendaient d'un même puits et s'en contentaient. Pendant que les femmes lavaient leurs vêtements, les enfants s'amusaient au bord des rizières. Chi-Ni et Chen en profitaient pour jouer à la poupée ou cueillir des fleurs. Leurs trois années d'écart n'étaient pas un obstacle à leur complicité. Au contraire, Chi-Ni aimait endosser le rôle d'une grande sœur.

Le désappointement de Sun atteignit son comble lorsque Zhen Gong les injuria, dressée devant la porte. Enveloppée dans un peignoir, elle brailla comme un veau que sa famille ne supportait pas d'être dérangée la nuit.

– S'il vous plaît, insista Sun, j'aimerais parler à votre petite-fille. Il est possible qu'elle ait aperçu ma fille en fin d'après-midi. Je sais qu'elle joue souvent dehors.

– Chen dort, comme tout le monde. Alors partez !

Et la vieille claqua la porte, laissant Sun dans une frustration indescriptible.

– Vous devriez rentrer chez vous, Sun, il se fait tard.

Elle inclina la tête, désespérée. Sa lampe à huile était presque vide et ils n'avaient aucune piste pour retrouver Chi-Ni.

– Votre fille va peut-être revenir d'elle-même, supposa le moine, vous devez passer la nuit chez vous pour vous reposer. Vous êtes épuisée, votre futur bébé doit le ressentir.

Sun resta clouée sur place, irritée par sa propre impuissance. Comment pouvait-elle regagner son domicile, alors que sa fille s'était volatilisée ?

Yao-Shi lui prit la main et la serra doucement. Ses pommettes saillantes et ses oreilles décollées lui donnaient une mine affectueuse et sécurisante. Oui, il comprenait. Il savait que Sun aurait voulu ratisser chaque rue, fouiller chaque recoin, chaque arbre de la forêt, pour retrouver la chair de sa chair. Mais Sun était enceinte…

– Vous m'aidez à marcher ?

Elle s'appuya sur l'épaule du moine.

Les odeurs animales s'étaient dissipées, pour laisser place à un vent tiède, portant des effluves fruités d'osmanthus. Cette odeur lui rappela celle du thé vert qu'elle dégustait avec Li-Li.

Depuis son accouchement, son amie refusait de recevoir de la visite. Elle préférait se cloîtrer dans sa chambre, « le temps d'enterrer sa honte » comme le prétendait son mari.

Lorsque Sun arriva devant chez elle, elle faillit fondre en larmes. Elle avait mal au dos, son front était brûlant, mais le plus douloureux était cette plaie énorme qui écharpait son cœur dès qu'elle pensait à sa fille.

Elle concentra toutes ses forces pour ne pas perdre la face.

– Si Chi-Ni n'est pas revenue à l'aube, nous irons au Bureau de la sécurité publique, promit Yao-Shi en lui ouvrant la porte.

Sun le remercia et se réfugia à l'intérieur. La chaleur du foyer l'enveloppa.

Son mari n'était plus dans la salle de séjour. Il ronflait, ivre mort, dans la chambre conjugale.

« Qu'importe. »

Le lit de Chi-Ni était vide.

Sun s'allongea sur le matelas et enfouit son nez dans l'oreiller pour en respirer l'odeur. Un parfum de jasmin.

Quelle que soit sa fatigue, elle ne dormirait pas.

18

27 juillet 2013

– Je savais que vous changeriez d'avis, lui avait dit Thomas au téléphone.

La veille, Lina s'était levée de bonne heure, avec l'impression d'avoir très mal dormi. Elle s'était jetée dans le premier cybercafé pour y éplucher en détail le dossier fourni par Thomas Mesli. Il contenait un compte rendu circonstancié des visites opérées à Mou di, une carte géographique, ainsi que des notes sur les coutumes locales. L'humanitaire avait ajouté les papiers officiels de l'association, validés par le tribunal administratif. Pour s'assurer qu'il ne s'agissait pas de faux documents, Lina avait affronté la censure du Web pour trouver le site de Cœur d'enfants. Pas de mauvaise surprise, l'ONG était sérieuse. Sur la page de contact, le nom de Thomas Mesli figurait parmi ceux des salariés de l'association. Thomas était-il intègre pour autant ? La jeune femme s'était toujours méfiée des hommes comme lui. Il avait le charisme d'un séducteur et l'éloquence d'un politicien.

Pourtant, elle avait fini par accepter. Parce que son histoire lui avait trotté dans la tête tout au long de la nuit, sans qu'elle parvienne à se tranquilliser. Thomas avait jeté un harpon, qui s'était agrippé à ses entrailles. Et c'est ainsi qu'elle s'était retrouvée dans un wagon, à côté de lui. Avec le sentiment d'avoir cédé trop vite, au risque d'embarquer dans une aventure périlleuse.

Heureusement, le confort de sa cabine lui avait permis de relâcher la pression. Les deux Français avaient d'abord pris un train rapide en première classe : kitsch mais agréable. Lina s'était endormie sur sa « couchette molle », sous le souffle du climatiseur.

Ce matin, ils étaient arrivés dans une gare surprenante et vétuste, perdue en pleine campagne. Dans ce hangar repu de conduits d'aération, les Chinois se pressaient comme des volailles en batterie. Là, Thomas avait entraîné Lina sur un quai pour prendre un autre train, cette fois plus folklorique. Les futurs passagers s'étaient mis en rang, tandis qu'un agent ferroviaire abusait de son mégaphone.

Ce nouveau convoi appartenait à la catégorie des « trains lents », de vieux serpents fatigués, engourdis par l'usure mécanique. Dans ces tortillards, les gens s'entassaient sans broncher, quitte à rester debout pendant cinq heures, les jambes douloureuses. Le sol collait, on parlait fort, Lina avait même vu une poule errer dans l'allée centrale. Malgré les panneaux d'interdiction, beaucoup de Chinois crachaient par terre avant d'étaler leurs glaires avec le pied. Certains grignotaient des cuisses de poulet et balançaient les os dans le couloir. Un agent de la sécurité avait même essuyé ses mains sales et graisseuses aux rideaux blancs des fenêtres.

En dépit de ces manières un peu rustres, Lina avait été agréablement surprise. Ici, tout le monde lui souriait sans relâche et s'émerveillait à chaque fois qu'elle prononçait un mot en mandarin. Sur son passage, les enfants s'empressaient de lancer des « Hello », persuadés qu'elle était américaine. À trois reprises, des Chinois lui avaient demandé de poser à leurs côtés pour une photo. Le wagon entier avait les yeux braqués sur elle. Une vraie star hollywoodienne !

– On t'a déjà dit que tu ressemblais à la fée Clochette ? lui demanda Thomas en fin de matinée.

Lina décolla son front de la vitre. À l'extérieur, elle pouvait discerner les contours d'une ville défigurée par les grues.

– On me l'a déjà dit, répondit-elle en pensant à Albin.

Depuis qu'ils avaient décidé de se tutoyer, au petit déjeuner, Thomas l'avait regardée à plusieurs reprises, en espérant qu'elle se dévoilerait un peu plus… Raté. La jeune femme n'était ni bavarde ni disposée à lui livrer sa vie.

– Tu ne parles pas beaucoup !

– Toi non plus. Je ne sais rien à ton sujet, alors que toi, tu as lu mon CV.

– C'est vrai, admit-il avec un sourire, tu veux savoir quoi ?

Elle l'observa un instant.

– Tu viens d'où ?

– Je suis parisien, mais ça fait un peu plus de sept ans que je travaille avec Cœur d'enfants, alors je suis rarement à Paris. J'adore voyager, et avec mon ONG, je vais de pays en pays.

– Tu as toujours voulu bosser dans l'humanitaire ?

Le trentenaire réfléchit en passant une main dans sa tignasse brune. Tout compte fait, Lina le trouvait attirant avec ses cheveux en pagaille. Thomas avait du charme. Il aurait sûrement plu à Marc !

– J'étais un ado un peu rebelle, finit-il par répondre. Mes parents avaient des postes à responsabilités, ils n'étaient jamais à la maison. Pendant leurs absences, j'ai pas mal traîné dans la rue, où j'ai croisé la route de plusieurs éducateurs. Ça m'a donné envie de bosser dans le social. Bien sûr, mes parents avaient d'autres projets pour moi. Ils ont insisté pour que je fasse une école de commerce. Ils finançaient mes études, alors j'ai suivi leurs directives. Sauf que j'ai choisi une structure qui proposait une spécialisation dans l'humanitaire. Je suis devenu développeur local : j'aide les populations à améliorer leurs conditions de vie.

– Et tes parents, ils ont dit quoi ?

Thomas haussa les épaules.

– Ils ont fini par comprendre. Ce qu'ils n'arrivent pas à digérer, c'est que j'ai bientôt trente-deux ans et que je ne suis toujours pas rangé.

– Je ne vois pas où est le problème.

– C'est pourtant simple. Maintenant qu'ils sont à la retraite, ils voudraient être grands-parents. Ils meurent d'envie de papouiller des bambins et de les gâter comme de petits empereurs. Un comble, tu ne trouves pas ?

– Je ne sais pas. Les gens essaient souvent de rattraper le temps perdu.

– Ils ne rattraperont rien, ils ne feront que compenser.

Elle l'observa du coin de l'œil, en se demandant quelles émotions le traversaient. Visiblement, lui aussi avait ses démons. Elle percevait beaucoup de désillusion et de rancœur, sans doute celles qui l'avaient poussé à adopter ce choix de vie.

– Ah, voilà les « pains de sucre » ! s'exclama tout à coup Thomas, en posant un doigt contre la vitre.

Lina regarda au loin, surprise par la beauté du panorama subtropical. Derrière une muraille de bâtiments, une floraison de pics karstiques semblait gicler vers le ciel, semblables à de monstrueux volcans endormis. Les pitons difformes et verdoyants formaient un gigantesque rempart autour de la ville, lui insufflant un sentiment d'insignifiance, d'effroyable petitesse.

– Prépare tes affaires, on est bientôt arrivés.

« Dommage. » Elle aurait bien voulu poursuivre leur conversation.

19

4 octobre 1991

LE BUREAU de la sécurité publique de Wuming était semblable à beaucoup de commissariats du sud du pays. D'architecture massive, avec son entrée décorée d'un énorme blason, ses couloirs interminables, ses bureaux en pagaille, il avait la réputation d'incarner un pouvoir politique battant en retraite. À vrai dire, les policiers eux-mêmes n'étaient plus sûrs de savoir ce qui était légal. Les plaintes n'aboutissaient jamais, les trafics de drogue s'effectuaient en pleine rue, le marché noir prospérait. On disait même que l'indulgence des autorités était monnayable…

Face à un tableau si pessimiste, Sun n'était pas persuadée que les policiers se soucieraient un tant soit peu de son cas. Elle n'était qu'une simple paysanne, et de surcroît, elle n'avait pas un cercle relationnel suffisamment notoire pour avoir droit à la justice.

Accompagnée de Yao-Shi, Sun balaya néanmoins ses préjugés et franchit la porte du commissariat. Après s'être annoncés à l'accueil, ils s'assirent dans la salle d'attente côte à côte. Sun n'avait quasiment pas dormi. Au lever du soleil, elle s'était précipitée au monastère, pour retrouver le moine.

« Calme-toi, Sun, pense au bébé. »

Son angoisse avait grandi dans la nuit, alors qu'elle somnolait dans la chambre de Chi-Ni. Depuis, elle ne pouvait rien y faire, ses jambes flageolaient.

– Tout ira bien, Sun.

La voix de Yao-Shi n'était même plus réconfortante. Comment pouvait-il savoir que tout irait bien ? Il serra sa main avec affection. Peut-être sa chaleur lui redonnerait-elle un peu d'espoir...

– Je suis incapable de sourire, murmura-t-elle. Un jour, Li-Li m'a dit que beaucoup de filles mouraient dans les ravins. Son mari a déjà trouvé des morceaux de squelettes, car des parents jettent leurs petites filles dans ces trous, pour les punir d'être nées.

Elle ferma les yeux pour se retenir de pleurer. Depuis hier soir, un esprit frappeur hantait ses pensées. Elle imaginait Chi-Ni, son corps agile, sa bouille joyeuse, puis l'image basculait dans l'horreur : ce même corps lui apparaissait inerte, désarticulé, gisant au fond d'un ravin rempli de ronces.

– Sun, ne croyez pas tout ce que les gens racontent.

Au bout de vingt minutes, un policier les accueillit dans son bureau. Sa table de travail était encombrée de dossiers, photos, bouilloire et cigares.

Sun l'observa. Quel âge avait-il ? Vingt-quatre, vingt-cinq ans ? Un peu jeune pour traiter ce genre d'affaire. Elle aurait voulu parler à une personne plus expérimentée.

Lorsqu'il ouvrit la bouche, elle comprit à son accent qu'il n'était pas de la région.

– Je m'appelle Rong Zhou, je suis inspecteur de police, spécialisé dans les disparitions d'enfants.

Sun et Yao-Shi se présentèrent, avant de s'asseoir face à son bureau.

En plus de ses yeux d'aigle, l'inspecteur Zhou avait des pommettes osseuses et arborait une moustache taillée avec soin, sans doute pour paraître plus âgé.

– Alors, dit-il en saisissant un stylo, que vous arrive-t-il ?

– Il s'agit de ma fille, répondit Sun, elle est âgée de six ans et elle a disparu.

– Vous habitez… ?

– Mou di, dans la montagne.

Le policier griffonna des notes dans un carnet usé. Ses mains étaient sèches, griffues.

– Depuis combien de semaines ne l'avez-vous pas vue ?

– Vous avez dit « semaines » ?

– Je ne devrais pas ?

La jeune femme grimaça, abasourdie par la question. Évidemment, elle aurait dû s'y attendre. De nombreux parents prenaient eux-mêmes l'initiative de faire disparaître leurs fillettes. Alors si le destin s'en chargeait à leur place, pourquoi essayeraient-ils de les retrouver ?

Sun n'était pas une mère comme les autres.

– Chi-Ni passe ses après-midi à mes côtés, répondit Yao-Shi pour mettre fin à l'embarras. Elle a quitté le temple hier, à 17 heures. Personne ne l'a vue depuis. Nous avons interrogé la plupart des habitants de Mou di, sans succès.

– Hier…, répéta Rong Zhou sans cacher sa lassitude, c'est beaucoup trop récent. Je ne vois pas très bien ce que nous pouvons faire. Votre fille a-t-elle l'âme d'une exploratrice ?

– Une exploratrice ? bredouilla Sun.

– Oui. Est-ce qu'elle aime l'aventure ? Vous savez, elle a peut-être décidé de partir en balade, pour découvrir le monde. Parfois, les enfants sont surprenants. Je suis sûr qu'il n'y a pas lieu de s'inquiéter, elle reviendra toute seule.

Sun tenta de masquer la révolte qui grondait en elle. Elle se sentait comme un buffle d'eau combattant dans une arène. Comment un policier pouvait-il manier à ce point le sarcasme ? Était-il volontairement odieux ou n'avait-il pas une once de bon sens ?

À défaut de pouvoir l'embrocher, elle gonfla sa poitrine et posa ses deux paumes sur la table, bras tendus. Maudite politesse chinoise… Elle n'avait pas le droit de perdre son calme. En Chine, mesure et retenue étaient les maîtres mots.

– Monsieur l'inspecteur, dit-elle en souriant avec amabilité, ma fille ne ferait pas une chose pareille. Vous pouvez me croire.

Rong Zhou tortilla fébrilement sa moustache, aussi attentif qu'un chasseur à l'affût.

– Eh bien, s'exclama-t-il soudainement en pointant son stylo vers le ventre de la jeune femme, vous attendez un enfant ?

– Je...

Les joues de Sun s'empourprèrent. Elle jeta un regard à Yao-Shi, mais il semblait aussi embarrassé qu'elle.

– Oui, vous êtes enceinte, conclut Zhou en soupirant. Si je ne m'abuse, votre village ne compte que des Hans, il est soumis à la politique de l'enfant unique... Que comptiez-vous faire à la naissance du bébé ?

20

27 juillet 2013

À 12 h 16, Lina et Thomas arrivèrent à Wuming, dans la région du Guangxi. La température avoisinait les trente-cinq degrés, et bien que vêtue d'un short et d'un débardeur, Lina perla immédiatement de sueur.

– Il fait toujours aussi chaud ?

– Chaud et humide, répondit Thomas, et encore, tu n'as rien vu ! Quand ça dépasse les quarante degrés, on se sent comme une écrevisse en train de cuire !

Sur le quai, il lui expliqua qu'ils devaient se rendre au commissariat pour son enregistrement, une démarche obligatoire pour n'importe quel touriste. Dans la foulée, elle aurait l'occasion de rencontrer son principal associé.

– Ah, attends, j'oubliais ! dit-il en sortant un téléphone portable de son sac. Prends-le ! Le réseau est plutôt bon à Mou di, ça nous permettra de rester en contact. De mon côté, je resterai à Wuming. Mon hôtel n'est pas très loin d'ici, l'adresse est enregistrée dans ton téléphone.

– Une organisation millimétrée !

– Je suis un homme organisé, badina-t-il en l'entraînant vers la gare routière.

Mais ce qui en France était un jeu d'enfant équivalait en Chine à une aventure épique. Pour acheter leurs tickets, ils firent la queue pendant une demi-heure dans une étrange file d'attente : les Chinois s'agglutinaient devant le guichet, se doublaient et se poussaient, en brandissant un billet de banque.

– Les places sont limitées ? demanda l'étudiante.

– Ça dépend des jours, répondit Thomas en les imitant, le plus culotté est le premier servi.

Lina fronça les sourcils, en le regardant faire. Elle se serait crue face à un groupe de fans déchaînés s'arrachant les dernières places d'un concert de Justin Bieber.

Une fois le précieux sésame décroché, les deux Français durent se plier aux contrôles antiterroristes, rayons X et palpations, avant d'accéder au bus. S'ensuivirent vingt minutes de rodéo, sur des voies où personne ne semblait respecter le code de la route. Les uns grillaient les feux rouges, les autres roulaient à contresens. Les piétons couraient sur les passages protégés, tandis qu'un concert endiablé de klaxons leur intimait l'ordre de dégager.

Derrière la vitre, Lina découvrit une ville étonnamment contrastée. Certains quartiers suaient la pauvreté. Accolées les unes aux autres, les maisons étaient grisâtres, fissurées et cernées d'encombrants. Une armée de scooters, de vélos et de triporteurs circulaient en tous sens, sur des routes poussiéreuses et sordides, bordées de gargotes aux enseignes rouge criard. Mais au centre-ville, les quartiers se modernisaient. Propres, flambant neufs, ils regorgeaient de boutiques colorées, d'hôtels et de restaurants occidentaux dignes des plus grandes villes américaines.

Ils descendirent du bus un peu plus loin, devant un vaste bâtiment fraîchement repeint : le Bureau de la sécurité publique.

– Finalement, nous devons aller ailleurs, déclara Thomas en consultant son téléphone. Suis-moi.

Intriguée, Lina lui emboîta le pas sans poser de question. Malgré les risques encourus, elle adorait plonger dans des situations insolites, sans filet, ni repère. Elle trouvait que le mystère donnait du piment à la vie, la rendait moins contrôlable, moins prévisible… plus savoureuse.

Deux cents mètres plus loin, ils entrèrent dans un magnifique jardin public traversé par un cours d'eau.

Les deux Français ne passaient pas inaperçus. Parfois, des piétons stoppaient leur marche pour les dévisager. Les hommes se demandaient comment l'Occident avait pu produire une créature aussi blonde, aux jambes nues interminables. Les femmes mangeaient Thomas du regard, impressionnées par sa taille et sa carrure sportive, qui n'avaient rien à envier aux effigies des panneaux publicitaires.

Au pied d'une fontaine, le Parisien montra du doigt un homme figé sous un arbre dans une étrange posture. Le Chinois était pieds nus, accroupi, le dos voûté et une jambe étirée en avant. Ses bras étaient tendus vers le ciel, comme s'il s'apprêtait à s'envoler.

– Du tai-chi-chuan, reconnut Lina. Drôle d'oiseau. On dirait de la danse classique.

– Sauf qu'il est inspecteur de police…

Lina se mordit la langue. Elle avait l'art de mettre les pieds dans le plat.

– Ton associé ?

– Disons qu'il supervise mon travail. Cet officier nous aide régulièrement depuis décembre et il va aussi encadrer tes investigations à Mou di. Si tu rencontres le moindre problème, tu peux l'appeler.

– Génial.

Lina fixa l'inspecteur avec scepticisme. Dans cette position, elle l'imaginait battre des bras et décoller comme une cigogne. Pas sûre d'être en totale sécurité.

– Comment s'appelle-t-il ?

– Rong Zhou.

21

4 octobre 1991

SUN GARDA les yeux fixés sur l'emblème de la police accroché au-dessus de la porte : une représentation de la Grande Muraille, coiffée d'étoiles et d'une couronne de blé.

Elle n'osait plus affronter le regard de Rong Zhou.

– Allons, je n'essaie pas de vous piéger, certifia l'officier d'un ton délibérément compatissant.

– Je… Chi-Ni n'est pas… Ma fille n'est pas enregistrée.

L'inspecteur la dévisagea attentivement, avant de jeter un coup d'œil au moine, qui baissa les yeux. Il avait tout compris. Conformément à la loi, Chi-Ni n'avait aucune identité légale. Elle se noyait dans la masse des « extra-naissances », ces enfants non déclarés qui n'avaient ni droit à l'école ni accès aux soins médicaux.

– Je n'ai pas eu le choix, balbutia Sun, la mâchoire crispée, mon mari voulait un fils.

À la naissance de Chi-Ni, Sun s'était vu imposer un douloureux compromis : Lu-Pan ne tolérerait sa fille qu'à condition que son existence ne soit jamais révélée aux agents du Planning familial.

– Écoutez-moi, fit l'inspecteur un brin sévère, beaucoup de gens ne respectent pas la volonté du gouvernement en matière de restriction des naissances. Je suis connu pour être… conciliant à ce sujet. Votre mari, en revanche, attire mon attention. Que pense-t-il de cette situation ?

Sun entrouvrit les lèvres, qui commençaient à trembler. Depuis plusieurs semaines, Lu-Pan était obnubilé par leurs faibles récoltes. Ses yeux se cernaient, ses joues se creusaient. Il prenait l'allure d'un vampire racorni par la soif.

– Mon mari est un brave homme.

– Pourquoi ne vous a-t-il pas accompagnée ?

– Il travaille…

– Je vois.

Le silence retomba.

Pendant plus de deux minutes, l'officier prit des notes, sans relever la tête. Yao-Shi en profita pour sourire à Sun avec assurance. Il avait l'air confiant.

– Une dernière question, dit alors l'inspecteur Zhou en se levant de sa chaise. Votre mari aime-t-il jouer ?

– S'il aime jouer ?

– Allons, vous savez très bien de quoi je parle. Rentre-t-il tard le soir, sans vous donner d'explication ? Remarquez-vous une diminution de votre budget ?

Le cœur de Sun s'emballa.

– Les jeux d'argent sont illégaux, répondit-elle immédiatement.

– Bien sûr, ils le sont. Mais votre mari s'y adonne-t-il ?

– Je… je ne crois pas.

Elle avait envie de pleurer. Elle revoyait Lu-Pan, imbibé d'alcool, le visage empli d'aigreur. Il avait l'expression d'un homme coupable, rongé par les remords. Que savait-il sur ces fameux criminels, dont les voitures luxueuses étaient chargées d'armes à feu ? Et si un de leurs coffres dissimulait une petite fille ?

– Madame, tant que vous me mentirez, je ne pourrai pas vous aider.

– Vous ne pouvez donc pas m'aider…

Sun se leva, imitée par Yao-Shi.

– Merci de nous avoir écoutés, inspecteur, il est temps pour nous de partir.

Zhou hocha le menton, sans formuler d'objection.

Sun en était consciente : ce policier ne pouvait rien pour eux. Voilà des lustres que les forces de l'ordre ne se mesuraient plus à la mafia.

Les deux amis quittèrent le commissariat, résignés. Au moins, Rong Zhou avait eu le mérite de leur ouvrir les yeux.

22

27 juillet 2013

L'INSPECTEUR ZHOU était plutôt sympa. Peut-être un peu fêlé, comme tous les flics que Lina Soli avait déjà rencontrés, mais au moins il semblait intéressé par son travail. Sa moustache noire était aussi bien taillée que celle de Salvador Dalí. Il avait un regard perçant, comme si son cerveau était en constante ébullition. D'après Thomas, Rong Zhou était un très grand flic, qui voyageait régulièrement pour dispenser des formations. Quand il avait entendu dire qu'une ONG œuvrait dans la région, il avait débarqué le soir même pour leur « prêter main-forte », selon ses termes.

Après l'enregistrement de Lina, l'inspecteur les emmena dans un restaurant traditionnel, au bord de la rivière Li.

Au pied des baies vitrées, une farandole de cages encombrait le trottoir : des canards, des serpents, des crapauds, des rats… Serrés les uns contre les autres, des rongeurs attendaient l'heure fatale, si confinés qu'ils étaient incapables d'étirer un membre. Le client n'avait qu'à désigner une pauvre bête et on l'égorgerait en pleine rue.

– Les Chinois aiment les produits frais, dit l'étudiante avec ironie.

Rong Zhou lui sourit.

– Au moins, pas de mauvaise surprise. Vous voulez manger du chien ?

Elle le fixa avec un air volontairement scandalisé.

– Je plaisante, ajouta l'inspecteur en caressant sa moustache, mangez ce que vous voulez.

Elle opta pour du riz au bambou.

Pendant le repas, l'officier lui posa plusieurs questions sur sa vie en France et son intérêt pour la Chine. Il voulait aussi savoir quelles raisons l'avaient poussée à accepter la demande de Thomas. Lina répondit simplement qu'elle avait suivi son cœur, et qu'elle se laissait le droit d'arrêter n'importe quand. Elle lui demanda des conseils pour réussir son intégration à Mou di, mais l'officier n'eut pas l'air optimiste.

– Les gens de ce hameau ne sont pas comme les autres, dit-il en croquant dans une patte de poulet, ils ne sont pas nombreux, ils n'aiment pas les visiteurs, quels qu'ils soient. Ils vous réserveront un piètre accueil, et lorsque vous soulèverez leur méfiance, ce qui arrivera à un moment ou à un autre, ils se fermeront comme des huîtres. Vous savez ce que signifie *yangguizi* ?

Lina hocha la tête. Les *yangguizi* étaient les « diables d'étrangers », une façon insultante de désigner les Occidentaux. Pourtant, ce discours la laissait perplexe. Un professeur de Strasbourg avait soutenu que les touristes étaient accueillis avec chaleur et prévenance dans les villages chinois.

– Je ne comprends pas. De quoi ont-ils peur ?

– Je ne sais pas, répondit Zhou, cela dure depuis des années. Ce village est… inhospitalier. Pour être honnête, je n'étais pas d'avis que vous alliez là-bas. Vous allez gaspiller beaucoup de temps.

Il jeta un regard à Thomas, qui haussa les sourcils. Visiblement, les deux hommes n'étaient pas d'accord sur ce point… Rong Zhou pensait-il que l'appel anonyme reçu par l'humanitaire de Cœur d'enfants était un canular ? Dans ce cas, pourquoi l'aider ?

– Tu dois seulement faire preuve d'un peu de finesse, la rassura Thomas Mesli. Attends le moment opportun pour poser les bonnes questions, et évite certains mots :

« police », « Planning familial », « organisation humanitaire », « disparitions d'enfants ». Ces sujets les mettent mal à l'aise, je l'ai bien senti. Mais si tu ne parles pas de notre collaboration, tout devrait bien se passer.

À la fin du repas, il lui annonça quel serait son nouveau moyen de locomotion : un beau vélo rouillé, qui lui permettrait d'être à Mou di en moins de trente minutes.

– Tu aimes le sport ? questionna-t-il pour détendre l'atmosphère.

– J'essaie de m'entretenir, répondit-elle modestement.

Inutile de lui dire qu'elle s'imposait trois heures de boxe tous les week-ends.

Il la jaugea du coin de l'œil.

– Mou di se situe à cinq cents mètres d'altitude. Tes jambes tiendront le coup ?

Elle lui rendit un sourire espiègle.

– Mes jambes te remercient pour ta sollicitude, mais elles relèvent le défi !

Le temps d'un battement de cils, Thomas l'imagina le front en sueur, les joues écarlates, les mollets en feu et le tee-shirt humide. Cette image avait quelque chose de plaisant…

Lina ouvrit son sac à dos et en sortit la carte de la région, intégrée au dossier.

Si grimper une pente ne lui faisait pas peur, trouver son chemin jusqu'au hameau était une autre affaire. En grandissant, elle s'était découvert un sens de l'orientation pitoyable, au point qu'elle se perdait à chaque fois qu'elle s'éloignait de Strasbourg. Marc lui avait offert un GPS, qui était devenu son plus fidèle allié. Malheureusement, son petit bijou ne supportait pas les réseaux chinois. Elle l'avait lâchement abandonné dans un box à louer avec d'autres affaires, après avoir rendu les clés de son studio.

Livrée à un sens de l'orientation aussi développé que celui d'une huître, Lina avait toutes les chances de se perdre dans les collines du Guangxi.

– Mademoiselle Soli, je vous accompagnerai jusqu'à l'entrée de la forêt, affirma Rong Zhou, qui devinait son désarroi. Ensuite, vous n'aurez qu'à longer le chemin. Une seule voie, pas d'intersection. Suivre une ligne droite, j'imagine que c'est dans vos cordes ?

23

27 juillet 2013

À MESURE qu'elle grimpait la pente, Lina se sentait écrasée par la moiteur tropicale. La forêt était dense, sombre, armée de conifères et de feuillus.

En partant, elle s'était promis de ne pas faire de pause. Thomas lui avait donné envie de se surpasser : jamais elle ne se laisserait abattre par trente minutes d'effort. Mais malgré toute sa bonne volonté, au troisième virage, ses muscles abdiquèrent. Avec quinze kilos sur le dos, elle n'avait plus ni force ni souffle.

Courbaturée, Lina descendit de son vieux biclou et marcha à côté, appuyée sur le guidon.

Maintenant qu'elle était seule, elle se sentait moins rassurée.

Le chemin de terre était usé, fissuré par l'érosion. Des serpents glissaient entre les buissons infestés de grosses araignées. De la cime des arbres, d'étranges cris d'oiseaux s'élevaient de toutes parts, lui donnant l'impression d'explorer une sylve maléfique.

« Voilà pourquoi aucun touriste ne se rend à Mou di… »

L'esprit agité, Lina accéléra le pas, tous ses sens aux aguets. Une odeur particulière parfumait la forêt, à la fois résineuse et citronnée.

L'étudiante s'imagina Sun Tang marchant sur ce chemin. En 1991, la disparue était âgée de vingt-trois ans, le même âge qu'elle.

« Résumons notre affaire. Cette année-là, Sun Tang découvre un secret sur des disparitions d'enfants... Ce qu'elle apprend est terrible, terrifiant, d'une ampleur si colossale qu'elle ne parvient pas à l'enrayer... Cette même année, elle met les voiles, car elle ne s'entend plus avec son mari. »

Lina secoua la tête.

« Ça cloche, c'est sûr ! »

La fugue de Sun Tang n'était probablement pas due au hasard. Elle avait un rapport avec ses découvertes. Sun avait peut-être pris la fuite à cause d'un danger qui pesait sur sa vie et qui continuait de planer sur certains villageois. Était-ce en lien avec les abandons d'enfants ou les infanticides ? Un trafic d'êtres humains ? Mais quel type de trafic ? Lina chassa cette interrogation. Elle allait trop vite en besogne.

Une autre question lui vint à l'esprit : qui était l'auteur de l'appel téléphonique ? Pourquoi ne s'était-il pas présenté au rendez-vous ? Avait-il changé d'avis ou reçu des menaces ?

Lina frissonna, tandis qu'elle apercevait la sortie de la forêt. « Enfin ! »

Elle remonta sur son vélo, et pédala à toute allure vers le trou de lumière. Dès qu'elle fut sortie de ce chaos végétal, le soleil l'éblouit et le paysage lui coupa le souffle.

Des rizières verdoyantes s'étendaient à perte de vue, au cœur d'un site d'une beauté époustouflante. Aménagé en terrasses, l'escalier végétal dégringolait de la montagne, en épousant ses rondeurs. Chaque niveau formait un long couloir vert et arrondi, où le soleil miroitait sur l'eau dormante. Lina avait l'impression d'être face à un véritable chef-d'œuvre, aux lignes souples et harmonieuses. Combien d'heures de travail pour bâtir un tel ouvrage ?

Un peu plus loin, la Française remarqua un terrain vague qui faisait office de parking. Une voiture et deux scooters étaient garés côte à côte, près de trois misérables bicyclettes.

Le chemin s'arrêtait là, au cœur de la montagne. Pour rejoindre le hameau, il fallait emprunter un sentier pédestre qui traversait les plants de riz.

Lina cadenassa son vélo et suivit le chemin d'herbe et de cailloux qui ondulait entre les rizières. Le passage était escarpé. À plusieurs reprises, elle fut saisie d'un vertige, en plongeant son regard sur la plaine. Le vide l'aspirait et il lui prenait l'envie de se jeter dans les airs pour survoler les rizières. « Le syndrome de Mary Poppins », s'amusa-t-elle en poursuivant sa route.

Deux cents mètres plus loin, elle aperçut enfin Mou di, niché en contrebas. Sa surprise fut de taille : moins de dix maisons et un monastère bouddhiste. Un paysage de carte postale, où resplendissait toute la beauté de la Chine.

Impatiente, l'étudiante dévala un dernier couloir d'escaliers, avant d'atteindre le lieu de culte, qui surplombait le village. Le temple était somptueux : rouge et jaune, aux charpentes apparentes en bois joliment ciselé. Sa toiture rappelait les bâtiments ancestraux : des bords concaves, pointant vers la cime des arbres, comme un large bicorne noir. De chaque côté de la porte, deux énormes lions de pierre la dévorèrent des yeux.

Le pouls de Lina accéléra.

Il était encore temps de faire machine arrière.

« Non, on y va ! »

Elle ouvrit nerveusement son sac pour en sortir une feuille dactylographiée. Le prénom de son hôte y figurait en lettres capitales.

Un dénommé Yao-Shi.

24

4 octobre 1991

Lu-Pan passait la plupart de ses soirées dans un quartier malfamé de Wuming. Des bars insalubres se mêlaient à des commerces ambulants douteux et des odeurs de nourriture flottaient le long des constructions.

Sun savait exactement où chercher. En sortant du commissariat, elle n'avait qu'une idée en tête : s'informer de l'ampleur des dettes qu'avait contractées son mari et s'assurer que la mafia n'avait pas kidnappé son enfant… Qui d'autre aurait pu l'enlever ? Les petites filles abandonnées couraient les rues, alors à quoi bon kidnapper Chi-Ni si ce n'est pour demander une rançon ?

– Tout cela est bien trop précipité, répéta Yao-Shi alors qu'ils pénétraient dans les tréfonds de la ville.

Il était plus de midi et ils n'avaient rien avalé de la matinée. Les deux amis marchaient côte à côte depuis plus d'une demi-heure.

Sous leurs semelles, le sol semblait craquelé à cause des déchets crasseux et des mégots qui le jonchaient. Les bâtisses étaient en piteux état, grises comme des tombes. À plusieurs reprises, des hommes adossés aux murs les observèrent, le regard fourbe.

Le moine regretta de ne pas avoir été plus persuasif. Aucun argument n'avait dissuadé Sun. Depuis qu'elle avait quitté le Bureau de la sécurité publique, la jeune mère était transformée : l'angoisse avait laissé place à la fureur, mêlée d'une farouche opiniâtreté. En six ans, Yao-Shi ne l'avait jamais vue dans un tel état. Depuis leur rencontre, Sun essayait d'être attentive aux enseignements bouddhistes. Elle suait sang et eau pour refouler toute forme d'émotion négative. Chaque jour, elle s'efforçait d'agir avec sérénité, en se laissant porter par la vie.

« Mais certains événements brisent en éclats nos plus profondes convictions », pensa Yao-Shi.

Sur sa gauche, Sun accéléra le pas, de plus en plus intrépide. Le moine essaya de la retenir :

– Vous ne devriez pas marcher si vite. Pensez à votre bébé.

– Nous n'avons pas de temps à perdre.

Yao-Shi soupira. Elle était visiblement prête à tout pour retrouver sa fille.

Au bout de quelques minutes, ils s'éloignèrent de l'artère principale pour se glisser dans une zone périurbaine aux allures industrielles. De vastes entrepôts enlaçaient des boutiques désuètes aux devantures peu attrayantes. Par instants, des émanations nauséabondes d'excréments saturaient l'air, tandis que d'étranges rôdeurs vadrouillaient dans le quartier. Sans doute étaient-ils maintenant au cœur des commerces illicites contrôlés par la mafia.

– Sun, savez-vous vraiment où nous allons ?

Enveloppé dans son *kesa* orangé, Yao-Shi attirait tous les regards. Un religieux n'avait pas sa place dans des faubourgs si retirés.

– Il y a deux semaines, j'ai suivi mon mari à la tombée de la nuit. Je n'en pouvais plus de ses absences répétées. Il ne me donnait pas d'explication.

– Où allait-il ?

– Ce n'est plus très loin. Cinq minutes tout au plus.

Ils traversèrent un parking encombré de carcasses en métal. À un angle de rue, Sun s'immobilisa devant la façade d'une brasserie glauque, aux murs jaunes et sales, coincée entre deux hangars métalliques. Un énorme dragon crachant du feu avait été peint sur la devanture.

– Attendez-moi là, dit-elle d'un ton ferme, je ne pense pas que les religieux soient les bienvenus.

– Vous ne le serez pas non plus.

La jeune mère haussa les épaules, elle devait agir seule.

« C'est son choix », pensa Yao-Shi.

Le moine s'assit en tailleur sur un bloc de pierre qui faisait office de banc.

– Si vous avez besoin de moi, je serai là, affirma-t-il en levant les yeux au ciel.

Sun le remercia, avec un pincement au cœur.

Au fond d'elle, elle savait que Yao-Shi n'était pas en mesure de l'aider. Que pouvait faire un homme aussi pacifique face à une violence sourde et aveugle ? Sa gaieté et sa bienveillance ne lui seraient d'aucune utilité.

Résolue, elle entra dans le bar.

25

27 juillet 2013

LINA ESPÉRAIT tomber sur des moines Shaolin, mais elle avait vite déchanté. Le premier moine qu'elle rencontra était un quinquagénaire corpulent, au crâne dégarni et rougi par le soleil. Il avait le visage joufflu, poupin, et tenait dans ses mains un chapelet de perles qu'il laissait pendre dans le vide.

– *Ni hao !* Bienvenue, mademoiselle Soli. Je ne m'attendais pas à accueillir une si jolie fleur. Je suis Ushi !

Il fixa sa chevelure blonde, complètement hypnotisé. Avait-il déjà vu des cheveux aussi clairs ?

– Appelez-moi Lina, répondit-elle avec attendrissement, je suis enchantée de faire votre connaissance.

– Li-na, articula-t-il, vous parlez bien chinois ! J'espère que vous avez fait bonne route.

Légèrement boudiné dans sa robe de moine, Ushi s'empressa de lui faire visiter le temple, aussi joyeux que le Bouddha rieur.

La salle des Rois célestes – les quatre effrayantes statues de pierre que la jeune femme avait découvertes à son arrivée – débouchait sur une agréable courette dotée d'un brasero et d'un prunier. La cour donnait accès à plusieurs salles destinées aux prières et aux cérémonies. Sur la droite, un large couloir menait au pavillon des moines et à la chambre des invités.

– Le village bénéficie de l'eau courante et de l'électricité, précisa Ushi avec fierté, mais l'eau n'est pas potable.

L'œil bienveillant, le moine souriait sans relâche, laissant entrevoir ses jolies dents du bonheur.

La visite s'acheva dans la salle d'eau, où l'étudiante observa les sanitaires avec une certaine inquiétude. Certes, il y avait des douches individuelles, mais les cabinets d'aisance annihilaient toute tentative d'intimité : des toilettes à la turque s'alignaient, sans mur ni cloison, offrant à leurs usagers le spectacle des déjections voisines. Instantanément, Lina s'imagina les concerts olfactifs et sonores qui avaient lieu dans ces infâmes cabinets.

– Excusez-moi, dit-elle avec gêne, il n'y a pas d'autres toilettes, moins... conviviales ?

L'homme pouffa de rire en se tenant le ventre.

– Vraiment, vous parlez bien chinois !

Il lui montra une porte, au fond de la pièce, à l'intention des invités en quête de pudeur. Un dernier hic subsistait : comme partout en Chine, le papier WC ne devait jamais être jeté dans la cuvette, mais dans une corbeille très appétissante, prévue à cet effet...

Puis Ushi lui brossa un tableau des journées au temple et des règles à respecter. Exclusivement végétariens, les repas étaient pris à heure fixe dans la salle à manger. Les moines de Mou di se levaient à 5 heures et méditaient plusieurs fois par jour, appelés par le son d'une cloche. Si Lina n'était pas tenue de se joindre à leurs prières, elle n'échapperait pas aux inévitables tâches ménagères : astiquage, savonnage, dépoussiérage. Tous les matins, l'étudiante devait enfiler son costume de fée du logis et participer à l'entretien des locaux ; le reste du temps, elle était libre de vagabonder dans la nature.

– Encore une chose, ajouta Ushi en s'efforçant de parler lentement et distinctement, cet été nous sommes deux moines à occuper les lieux. Vous rencontrerez Maître Yao-Shi tout à l'heure. Je dois tout de même vous avertir qu'il n'aime pas être dérangé, quoi qu'il fasse. Les visiteurs précédents se sont souvent plaints de son austérité et de son accueil hostile. Sachez que Maître Yao-Shi aime la solitude et le silence. Il est très peu bavard. Ne lui en tenez pas rigueur.

Le moine abandonna l'étudiante dans sa chambre, livrée à la curiosité qu'il venait d'attiser. Pourquoi prenait-il autant de précautions à présenter son confrère ? Était-il à ce point déplaisant ?

Lorsque le fameux maître fit son apparition, vingt minutes plus tard, Lina comprit le sens de ses propos. Le moine était maigre, chauve, et avait la peau creusée de rides. Ses lunettes rondes et ses oreilles décollées lui auraient donné un air attachant s'il n'avait eu ce regard glacial et acéré, si profond qu'il semblait vide. L'homme la salua brièvement avant de disparaître.

Pas un sourire, aucune marque de courtoisie.

Lina n'avait rien pu lire sur ce visage. Il était fermé comme un tombeau.

26

4 octobre 1991

AUSSITÔT, une fumée méphitique encrassa ses poumons. Celle des cigares, des pipes et autres tiges. Deux hommes buvaient, accoudés à un long bar chromé. Au milieu de la pièce, des parties de mah-jong avaient débuté sur différentes tables dans un tumulte épouvantable. Visiblement, l'alcool coulait à flots. Des hommes à moitié ivres somnolaient sur des sofas disposés de part et d'autre de la salle. Les canapés étaient sales et éventrés, à l'image de la tapisserie usée n'offrant que le fantôme de ses premiers motifs.

Sun fit claquer la porte.

– Excusez-moi !

Les bouches se turent, les cous se tordirent, les yeux s'écarquillèrent. Il n'y avait là que des hommes, entre vingt et soixante ans. Ils la dévisagèrent comme s'ils n'avaient jamais vu de femme enceinte. En même temps, Sun perçut quelques regards avides, dévorant goulûment chaque courbe de son corps.

Elle s'éclaircit la voix avant de se présenter. Peut-être que la mafia attendait sa venue ? En guise de réponse, les sourcils se froncèrent avec perplexité.

– Je veux parler à votre patron, exigea la jeune mère sans fléchir, au sujet de mon mari et de ses dettes.

Au fond de la salle, un homme grisonnant se leva et lui

fit signe de le suivre. Immédiatement, Sun remarqua que son regard vicieux ne se privait pas d'examiner ses formes.

« Allez, sois forte ! Fais-le pour ta fille ! »

Sun rassembla son courage et accompagna le mafieux vers un passage dans le mur, à l'arrière du bar. Ils longèrent un couloir flanqué de portes massives en métal. Des escaliers bétonnés menaient au sous-sol, suivis d'autres portes, ouvertes sur des salles de jeux noircies par la fumée.

La jeune mère frissonna.

D'affreux cris résonnaient dans un coin du dédale et rebondissaient jusqu'à eux, sur les murs aveugles. Les ampoules grésillaient. Parfois, l'homme grisonnant tournait la tête et scrutait son ventre, comme s'il fantasmait sur les femmes enceintes.

Pouvait-elle encore fuir ? Ce lieu était un trou à rats qui devait prendre au piège toutes les proies égarées.

Au fond d'un couloir obscur, son guide lui demanda d'attendre et ouvrit une porte. Il revint trente secondes plus tard et l'invita à entrer, avant de s'éclipser.

L'instant fatidique.

Encore ce brouillard de fumée puante.

Trois hommes étaient à l'intérieur. L'un d'eux, très probablement le patron, était laid et moustachu, assis derrière un bureau noir de la taille d'une table de billard. Il buvait du thé avec décontraction. Derrière lui, deux colosses se levèrent d'un banc, aussi crispés que des chiens de garde à l'affût. Le patron ouvrit la bouche :

– Madame Tang, asseyez-vous. Vous êtes venue me parler des dettes de votre mari ?

La pièce était humide, sans fenêtre. Peu de mobilier. Sur un buffet, un ventilateur à bout de souffle expirait ses derniers courants d'air.

Le patron ouvrit un tiroir et sortit un épais cahier.

– En réalité, je suis venue chercher ma fille.

– Votre fille ?

Le mafieux avait l'air réellement surpris. Il pointa du doigt une page de ce qui semblait être un registre répertoriant des dettes.

– Lu-Pan est un bon gars, mais effectivement, il me doit de l'argent. Pas mal d'argent, si on fait les comptes.

– Monsieur..., bredouilla Sun.

– On m'appelle M. Hsin.

– Monsieur Hsin, où est ma fille ? Où la gardez-vous ?

Le pouacre fit une grimace, avant de caresser sa grosse moustache. Ses lèvres difformes semblaient avoir été épluchées au couteau.

Soudain, il laissa poindre un sourire amusé.

– Nous n'avons pas votre fille.

Une chaleur violente s'empara de la jeune mère. Elle sentit son diaphragme se contracter, l'obligeant à se concentrer pour réguler son souffle.

– Monsieur, je préfère que vous soyez franc avec moi. Je suis persuadée que la mafia a kidnappé ma fille.

– Vous avez l'air bien sûre de vous, mais je suis prêt à parier que vous n'avez pas de preuve.

– Vous venez de me dire que mon mari vous doit de l'argent...

– S'agit-il d'un aveu ?

Sun se mit à trembler, incapable de contrôler son corps. Cet homme lui mentait, comment pouvait-il en être autrement ?

« Oui, Lu-Pan baignait dans l'alcool. » Or son mari buvait rarement du *baijiu.* Alors pourquoi hier soir, sinon pour étouffer un sentiment de culpabilité ?

– Je veux votre parole.

– Un homme comme moi ne donne pas sa parole à n'importe qui.

Sun se leva avec une sensation de douloureux vertige. Chi-Ni était là, dans son esprit, avec son sourire malicieux. Hier matin, elle avait enfilé sa salopette rose brodée d'étoiles. Belle comme un cœur.

La jeune mère avait mal au crâne, terriblement mal.

– Où allez-vous ? demanda le patron. Restez encore un peu ! Puisque vous avez fait le déplacement, profitons de l'occasion pour transmettre un message à votre mari.

– Un message ?

Elle n'aimait pas du tout l'intonation de sa voix.

– En quelque sorte. Généralement, je ne prends pas la peine d'écrire.

Le plus costaud des gros bras ferma la porte à clé et se posta devant.

Le patron rangea ses registres dans un tiroir, puis s'assit plus confortablement dans son siège. Impassible, il alluma un cigare et tira une grosse bouffée.

Derrière lui, le deuxième sous-fifre eut un mouvement d'hésitation.

– Patron, vous êtes sûr ? Cette femme est enceinte… On n'est pas obligés de…

– De quoi ? Je t'écoute, Shitzé.

– De rien, se ravisa le mafieux en croisant le regard de son chef.

Un mot de plus et lui aussi aurait été l'heureux destinataire d'un message.

– Alors puisqu'on est d'accord, il est temps d'affranchir mon courrier, déclara M. Hsin.

Le plus costaud serra les poings.

27

27 juillet 2013

– Quoi ? Tu te lances sur un coup de tête dans une enquête policière ! Avec Casanova et Jackie Chan ? Ma chérie, mais que fais-tu ?

La réaction de son meilleur ami Marc l'avait fait mourir de rire. Pendu au téléphone, il l'avait sermonnée comme une maman poule. Lina était habituée… Elle n'en était pas à sa première frasque. Elle l'avait laissé déballer son monologue, avant de lui promettre d'être prudente et de lui « envoyer des bisous ».

Après avoir raccroché, Lina rangea ses affaires, dans sa chambre de « vacancière ». La pièce était exiguë. Pour dormir, elle bénéficiait seulement d'une paillasse et d'un polochon. Il n'y avait aucune décoration, mais une fenêtre donnait sur les rizières.

En remarquant les barreaux, elle eut l'impression de se trouver dans la cellule carcérale des Dalton. Avec son pyjama rayé, elle incarnerait une parfaite prisonnière.

« Sauf que les détenus chinois, eux, s'entassent à cinq ou six dans quatre mètres carrés… »

Lina se dépêcha de quitter le temple, gagnée par une soudaine claustrophobie.

À l'extérieur, le soleil resplendissait dans un ciel sans nuage. Le hameau avait été construit directement sur un versant de la montagne et s'échelonnait sur différents niveaux reliés par des escaliers et des chemins empierrés.

Et maintenant ? Par où commencer ?

Lina posa un regard furtif sur le village et ses maisons sur pilotis. Pas d'habitants dans son champ de vision, le calme plat. Un peu plus loin, un chaton se prélassait au soleil et trois poules caquetaient sur de la paille.

L'étudiante se faufila dans la rue principale, une ruelle grossièrement pavée qui se tortillait entre les habitations. Certaines maisons donnaient l'impression de ne pas avoir été achevées : en guise de façade, des bâches trouées avaient été étirées du sol au toit. Une floraison de fils électriques courait d'une bâtisse à l'autre, en tout sens et sans logique, frôlant dangereusement les nombreuses lanternes rouges accrochées le long des poutres.

Le sol n'était pas plus ordonné : d'énormes baguettes de bambou s'entassaient pêle-mêle, à côté d'objets poussiéreux ou encombrants, des sacs, des briques, des bottes, des chapeaux. Les canalisations étaient à l'image du réseau électrique : rudimentaires. Des tuyaux entartrés se déroulaient le long des rues, tantôt rafistolés, tantôt percés, comme d'interminables cobras métalliques.

« Quelle région luxueuse », se moqua-t-elle en examinant l'attirail.

Pas même de boîtes aux lettres pour identifier les résidents. S'il n'y avait pas eu ces poules, gloussant comme des divas, Lina se serait crue dans un village fantôme.

Où habitait Lu-Pan Tang ?

Au milieu du hameau, Lina remarqua une pancarte bleue placardée sur un poteau. En déchiffrant le chinois, elle fut frappée de stupeur.

LE FAIT DE NOYER OU D'ABANDONNER UNE PETITE FILLE
SERA PUNI PAR LA LOI.

Cent mètres plus loin, l'étudiante découvrit un nouvel écriteau, directement cloué à la façade d'une maison.

METTEZ UN ANNEAU DE CONTRACEPTION
APRÈS LE PREMIER ENFANT.

– Ne sois pas choquée.

Lina sursauta. Un jeune Chinois se tenait sur sa droite, un grand sourire vissé aux lèvres.

– Je suis surtout étonnée, répondit-elle en le dévisageant.

Une vingtaine d'années, une bouille d'ange aux cheveux de jais. Sa peau était hâlée, parfaitement lisse, comme s'il n'avait jamais eu de barbe.

– Ce sont des slogans du Planning familial, expliqua gentiment le jeune homme en s'approchant d'elle, la Chine doit freiner sa croissance démographique.

– Les gens ont l'habitude de tuer leurs enfants ?

– Autrefois ça arrivait souvent, mais aujourd'hui les mentalités ont changé. Tu t'appelles comment ?

– Lina.

Elle lui tendit une main qu'il serra gracieusement, en inclinant la tête. Il avait l'expression d'un adulte dans la fleur de l'âge, empli d'une candeur touchante. Pourtant, ses lèvres charnues en forme de cœur lui donnaient un charme particulièrement sensuel. Comment décrire ce mélange délectable d'érotisme et de pureté ?

– Je m'appelle Tao, enchanté de faire ta connaissance.

« Tao… encore un qui plairait à Marc ! »

La jeune femme l'observa, l'œil amusé. Elle venait de remarquer un détail pour le moins humoristique : sur son tee-shirt blanc immaculé figurait une image de Bob l'Éponge, le hideux personnage de dessin animé aux allures de fromage à trous et de castor transgénique.

– J'habite ici, dit-il en montrant une maison du doigt, mes parents sont fermiers. Tu séjournes au monastère ?

– Pour quelques jours.

– J'espère que tu apprécieras notre village.

– J'espère aussi.

– Tu veux boire un thé ? Ma famille produit son propre thé, ajouta Tao pour la convaincre, du thé au parfum de fleurs d'osmanthus.

L'occasion était trop belle.

– D'accord, répondit-elle d'un air enjoué.

Elle pensa aux propos de Thomas : gagner la confiance des habitants. Une chose était sûre, ce serait plus facile avec les hommes…

28

4 octobre 1991

CES SALAUDS l'avaient frappée avec une violence extrême. D'abord au visage, afin d'y laisser une empreinte particulièrement visible et alarmante. Le sang avait giclé de son arcade sourcilière, coulant abondamment sur ses lèvres, déjà gonflées et violacées. Alors qu'elle serrait les dents, le patron avait ordonné qu'on lui assène plusieurs coups aux cuisses, lui arrachant à chaque fois un cri plus intense et désespéré. Sun avait l'impression que ses muscles se déchiraient de l'intérieur.

Elle était maintenant couchée sur le sol, repliée en fœtus… Les mains posées sur l'abdomen, elle priait pour que son bébé n'ait pas senti les coups. « Pardonne-moi, pardonne-moi », suppliait-elle de toutes ses forces.

Elle sentit du mouvement sous ses paumes. Son cœur galopa. Les deux mafieux n'avaient pas frappé son ventre. Ils n'en avaient pas reçu l'ordre et s'étaient bien gardés d'en prendre l'initiative, comme s'il leur restait un reliquat d'humanité. Tuer l'enfant n'était pas leur but. Ils devaient seulement faire passer un message…

– C'est suffisant, déclara Hsin, emmenez-la.

Les colosses empoignèrent la jeune mère et la traînèrent dans le couloir. L'un d'eux la souleva pour gravir les escaliers. L'instant d'après, ils ouvraient une porte donnant sur une ruelle.

– Tu as sept jours pour trouver cinq cents yuans, hurla le plus gros.

Et ils laissèrent leur victime au pied d'un dépôt d'ordures.

Sun reprit son souffle, la vision confuse. La douleur irradiait maintenant l'ensemble de son corps.

« Cinq cents yuans... »

Autour d'elle, la rue était sombre et étroite, coincée entre deux murs particulièrement hauts. Sun tenta de ramper sur le macadam, le corps mou comme une larve. Elle se traîna à la force des bras, en direction d'une avenue située à une cinquantaine de mètres.

« Mon Dieu, je n'aurai jamais cinq cents yuans ! »

Elle hurla de douleur lorsque ses mains s'enfoncèrent sur les débris de verre qui tapissaient le sol.

Sa vision se troubla.

Inutile de lutter. Elle était bien trop faible. Elle ferma les yeux.

29

27 juillet 2013

TAO L'EMMENA à l'étage d'une des maisons en bois montées sur pilotis. Comme ses parents et ses grands-parents étaient absents, il en profita pour lui faire visiter les lieux.

Le cœur du foyer comportait une gigantesque salle de séjour, ouverte sur un coin cuisine. Le sol était poussiéreux, les tables encombrées de plats, de chiffons ou de babioles insolites. Tout et n'importe quoi était accroché aux murs : une paire de ciseaux, une botte de riz, un vieux portrait de Mao. À vrai dire, la pièce à vivre ressemblait à une vieille grange dans laquelle on aurait installé un foyer et des meubles artisanaux.

Tao lui montra avec fierté un espace dédié à l'équipement électrique. La maisonnée bénéficiait de deux ventilateurs, d'un réfrigérateur ronflant et d'une télévision.

– Les toilettes et la salle de bain sont sous la maison, à côté de l'enclos des cochons.

Ils s'installèrent au bord du foyer incandescent et Tao lui servit du thé : une tasse remplie d'eau bouillante et débordant de feuilles. Lina l'observa un instant, pour voir s'il allait enlever les plantes. Mais non, pas de passoire. La bouche faisait office de filtre.

– Pourquoi tu es venue en Chine ? lui demanda Tao une fois assis.

Les flammes se reflétèrent dans ses yeux noirs et brillants.

– J'étudie les langues à l'université. J'ai choisi le chinois comme spécialité.

– Ah bon, pourquoi ?

Lina réfléchit, hésitante. Pour lui répondre, il aurait fallu qu'elle lui parle de son huitième anniversaire, lorsque sa mère lui avait offert la cassette de *Mulan*, le personnage de Walt Disney. Elles s'étaient allongées l'une contre l'autre, et avaient regardé ensemble le dessin animé. Ce jour-là, Lina avait eu un véritable coup de cœur pour la jeune Chinoise et son univers. Sa mère lui avait fait une inoubliable promesse : un jour, quand elles auraient assez d'argent, elles s'en iraient en Chine pour monter sur la Grande Muraille.

– J'ai commencé à apprendre le chinois quand j'avais seize ans. Un professeur m'avait dit que c'était une langue compliquée et j'adorais relever des défis. La Chine m'avait toujours attirée. À l'université, j'ai eu l'opportunité de faire un voyage d'études.

– J'aurais aimé faire des études, soupira tristement Tao.

– Tu n'as pas pu ?

– Ma famille gagne moins de quatre cents yuans[1] par mois. J'ai arrêté l'école avant la fin du cycle élémentaire... À neuf ans, mon père m'a collé une pelle dans les mains, pour que je ramasse les excréments des buffles d'eau.

– Ta vie n'a pas l'air facile.

– Je ne m'en plains pas. Nous vivons bien. Et puis j'ai de la chance, car Maître Yao-Shi m'enseigne tout ce que je dois savoir. Il m'a appris les bases du français.

– Yao-Shi parle français ?

– Oui, et aussi un peu d'anglais, il est très doué ! répondit-il dans la langue de Molière.

L'étudiante le regarda avec stupéfaction, comme s'il venait de décrocher la lune. Elle n'en croyait pas ses oreilles : Tao n'avait qu'une pointe d'accent. Où avait-

1. Environ cinquante euros.

elle atterri ? La plupart des Chinois ne parlaient même pas anglais ! Alors un paysan francophone…

– Yao-Shi a étudié à l'université ?

– Non, mais il a beaucoup voyagé. Il a été plus d'un an en Europe. Il y a huit ans, il a commencé à accueillir des étudiants au monastère pour que je puisse m'exercer.

Lina fit une moue dubitative. Le moine avait plutôt l'air d'un vieil ours reclus et asocial.

Ils interrompirent leur conversation car une femme venait d'entrer dans le séjour. Vêtue d'une tunique bleue, elle avait le visage rond et le nez aplati. Elle se fendit d'un adorable sourire.

– Je te présente ma mère, déclara Tao en remplissant immédiatement une nouvelle tasse de thé.

La quadragénaire s'avança vers Lina et lui serra la main.

– *Ni hao !* Je suis Li-Li Dai, dit-elle d'une voix douce.

Un collier en forme de papillon ornait son cou.

– Vous êtes l'étudiante qui séjourne au monastère ?

Lina hocha la tête, manifestement perturbée.

Elle n'aurait su dire pourquoi, mais ce gentil bout de femme lui rappelait sa mère. Li-Li avait les cheveux courts et semblait habitée d'une gaieté légère et communicative.

– Bienvenue à Mou di !

Au même moment, des pas résonnèrent dans le couloir.

Une vieille femme grassouillette fit son apparition en traînant la patte, le pantalon couvert de terre. Elle s'affala dans un fauteuil à côté de la porte en poussant un râle affreux.

– Grand-Mère Dai, tu as soif ?

– Absolument, gamin.

La vieille se pencha en avant, se boucha une narine avec l'index et souffla de toutes ses forces. Une morve jaunâtre gicla sur le plancher, à côté d'autres taches suspectes.

Horrifiée, Lina l'observa se vider le deuxième orifice, dont la garniture n'avait rien à envier au premier. La Chine avait-elle prohibé les mouchoirs ?

– Je te présente ma grand-mère, annonça Tao avec entrain, la mère de mon père.

Soudain, la mémère prit conscience qu'une étrangère était assise près du foyer. Elle roula ses yeux exorbités, le museau plein de sucs.

– C'est qui ?

– Lina, une étudiante française.

Grand-Mère Dai haussa les épaules, la bouche entrouverte. Une toile de rides lui défigurait le front, aussi profondes qu'asymétriques. Elle se pourlécha les babines.

– Elle est jolie… Elle est mariée ?

Tao ignora la question.

– Les moines l'accueillent au temple pour plusieurs jours. Lina parle couramment chinois.

– Je t'ai demandé si elle était mari…

– Je suis célibataire, coupa Lina avec amusement.

La vieille femme leva ses bras potelés au ciel.

– Miracle ! Tu as entendu, gamin ? Qu'est-ce que tu attends ?

– Grand-Mère Dai, ce n'est pas le moment !

– Tu dois songer à ton mariage. Un garçon si bien bâti…

Tao voulut cacher sa gêne, mais il fut bientôt aussi rouge qu'une goyave de Chine. Sa grand-mère en profita pour assener le coup de grâce :

– À ton âge, il est grand temps de copuler.

Lina se retint de rire et avala une lampée de thé. Tout à coup, une brindille se coinça dans sa gorge et le liquide remonta dans ses narines. Pour ne pas recracher, elle se pinça le nez en s'esclaffant.

– Les moines m'attendent pour le dîner.

– Alors ne soyez pas en retard, conseilla Li-Li.

Lina les salua d'un geste de la main, en se félicitant intérieurement : en comparaison des mouchures de la vieille, elle avait fait preuve d'un raffinement exemplaire.

30

4 octobre 1991

– SUN, RÉVEILLEZ-VOUS !

Lorsqu'il la vit étalée sur le sol, le visage méconnaissable et maculé de sang, Yao-Shi ne put s'empêcher de penser qu'elle était morte. Cette idée lui glaça les os. Mais au son de sa voix, Sun remua la tête en gémissant.

– Mon amie, redressez-vous.

Le moine la souleva et l'aida à se lever. Elle avait un œil poché, presque noir. Une de ses arcades sourcilières saignait et ses lèvres étaient si enflées qu'elle ne parvenait plus à articuler distinctement.

– Pardonnez-moi, murmura-t-elle avec une expression de détresse, donnez-moi votre pardon.

Yao-Shi lui essuya la joue avec un pan de son *kesa.* Une partie du sang avait déjà séché.

– Je n'ai pas réfléchi, poursuivit la jeune femme, vous m'avez enseigné que les mauvaises causes produisent toujours de la souffrance. J'ai agi sous le coup de la colère.

Yao-Shi poussa un soupir.

– Ce n'est pas à moi de vous pardonner, ma fille, mais à vous-même.

Sun éclata en sanglots.

En deux jours, sa vie s'était effondrée. Sa fille avait disparu sans laisser de traces, elle avait découvert les dettes astronomiques de Lu-Pan, dont ils n'avaient pas les moyens de s'acquitter. S'ils voulaient sauver leur peau, ils n'avaient plus qu'à fuir, très loin, en espérant que la mafia ne les retrouverait jamais.

– Venez, s'exclama Yao-Shi, il faut partir d'ici !

Le moine l'incita à faire un pas, mais les jambes de Sun étaient flageolantes. Exténuée, elle s'accrocha à lui, pesant de tout son poids sur ses épaules.

– Mon mari est endetté, pleura-t-elle en traînant ses pieds gonflés, la mafia me réclame cinq cents yuans, cinq mois de salaire ! Nous allons finir brûlés vifs comme cet homme, il y a deux mois.

Yao-Shi resta silencieux, concentrant toute ses forces pour aider Sun à marcher. Son étreinte lui étranglait le cou. Avait-il déjà vécu une situation aussi désastreuse ? Non ! C'était tout bonnement un calvaire.

– Ne soyez pas fataliste. Tout problème a sa solution.

– Nous n'arriverons jamais jusqu'à Mou di, répondit-elle avec désespoir.

Yao-Shi refusait de se laisser décourager et l'épaula de plus belle. Ils n'avaient pas le choix : ils devaient avancer ! Collés l'un contre l'autre, ils marchèrent en direction du centre-ville, loin de cette maudite zone industrielle. Chaque pas était douloureux. Sun serrait les dents, grimaçait, étouffait ses gémissements. Elle avançait lentement, mètre par mètre, presque incapable de poser un pied devant l'autre.

Vers 16 heures, ils atteignirent la rue aux commerces ambulants. En les voyant arriver, personne n'essaya de les aider. Les hommes et les femmes restaient immobiles, passifs, en les regardant se démener comme des poissons hors de l'eau.

Le cœur de Yao-Shi se serra en pensant aux ravages de la Révolution culturelle. Au milieu des années 60, Mao Zedong avait semé les prémices de la fameuse indifférence chinoise. Pourquoi aider les autres ? Les autres ne vous aideront jamais ! Pendant dix ans, les Chinois avaient enduré le spectacle des tortures en pleine rue. La cruauté des Gardes rouges avait ankylosé les esprits et plongé la population dans la désillusion et l'insensibilité générale.

Un pas de plus, et Sun s'effondra. Le moine n'eut pas le temps de la retenir, à peine réussit-il à ralentir sa chute. Elle s'était évanouie, le visage ruisselant et livide. Son ventre heurta l'accotement.

Paniqué, Yao-Shi s'agenouilla, le souffle court. Était-ce ainsi que cela devait finir ? Le moine secoua la tête, en criant, terrassé par l'impuissance.

Sun serait morte sur le trottoir si personne n'était venu à leur secours. Mais un enfant leur tendit la main.

31

27 juillet 2013

POURQUOI tant de froideur ?

Yao-Shi avait le dos courbé, les yeux rivés sur son bol. Pas un mot, pas un sourire. Il était aussi rigide qu'une sentinelle après cinq heures de garde-à-vous.

Avant d'entamer le repas, il lui avait expliqué que les quinze premières minutes devaient se passer en silence, pour s'imprégner de l'instant présent. Lina avait essayé d'entamer une conversation en français, en vain, car le moine feignait de ne pas comprendre sa langue.

Une fois à table, elle avait eu l'impression d'assister à un repas de funérailles. Les moines mâchaient lentement, le regard vide, ruminant leur tofu autant que leurs idées. Autour d'eux, plusieurs Bouddhas en pierre partageaient leur festin. Placés en hauteur, ils étaient entourés de décorations dignes d'un réveillon de Noël : guirlandes scintillantes, vases argentés, corbeilles de fruits et ornements. Lina aurait sans doute apprécié pleinement l'ambiance si un détail n'avait rompu le charme : une centaine de swastikas recouvraient le plafond, lui donnant le sentiment de dîner dans le palais d'un dirigeant nazi.

Après une soupe insipide et trois légumes, la jeune femme rêvait déjà d'une énorme tarte flambée.

– Alors ? s'exclama Ushi après le quart d'heure de rigueur. Racontez-nous, quelles sont vos passions ?

– Mes passions ?

Le moine hocha la tête avec une apparente bonhomie. Ses yeux bridés à l'extrême le faisaient ressembler aux Chinois des caricatures occidentales.

À sa gauche, Yao-Shi resta de marbre, visiblement hypnotisé par ses haricots noirs.

– Hum… J'aime lire, répondit Lina avec réserve. Je lis beaucoup d'essais sur l'histoire de la Chine.

– Intéressant ! Et vous pratiquez un sport ?

– De la boxe, seulement pour me défouler…

Soudain, Yao-Shi déposa ses baguettes et leva la tête.

– Lina aime aussi s'occuper des enfants.

La jeune femme fixa le moine, déconcertée. Son ton lui avait glacé le sang.

– Excusez-moi, de quoi parlez-vous ?

– De votre association.

Il esquissa un étrange rictus sans qu'elle parvienne à jauger son degré de sincérité. Comment cet homme connaissait-il sa vie privée ? Avait-il découvert la raison de sa venue ? Yao-Shi la regardait droit dans les yeux, comme s'il la mettait à l'épreuve.

– Je… eh bien…

Elle allait fondre comme de la cire, quand Ushi lui posa une main sur l'épaule.

– Détendez-vous, votre CV nous a impressionnés ! À votre âge… quel engagement !

L'étudiante laissa échapper un soupir de soulagement, qu'elle maquilla en toussotement pour dissimuler ses émotions. Elle avait failli mettre les pieds dans le plat. Quelle bécasse !

– Alors ? questionna Ushi, le regard pétillant. Vous êtes bénévole dans un hôpital ?

– Tout à fait. Depuis cinq ans.

– Oh, vous avez commencé jeune ! Pourquoi s'investir autant ?

Lina but une gorgée d'eau pour diminuer son stress. Elle ne savait pas pourquoi, mais le regard de Yao-Shi lui faisait perdre ses moyens. Elle se concentra sur la question d'Ushi. Après le décès de sa mère, elle avait exploré des dizaines de voies pour apaiser son mal-être. Son passé la hantait et elle ne supportait pas de vivre dans un foyer d'accueil. À l'âge de dix-huit ans, elle avait enfin trouvé : consacrer son temps libre aux enfants des hôpitaux.

– Je n'ai pas vraiment d'explication. Je ressens le besoin de me sentir utile. Quand j'enfile ma tenue de Blouse rose, j'ai l'impression de passer du côté des bâtisseurs, ces gens qui arrêtent de se plaindre du monde et qui se mobilisent pour le changer.

Parfaitement à l'aise en chinois, elle se lança alors dans le récit de ses journées en pédiatrie aux côtés des enfants gravement malades. Les mots venaient sans peine, avec une grande fluidité. À la fin de son récit, Ushi se pencha vers son confrère.

– Demain, tu devrais l'emmener avec toi, dit-il d'une voix claire.

Yao-Shi fronça les sourcils d'un air contrarié.

– Maître Ushi, tu sais qu'ils n'aiment pas qu'on laisse entrer des étrangers.

– Mais ils ne sont jamais là.

– Quelqu'un pourrait les avertir.

Lina les dévisagea sans comprendre. Où voulait-on la conduire ? Et qui s'y opposait ?

Ushi se pencha vers elle, avec un sourire.

– Maître Yao-Shi œuvre dans un orphelinat. Les enfants adorent avoir de la visite.

– Je serais ravie de les rencontrer ! se réjouit aussitôt l'étudiante.

Yao-Shi croisa les bras, indécis. Son visage était fermé, dénué d'enthousiasme.

– Allons, insista son compagnon, faisons plaisir à notre invitée. Et je suis sûr que les fillettes seront contentes. Pour la première fois de leur vie, elles verront des cheveux aussi blonds que ceux de leurs poupées !

Lina haussa les sourcils avec amusement. Barbie avait-elle conquis la Chine ?

– Ne vous sentez pas obligé, précisa l'étudiante pour se montrer aimable, je ne veux pas être une source de problèmes.

Au moment où elle terminait sa phrase, un chaton caché sous la table lui sauta sur les genoux.

L'animal ronronna en se frottant contre elle.

– Notre fidèle compagnon, commenta joyeusement Ushi, il a l'air de vous aimer !

Lina caressa l'animal en jetant un regard à Yao-Shi. Il avait la mine austère, insensible, antipathique… Pourquoi dégageait-il autant d'ondes négatives ?

Il prit la parole soudainement :

– Je veux bien vous emmener avec moi, mademoiselle Soli, mais à une seule condition : ne le criez pas sur tous les toits.

Lina se retint d'exulter.

– Ne vous inquiétez pas, maître, je serai muette comme une tombe.

32

5 octobre 1991

SUN ouvrit les paupières.

Sa vue était trouble et ses oreilles sifflaient.

Elle agita ses membres, encore engourdis, mais ce geste réveilla de vives douleurs. La jeune femme était allongée sur le dos, par terre, sur une natte. Les paumes de ses mains étaient bandées avec du tissu et elle portait une robe bleue qui ne lui appartenait pas.

Alors qu'elle remuait la tête, elle se rendit compte qu'un brouhaha assourdissant s'élevait autour d'elle. Elle tenta de discerner les formes qui l'entouraient. Personne, tout était immobile. Deux cartons et trois casseroles traînaient sur le sol, ainsi que trois autres nattes en bambou. Une chambre ? La pièce semblait malpropre et en désordre. Contre le mur du fond, une longue étagère en bois garnie de gros paniers, comme ceux qui servaient à conserver des denrées alimentaires.

Mais d'où venait ce vacarme ?

Sun se concentra, le crâne douloureux. On aurait dit des jappements de chiots. Les sons étaient stridents, discordants, et lui arrachaient l'oreille.

« Des bébés ! »

Sans aucun doute, des pleurs déchirants de bébés.

Elle se redressa, prise de panique, et appela à l'aide.

Les pleurs de nourrissons redoublèrent, telle une lugubre symphonie.

Soudain, une femme menue aux cheveux gris surgit dans la pièce et s'agenouilla à son chevet.

Un garçonnet entra à son tour, âgé de six ou sept ans. Il souffrait d'une malformation de la bouche : sa lèvre supérieure était partiellement retroussée vers le nez.

– La dame est sauvée ! s'écria-t-il avec joie.

– Oui, tu peux être fier de toi, répondit la femme aux cheveux gris.

Elle lui tapota l'épaule, avant de s'adresser à Sun :

– Vous êtes à l'orphelinat de Wuming, je suis la gérante, je m'appelle Xian-Zi.

Sun la dévisagea, déboussolée.

– Hier après-midi, notre jeune héros vous a aperçue dans une rue, non loin d'ici. Il vous a conduite jusqu'à moi, avec votre ami le moine. J'ai retiré les morceaux de verre et j'ai pansé vos blessures. Si j'en crois mon œil expert, votre bébé va bien.

– Je… Merci, balbutia Sun.

Elle caressa son ventre avec émotion. Son bébé allait bien, son bébé était en vie ! La gentillesse de cette femme lui coupait le souffle. Les larmes lui montèrent aux yeux et coulèrent sur son visage.

– Oh, ne pleurez pas, implora Xian-Zi en s'essuyant le front, tout devrait s'arranger.

Elle s'approcha d'un panier et en sortit un nourrisson, qu'elle berça affectueusement. Un autre poupon poussa un geignement depuis l'étagère. La gérante ajouta :

– Maître Yao-Shi a veillé sur vous toute la nuit. Il est parti à l'aurore. Il a dit qu'il serait de retour dans le courant de la matinée.

– Je vous remercie infiniment, répondit Sun avec des sanglots dans la voix.

Comme s'il sentait sa détresse, l'enfant s'allongea à côté d'elle et se colla contre son bras. Sa respiration était lente et régulière, apaisante. Il arbora un large sourire qui se voulait compatissant.

– Tao est un bon garçon, confia Xian-Zi, il avait une semaine quand nous l'avons recueilli dans cet orphelinat. Il n'a que sept ans et demi, mais il veut toujours aider les autres.

Émue, la jeune mère déposa un baiser sur le front de l'enfant qui lui avait sauvé la vie.

« Tao... »

Comment lui communiquer sa gratitude ? Le garçonnet avait le visage osseux et émacié. Ses vêtements étaient sales, troués, trop grands pour lui.

Un orphelin...

Sun en était persuadée : ses parents l'avaient abandonné à cause de son bec-de-lièvre. Qui voulait d'un marmot aussi imparfait ?

La voix de Kun lui revint en mémoire : « Les filles sont imparfaites, car elles sont des filles. »

Consternée, Sun pensa à Chi-Ni, dans sa salopette rose. Et là, un ravin, une falaise, une mare de sang. Cette image lui comprima la poitrine...

– Ma fille a un an de moins que toi, dit-elle en regardant Tao. Depuis sa naissance, je sais qu'elle déborde de bonté. Elle doit te ressembler. La semaine dernière, j'ai découvert qu'elle cachait de la nourriture dans sa manche pour en donner aux chiens errants. Je l'ai aussi vue consoler une fillette forcée à travailler dans les rizières. Chi-Ni fait partie de ces êtres rares qui, à chaque fois qu'ils en ont l'occasion, prennent la défense des plus démunis.

Tao l'observa intensément, sans doute impressionné par ses nombreuses blessures. Pour le rassurer, Sun tendit une main vers lui et caressa ses cheveux. L'enfant la laissa faire, savourant chaque parcelle de tendresse comme on s'abreuve de soleil les premiers jours du printemps.

– Je vais essayer de me lever, annonça-t-elle en prenant appui sur ses deux coudes.

Lentement, elle se hissa contre le mur, en soufflant par à-coups. Sa manœuvre l'obligea à serrer les dents, un affreux lancinement lui tordant les muscles. Ses jambes étaient douloureuses, vacillantes, mais suffisamment solides pour la porter. Une fois debout, elle distingua trois bébés, âgés de moins d'un an, couchés dans les paniers. Elle s'approcha.

Enveloppés dans de misérables langes, ils étaient si maigres qu'ils semblaient dévorés par les vers intestinaux. Ces bébés étaient chétifs, piteux, poisseux, à l'image de la pièce qui leur servait de maison. Partout où elle n'était pas couverte, leur peau était rongée par des piqûres d'insectes.

Sun posa une main sur son ventre, en réprimant un haut-le-cœur. Comment pouvait-on tolérer une telle situation ?

– Je sais ce que vous pensez, assura Xian-Zi en recouchant le quatrième bébé, cet orphelinat est un lieu oublié de la société.

– Vous voulez dire que vous ne recevez aucune aide ?

– Je...

La quinquagénaire se figea en fixant un panier. Les traits de sa figure se décomposèrent.

– Tao, mon garçon, veux-tu aller jouer dehors ?

Tao lui obéit avec la promptitude de celui qui sent arriver le drame.

Dès qu'il fut parti, la gérante s'approcha du panier et tapota le nourrisson, immobile à l'intérieur. Le bébé refusait d'ouvrir les yeux. Ses maigres joues avaient pris une teinte laiteuse et morbide. Sans fléchir, Xian-Zi redressa le minuscule corps, qui semblait ramolli.

On aurait dit un pantin désarticulé.

Ou un cadavre.

33

28 juillet 2013

VISITER un orphelinat chinois… Lina adorait l'idée. Même si cette virée n'avait pas directement de rapport avec Sun Tang, l'étudiante comptait en profiter pour nouer des liens avec Yao-Shi. Peut-être trouverait-elle l'occasion d'aborder la question des disparitions d'enfants ?

Mais si depuis hier soir elle trépignait d'impatience, le décalage horaire avait rendu la nuit interminable. Cachée sous son drap, Lina entendait les moustiques tourbillonner dans la chambre, frôlant ses oreilles dès qu'elle baissait sa garde. À travers la fenêtre, la lune éclairait le plancher où d'énormes blattes vagabondaient. Certaines grimpaient sur la paillasse et la jeune femme redoutait qu'un cafard se glisse dans sa bouche pendant son sommeil.

Heureusement, le lever du soleil avait mis fin à son supplice. Une cloche s'était mise à sonner et Yao-Shi avait toqué à sa porte, l'invitant à le rejoindre dans la salle commune. Là, un bol de gruau de riz l'attendait, une bouillie aussi fade que visqueuse qui ne lui avait offert qu'un piètre réconfort.

Vers 9 heures, ils étaient partis à pied en direction de Wuming.

L'air était extrêmement humide et après quinze minutes de marche, l'étudiante ruisselait de sueur. Le long du chemin, des papillons et des libellules leur ouvraient la voie.

– Vous vivez dans une belle région, affirma Lina en chinois, alors qu'ils marchaient dans la forêt.

Yao-Shi haussa les épaules, indifférent. Même lorsque la nature était radieuse, il avait la mine d'un porteur de corbillard. Souvent, il plissait le front, accentuant les nombreuses rides qui lui creusaient le visage. Plus elle l'observait, plus Lina se disait que cet homme était hanté par un passé tragique, comme si une langueur maladive lui asséchait le cœur.

– Vous habitez depuis longtemps à Mou di ? demanda-t-elle pour l'amener à rompre le silence.

– Depuis ma naissance.

« Donc il a connu Sun Tang. »

– Et vous vous rendez souvent à cet orphelinat ?

– Trois fois par semaine.

– Hum... Alors vous êtes très investi ! Vous aimez les enfants ?

– L'amour universel est une vertu essentielle du bouddhisme.

Lina grommela. Elle avait l'impression de jouer au ping-pong. Quand se déciderait-il à aligner plus d'une phrase ? À cette allure, elle n'était pas près de lui soutirer quoi que ce soit.

– Hier, vous avez dit que des personnes ne voulaient pas laisser entrer des étrangers dans l'orphelinat.

– C'est le cas.

– De qui parlez-vous ?

– De certains fonctionnaires.

L'étudiante haussa les sourcils. Pourtant, il n'y avait rien de surprenant. Elle savait parfaitement que les cadres du Parti veillaient à la réputation de leur belle République populaire : « Moins l'Occident en voit, mieux la Chine se porte ! »

Lina observa Yao-Shi du coin de l'œil. Ses cernes semblaient incrustés au plus profond de sa peau. Cet homme était énigmatique, quel mystère pouvait-il cacher ?

– En Europe, on ne dit pas beaucoup de bien des orphelinats chinois.

– Et que dit-on en Europe ?

– Beaucoup de choses…

Elle remarqua à la lueur de son regard qu'elle avait attisé son intérêt. Il ralentit sa marche et croisa les bras.

« Enfin une réaction, pensa Lina, il était temps ! »

Pour le pousser dans ses retranchements, elle balança un pavé dans la mare :

– Nos médias ont beaucoup parlé des « orphelinats-mouroirs » dans les années 90. Les gérants de ces établissements laissaient mourir les enfants, sans scrupule.

Yao-Shi agita son index d'un air mécontent.

– Vous vous trompez, répliqua-t-il, à cette époque les orphelinats manquaient d'argent. Le problème ne venait pas du personnel, mais des politiques locaux.

– Que voulez-vous dire ?

– Leur but était de réduire la population. Et tout le monde sait que les nourrissons ne résistent pas longtemps à la privation de nourriture.

Lina s'immobilisa, estomaquée. Elle avait beau l'avoir lu dans la presse européenne, l'entendre de la bouche d'un Chinois, moine de surcroît, causait assurément un choc : l'État coupait les orphelinats de leurs vivres pour affamer les enfants…

Elle dévisagea Yao-Shi, son crâne rond et chauve, ses fossettes au menton. En parlant aussi ouvertement, il prenait de gros risques. Que se passerait-il si les autorités locales entendaient ses propos ? L'enfermeraient-ils dans une geôle infâme pour le restant de ses jours ?

– Eh bien, vous semblez choquée ! fit remarquer le moine du haut de son habituelle froideur.

– Vous insinuez que je ne devrais pas ?

– Je n'insinue rien. Chacun est libre de se sentir comme il veut. Je crois surtout qu'il y a bien pire…

« Pire ? Pire que laisser mourir des bébés ? »

Elle le scruta avec attention. Yao-Shi savait-il quelque chose sur le secret de Sun Tang ?

– Excusez-moi, je ne suis pas sûre de tout saisir. À quoi faites-vous allusion ?

– À rien, esquiva le moine, je dis seulement qu'il y a toujours des gens plus à plaindre que nous.

À son regard tranchant, elle comprit qu'il ne dirait plus un mot sur le sujet.

34

5 octobre 1991

La gérante enveloppa le bébé dans un bout de drap qui traînait par terre.

– Je l'enterrerai ce soir, avec l'aide de ma sœur. Espérons qu'il se réincarnera dans une vie meilleure.

Sun remarqua que son expression de tristesse avait laissé place au découragement.

Xian-Zi éprouva le besoin de se justifier :

– Je fais vraiment tout mon possible. Mais les bébés sont affamés, ils n'ont presque pas de vêtements. Tous les mois, certains meurent de malnutrition ou de maladie. D'autres les remplacent, et souvent meurent à leur tour. Nous n'avons aucune aide. Le Parti… (elle baissa d'un ton) les gens de la municipalité nous ignorent. Pour eux, cet orphelinat est un dépotoir humain !

Elle ouvrit la porte en bois qui donnait sur une deuxième et dernière pièce, encore plus petite. Six nattes en bambou étaient étendues sur le sol, à moitié déchirées. Des hordes de moustiques bourdonnaient partout.

– Les plus grands dorment ici. Certains sont là depuis leur premier jour, d'autres ont été abandonnés plus tardivement. Vous savez, je ne crois pas qu'ils aient été mal-aimés, mais le contrôle des naissances en a fait des rebuts. Mon seul vœu est qu'un jour ils soient adoptés par des familles généreuses non soumises à la limitation des naissances.

Curieusement, Sun ne put s'empêcher de saluer le courage de cette femme livrée à elle-même. Xian-Zi gardait espoir, elle se battait jour après jour, dans un lieu qui n'avait rien à envier à l'enfer des chrétiens. Que pouvait-elle faire de plus ? Elle s'occupait des orphelins avec autant de soin que le permettaient des conditions de vie déplorables.

Encore une fois, Sun étouffa la révolte qui grondait en elle. « Mais que fait notre État ? Que fait Deng Xiaoping ? Où est cette richesse qu'il nous a tant promise ? »

Elle s'aventura dans la cour en clopinant. Dehors, le vent transportait une odeur de friture. Quatre fillettes rabougries chantaient en formant une ronde.

– Sun ! Vous êtes sur pied ?

En tournant la tête, Sun aperçut Yao-Shi qui entrait dans la cour. À côté de lui, un âne bâté tirait un charreton. Un homme grisonnant doté d'un long cou et d'un nez retroussé les accompagnait, que Sun reconnut aussitôt : le médecin-guérisseur de Mou di.

– Docteur Chao ? Que faites-vous là ?

Le médecin pointa du doigt deux énormes sacs et un récipient en métal posés sur la charrette.

– Du riz ! s'exclama-t-il avec entrain. Et aussi du lait ! Nous avons dévalisé le garde-manger du monastère. Pour la bonne cause, n'est-ce pas ?

Sun se retint d'exploser de joie en apercevant toute cette nourriture. Près du charreton, Yao-Shi lui fit un clin d'œil.

– Votre mari était très inquiet en apprenant votre agression.

– S'il était vraiment inquiet, il serait venu me chercher.

Le médecin s'avança vers elle pour inspecter ses blessures.

– Ne soyez pas mauvaise langue, camarade. Dès que nous serons rentrés, je vous prescrirai un traitement.

– Je vais bien, répondit Sun, par contre il faudrait que vous auscultiez les enfants.

Le médecin hocha la tête.

– Je sais, je suis venu pour ça.

Étonnée, Sun porta son regard sur le moine avec reconnaissance. Il avait toujours été là pour elle, et ce depuis son premier jour à Mou di. Rares étaient les hommes qui avaient autant de bonté !

35

28 juillet 2013

L'ORPHELINAT était situé dans une rue miséreuse de Wuming, pleine de désœuvrés et de chiffonniers. Sur les trottoirs, des retraités avaient installé des tables de fortune pour jouer au *xiangqi*[1]. Comme beaucoup de Chinois, ils sortaient dans la rue en pyjama, trouvant élégant que le haut soit assorti au pantalon.

La directrice de l'orphelinat les accueillit à onze heures moins le quart sous un porche couvert de tuiles vernissées. C'était une dame replète, âgée d'au moins soixante-dix ans, qui avait refusé de prendre sa retraite. Son chemisier était orné d'un panda brodé et laissait entrevoir un dos bossu. Bien qu'elle soit énergique et travailleuse, la vieille femme s'appuyait sur une grosse canne qu'elle brandissait parfois pour déplacer un jouet égaré sur le plancher.

– Venez, je vous fais visiter.

Suivie de Yao-Shi, Lina talonna celle qu'on appelait Mama Xian-Zi. Le bâtiment comptait une vingtaine de pièces réparties sur deux étages : des dortoirs, un réfectoire, deux salles de jeux et même une salle d'eau avec des douches. La propreté des lieux laissait un peu à désirer, mais l'endroit n'avait rien à voir avec un orphelinat-mouroir.

1. Jeu d'échecs chinois.

– Vous avez beaucoup de matériel, nota l'étudiante, agréablement surprise.

– L'année dernière, notre orphelinat s'est ouvert à l'adoption internationale. Les dons des familles étrangères ont changé la vie de notre établissement ! Certains couples sont prêts à payer quarante-cinq mille yuans[1] pour adopter une fillette, dont personne ne veut ici.

Mama Xian-Zi ouvrit fièrement une porte, au centre du bâtiment. Un verger avait été aménagé dans une cour intérieure, à l'abri de la rue.

– Aujourd'hui, tous les enfants sont scolarisés et ont droit à des visites médicales régulières !

Sous l'œil d'une jeune surveillante, des enfants jouaient à la corde à sauter.

Toutes des filles.

Lorsqu'elles aperçurent Yao-Shi, elles coururent jusqu'à lui et lui attrapèrent le bras en sautillant. L'une d'elles, âgée de trois ou quatre ans, s'approcha de Lina, les yeux écarquillés.

– Je peux toucher tes cheveux ?

Sa voix de souris était presque inaudible à côté des piaillements hystériques des autres. Sans rien dire, Lina s'accroupit et détacha son chignon. La fillette pinça une boucle blonde qu'elle inspecta avec émerveillement. Aussitôt, toutes les petites filles la rejoignirent pour caresser cette étrange chevelure dorée.

L'étudiante joua avec les orphelines pendant plus d'une demi-heure, sous le regard de Yao-Shi. Même s'il s'interdisait tout sourire, le moine donnait pour la première fois l'impression d'avoir le cœur léger et la conscience sereine.

Vers 11 heures, il s'installa en tailleur sur un lopin de gazon, un conte pour enfants dans les mains. Les fillettes firent une ronde autour de lui, tandis que Mama Xian-Zi apportait du thé. Dès que Yao-Shi commença sa lecture, la directrice vint s'asseoir à côté de Lina, restée en retrait dans un coin de la cour. Depuis son arrivée, l'étudiante

1. Environ cinq mille six cents euros.

se demandait si la vieille femme avait entendu parler de disparitions d'enfants. En tant que gérante d'un orphelinat, elle détenait sans doute quelques informations. Mais comment aborder un sujet aussi sensible ?

– Vous êtes pensive, remarqua Xian-Zi en lui tendant une tasse bien chaude.

– Cet endroit me rappelle certains souvenirs.

– Des souvenirs d'école ?

– Pas vraiment, répondit Lina avec un soupir. J'ai vécu trois ans dans un foyer d'accueil.

Elle ne savait pas pourquoi, mais Xian-Zi lui inspirait une entière confiance. La brave femme lui faisait penser aux grand-mères souriantes et dévouées des publicités télévisées. Elle avait des cheveux blancs et des sourcils touffus. Son gros nez et ses joues rebondies contrastaient avec ses yeux, aussi petits que des graines de tournesol.

– Vos parents vous ont abandonnée ? osa-t-elle demander.

Lina fut surprise de son franc-parler, mais ne s'en offusqua pas. Elle sentait que la directrice n'était pas mal à l'aise. Son métier lui avait donné le temps d'explorer tous les travers de la nature humaine.

– En quelque sorte, avoua l'étudiante. Je n'ai jamais connu mon père, et ma mère s'est suicidée quand j'avais quinze ans.

Xian-Zi ne sourcilla pas. Au contraire, son expression s'adoucit, témoignant d'une bienveillance quasi maternelle.

– Je suis navrée. J'imagine à quel point cette perte a été difficile. Votre mère vous manque ?

– J'essaie de ne pas y penser.

La gorge de Lina se noua. Pourquoi n'arrivait-elle jamais à étouffer sa peine ? Elle se revoyait encore, il y a huit ans… Le temps d'entrer dans la cuisine, elle avait entendu un bruit sourd et l'alarme stridente d'un véhicule. Six étages plus bas, sa mère s'était encastrée dans le pare-brise d'une voiture, comme une poupée disloquée. Depuis, Lina faisait tout pour en parler avec un entier détachement. Elle adoptait un ton indifférent, comme si elle décrivait des intempéries. Peut-être essayait-elle de se persuader qu'elle était inébranlable, que rien ne pouvait l'atteindre...

Mama Xian-Zi lui posa une main sur l'épaule.

– Ici, beaucoup de petites filles pleurent leur maman disparue. Alors je leur dis que même si leur mère n'est pas présente, elle continue de vivre à travers elles. Ce n'est pas une honte d'y penser, au contraire. En pratiquant l'autocensure, vous durcissez votre carapace. Mais en dessous, votre cœur reste fragile.

– Vous ne me connaissez pas.

– Vous avez raison. Mais Maître Yao-Shi m'a parlé de vous. Et cet homme est capable de lire l'âme des gens comme dans un livre ouvert.

Lina jeta un regard sur le moine d'un air songeur. Se pouvait-il qu'un homme aussi austère ait percé le secret de sa personnalité ?

– Parlez-moi des petites filles, la pria Lina pour changer de sujet, pourquoi les abandonne-t-on ?

Mama Xian-Zi se racla la gorge et vérifia que personne ne les entendait. Au milieu de la cour, les fillettes étaient pendues aux lèvres de Yao-Shi.

– Ce n'est pas simple, répondit-elle en pesant ses mots, vous devez savoir que beaucoup de mères abandonnent leurs enfants à contrecœur. C'est un acte lourd de conséquences, et certaines vivent dévorées par le chagrin.

– D'accord, mais alors pourquoi le font-elles ?

– À cause de la pression familiale et par crainte de devenir la risée du voisinage. Depuis des millénaires, les Chinois pensent que les hommes ont plus de valeur que les femmes. Surtout, un fils perpétue la lignée, il restera auprès de ses parents et prendra en charge leurs vieux jours. À l'inverse, les filles mariées s'en vont vivre avec leur belle-famille. Un proverbe dit : « Élever une fille, c'est arroser le champ du voisin. »

– C'est toujours le cas aujourd'hui ?

– Les choses sont en train d'évoluer, surtout dans les grandes villes. Mais même s'il existe des exceptions, beaucoup de couples n'ont droit qu'à un seul enfant. Alors ils préfèrent avoir un garçon pour ne pas décevoir leur famille. C'est une question d'honneur.

L'étudiante commençait à mieux cerner le comportement des Chinois. Le poids des traditions écrasait toujours les foyers des campagnes.

– Que se passe-t-il si un couple essaie d'avoir deux enfants ? S'ils ne respectent pas la loi ?

– Ils doivent verser une amende.

– Et s'ils ne peuvent pas payer ?

Xian-Zi frissonna avec aigreur. Cette question lui hérissait le poil.

– Je ne sais pas si j'ai le droit de vous répondre.

Le cœur de Lina s'emballa.

– Vous voulez dire qu'on vous ferait du mal ?

– Les gens trop bavards finissent en prison, rétorqua la directrice.

– Madame… personne ne saura que vous êtes bavarde.

36

5 octobre 1991

SUN OBSERVA son reflet dans le grand miroir calé contre le mur. Son visage était boursouflé, balafré, marqué de cernes noirâtres et profonds semblables à des crevasses. Ses cuisses étaient recouvertes d'un bandage imprégné d'une pommade médicinale préparée par Docteur Chao.

Elle était allongée depuis plus d'une heure sur le piteux matelas à ressorts qui servait de lit conjugal. La chambre était encombrée et le linge de maison s'empilait à même le sol.

« Où est passé Lu-Pan ? »

Dans le séjour, deux bouteilles de *baijiu* traînaient sur la table, vides toutes les deux. Le foyer était éteint. De l'alcool avait coulé sur le plancher et s'était incrusté dans le bois.

À leur retour de l'orphelinat, Yao-Shi lui avait dit de rester couchée et d'attendre son mari.

– Votre futur bébé a besoin de repos.

« Et ma fille ? Qui se préoccupe de ma fille ? »

Un orage grondait en elle. Quarante-huit heures sans Chi-Ni. Deux nuits entières sans signe de vie. Sun savait qu'à sa place, n'importe quel parent aurait déjà conclu à sa mort. Chaque seconde écoulée était comme une pelletée de terre qu'on jetait sur un cercueil.

« Tu retrouveras Chi-Ni dans un ravin. »

– Silence, hurla-t-elle en mordant la taie de son oreiller.

Épuisée, elle ferma les yeux, laissant libre cours à ses pensées qui ressemblaient à des remous infernaux, habitées d'images sombres et douloureuses. Là, le terrible M. Hsin brandissait son poing, prêt à lui asséner un ultime coup de grâce. Un peu plus loin, l'inspecteur Zhou secouait la tête, le corps immobile. Sun entendait sa voix rocailleuse répéter inlassablement les mêmes mots : « Je ne peux pas vous aider, je ne peux rien faire pour vous. » Soudain, une voix l'appelait. Elle apercevait Chi-Ni dans sa salopette rose. La fillette criait à l'aide, engloutie dans un abîme. Des ombres aux longs crocs sanglants l'enveloppaient. Chi-Ni se recroquevillait en serrant fermement un carnet bleu.

– Son journal ! s'écria Sun en s'extirpant du matelas.

Pourquoi n'y avait-elle pas pensé plus tôt ? Depuis le mois de juin, sa fille noircissait tous les soirs une page d'un carnet de bord, offert par Yao-Shi. Sun savait parfaitement où il était rangé : au fond d'un coffre à vêtements, au pied du lit de l'enfant.

Les jambes douloureuses, la jeune mère se précipita dans la chambre de sa fille. Il ne lui fallut pas plus de cinq minutes pour trouver le fameux carnet, maladroitement dissimulé sous un pull-over. Sun feuilleta fébrilement les pages, avant de s'arrêter à la date du mercredi 2 octobre, veille de la disparition. Ce jour-là, Chi-Ni n'avait rien écrit. Elle avait dessiné un énorme cœur au crayon, au milieu duquel un Bouddha semblait dormir. Sun consulta la page précédente, sans grand succès. Sa fille se contentait de décrire le déroulement de sa journée, quelque peu ordinaire. Le matin, elle avait joué à la poupée avec son amie Chen. L'après-midi, Maître Yao-Shi lui avait lu un passage du *Sûtra du Lotus*, le texte préféré de Chi-Ni.

Déçue, Sun tourna les pages une à une, à la recherche d'un quelconque indice. Si sa fille avait fugué, elle devait avoir laissé des signes de mal-être ou de tristesse.

Lorsque son regard s'arrêta à la date du samedi 28 septembre, son cœur fit un bond : « Jeudi prochain, Papa m'emmènera à Wuming, quand Maman sera dans les rizières. Papa a dit que nous irions acheter un landau pour mon petit frère. Mais chut, c'est une surprise. Maman va adorer ! »

Une colère noire l'envahit.

– Lu-Pan…, murmura-t-elle entre ses dents.

37

28 juillet 2013

LINA SOLI l'avait appelé un peu après midi, en lui disant qu'elle devait absolument lui parler.

– Tu ne vas pas en croire tes oreilles, avait-elle précisé, j'ai appris quelque chose d'effarant !

Thomas avait été un peu surpris. Lina venait à peine d'arriver !

L'esprit agité, il accéléra le pas, dans une rue bondée. Le long du trottoir, des bâtiments modernes s'emboîtaient, exhibant leurs alléchantes vitrines de magasins de mode. En plus de l'épouvantable vacarme, des odeurs pestilentielles flottaient par endroits, comme si des flaques d'urine séchaient au soleil. Çà et là, des hommes d'affaires galopaient, puant de transpiration. Certains se raclaient bruyamment la gorge et crachaient sur le sol déjà maculé.

Thomas appréciait cette Chine ! Il vivait ici depuis un an déjà, mais il ne cessait de s'étonner. Au fil des jours, il allait de surprise en surprise, avec l'impression qu'il n'épuiserait jamais sa capacité d'émerveillement.

Impatient, il tenta de se frayer un chemin dans la foule bourdonnante comme une ruche. Aujourd'hui, il avait droit à un festival de costumes cintrés, d'habits de marque et de jupettes lilliputiennes. Pour le séduire, les demoiselles se dandinaient comme des princesses avec leur ombrelle violette et leurs talons de six centimètres.

Le Parisien arriva devant le Starbucks Coffee, lieu du rendez-vous. Il poussa énergiquement la porte et fouilla la pièce du regard. Une agréable odeur de café lui envahit les narines. L'intérieur était chic, cosy, bercé par une chanson en anglais : une copie presque conforme du modèle américain. Il avait choisi ce lieu car très peu de paysans le fréquentaient. Au prix où était vendu le café, ils ne croiseraient aucun habitant de Mou di.

– Thomas !

Une voix l'appela près du comptoir. Quand il aperçut l'étudiante, il se dirigea vers elle, avant de lui adresser une tape sur l'épaule.

– Alors, belle blonde, je te manquais déjà ? dit-il en lui faisant la bise.

Elle observa sa chemise noire impeccable, qu'il n'avait pas entièrement boutonnée.

– Hé, Casanova, je ne suis pas venue pour un rendez-vous galant !

– Qui a dit le contraire ?

Elle lui lança un regard faussement soupçonneux, auquel il répondit par un sourire. Thomas était habitué, les femmes le prenaient toujours pour un séducteur, même lorsqu'il essayait seulement de se montrer sympathique.

– Tu as dit à quelqu'un que tu venais ici ? demanda-t-il en retrouvant son sérieux.

– J'ai juste envoyé une dépêche à la presse locale.

– Très drôle !

Ils s'installèrent à l'étage, sur deux tabourets surélevés faisant face à la fenêtre. Dehors, un écran géant couvrait la façade d'un magasin, louant la qualité de ses produits de luxe. Parmi cette pléthore d'images capitalistes se glissaient de temps en temps la faucille et le marteau, comme un sceau d'approbation à ce qu'on surnommait ici l'« économie socialiste de marché ». Le pays s'enrichissait à défaut de se démocratiser. Les Chinois avaient le goût des paradoxes.

Thomas Mesli croisa les bras en l'observant.

– Alors, je t'écoute, qu'est-ce que tu as trouvé ?

Elle inspira profondément.

– Tu m'as demandé d'enquêter sur des disparitions d'enfants. Eh bien, chaque année, des milliers de fillettes disparaissent. Partout !

– Tu parles d'infanticides et d'abandons ?

– Je parle de bébés qui ne voient jamais le jour !

– Explique-toi.

– Tu es au courant que le taux d'abandons a baissé ces dernières années ?

– Oui, grâce aux échographies. Beaucoup de mères avortent lorsque le gynécologue annonce une fille. Ces procédés sont illégaux, mais dans la pratique ils sont fréquents.

Il avait prononcé cette phrase d'un ton placide et monocorde, comme s'il parlait des résultats d'un match de foot.

– OK, admit Lina, c'est exact. Mais accroche-toi, la suite est révoltante. Lorsque les mères avortent, elles ne l'ont parfois pas décidé ! Si une femme a déjà un enfant et qu'elle est enceinte, il arrive que des agents du Planning familial se pointent chez elle et l'embarquent contre son gré. Ensuite, ils la séquestrent en réclamant une amende exorbitante. Si elle ne peut pas payer, ce qui est presque toujours le cas, alors elle se fait avorter de force ! Ils demandent à un chirurgien de lui retirer le fœtus, parfois à quelques jours de l'accouchement !

Elle s'interrompit une minute, le temps pour une serveuse en tablier vert de prendre leur commande.

– Ensuite, un chirurgien lui ligature les trompes, sans son accord ! À son réveil, elle découvre qu'elle sera à jamais stérile. Fini. Plus d'enfant. Tu veux savoir la suite ? Une fois sorties de l'hôpital, la plupart de ces femmes sont licenciées et on les informe qu'aucun employeur ne voudra plus jamais d'elles. Le voilà, ton secret abominable !

Thomas baissa la tête, visiblement gêné. À vrai dire, il était parfaitement informé de ces pratiques.

– C'est abominable, effectivement. Mais ce n'est pas un secret.

– Quoi ? Tu veux dire que tu étais au courant ?

– Calme-toi ! dit-il de peur qu'elle n'attire l'attention. Tout le monde est au courant ! Sauf que peu de gens en parlent. Qui t'a raconté ça ?

– Peu importe. Je lui ai promis de ne pas divulguer son nom.

– Lina, fit Thomas, contrarié, tu dois savoir que ce ne sont pas des pratiques répandues. Elles n'ont lieu que dans certains endroits reculés. Malheureusement, Wuming en fait partie. Mais la Chine est un grand pays, où il y a d'énormes différences sociales entre les provinces, les villes, les quartiers. Il ne faut pas dramatiser. Globalement, les choses s'améliorent… La politique de l'enfant unique s'est un peu assouplie depuis 2002. Ici, les paysans ont le droit d'avoir un deuxième enfant si le premier est une fille ou s'il est handicapé.

– Ah bon ? Mais c'est formidable ! s'exclama-t-elle avec cynisme. Je trouve ce rapprochement très approprié.

Thomas soupira. Il comprenait sa colère, mais la Chine martyrisait ses femmes depuis plusieurs décennies, bien avant que Lina ne soit née.

– Écoute-moi, le Planning familial est tenu de rendre des comptes au gouvernement en matière de limitation des naissances. Si un cadre local obtient de bonnes statistiques dans sa région, alors il gravit les échelons du Parti. C'est pourquoi certains cadres du Planning familial organisent des campagnes dites de « rectification » pour améliorer leurs chiffres. C'est illégal, mais personne ne peut contester, les tribunaux enregistrent rarement les plaintes. L'État essaie de mettre fin à la corruption, mais la plupart du temps, il étouffe ce genre d'affaires. Ça ne date pas d'hier. On ne peut pas changer les mœurs du jour au lendemain.

Elle le fixa, terrassée d'indignation. Ses joues avaient pris une teinte vermeille qui attendrit Thomas. Il devinait ses pensées, Lina aurait aimé qu'il soit moins fataliste, à l'image de ces grands idéalistes à l'abri de toute résignation. Mais comme tous les membres de son ONG, Thomas avait vite compris qu'en matière d'action humanitaire, on arrive rarement à ce qu'on veut, même si on se doit de faire tout ce qu'on peut.

– Lina, tu dois comprendre que la présence de mon ONG est à peine tolérée. On ne nous laissera pas rester ici si on commence à se mêler de la corruption des fonctionnaires d'État ! Ces affaires durent depuis des années, sous les yeux des autorités locales. C'est en dehors de notre champ de manœuvre.

– Et l'inspecteur Zhou ? Tu as dit qu'il était haut placé, pourquoi il ne réagit pas ?

Thomas soupira amèrement tandis que la serveuse leur apportait les boissons.

– Ce n'est pas si simple, dit-il en baissant d'un ton, Rong Zhou est conciliant, mais il est aussi membre du Parti, ce qui veut dire qu'il a des directives. Au départ, il était très réticent sur ta mobilisation à Mou di. J'ai réussi à le convaincre… alors, s'il te plaît, reprends-toi et essayons de nous concentrer sur Sun Tang. Si dans sept jours on est au point mort, on laisse tomber.

Elle haussa les sourcils. Si elle découvrait d'autres histoires de ce genre, elle allait avoir beaucoup de mal à garder son sang-froid !

– Je ne sais même pas par où commencer.

– Tu as déjà rencontré Lu-Pan ?

Bien vu. Elle remua négativement la tête.

– Tu devrais creuser cette piste. Alors, sept jours ?

Lina souffla pour calmer son anxiété. Maintenant qu'elle était venue jusqu'ici, abandonner si vite lui semblait ridicule.

– D'accord, mais au moindre problème, je me réserve le droit de m'en aller.

– Tu es entièrement libre ! assura-t-il.

Ils finirent de déguster leur soda en silence, en fixant la rue piétonne.

38

5 octobre 1991

Lu-Pan poussa la porte d'entrée peu après 17 heures. Vêtu d'une chemise fripée et d'un pantalon déchiré, il avait le regard hostile et puait la cigarette. Dans le séjour, Sun l'attendait de pied ferme, les bras croisés. Elle n'avait pas touché aux bouteilles vides. Le sol était toujours sale et collant, et le foyer éteint. Appuyée contre la table, la jeune femme avait l'air d'un juge impitoyable prêt à rendre sa sentence.

– Où étais-tu ? lança-t-elle d'un ton sec.

Il la regarda attentivement, mais esquiva sa question :

– Ils t'ont drôlement amochée.

– Par ta faute ! Bon sang, cinq cents yuans ! Tant de dettes pour des parties de mah-jong ! On n'a même pas de quoi se nourrir !

Lu-Pan agita la tête avec mépris avant de se diriger vers l'étagère. Il ouvrit une bouteille d'alcool de riz et but à même le goulot, en prenant soin d'éviter le regard de sa femme. Sidérée, Sun tapa sur la table avec fureur.

– Arrête ton cirque, Lu-Pan. À quoi joues-tu ?

– Nous n'avons plus de dettes, tout est réglé.

– Pardon ?

– Tu m'as demandé où j'étais... eh bien je suis allé trouver M. Hsin et je lui ai donné l'argent qu'il réclamait.

Sun resta plantée devant lui, ahurie. Cette histoire

n'avait aucun sens. Comment aurait-il pu rassembler une telle somme ? Six mois ne lui auraient pas suffi pour économiser autant.

– Où as-tu trouvé cet argent ?

– C'est mon affaire.

– Et Chi-Ni, où est-elle ?

– Je n'en ai aucune idée.

Elle hurla :

– Quand vas-tu arrêter de me mentir ? Tu l'as emmenée à Wuming pour acheter un landau. Que s'est-il passé ?

Le visage de Lu-Pan se décomposa. Il s'empressa d'avaler une gorgée de *baijiu* pour calmer son malaise. Visiblement, il avait besoin d'alcool, de beaucoup d'alcool…

– Effectivement, nous sommes partis en ville, articula-t-il comme s'il manquait d'air, mais je n'ai jamais eu l'intention d'acheter un landau.

– Continue.

– Il me fallait de l'argent, nous allions tous rester sur le carreau. Je devais payer mes dettes.

Soudain, Sun fut prise d'un étourdissement. Cette dernière phrase attisait ses craintes. Cinq cents yuans ne tombaient pas du ciel. Et pourtant, Lu-Pan les avait miraculeusement trouvés, deux jours après la disparition de sa propre fille… La jeune mère n'était pas sûre de vouloir entendre la suite.

– Lu-Pan, ne me mens plus, où est Chi-Ni ?

Il baissa les yeux et s'éclaircit la gorge, signe qu'il était prêt à déballer l'effroyable vérité qu'il noyait dans l'alcool. Les mots tombèrent :

– Je l'ai vendue.

– Qu'est-ce que tu as dit ?

– J'ai vendu notre fille !

Sun eut l'impression qu'un ouragan venait de dévaster sa poitrine. Vendue ? Vendue ? Le mot sonnait creux. Vendue pour quoi ? Vendue à qui ? Un tourbillon d'émotions s'empara de son corps. Elle se mit à transpirer.

– Qu'est-ce qui t'a pris ? Lu-Pan, à qui l'as-tu vendue ?

– À un homme, je ne le connais pas. Il traînait dans la rue. Mais il est venu me parler la semaine dernière. Il savait que j'avais une fille, il m'en a proposé six cents yuans. Je ne pouvais pas refuser.

Cette fois, une véritable rage s'empara de la jeune mère. Son mari avait vendu Chi-Ni sans aucun scrupule ? Il l'avait laissée entre les mains d'un parfait inconnu, peut-être un violeur ou un trafiquant ? Sa colère explosa, elle se jeta sur son mari et le frappa de toutes ses forces.

– Tu es immonde, Lu-Pan, tu es un homme méprisable !

Effrayé, il la repoussa brutalement et la plaqua contre le mur, en lui serrant le cou.

– Arrête, Sun ! Nous n'avions pas le choix. Beaucoup de parents abandonnent leurs gamines, et je ne te parle même pas de ceux qui les « arrangent » !

Sun tenta de se débattre, mais Lu-Pan faisait pression sur sa gorge et l'empêchait de respirer. Son pouls battait la chamade, tandis qu'elle fixait le visage maigre et glacial d'un homme qu'elle ne reconnaissait plus. Sa haine était telle qu'elle lui aurait arraché les yeux.

Incapable de se dégager de son emprise, elle tendit un bras sur le côté et attrapa la bouteille à moitié pleine. D'un mouvement brusque, elle la pulvérisa sur le front de son mari, qui desserra immédiatement les doigts en hurlant de douleur. Des morceaux de verre restèrent plantés sur son crâne, tandis qu'un liquide rouge ruisselait de son front. Lu-Pan perdit l'équilibre et tomba sur le sol où un mélange écœurant d'alcool et de sang avait giclé sur le plancher.

Affolée, Sun se précipita à l'extérieur, le souffle court. Elle était allée trop loin, bien trop loin. Elle n'avait jamais ressenti une pulsion aussi meurtrière et irrépressible. La rancœur accumulée toutes ces années venait de ressurgir, comme un boulet de canon fracassant tout sur son passage.

« Il va s'en remettre, ne t'en fais pas. »

Elle se rassura comme elle put, persuadée que son mari encaisserait facilement un tel coup. Tout bien considéré, elle n'avait pas frappé fort. Le visage était une zone sensible qui saignait très rapidement. Les plaies de son mari étaient probablement superficielles.

Sun s'éloigna de la maison. Chaque pas lui donnait le tournis.

En contrebas, elle remarqua une silhouette familière qui l'observait depuis les rizières. Zhen Gong. La vieille lui jeta un regard farouche avant de cracher au sol.

Sun feignit de l'ignorer et se dirigea vers le temple. Elle s'était fourrée dans un sale pétrin. Il n'y avait plus guère que Maître Yao-Shi sur qui elle pouvait compter. À mi-chemin, elle ressentit de douloureuses contractions.

39

3 octobre 1991

Avant ce jeudi 3 octobre, Chi-Ni n'était jamais montée dans une voiture. Elle avait déjà aperçu des autos sur les routes de Wuming, mais Papa disait qu'elles étaient « réservées aux riches ». Comme beaucoup de paysans, les habitants de Mou di utilisaient des chevaux ou des bœufs pour tirer leur charrette. Certains, comme Docteur Chao, prenaient parfois le bus pour parcourir de longues distances.

Monsieur Étrange, quant à lui, avait une camionnette. Une grande camionnette blanche avec une vitre teintée à l'arrière. Quand le véhicule accélérait, son ventre rugissait et Chi-Ni éclatait de rire. Au début, elle pensait qu'une bête sauvage se cachait sous le capot.

– C'est un moteur, avait dit Monsieur Étrange.

Chi-Ni ne savait pas ce qu'était un moteur, mais elle se sentait drôlement bien sur le siège passager. Quand elle s'appuyait sur le rebord de la fenêtre, elle apercevait les immenses cailloux gris qui piquaient vers le ciel. Un jour, Maître Yao-Shi avait dit qu'il s'agissait de géants de pierre, avec des manteaux d'herbe. La nuit, ils sortaient de leur sommeil pour dévorer les bandits.

Son impatience redoubla. D'une minute à l'autre, la camionnette arriverait devant l'entrée du magasin et ils choisiraient le plus beau des landaus ! Papa avait dit qu'il les rejoindrait là-bas, le temps de récupérer des sous.

Crispé sur le volant, Monsieur Étrange ne souriait jamais. Chi-Ni avait essayé de raconter une blague, mais il s'était contenté de grimacer, comme si sa bouche était coincée sur les côtés. C'est à ce moment-là qu'elle lui avait donné son surnom : Monsieur Étrange, parce qu'il était drôlement bizarre. Physiquement, il était grand et costaud, bien plus musclé que Papa. Il avait d'énormes sourcils et un nez aplati. Chi-Ni lui avait demandé quel métier il exerçait. Il avait répondu : « Livreur », en ajoutant qu'il livrait des « marchandises un peu spéciales ». En fait, Monsieur Étrange n'aimait pas répondre aux questions. Il passait son temps à klaxonner et à se gratter le menton.

Après une vingtaine de virages et beaucoup de rugissements, la camionnette quitta Wuming pour emprunter un chemin sinueux, parsemé de branches mortes. Sous l'effet des cahots, la fillette tressautait sur son siège, ce qui l'amusait beaucoup.

Au bout de huit minutes (Chi-Ni avait regardé le tableau de bord), le véhicule sortit brutalement du sentier et roula sur l'herbe, en direction d'une forêt de bambous. La fillette scruta le paysage. Des étendues vertes, sans âme qui vive. Mais où était le magasin ? Lorsque la camionnette s'enfonça dans la forêt, Chi-Ni commença sérieusement à s'inquiéter. Elle n'aimait pas du tout la pénombre des sous-bois.

« Chut ! Ne dis rien au monsieur. »

Papa lui avait dit d'être sage. Elle faisait confiance à Papa.

40

28 juillet 2013

LORSQUE Lina arriva au temple en fin d'après-midi, elle était d'humeur maussade. La réaction de Thomas lui restait en travers de la gorge. Car même si elle le connaissait très peu, elle s'était attendue à plus d'humanité de sa part. C'était en tout cas l'image qu'il lui avait renvoyée à l'aéroport et lors de leur conversation à bord du train. Mais aujourd'hui, elle avait été déçue par son détachement. Le taux d'infanticides avait certes baissé, mais la Chine avait troqué ses meurtres contre des avortements et des stérilisations forcées. Était-ce moins choquant ? Des pratiques peu répandues selon Thomas. Oui, évidemment... Le manque de considération pour les femmes était si bien ancré dans les esprits que les familles de paysans recouraient d'elles-mêmes à l'avortement dès que l'échographie montrait une fille. Si même les ONG baissaient les bras, qui restait-il pour s'en soucier ?

Toujours fatiguée par le décalage horaire, Lina traversa la salle des Rois célestes à la recherche de Yao-Shi. Elle trouva le moine dans la pièce principale, derrière la cour, en pleine séance de méditation avec cinq autres fidèles. Tournés face au mur, ils étaient tous silencieux, assis chacun sur un épais coussin rond, les jambes croisées en lotus. Leur dos était remarquablement droit et leurs mains se rejoignaient au niveau du bas du ventre, paumes vers le haut ; une posture à la fois mystique et solennelle.

Mal à l'aise, Lina se retira sur la pointe des pieds, quand un chuchotis attira son attention :

– Psssst...

En se retournant, elle aperçut Tao Dai qui lui faisait signe de le suivre dans la cour intérieure. Tao portait un polo beige trop grand pour lui et un short délavé. Autour de son cou, un long collier de perles brunes ondulait sur son torse, une sorte de chapelet bouddhiste agrémenté d'un pendentif.

Sans qu'elle sache pourquoi, le visage du jeune homme lui apporta un peu de baume au cœur.

– Salut, murmura-t-elle timidement.

– Content de te revoir.

À pas de loup, l'étudiante se faufila jusqu'à lui puis ils s'assirent sur un banc à l'ombre du prunier japonais.

Dans l'air, une odeur d'encens se mêlait aux fragrances douces et fruitées qui flottaient dans la cour. Lina se sentit enfin apaisée. Même s'il faisait extrêmement chaud, cet espace clos dégageait une atmosphère rassurante, à mille lieues des préoccupations qui avaient parasité sa journée.

– Comment vas-tu ? demanda-t-il d'une voix mal assurée.

– Plutôt bien. J'ai fait un tour dans Wuming. C'est joli, mais j'ai été très étonnée par la différence entre les quartiers. Parfois, j'avais l'impression d'être dans une ville américaine, avec des bâtiments contemporains et des écrans géants sur les façades. Mais quelques mètres plus loin, on bascule dans un autre monde plus proche des bidonvilles, où les murs menacent de s'effondrer.

– Tu parles du quartier de l'orphelinat ? J'ai entendu dire que Maître Yao-Shi t'avait emmenée là-bas.

– Les nouvelles vont vite.

– Dans un village comme le nôtre, tout se sait.

Un sourire aux lèvres, Tao se leva du banc et tendit un bras vers le prunier pour cueillir les larges drupes rosées comme des Chamallows. Une fois la main pleine, il se rassit à côté d'elle et partagea son butin.

Les cheveux noirs en bataille, le jeune homme l'observa longuement de ses yeux en amande. Son insistance perturba Lina. Pourquoi la regardait-il si fixement ?

Elle ne put s'empêcher de rougir.

– Je peux te poser une question ? demanda-t-elle en hésitant.

– À quel propos ?

– Au sujet de Yao-Shi.

– Hum... tu veux savoir pourquoi il est si sévère ?

Lina acquiesça. Sa conversation avec Xian-Zi avait piqué sa curiosité.

– Maître Yao-Shi a toujours été ainsi, expliqua le jeune homme en s'efforçant d'articuler chaque mot, depuis que je suis né.

– Je pensais que les moines bouddhistes étaient un peu plus joyeux, surtout quand ils prient le Bouddha rieur !

– Ils le sont. Les bouddhistes sont des amoureux de la vie, ils essaient d'apprécier chaque instant comme un cadeau. Mais Maître Yao-Shi est un peu différent. Sa vie n'a pas toujours été facile.

– Un drame personnel ?

– Effectivement. Mais il parle rarement de lui et il ne veut pas qu'on évoque son passé. Quand un homme a beaucoup souffert, il a parfois du mal à exprimer ses émotions. Il préfère les repousser, les contenir. Tu vois ce que je veux dire ?

Lina essaya de cacher son embarras. Cette description aurait très bien pu s'appliquer à elle. Ce n'était pas un hasard si le comportement de Yao-Shi l'exaspérait autant. Le moine était comme un miroir qui lui reflétait sa propre image. Comme elle, il faisait tout pour se donner l'étoffe d'un être imperméable. Comme elle, il était hanté par son passé. Son arme à elle était l'ironie, celle du moine l'impassibilité. Deux moyens finalement similaires de jouer à cache-cache en créant des illusions. Que cachait Yao-Shi sous sa coquille d'escargot sans cœur ?

Lina croqua dans une prune et savoura le goût sucré de la chair qui tapissa son palais. Une sensation de fraîcheur l'envahit.

– Tu n'as jamais quitté Mou di ?

– Non. Je n'en ai jamais eu l'occasion. Voyager coûte très cher et peu de Chinois parviennent à obtenir un visa. Mais un jour, je partirai.

Tao leva la tête vers le ciel et observa les nuages rouler ensemble dans une même direction. Lina avait le sentiment qu'il ne se sentait pas à sa place dans ce hameau coupé du monde. Il était intelligent, cultivé, avide de découvertes. Il rêvait sans doute d'un destin plus exaltant, qui ne serait pas dicté par les exigences de sa famille. Au lieu de quoi Tao était contraint de travailler dans les champs, tiraillé entre obligation filiale et soif de liberté.

– Tu as déjà une idée de la destination ?

Le jeune homme eut l'air intimidé.

– L'Europe. Peut-être la France. On m'a dit que c'était un beau pays.

– Tu pourrais venir à Strasbourg.

– Si quelqu'un m'y invite.

Elle répondit par un sourire, puis Tao lui proposa une promenade dans les rizières. Comme le ciel était dégagé, ils pourraient assister au coucher du soleil derrière la montagne. Un programme romantique, qui amusa l'étudiante.

41

5 octobre 1991

– REPRENEZ votre souffle, Sun, et répétez-moi lentement ce que Lu-Pan vous a dit.

Sun essuya ses larmes, le corps secoué par un hoquet. Les contractions utérines s'étaient calmées, mais elle se sentait horriblement faible. Allait-elle perdre les eaux ? Non ! Elle n'était pas prête pour l'accouchement, encore moins depuis l'aveu de son mari. Leur vive altercation lui avait glacé les os. Son buste lui paraissait exagérément lourd, comme si on y avait coulé du plomb et que le métal avait durci. Par instants, Sun revoyait Lu-Pan titubant. Il affichait une expression d'horreur sur un visage couvert de sang. Cette vision la pétrifiait. Et si, sous l'effet de la colère, son mari décidait de se venger ? Par précaution, Yao-Shi avait fermé toutes les portes du temple à double tour.

Sun inspira profondément et rapporta fidèlement les paroles de Lu-Pan : jeudi, il avait emmené Chi-Ni en ville, en lui disant qu'ils achèteraient un landau ; en réalité, il avait livré la fillette à quelqu'un contre six cents yuans.

Yao-Shi opina. Ils étaient assis sur un banc dans la salle des Rois célestes. Tout à l'heure, Ushi leur avait préparé du thé, avant de se retirer de la pièce : il ne souhaitait pas que sa présence embarrasse la jeune mère.

– Votre mari connaissait-il cet homme ? questionna Yao-Shi en gardant son sang-froid.

– Il dit que non. L'inconnu l'a interpellé dans la rue la semaine dernière. Il savait que Lu-Pan avait une fille et il désirait l'acheter.

– Comment aurait-il pu le savoir ?

– Je n'en ai aucune idée, déplora Sun, je n'arrive plus à réfléchir !

Le moine but son thé, la mine incrédule. Cette histoire manquait de cohérence. Déjà, qui voudrait acheter une fille ? La plupart des gens sautaient sur la première occasion pour s'en débarrasser. Quand un bébé était abandonné sur un trottoir, personne ne se baissait pour le ramasser ! Alors payer six cents yuans...

– Dites quelque chose, implora Sun.

Yao-Shi resta silencieux. La lueur tremblante des bougies accentuait les traits contractés de son visage. Il n'avait pas envie de remuer le couteau dans la plaie, mais ces dernières informations ne lui inspiraient rien de bon. Malgré ses prières, il avait de plus en plus de mal à contenir ses peurs. Il perdait son aplomb, comme si un épais brouillard l'enveloppait. Jusqu'à présent, il avait concentré toutes ses forces pour renvoyer à la jeune mère l'image d'une personne solide, confiante en l'avenir. Il s'était même persuadé qu'il trouverait une solution. En vain. Il commençait à fléchir lui aussi, emporté par le flot des mauvaises nouvelles.

– Nous retrouverons cet homme, promit-il en se levant.

Au même moment, trois coups frappés à la porte les firent tressaillir.

42

28 juillet 2013

Tao et Lina traversèrent le long couloir du monastère. Avant d'aller dans les rizières, Lina voulait enfiler des baskets et prendre son appareil photo.

En entrant dans la chambre, un mouvement de recul la plaqua contre le mur. Elle n'avait jamais rien vu d'aussi répugnant.

Le sol était rouge. Sur la paillasse, un chaton éventré se vidait de son sang. Ses boyaux avaient été déroulés sur les draps et dégageaient une épouvantable odeur, à la fois rance et métallique.

Lina se couvrit la bouche, prise d'un haut-le-cœur. Elle avait reconnu la jolie boule de poils qu'elle avait dorlotée la veille.

À côté d'elle, Tao Dai s'accroupit pour inspecter l'animal.

– Ce chaton appartenait aux moines. On lui a crevé les yeux avec un objet pointu, releva-t-il d'un ton grave.

Lina serra les dents avec horreur, incapable de prononcer un mot. Du sang et des morceaux d'intestins avaient giclé sur son sac à dos et sur une partie de ses vêtements. Elle n'en croyait pas ses yeux. Qui était assez infâme pour mettre un chaton en charpie ?

Devant elle, Tao se pencha vers l'animal et lui souleva une patte. Un bout de parchemin y était accroché par un ruban. Lentement, Tao extirpa la feuille tachetée de sang et lut à voix haute :

– « Je sais pourquoi vous êtes là. Partez. »

Il lui montra le message en la questionnant du regard.

– C'est écrit en chinois et la personne n'a pas signé. Qu'est-ce que ça signifie ? C'est surréaliste !

Lina secoua la tête, aussi pâle que de la bouillie de riz. Depuis une minute, le contenu de son estomac lui remontait dans la gorge et lui brûlait l'œsophage, comme si elle avait avalé un gros piment chinois, longuement mâchouillé.

Écœurée, elle détourna les yeux du chat et ravala sa salive en hoquetant.

– Je dois aller aux toilettes, dit-elle en portant une main à sa bouche.

– Moi je vais prévenir Maître Yao-Shi.

Dans la salle d'eau, Lina s'aspergea le front, en respirant profondément. Brusquement, elle s'immobilisa devant le miroir, le visage trempé. Son teint blanc, ses yeux vitreux. Elle ressemblait à un fantôme terrifié par son propre reflet.

En Chine, la figure du chat symbolisait la longévité. Cet acte était donc une mise en garde.

Son esprit tourbillonna, plein d'images ensanglantées.

« On t'a suivie ! »

Oui, c'était le plus probable. Quelqu'un l'avait peut-être espionnée en compagnie de Thomas. Avec ses cheveux blond platine, elle ne passait pas inaperçue ! Mais si tel était le cas, comment était-il entré dans le monastère ? Un étranger aurait attiré l'attention !

« Peut-être un habitant ! » pensa-t-elle avec frayeur. Un individu capable d'éviscérer un chaton, d'en extraire les tripes et de les répandre, dans le seul but de l'intimider. L'auteur de ce bain de sang était particulièrement motivé. « Si tu ne pars pas, tu finiras comme ce chaton », laissait-il sous-entendre.

« Calme-toi, respire, tout va bien. »

Elle s'assit sur ses talons, au pied du lavabo, et prit son visage entre ses mains. Non, rien n'allait. Ses gestes étaient fébriles, saccadés, tremblants. La vision du chat mort avait ouvert la porte à de douloureux souvenirs.

– Lina ?

Tao apparut dans l'encadrement de la porte et l'observa avec inquiétude.

Li-Li arriva à son tour, ainsi que les quatre fidèles, dérangés en pleine méditation.

– Quel acte odieux, déplora la mère de Tao, je ne sais pas qui a fait ça, mais je tiens à vous présenter des excuses collectives.

À côté d'elle, les villageois poussèrent un murmure approbateur qui sembla remplir tout l'espace. Ils étaient aussi raides que des chaumes de bambou et affichaient une mimique typiquement chinoise : la bouche tordue par un rictus d'embarras, les joues contractées et les sourcils circonflexes. Lina crut lire sur leur front : « J'essaie de sauver la face, mais je suis terriblement mal à l'aise. »

Yao-Shi arriva dans le couloir, les traits plus creusés que jamais.

– Une très vilaine plaisanterie ! s'exclama-t-il, le regard noir, avant de se tourner vers Lina en agitant le billet laissé par l'agresseur. Comprenez vous ce message ?

Elle resta muette, paralysée par la peur d'être démasquée.

– Qui voudrait que vous partiez ?

– Je n'en sais rien, bredouilla-t-elle.

– Vous m'avez dit que vous étiez ici pour vos études.

– Bien sûr, c'est le cas !

Yao-Shi la fixa attentivement, comme si son regard allait débusquer un mensonge. Finalement, il inclina la tête avec politesse.

– Je suis navré de ce triste désagrément. Je m'engage à faire tout mon possible pour trouver le responsable.

Les fidèles se joignirent à sa promesse, puis se dirigèrent vers la chambre. Là-bas, chacun mit la main à la pâte pour nettoyer la pièce et enterrer le chat. Mais une heure d'astiquage n'était pas suffisante pour décrasser le sol. Le sang était tenace. Les effluves putrides résistaient au ménage, même avec les plus puissants décapants.

Alors que le soleil se couchait, Li-Li se pencha vers l'étudiante avec amabilité.

– Venez dormir à la maison, nous avons une chambre d'amis.

– Je ne veux pas vous déranger.

– Ne dites pas de bêtise, vous êtes la bienvenue ! Vous pourrez fermer la porte à clé, personne ne vous embêtera.

Après un instant d'hésitation, Lina finit par accepter. Elle se sentait soulagée de s'éclipser du monastère. Même si elle n'était pas de nature peureuse, passer la nuit prochaine dans sa sinistre geôle aurait été d'un goût morbide. D'ailleurs, elle ne put s'empêcher de s'imaginer la scène : couchée sur sa paillasse, au royaume des cafards et des débris d'intestins.

43

5 octobre 1991

– C'EST MOI ! Li-Li !

Yao-Shi ouvrit la porte et laissa entrer la jeune femme.

– Sun ! Dis-moi que tu vas bien !

Li-Li était en larmes, les cheveux ébouriffés et le visage défiguré par l'inquiétude. Une fois à l'intérieur, elle se jeta dans les bras de son amie en implorant son pardon.

– J'ai été sotte, si sotte. Je n'aurais jamais dû me comporter ainsi, mais j'avais tellement honte !

Sun se laissa étreindre, sans la repousser. Depuis quinze jours, elle espérait plus que tout que son amie accepterait de lui parler à nouveau. Li-Li avait énormément souffert, beaucoup trop pour une si jeune épouse. Personne ne ressortait indemne d'un pareil accouchement. Toutes les femmes chinoises le savaient.

– J'ai tout entendu, avoua Li-Li en séchant ses larmes, je vous ai entendus vous disputer. Je suis désolée… Si désolée pour Chi-Ni. Il faut que tu retrouves ta fille, Sun ! Tu dois la retrouver. Je sais à quel point elle compte pour toi.

Sun ne dit pas un mot. Elle avait l'impression qu'une corde lui enserrait la gorge. Depuis la veille, elle se sentait comme un cormoran, ces oiseaux au long bec dressés par les pêcheurs pour attraper du poisson. Avant qu'ils ne plongent, on leur ligaturait le cou pour les empêcher d'avaler leur proie. Le poisson restait coincé dans le gosier et le pêcheur s'empressait d'y insérer sa main pour l'en sortir. Sauf que Sun Tang n'arrivait pas à se débarrasser de sa peine. Elle était dans sa gorge comme un mauvais poisson dont aucun pêcheur ne voudrait.

– Écoutez-moi, ajouta Li-Li en regardant tour à tour le moine et son amie, je ne sais pas si le moment est bien choisi, mais je dois vous dire quelque chose d'important, qui a peut-être un rapport avec la disparition de Chi-Ni.

Le visage de Yao-Shi s'éclaira. Depuis l'arrivée de Li-Li, il fixait les statues des Rois célestes d'un air absorbé.

– Parlez, mon amie.

– Hier, j'ai rencontré Xia en me rendant au puits. Elle avait les yeux gonflés et le nez rouge, comme quelqu'un qui a beaucoup pleuré. Je lui ai demandé ce qui la tourmentait et elle s'est livrée à moi par désespoir : sa fille s'est noyée dans la rivière.

– Quoi ? s'écria Sun. Chen s'est noyée ?

– C'est ce que Zhen a dit ! Hier matin, la vieille Zhen est partie dans la forêt faire une balade avec sa petite-fille. Lorsque Zhen est revenue, deux heures plus tard, elle était seule. Elle a raconté que Chen s'était noyée dans la rivière et qu'elle n'avait pas pu la sauver. « À trois ans, on ne sait pas nager », a-t-elle ajouté.

Sun essaya d'encaisser ce nouveau coup de massue. La petite Chen, décédée ? Comment la vie pouvait-elle être aussi cruelle ?

– Pauvre enfant…

– Ne sois pas naïve, Sun. Laisse-moi te raconter la suite ! En apprenant cette nouvelle, Xia et Pan-Pan ont demandé où était le corps. Ils voulaient l'embrasser une dernière fois… Zhen a répondu qu'il avait été emporté par le courant.

– Mais il n'y a quasiment pas d'eau ! s'exclama Yao-Shi. Avec cette chaleur, la rivière est asséchée !

– Justement, je suis persuadée que Zhen a menti ! Cette diablesse n'a jamais aimé sa petite-fille. Elle l'a toujours traitée comme une moins que rien ! À ses yeux, Chen était un furoncle qui l'empêchait d'avoir un héritier.

– Et tu penses qu'elle l'a tuée ? murmura son amie avec effroi.

– Pas du tout. Mais pourquoi pas vendue ?

Sun et Yao-Shi se regardèrent, leurs visages baignés dans le clair-obscur. Li-Li n'avait peut-être pas tort. Tout le monde savait que la vieille Zhen rêvait de se débarrasser de sa petite-fille. Elle n'avait jamais trouvé la force de lui enlever la vie... mais vendre n'était pas tuer. La famille Gong manquait cruellement d'argent, comme tous les paysans de la région du reste.

– Je dois parler à la vieille Zhen, souffla Sun en se levant.

Deux fillettes qui se volatilisaient à un jour d'intervalle, cela devenait effrayant.

Elle essaya de faire un pas, mais se rassit aussitôt, manquant de s'évanouir. Cette fois, son corps refusait d'obéir. Elle n'avait pas d'autre choix que de lui accorder du repos.

44

28 juillet 2013

Li-Li Dai avait préparé un véritable festin : poulet à la cacahuète, porc au piment, moineau en sauce, soja grillé et purée de haricots rouges. Au milieu de la table ronde, une quinzaine de plats étaient disposés sur un plateau tournant, exhalant des fumets capables de faire flancher l'égérie de Weight Watchers.

Près de Lina, les cinq mangeurs s'étaient assis solennellement, aussi concentrés que des soldats préparant une offensive. Après avoir rempli les bols de riz, Li-Li avait donné le feu vert. En un éclair, l'assaut avait commencé.

Grand-Mère Dai s'était emparée de ses baguettes et avait sauté sur le plat de poisson à la bière pour lui arracher la tête. Aussi fébrile qu'une affamée, elle en avait englouti un morceau sans même enlever les arêtes, avant de lâcher un gros rot. À côté d'elle, le mari de Li-Li avait failli s'étouffer avec un morceau de porc. La barbe nappée de sauce, le gros Kun avalait la bête avec l'ardeur d'un colonel d'artillerie. Par moments, il lançait une blague à son père, assis sur la chaise opposée. Le grand-père n'était pas plus gracieux. Il aspirait ses nouilles avec un désagréable bruit de succion, rappelant les pompes qu'on trouve chez le dentiste. Sourd comme un pot, il ne remarquait sans doute pas ses propres flatulences, larguées entre deux aspirations.

Lina savait que les Chinois ne connaissaient pas les mêmes règles de savoir-vivre que les Français. Un bon dîner se saluait par un rot. Une bonne santé s'exprimait par un pet.

Mais malgré ce spectacle franchement comique, Lina n'avait pas le cœur à rire.

Le plus déroutant, aux yeux de l'étudiante, était cet alcool de riz que le gros Kun et son père ingurgitaient tout au long du dîner. Grand-Père Dai était allé chercher une bouteille de *baijiu*, qu'il avait posée sur la table. À l'intérieur, plusieurs cadavres de serpents macéraient dans l'alcool. Ils étaient si bien conservés qu'ils semblaient encore vivants, lovés les uns contre les autres, la tête dressée vers le goulot.

– Un bienfait pour la santé ! avait lancé Grand-Père Dai en remplissant une demi-tasse. Plus ils sont venimeux, mieux c'est !

Il en avait proposé à Lina, qui avait refusé, à contrecœur. Après une journée comme celle-là, elle aurait été prête à tout, même à boire de cette eau-de-vie, pour se remettre d'aplomb. Mais pas sûr que son métabolisme tolère le venin de serpent.

– *Ganbei*[1] *!* s'était exclamé le gros Kun en trinquant avec son père.

– *Ganbei !* avait répondu le vieux.

Au cours du repas, ils avaient descendu au moins six tasses de *baijiu*, en louant à chaque fois les merveilleuses vertus de ce breuvage salutaire. Au grand désarroi de Lina, l'alcool de riz ne tarda pas à faire sentir ses effets.

Dès la septième tasse, les pupilles du vieux Dai se dilatèrent et ses joues rosirent légèrement. En l'observant plus longuement, Lina nota qu'il lui manquait trois dents sur la mâchoire supérieure. Les autres étaient noires ou jaunies, usées par le temps et par un excès de nicotine.

Gagné par une bouffée d'euphorie, il agita l'index et éleva la voix :

1. « Cul sec ! »

– Maintenant que nous avons bien mangé, je suis d'avis que nous apprenions à connaître notre charmante invitée.

Le cœur de Lina s'accéléra à l'instant où il planta sur elle ses yeux bridés et vitreux. Jusqu'alors, aucun membre de la famille Dai n'avait osé aborder l'épisode du chaton mort. Mais l'alcool désinhibait, et elle ne tarderait pas à être malmenée.

– Vous savez, chère mademoiselle venue de France, mon petit-fils nous a demandé de ne pas vous ennuyer avec cette histoire de chat. Mais maintenant que le repas est fini, j'aimerais entendre votre avis. Car tout le monde a envie d'en parler. Je trouve que c'est une drôle d'histoire ! Qu'a-t-il écrit, l'étripeur ? « Je sais pourquoi vous êtes là »...

Sa remarque jeta un froid qui glaça l'étudiante. L'étripeur... Un surnom assez glauque pour un tueur de chaton.

– Oui, c'est une drôle d'histoire, répéta-t-elle machinalement.

– Dites-moi, que faites-vous à Mou di ?

– Je suis venue pour perfectionner mon chinois, avant la rentrée. Je vais passer un an à l'université de Sun Yatsen à Canton. Les cours commencent en septembre.

Grand-Père Dai leva la tête d'un air pensif. Depuis huit ans, les moines hébergeaient régulièrement des étrangers, toujours des étudiants. Mais aucun n'avait jamais rencontré de problème. Le gros Kun grommela, manifestement insatisfait. La bouche pâteuse et le nez cramoisi, il était prêt à poursuivre l'interrogatoire :

– Pourquoi ne pas rester à Canton ?

– Je n'aime pas la ville, répondit Lina du tac au tac, j'avais envie de... comment dire... m'immerger dans un village traditionnel, au milieu de la nature.

– Je vous comprends, mais la Chine est grande, alors pourquoi Mou di ?

– Par hasard. J'ai entendu parler d'un monastère qui accueillait les étudiants étrangers. Je me suis renseignée, et j'ai appris que votre hameau était situé dans une des plus belles régions de Chine. J'ai sauté sur l'occasion.

Lorsqu'elle parlait un peu trop vite, Lina écorchait les mots. Elle s'efforçait alors de répéter ses phrases, en articulant lentement.

– C'est cohérent, répondit Kun, mais je ne vois pas ce que vous reproche l'étripeur.

Elle pensait qu'il en resterait là, mais le molosse s'entêta. Il posa une nouvelle question, que l'étudiante éluda. Le match de boxe était lancé. Aussitôt, Tao monta sur le ring pour détourner l'attention. Une frappe à droite, dans le vent. La vieille mémère s'en mêla, clamant que cette histoire était louche : personne n'aurait tué le minet sans motif. Lina esquiva cet uppercut en jouant la carte de la victime. Le temps d'une pause, Li-Li proposa de la salade de fruits pour leur redonner du punch. Mais le deuxième round les rattrapa, car le vieux Dai surenchérit avec de nouveaux soupçons.

Lina devait se rendre à l'évidence, elle était dans les cordes. Si elle ne voulait pas finir KO, elle devait endormir leur méfiance.

« Ne parle pas de Cœur d'enfants », se rappela-t-elle, en se creusant les méninges.

Elle n'avait pas le choix : elle devait trouver une couverture. Personne ne se confierait à elle sans une bonne raison de le faire. Soudain, un éclair jaillit. Le genre d'idée un peu folle, soufflée par un ange.

Elle inspira et expira, consciente que sa prochaine réplique pouvait lui sauver la mise.

– J'écris un roman, lâcha-t-elle d'une voix faussement timide, un roman dont l'intrigue a lieu en Chine.

Ils la regardèrent fixement, avec un mélange d'étonnement et d'admiration.

Oui, ils avaient gobé ce mensonge.

Lina n'avait pourtant rien d'un écrivain, au contraire… Au grand dam de ses professeurs, ses dissertations avaient autant de style qu'une notice de montage Ikea. De la « bouillie insipide » s'était moqué un jour un camarade, bien trop pédant pour rester humble. Quant à écrire sur les travers de la Chine, Lina ne l'aurait jamais fait, elle n'était pas assez téméraire.

Seule la grand-mère fronça les sourcils.

– Et alors ? beugla-t-elle. Qui vous en voudrait pour ça ? Des tas de gens écrivent des livres.

– Mon livre parle des infanticides, des avortements forcés, des… disparitions d'enfants.

Elle guetta leur réaction.

À vrai dire, ils étaient médusés, aussi ahuris que si elle avait proféré une insulte scatologique. Le vieux frôlait la crise cardiaque.

« Oups, tu y vas un peu fort, Lina, rectifie ! Vite ! »

– Enfin… Vous savez, je m'intéresse beaucoup à la vie des femmes dans les villages chinois. Votre culture et vos mœurs me fascinent. En France, nous ne connaissons pas la politique de l'enfant unique. J'aimerais comprendre ce que vous vivez.

Un long silence s'ensuivit, signe qu'un profond malaise venait de s'installer. Lina le savait, elle avait pris un risque. La plupart des Chinois refusaient d'aborder des sujets sensibles.

Heureusement, la vieille vola à son secours.

– Eh bien, nous sommes des privilégiés ! clama-t-elle joyeusement pour détendre l'atmosphère. Nous allons être les héros d'un roman français !

– Si Lina veut de toi dans son histoire, la taquina Tao.

– Bien sûr qu'elle voudra de moi ! Grand-Mère Dai est un personnage hors du commun.

Miraculeusement, son trait d'humour décontracta la galerie, qui laissa échapper quelques rires.

Lina s'essuya discrètement le front, avec un bout de sa serviette. Elle pensait en avoir fini pour ce soir. Quand des pas résonnèrent dans le couloir.

45

3 octobre 1991

Monsieur Étrange arrêta la voiture devant une grande maison en bois qui se fondait parmi les arbres. La forêt était sombre, dense, aux formes tranchantes et maléfiques. La petite fille ne voyait pas le ciel, à cause des énormes bambous dressés comme des aiguilles. Cette atmosphère n'avait rien de rassurant. Pourquoi étaient-ils ici ? Chi-Ni n'avait que six ans, mais elle n'était pas idiote. On n'implantait pas un magasin de landaus au beau milieu d'une bambouseraie déserte.

– Nous sommes arrivés, signala Monsieur Étrange en lui demandant de rester sur le siège.

À peine eut-il fini sa phrase que la porte de la bâtisse s'ouvrit brusquement. Un homme en sortit, de taille moyenne, avec un chapeau rond et noir. Il inclina la tête dans leur direction.

– Ce monsieur souhaite te parler, dit Monsieur Étrange à la fillette.

Elle s'agrippa au siège, soudain terrorisée. Elle jeta nerveusement des regards circulaires en direction de la forêt. Et si Papa surgissait à l'improviste ? Était-il caché dans les fourrés, en train de rire de sa blague ? Mais Papa ne faisait jamais de blagues. Il n'était pas drôle du tout. Au contraire, Papa était toujours énervé lorsqu'il rentrait du travail. Il disait que la vie était dure car les paysans manquaient d'argent. D'ailleurs, Maman et lui se disputaient souvent quand elle était dans sa chambre. Les murs n'étaient pas épais, alors elle les entendait crier.

– Viens.

Monsieur Étrange était sorti de la voiture et avait ouvert la portière. Le regard froid, il lui tendait un bras musclé pour l'aider à descendre du véhicule.

– Où est Papa ? demanda-t-elle sans bouger d'un pouce.

L'homme au chapeau s'avança vers elle, le visage renfrogné. Il empestait tellement le cigare qu'elle en fit son surnom.

– Nous devons discuter d'un sujet important, intima Monsieur Cigare en relevant le col de sa chemise.

Elle jeta un œil à la baraque en bois qui ressemblait à une maison hantée.

– Je veux savoir où est Papa.

– Ne me fais pas perdre mon temps. Ton père est rentré chez lui.

– C'est faux ! cria Chi-Ni. Il m'attend au magasin !

– Ton père t'a bernée, gamine ! Viens avec moi à l'intérieur, nous devons parler comme des grands.

Chi-Ni chercha l'appui de Monsieur Étrange mais le livreur soupira d'un air las :

– Tu dois l'écouter, il a raison. Ton père n'a jamais eu l'intention de t'emmener acheter un landau. Il savait très bien que je t'amènerai ici.

La fillette refusait de descendre du véhicule, retenant ses larmes. Tous des menteurs ! Tous des méchants ! Elle détestait ces deux bonshommes ! Qui étaient-ils pour lui donner des ordres ? Elle n'avait aucune envie de rester dans cette horrible forêt !

– Je ne viendrai pas avec vous ! Je veux rentrer à la maison.

Monsieur Cigare serra les dents, sur le point de perdre patience.

– Écoute, gamine. Ne me force pas à être violent. Je n'aime pas frapper les gosses. Alors tu vas me suivre maintenant et tu vas être sage. Je te laisse une dernière chance, je ne le répéterai pas.

Tremblante comme une feuille, Chi-Ni prit son courage à deux mains et releva le menton, à la manière d'un empereur chinois. Monsieur Cigare réagit au quart de tour. En moins de deux, il lui attrapa les cheveux et la tira vers le sol, sans même amortir sa chute. Chi-Ni s'affala sur la terre en criant de toutes ses forces :

– Laissez-moi ! Je veux rentrer à la maison !

Elle enfonça ses ongles dans le sol, mais il la saisit par le col.

– Tu ne rentreras pas chez toi, plus jamais !

L'homme la traîna à l'intérieur, sans une ombre de pitié.

Il ferma la porte derrière lui.

46

28 juillet 2013

UN HOMME entra dans le salon.

L'étudiante le dévisagea, intriguée. Il était trapu, bronzé, aux joues osseuses et affaissées.

Il salua l'assemblée d'une inclination de tête.

– Je vous présente Lu-Pan Tang, notre voisin, annonça Li-Li à l'adresse de la Française.

En entendant ce nom, Lina eut l'impression de recevoir une décharge électrique, soudainement rattrapée par les objectifs de sa mission.

Lu-Pan la salua brièvement, avec autant de méfiance que de fascination, puis il alla s'asseoir à côté du mari de Li-Li. À l'autre bout de la table, Lina ne put s'empêcher de scruter le visage de cet homme, comme si la force de son regard pouvait suffire à percer ses secrets. Mais Lu-Pan avait tout d'un type ordinaire. Simple et un peu rustre, il raconta sa journée en buvant du *baijiu*. À chaque fois qu'il prenait la parole, il s'adressait aux hommes comme si les femmes présentes ne méritaient pas son attention. D'ailleurs, Lina n'eut droit à aucun traitement de faveur.

– J'ai décidé de me marier, lâcha-t-il au moment où Li-Li apportait le dessert. J'ai bientôt quarante-sept ans, j'en ai assez de vivre seul. Je n'ai même pas d'héritier pour veiller sur mes vieux jours.

Il caressa ses joues, aussi mal rasées que bardées d'écorchures.

– D'où vient-elle ? demanda Kun.

– D'un village près d'Hô-Chi-Minh. Je pars le mois prochain. Nous nous marierons au Vietnam avant de revenir tous les deux à Mou di, pour fonder une famille.

Faussement concentrée sur sa salade de fruits, Lina analysait scrupuleusement le moindre de ses mots. Si ses calculs étaient justes, Lu-Pan avait vingt-cinq ans quand sa femme l'avait quitté. Après toutes ces années d'absence, peut-être avait-il obtenu l'autorisation de se remarier ?

Assis à sa gauche, Tao se pencha discrètement vers elle pour lui donner une explication :

– Beaucoup de paysans ne trouvent pas d'épouses. On les appelle les *guanggun*, des « branches esseulées ». Alors ils se marient avec des Vietnamiennes.

L'étudiante hocha la tête, peu surprise. À force de privilégier les garçons, la Chine manquait cruellement de femmes, le meilleur exemple d'une phallocratie qui s'était fait prendre à son propre piège. Les rares Chinoises qui habitaient la campagne fuyaient vers les métropoles. Elles espéraient tomber dans les bras d'un mari riche ou d'un amant fortuné, peu importe, tant qu'il leur offrirait l'opulence et le luxe occidental. Les paysans célibataires finissaient délaissés, dans l'incapacité de trouver une compagne.

Mais ce n'est qu'un peu plus tard, quand les femmes s'attelèrent à la vaisselle, que Lina découvrit toute l'envergure du problème.

Grand-Mère Dai lavait les bols, Li-Li essuyait les baguettes, le pépère regardait la télé et Tao alimentait le foyer. Dans un coin de la pièce, Kun et Lu-Pan se curaient les dents, avachis sur le canapé.

– La voilà, c'est Giang, déclara Lu-Pan en montrant une photo au gros Kun.

Depuis l'évier, Lina se dressa sur la pointe des pieds pour entrevoir le cliché.

– Elle a vingt-six ans, ses traits ne sont pas grossiers et elle a de petits pieds. Elle devrait faire l'affaire. On m'a seulement prévenu qu'elle ne parlait pas chinois, mais ça n'a aucune importance. Ce n'est pas en bavardant qu'on enfante un fils.

– C'est bien vrai, répondit Kun, et combien t'a coûté cette femme ?

– Vingt mille yuans[1], une fortune ! Mais ils m'ont garanti qu'elle était vierge.

– Un bon point, admit Kun, mais c'est tout de même cher.

– Des années de restriction... Et puis j'ai le droit de me rétracter. Si dans les deux premiers mois je vois qu'elle ne me convient pas, je pourrai en acquérir une autre. Bon, pas vierge, cette fois.

Lina avait failli s'effondrer. Elle desserra les lèvres en secouant la tête. Elle n'en croyait pas ses oreilles. Lu-Pan était-il sérieusement sur le point d'acheter une Vietnamienne ?

À côté d'elle, Li-Li essuyait une tasse près de l'évier. Quand leurs regards se croisèrent, la paysanne grimaça d'un air sincèrement navré.

Alors quoi, personne ne disait rien ? Les femmes étaient des marchandises ? Des produits à acheter et à consommer sans modération ? Mieux, elles étaient échangeables !

Remontée comme une pendule, Lina les interrompit :

– Excusez-moi, ce que vous dites m'interpelle. Votre achat m'a l'air fort intéressant, mais aurez-vous une garantie ?

Sa voix était mielleuse, exagérément douce. Les deux hommes restèrent pantois, incapables de saisir la féroce ironie qui teintait sa question.

– Une garantie ?

– Ma foi oui ! C'est important ! Serez-vous dédommagé si avec l'âge votre épouse est rongée par l'usure ? Ce sont des choses qui arrivent avec les denrées périssables.

– Eh bien, je n'y avais pas pensé, répondit poliment Lu-Pan.

1. Environ deux mille cinq cents euros.

Lina allait sortir de ses gonds, quand Li-Li lui prit la main pour l'entraîner à l'écart.

– Ça ne sert à rien, murmura-t-elle d'une voix douce, il ne comprendra pas.

– Ma belle-fille a raison, ajouta la mémère, vous ne pourrez rien changer.

Lina les dévisagea, complètement abattue. À cet instant, elle prit conscience qu'elle ferait mieux d'aller s'aérer, plutôt que de provoquer un scandale.

Li-Li lui posa une main sur l'épaule, avec gentillesse.

– *Mei shi, mei shi*[1].

Une façon de dire que tout allait pour le mieux dans le meilleur des mondes.

« Quel monde de merde ! » pensa Lina.

1. « Ce n'est rien, ça n'a pas d'importance. »

47

28 juillet 2013

LINA se sentait révoltée.

Elle s'assit sur une marche d'escalier, face aux rizières en terrasses. La lune était cachée par une brume opaque et lointaine, qui se confondait avec les nuages. En l'absence de lampadaires, le hameau était plongé dans le noir et seules brillaient quelques fenêtres assaillies par des nuées de moustiques.

La jeune femme reprit son souffle calmement, en se laissant pénétrer par le silence environnant. Ses nerfs avaient rarement été autant mis à l'épreuve. Elle n'avait plus l'impression d'être dans le même monde ni la même époque.

Tao la rejoignit et s'assit à côté d'elle. Dans la clarté lunaire, son visage semblait lisse et duveteux, d'une douceur angélique. Depuis la découverte du chat mort, ils n'avaient pas eu l'occasion de se retrouver tous les deux.

Le jeune homme la dévisagea de ses yeux perçants.

– Je suis désolée, je n'aurais pas dû intervenir.

– Tu n'es sans doute pas habituée à de tels discours.

Lina acquiesça.

– J'espère que ta famille ne m'en veut pas.

– Je ne crois pas. Tu as dit tout haut ce que les femmes d'ici pensent tout bas.

– Et toi ?

– Moi ?

– Qu'est-ce que tu en penses ?

Il lui posa une main timide sur le bras.

– Je pense que ta journée a été éprouvante. Tu as besoin de repos. Et s'il te faut quoi que ce soit, je suis là pour t'aider.

Lina le dévisagea un instant. Tao ne ressemblait pas à son père ou à son grand-père. Il semblait habité d'une sorte de douceur clémente qui le rendait différent.

– En fait, je voulais savoir ce que tu penses de Lu-Pan. Je ne comprends pas qu'on puisse acheter une femme, comme un outil de reproduction.

– Malheureusement, Lu-Pan n'est pas le premier, répondit Tao d'un ton affligé. De nombreux paysans célibataires vont chercher des Vietnamiennes. Ils le font pour sauver la face et préserver leur dignité. Dans nos villages, il est capital de se marier, autant que d'avoir un fils. Alors quand un homme ne trouve pas d'épouse, il est tellement désespéré qu'il est prêt à tout, même à acheter une inconnue.

– Et à qui donne-t-il cet argent ?

– À la famille de la mariée, et une partie aux intermédiaires, ceux qui organisent les rencontres et qui fournissent les visas.

– Du trafic humain.

– Ils le voient comme du commerce. Maître Yao-Shi dit que les Chinois d'aujourd'hui sont extrêmement matérialistes, ils ont l'impression que tout s'achète. L'autre jour, j'ai lu un article dans le *China Daily* : un adolescent a vendu un de ses reins au marché noir pour s'acheter un iPhone… Et ce n'est pas le seul !

Lina se mordit la joue. « Quelle honte ! Troquer un rein contre un téléphone ! »

Elle avait beaucoup de mal à comprendre ce pays. Les gens se disaient communistes, mais la Chine était paradoxale, un tissu de contradictions en pleine crise idéologique.

– Tu as l'air songeuse, lui dit Tao.

– C'est vrai…

Le rythme de son cœur s'accéléra. Elle sentait que le moment était venu de poser ses questions.

– Pourquoi Lu-Pan n'a-t-il pas épousé une Chinoise ? Il n'en a jamais eu l'occasion ?

Le visage de Tao s'assombrit tandis qu'il cherchait ses mots. Il avait choisi de parler en français, peut-être par peur que quelqu'un ne les écoute.

– Lu-Pan a été marié déjà, il y a plus de vingt ans. Je n'étais pas né, mais son épouse était la grande amie de ma mère.

– Tu sais ce qu'elle est devenue ?

Tao inspira profondément en fixant les rizières. Au loin, on entendait le bruit de l'eau, coulant dans les rigoles.

– C'est une histoire… embrouillée ?

– Tu veux dire compliquée, corrigea-t-elle.

– Oui, compliquée ! Un jour, sa femme a disparu. Sans dire pourquoi, elle a quitté la maison et elle n'est jamais revenue. Lu-Pan a laissé passer les années, il pensait qu'elle reviendrait. Quand il a arrêté de l'attendre, il était trop vieux pour rencontrer une Chinoise. Après vingt-cinq ans, elles sont toutes déjà mariées.

Lina resta silencieuse, réfléchissant. Ce témoignage lui apportait peu d'éléments sur la disparition de Sun Tang. Mais elle avait au moins réussi à enfoncer une porte. Et si elle creusait un peu plus, il finirait peut-être par parler…

– Pourtant, j'ai appris à l'université que les paysans chinois n'étaient pas autorisés à quitter leur localité d'origine, que chaque individu a un livret, le *hukou,* qui fixe son lieu de résidence, et sans lequel il n'a pas de droits sociaux, ni d'accès à l'emploi…

Tao sembla étonné qu'elle connaisse ce terme.

– Oui, tu as raison.

– Dans ce cas, où est partie la femme de Lu-Pan ? Comment a-t-elle fait pour vivre ailleurs ?

– Je ne sais pas.

– Tout abandonner du jour au lendemain… Ils n'avaient pas d'enfant ?

– Qu'est-ce que cela change ? Elle a disparu, c'est tout.

Lina haussa les épaules. Elle sentait à sa voix qu'il devenait réticent. Lui forcer la main n'était pas une solution.

– Je trouve cette histoire intrigante. Mais peu importe. Au fond, ça ne me regarde pas.

Elle fit mine de s'étirer, puis leva la tête vers le ciel, où scintillaient quelques étoiles. Maintenant, elle avait envie de fermer les yeux et de savourer l'accalmie de la nuit et le délicieux apaisement qu'il suscitait en elle.

Bizarrement, Tao l'imita, parfaitement silencieux.

La nuit les enveloppa de son exquise douceur.

Ils demeurèrent ainsi côte à côte, leurs épaules s'effleurant imperceptiblement.

48

6 octobre 1991

SUN s'était rapidement endormie.

Après le départ de Li-Li, les moines lui avaient prêté une chambre qui jouxtait leur dortoir. La jeune mère s'était allongée sur la paillasse et avait fermé les yeux en espérant que les cauchemars ne seraient pas de la partie. Par chance, elle s'était réveillée le lendemain matin, sans aucun souvenir de la nuit. La fatigue avait eu raison de sa nervosité. Elle n'avait même pas l'impression d'avoir rêvé.

Aux alentours de 9 heures, Docteur Chao frappa à sa porte. Il avait apporté de nouveaux bandages et des herbes médicinales.

– Camarade, comment vous sentez-vous ?

– Mieux qu'hier, répondit-elle, apathique.

Le médecin s'assit à côté d'elle et inspecta son visage. Ses hématomes s'assombrissaient et commençaient à désenfler. Le médecin lui palpa le ventre et prit son pouls à trois endroits différents, comme le veut la médecine chinoise.

– J'ai vu votre mari cette nuit, fit-il savoir l'air de rien.

– Lu-Pan ? Il va bien ?

– Vous l'avez un peu esquinté, mais ce n'est pas bien grave. Huit points de suture.

Sun souffla de soulagement. Elle en voulait à Lu-Pan, elle était même folle de rage, mais malgré sa colère, elle ne lui souhaitait aucun mal. La vengeance était souvent mauvaise et le karma agirait pour elle : on récolte toujours ce qu'on a semé.

Docteur Chao ajusta ses lunettes en demi-lune. D'un physique guère avenant, il était considéré comme un homme particulièrement savant et généreux.

– Votre mari n'est pas fâché contre vous.

– Ah, vraiment ? se gaussa-t-elle. Je le trouve très miséricordieux pour un homme qui a autant de torts.

– Je ne sais pas ce que Lu-Pan a fait, ni où est votre fille, et je n'ai pas à m'en mêler. Je suis simplement chargé de vous dire que si vous souhaitez rentrer chez vous, il ne vous brutalisera pas.

– Le message est passé. Merci, docteur.

Le médecin lui changea ses pansements en lui transmettant ses dernières consignes. Si elle voulait tenir le coup, elle devait éviter de se déplacer, et ce jusqu'à l'accouchement. Le bébé ne supporterait pas qu'elle le secoue davantage. Son *qi*[1] circulait très mal et leur santé pourrait se détériorer.

Allongée sur le lit, Sun lui prêta une oreille distraite, en faisant mine d'approuver. Si d'ordinaire elle était une patiente docile, ce discours alarmiste lui passait au-dessus de la tête. Qui mieux qu'elle connaissait ses limites ?

– Ne vous inquiétez pas pour moi, docteur.

– Prenez soin de vous !

Dès qu'il eut quitté la chambre, Sun enfila ses habits encore tachés du sang de son époux. Le spectre des jours passés refit aussitôt surface. Quoi qu'en dise le bon médecin, elle ne tiendrait pas en place. Sa fille avait besoin d'elle et chaque seconde était comptée !

« Je dois parler à Xia. »

---

1. Ici, désigne l'énergie vitale qui garantit l'équilibre du corps et sa santé.

49

31 juillet 2013

Cette fois, Thomas avait peut-être trouvé de quoi faire un vrai bond en avant. Un ancien habitant de Mou di avait accepté de le rencontrer : un médecin reconverti qui travaillait désormais pour un laboratoire de recherche.

Thomas monta dans un bus en direction de Guilin, à une dizaine de kilomètres de Wuming. À bord, il pensa à Lina, qui était toujours à Mou di. Quand elle lui avait parlé du chaton étripé, Thomas avait cru qu'elle prendrait ses jambes à son cou, ce qu'il aurait aisément compris. Mais paradoxalement, c'est le contraire qui s'était produit : l'étudiante s'était mis en tête que cette histoire de disparitions d'enfants était bien réelle, puisque quelqu'un essayait de la faire fuir ; pour elle, l'éventreur du chaton donnait du crédit au contenu de l'appel anonyme et elle refusait de se laisser intimider. Elle avait du cran, la petite !

Vers 9 heures, le bus s'arrêta devant l'hôpital universitaire, où Thomas avait rendez-vous. L'humanitaire se présenta à l'accueil, puis un homme âgé le rejoignit.

– Monsieur Mesli ! Je suis le docteur Chao. Suivez-moi, nous serons mieux dans mon bureau.

L'homme aux cheveux gris l'entraîna dans un long couloir, en lui décrivant l'objet de son travail. Depuis cinq ans, le médecin-guérisseur avait quitté Mou di pour participer à un projet de recherche sur la médecine traditionnelle. Il partageait son savoir ancestral au sein d'une équipe de chercheurs comprenant plusieurs Occidentaux. Autant dire qu'il était habitué à fréquenter des étrangers.

Thomas avait préféré le rencontrer en chair et en os pour faciliter le dialogue.

– C'est par ici, lui dit le médecin.

Il l'invita à entrer dans son bureau, un joyeux capharnaüm où s'entassaient des bocaux et des boîtes remplis d'herbes, de queues de rat et d'hippocampes séchés. Thomas prit place sur un siège à côté d'un vivarium. Une énorme araignée y vadrouillait.

– J'avais une mygale quand j'étais jeune, dit-il en collant son nez contre la vitre.

M. Chao lui apporta un thé, en signe de courtoisie.

– Je ne connais pas beaucoup d'Européens qui aiment ces bestioles, répondit-il.

– Je voulais faire suer mes parents. C'est une tarentule ?

– Un « tigre de la terre » plus exactement. Ce nom lui a été donné à cause des terriers qu'elle creuse. Son venin nous intéresse en toxicologie. Vous savez qu'en Chine l'araignée annonce la chance ?

Thomas fit mine de se réjouir.

– Donc la chance devrait être au rendez-vous ?

Le vieil homme s'assit face à lui, en réajustant ses lunettes.

– Cela dépend de ce que vous êtes venu chercher...

Au ton qu'il avait employé, M. Chao n'avait pas l'air de vouloir aller par quatre chemins. « Tant mieux », se dit Thomas, il préférait les gens directs.

– Vous vouliez me parler de Sun Tang ? interrogea le médecin. Pourquoi votre ONG s'intéresse-t-elle à une femme portée disparue depuis 1991 ?

– Il est possible que Sun Tang ait découvert des informations importantes sur des disparitions d'enfants. Mais pour le moment, je n'en sais pas beaucoup plus. Vous la connaissiez ?

– Comme tout le monde au village. Sun était réputée pour être une femme généreuse, avec beaucoup de courage. Elle ne faisait pas les choses à moitié et allait toujours au bout de ses convictions. Un peu trop peut-être. Elle avait parfois tendance à n'en faire qu'à sa tête, au risque de s'attirer des ennuis.

– Vous faites référence à quelque chose de précis ?

– Je parle de sa disparition, puisque c'est ce qui vous intéresse. Sun aurait fait n'importe quoi pour retrouver sa fille.

Thomas écarquilla les yeux.

– Sun avait une fille ?

– Vous ne saviez pas ? s'étonna Chao.

Il s'approcha du vivarium, et après avoir soulevé le couvercle, il saisit la tarentule, qu'il garda dans sa main. La bête ne bougea pas, bien sage au milieu de sa paume. Thomas se demanda si elle était encore venimeuse ou si le guérisseur l'avait rendue inoffensive.

– Elle s'appelait Chi-Ni, poursuivit le médecin, une petite surdouée que ses parents n'avaient pas déclarée pour se laisser une chance d'avoir un autre enfant. En 1991, Sun Tang est tombée enceinte. Elle devait bientôt accoucher quand Chi-Ni s'est volatilisée. Elle était âgée de six ans.

– Vous savez ce qui lui est arrivé ?

– Sun a accusé son mari de s'être débarrassé de leur fille. Une violente dispute a éclaté au sein du couple. Je m'en souviens parce j'ai soigné Lu-Pan le soir où elle lui a balancé une bouteille sur la tête. Des morceaux de verre étaient restés plantés dans son crâne. J'ai dû les retirer un à un avec une pince.

Thomas s'imagina la scène, étonné. D'ordinaire, les femmes chinoises n'osaient pas se rebeller face à leur macho de mari.

– Et ensuite ? Que s'est-il passé ?

M. Chao reposa l'animal dans le vivarium, avant d'aller chercher une boîte sur son bureau. Des cris aigus de souris s'en échappèrent.

– Sun refusait de retourner chez elle, elle ne voulait plus parler à son époux. Une semaine plus tard, elle a mystérieusement disparu. Au village, les gens vous diront que Lu-Pan l'a tuée, à cause de la honte qu'elle avait jetée sur lui.

– Vous y croyez ?

Le médecin inclina le menton pour le regarder pardessus ses lunettes.

– Vous voulez vraiment mon avis ?

Thomas hocha la tête, sans hésiter. Face à lui, M. Chao ouvrit la boîte et en sortit une souris par la queue, qu'il fit tanguer au-dessus du vivarium. En dessous, la tarentule s'excita, sentant que son déjeuner allait être servi.

– Je n'ai jamais su ce qui s'était réellement passé, avoua le médecin. Mais au fond de moi, j'ai la conviction que quelque chose de terrible est arrivé à Sun et à sa fille.

– Vous pensez qu'elles sont mortes ?

Chao lâcha la souris. Elle tomba aussitôt entre les crocs de la tarentule, qui commença à la déchiqueter.

– Je n'en sais rien, répondit-il calmement, leurs corps n'ont jamais été retrouvés. Mais entre nous, dans certaines situations, je pense que la mort est préférable.

50

31 juillet 2013

LES CHINOIS enterrent si profondément les conflits que la terre semble aussitôt recouverte par des jardins de fleurs. Lina en avait eu la démonstration le lendemain de sa brouille avec Lu-Pan. Au petit matin, une amnésie collective semblait avoir frappé la famille de Tao. Sourires charmants, gracieuses attentions. Personne n'avait fait la moindre allusion aux propos qu'elle avait tenus. Par contre, Lina n'avait pas recroisé M. Tang, qui habitait pourtant la maison d'à côté… Soit Lu-Pan était une chauve-souris, soit il l'évitait délibérément. Enterrer ou fuir : les deux réponses chinoises aux litiges insolubles.

« Tu devrais parler à Li-Li, s'était-elle dit ce jour-là, si Sun Tang était sa meilleure amie, elle doit savoir des choses… »

Oui, mais en trois jours, Lina n'avait pas réussi à se lancer. Même si elle dormait toujours chez les Dai, elle retardait l'instant du grand plongeon, de peur de trébucher avant le saut. Alors en attendant une occasion propice, l'étudiante avait tenté d'approcher d'autres habitants, sans grand succès. À Mou di les gens passaient leurs journées dans les champs et leurs soirées à accomplir des tâches ménagères. La plupart se montraient cordiaux et même serviables. Mais dès que la Française essayait de bavarder avec eux, ils trouvaient des prétextes pour s'éclipser. Une conséquence du chat étripé ?

Heureusement, un appel de Thomas apporta enfin du neuf. Il lui téléphona le mercredi matin.

– Salut, ma détective ! Comment vas-tu ? Tu t'acclimates au grand air ?

L'étudiante laissa poindre un sourire, presque malgré elle. Après trois jours de morosité, cette voix lui faisait du bien.

– Bof, c'est un peu calme. J'aurais préféré une station balnéaire.

– L'été prochain, je t'emmène à la plage !

– Je plaisantais, j'ai horreur de la mer. Tu as du nouveau ?

– C'est pour ça que je t'appelle. J'ai réussi à entrer en contact avec un médecin originaire de Mou di. Ouvre bien tes oreilles !

Quand Thomas lui rapporta les révélations de Docteur Chao, Lina resta bouche bée. Son cerveau pirouetta plusieurs secondes sous l'afflux des mots. Sun Tang avait une fille… Sun attendait un autre enfant. Sa fille avait disparu… Sun avait disparu à son tour… Lina devait remettre en ordre cette multitude d'informations.

– Attends, je résume : Sun a accusé son mari de s'être débarrassé de leur fille, une dispute a éclaté et Sun a disparu sept jours plus tard ?

– C'est ça. Certains racontent qu'il l'a assassinée car elle avait décidé de le quitter.

– Mon Dieu, tu y crois ?

– Tu as l'habitude de tuer tes ex ? se moqua gentiment Thomas.

– Tu n'es vraiment pas drôle ! Ce type est sur le point de s'acheter une femme au Vietnam. Alors oui, je pense que c'est possible !

L'humanitaire marqua une pause, incrédule.

– Sun était enceinte. Je ne crois pas que Lu-Pan aurait été capable de sacrifier le futur nourrisson, surtout s'il espérait avoir un fils.

– Elle a peut-être mis au monde une nouvelle fille et il les a tuées toutes les deux.

– C'est déjà plus plausible, mais cela ne nous apprend rien sur ce qui est arrivé à Chi-Ni. Chao a le sentiment que quelque chose de terrible est arrivé. Soit cette fillette est morte, soit elle a fini dans un sale trafic…

– Je ne veux pas te couper dans ton élan, Navarro, mais ça nous pendait au nez !

– Alors au boulot !

Lina raccrocha, les nerfs à vif.

Il était temps de passer à l'action.

51

6 octobre 1991

Chi-Ni était enfermée dans un cagibi vide, sans lumière et qui sentait le bois pourri. Près de la porte, un bol d'eau attendait à côté d'une banane ramollie. Des blattes couraient sur le plancher et lui chatouillaient les pieds, hors de la couverture.

Chi-Ni était épuisée…

Depuis son arrivée ici, elle refusait de manger ou d'avaler une gorgée d'eau. Elle pleurait par intermittences, elle criait, elle frappait contre les murs. Ses tentatives étaient vaines, car personne ne l'entendait. Le placard était situé au dernier étage de la maison, au fond d'un grenier encombré de meubles et de draps poussiéreux.

Depuis la veille, Chi-Ni souffrait de crampes d'estomac et d'un furieux mal de tête. Elle avait envie de vomir à cause des odeurs fécales qui rendaient l'air irrespirable. Oui, elle avait déféqué. Elle en était si honteuse. Mais après s'être retenue deux nuits, Chi-Ni n'avait pas eu le choix : elle avait fait ses besoins dans un coin du cagibi, où le sol était légèrement incliné.

« Quand Maman l'apprendra, elle va me gronder très fort. »

Comment une si jolie petite fille pouvait-elle être aussi malpropre ? Pourtant, en son for intérieur, Chi-Ni doutait de plus en plus que Maman la réprimande. Elle n'était même plus assurée de revoir sa mère un jour...

Son calvaire avait commencé trois jours plus tôt, quand le méchant Monsieur Cigare l'avait traînée dans cette pièce.

– Tu es ici car tes parents ne veulent plus de toi, gamine. J'en suis désolé, ils n'ont pas eu le courage de te le dire en face, mais tu vas devoir t'y faire. À partir d'aujourd'hui, tu ne retourneras plus dans ta maison. Tu comprends ?

Elle avait essayé de se débattre, en le traitant de menteur, mais il l'avait enfermée tout en continuant de lui parler à travers la porte.

– Rappelle-moi ton âge, Chi-Ni.

– Six ans, monsieur.

– Six ans... Tu es déjà grande. Est-ce que tu sais que les mamans d'ici n'ont droit qu'à un seul enfant ?

– Papa me l'a dit, monsieur.

– Et il t'a sûrement dit que ceux qui désobéissent à la loi ont de gros ennuis ?

Chi-Ni avait arrêté de pleurer, mais continuait de renifler dans l'obscurité du cagibi.

Oui, elle le savait. Papa le répétait souvent lorsque maman et lui se disputaient le soir. Il prétendait que c'était dangereux, que ça poserait problème un jour ou l'autre. Mais Maman restait optimiste, elle disait que tout irait bien, que d'autres paysans le faisaient sans qu'on leur demande jamais de rendre des comptes. Généralement, Papa finissait par claquer la porte et Maman allait se coucher. Chi-Ni ne comprenait pas toujours ces histoires d'adultes, elles étaient bien trop compliquées...

Plutôt que de répondre à la question de Monsieur Cigare, elle avait cogné contre la porte en exigeant de parler à sa mère.

– Tes parents t'ont abandonnée. C'était toi ou le bébé !

Ce dialogue de sourds avait duré un quart d'heure, puis Chi-Ni avait recommencé à pleurer en hurlant sa colère. Ce cagibi lui faisait peur, elle détestait l'obscurité.

Une heure après, Monsieur Cigare lui avait apporté une couverture et une barquette de riz blanc.

– Menteur ! avait-elle crié trois fois avant de lui jeter le riz à la figure.

Aussitôt, l'homme avait refermé le placard à clé, en grognant de colère :

– Tu ne bougeras pas d'ici tant que tu ne me croiras pas.

Ses pas avaient résonné dans l'autre pièce, puis elle l'avait entendu verrouiller une porte.

Chi-Ni s'était retrouvée toute seule, recroquevillée. Pour se rassurer, elle avait passé la nuit enfouie sous la couverture à chanter des berceuses. Le vent soufflait contre les murs, des planches craquaient de toute part. Au milieu de la nuit, elle avait cru entendre des cris provenant de la maison.

« Soyez à vous-même votre propre refuge. Soyez à vous-même votre propre lumière », s'était-elle répété plusieurs fois. Mais il faisait tellement noir… Comment Bouddha voulait-il qu'elle éclaire quoi ce soit ? « Rappelle-toi ce qu'a dit Maître Yao-Shi : la vie est un jeu, un jeu avec des épreuves. Peut-être que le jeu vient de commencer ? »

Monsieur Cigare était repassé le lendemain matin et avait déposé un bol d'eau et de la nourriture.

– Tu as réfléchi ? avait-il demandé d'un ton sucré.

Elle lui avait tourné le dos, sans même lui adresser un regard.

Alors il était reparti, et n'était plus revenu…

52

31 juillet 2013

Vers onze heures moins le quart, Lina rejoignit Li-Li et sa belle-mère qui s'activaient sous la maison.

Depuis le lever du soleil, Grand-Mère Dai éviscérait un cochon avec l'aide de sa belle-fille. Leur abattoir de fortune avait été installé à côté de la salle de bain, dans un espace cloisonné et aménagé mais ouvert sur l'extérieur grâce à plusieurs baies libres. Suspendu à un crochet, le porc avait été vidé de son sang, et Li-Li lui avait raclé les poils. Avant de découper la viande, il fallait encore extraire les organes vitaux : foie, intestins, poumons. Les deux femmes maniaient le couteau aussi adroitement qu'un boucher.

– Voilà notre jolie écrivain ! s'exclama Li-Li, d'humeur guillerette. Bien dormi ?

– Parfaitement. Votre chambre d'amis est confortable !

Elle s'adossa contre une poutre, à l'écart du découpage.

La mâchoire contractée, la mémère tranchait le cœur de la bête en serrant les dents. À côté d'elle, Li-Li récupérait les viscères dans une bassine en cuivre patiné. Un tablier rougi et crasseux noué sur les hanches révélait son extrême maigreur.

– Ce cochon est vigoureux, se plaignit Grand-Mère Dai en donnant des coups de lame, il ne se laisse pas mettre en pièces !

Instinctivement, Lina recula d'un pas en détournant le regard. Une odeur de chair tiède émanait de l'animal, comme si le cadavre du chaton revenait la hanter.

« Ressaisis-toi, s'ordonna-t-elle aussitôt, et trouve un moyen d'entrer dans le vif du sujet. »

– Est-ce que je peux vous poser une question ? demanda-t-elle d'un air volontairement candide.

– Bien sûr, répondit Li-Li.

La paysanne lui apporta une chaise et lui proposa du thé. Lina accepta, tout en s'empressant de rebondir :

– Depuis dimanche soir, je m'interroge sur M. Tang. Je n'avais jamais entendu parler des « branches esseulées » qui partent au Vietnam pour chercher une conjointe...

Li-Li eut l'air gênée que son invitée remette ce sujet sur le tapis, mais elle s'efforça de l'écouter avec courtoisie.

– Après le repas, Tao m'a appris que Lu-Pan avait déjà été marié mais que son épouse avait mystérieusement disparu, il y a une vingtaine d'années, et que personne ne sait ce qu'elle est devenue.

– Il dit vrai.

– Il m'a également raconté que selon des gens du village, Lu-Pan aurait tué sa femme, continua Lina.

Elle pria intérieurement. L'approche manquait de finesse, mais elle n'avait pas trouvé mieux pour évoquer les propos du médecin.

Aussitôt, la mémère éclata de rire. Un rire gras et frénétique qui débordait d'antipathie. Elle posa ses grosses fesses sur un tabouret en bois.

– Voyons, tout le monde le dit ! répliqua-t-elle en enlevant ses gants poisseux. Ce n'est un secret pour personne. Sun était une forte tête. À force de défier son mari, elle a eu ce qu'elle méritait !

Derrière elle, Li-Li posa brutalement la bassine sur un évier en inox, provoquant un bruit strident de ferraille.

– Ce ne sont que des commérages, Grand-Mère Dai ! Les gens sont prêts à croire n'importe quoi !

– Et tu crois qu'elle est partie où, alors ? J'aimerais bien connaître ton avis.

– Nous en avons déjà parlé, rétorqua Li-Li avec agacement, je ne crois rien du tout, j'ai juste horreur des ouï-dire.

Elle se mordillait fébrilement la lèvre en versant les viscères dans un sac en plastique. Ses gestes étaient si saccadés qu'elle faisait gicler du sang sur son visage. Manifestement, la paysanne n'appréciait pas l'expansivité de sa belle-mère. Et avait bien du mal à contenir sa colère.

– Excusez-moi, intervint Lina en se tournant vers la mémère, pourquoi Lu-Pan aurait-il tué sa femme ?

– Pour venger son honneur ! Car elle lui a éclaté une bouteille sur le crâne ! Sun n'a pas supporté d'apprendre qu'il avait tué leur fille.

– Pardon ? Lu-Pan a tué sa propre fille ?

– Ce sont des rumeurs, répliqua Li-Li, changeons de sujet.

La mémère leva les bras au ciel.

– Cette demoiselle écrit un roman sur les infanticides. Je ne vais pas lui mentir !

Li-Li semblait sur le point d'exploser. Manifestement, elle n'adhérait pas du tout aux propos de sa belle-mère. Quand cette dernière se rendit aux toilettes, dix minutes plus tard, elle ne put s'empêcher de lâcher :

– Lina, ne croyez pas tout ce qu'elle raconte, elle ne fait que colporter des ragots. Grand-Mère Dai est une commère, mais elle est à mille lieues de la vérité !

Le cœur de Lina s'emballa, lorsqu'elle sentit pointer la confession.

– Pourquoi dites-vous cela ? Ces rumeurs ne sont pas vraies ?

Li-Li serra les mâchoires, la gorge nouée.

– Non, les gens se trompent.

– À quel propos ?

– Oubliez, le passé est le passé.

Elle leva la tête vers le plafond, en avalant péniblement sa salive. Soudain, Lina remarqua que ses yeux étaient humides, comme si elle allait pleurer.

– Madame Dai, j'aimerais savoir ce qui vous rend si triste.

– Les histoires tristes ne sont pas bonnes à raconter.

– Je sais que Sun Tang était votre amie. Lu-Pan l'a assassinée ?

La paysanne secoua la tête.

– Personne ne l'a assassinée.

– Alors Sun est vivante ?

Li-Li resta silencieuse, impénétrable.

– Et sa fille ? insista Lina. Lu-Pan a tué sa fille ?

– Non ! Il l'a vendue !

C'était sorti tout seul. Comme un cri de désespoir, qui s'était presque éteint, dans une voix étouffée. Des mots qu'elle gardait peut-être dans la gorge depuis de longues années. Pourtant, Li-Li regretta instantanément ses propos.

– Il l'a vendue ? À qui ?

– Je... Arrêtons d'en parler.

– Madame Dai, racontez-moi ! Je vous en prie !

– Non ! Arrêtez vos questions !

Soudain, Li-Li secoua frénétiquement les mains, pour lui faire signe de se taire. Le visage blême, elle jeta des regards circulaires vers les multiples ouvertures donnant sur les alentours, comme si des hommes allaient surgir de nulle part et la faire payer d'en avoir trop dit.

– Écoutez, la vieille Zhen en sait plus que moi, souffla-t-elle du bout des lèvres, ne me posez plus de question.

Le bruit d'une chasse d'eau interrompit leur échange, puis la mémère réapparut.

53

6 octobre 1991

XIA GONG lui ouvrit la porte.

Son teint était blafard et ses paupières lourdes, gonflées par le chagrin. Les cheveux noués en tresse, la jeune femme était vêtue de blanc, la couleur réservée au deuil.

– Sun, que fais-tu là ? Les gens disent que tu as frappé ton mari.

Sun ne se sentit pas vexée par ce médiocre accueil. Xia n'était pas son amie. À force d'être persécutée par sa belle-mère, elle était devenue aussi glaciale que son bourreau. Une façon de s'endurcir pour continuer à tenir le coup. Depuis trois ans, la vieille Zhen martyrisait sa bru. Elle était son souffre-douleur, son défouloir et son objet. Ne devait-elle pas être punie pour avoir mis au monde une fille ?

Sun s'éclaircit la gorge, résolue à aller droit au but. À quoi bon prendre des pincettes ? En l'espace de trois jours, son monde s'était écroulé. Elle n'était plus la même femme, elle n'avait plus d'honneur à sauver.

– Je voudrais te parler de Chen. Je peux entrer ?

– J'aimerais bien, mentit la malheureuse, mais je suis occupée avec la préparation de l'enterrement.

– Oh... Vous avez donc trouvé le corps ?

Le visage de Xia se décomposa, comme si ses muscles avaient fondu.

– Non, pas encore, il a été emporté par le courant.

– Mais de quel courant parles-tu ? Il n'a pas plu depuis quinze jours !

– Avant-hier, il y avait du courant.

Sun la toisa avec dédain. Cette attitude la révoltait. Xia se voilait-elle la face ou croyait-elle sérieusement aux bobards de sa belle-mère ? Dans tous les cas, elle n'était pas disposée à la laisser entrer dans sa maison. Le regard de plus en plus hostile, elle restait campée à la porte, raide comme un piquet.

– Ne me dis pas que tu crois ta belle-mère ! s'indigna Sun en faisant de grands gestes. Après tout ce qu'elle t'a fait, toutes ces années de mépris, tu lui permets de t'enlever ce que tu as de plus cher !

– Je ne vois pas de quoi tu parles.

– De ce qui est arrivé à ta fille, Xia ! Tu ne penses tout de même pas qu'elle s'est noyée dans cinq centimètres d'eau ?

Sun criait, c'était plus fort qu'elle. Elle savait qu'elle avait raison. Cette histoire de noyade n'était qu'une imposture. Une lamentable mise en scène. Plus que tout, Sun était convaincue que si sa petite-fille s'était réellement noyée, Zhen aurait rapporté son corps !

Soudain, Xia recula de trois pas et éclata en sanglots, se laissant tomber sur un tabouret.

– Tu dois me comprendre, balbutia-t-elle, tout cela est tragique, très tragique. Ma fille va beaucoup me manquer. Où qu'elle soit, je continuerai de penser à elle, mais je dois regarder la réalité en face. Je ne peux pas avoir deux enfants, ma famille n'a pas de quoi payer l'amende... Cette situation va nous permettre, à Pan-Pan et moi, de nous accorder une seconde chance. Demain, nous irons au commissariat afin de déclarer sa mort. Rien ne sert de se lamenter. Il faut savoir surmonter son chagrin et se ressaisir. Tu devrais faire de même. Chi-Ni n'est plus là, mais tu as l'avenir devant toi, tu es enceinte !

Voilà qui avait le mérite d'être clair : Xia acceptait de fermer les yeux, car cette situation l'arrangeait. Une fois le décès de sa fille déclaré, elle pourrait se racheter auprès de sa belle-mère. Elle pourrait engendrer un fils et respecter la tradition de cette société patriarcale.

Sun lui secoua l'épaule.

– Xia, dis-moi où est Chen.

– Je n'en sais rien, répondit-elle, je n'en sais rien.

Et elle ne voulait pas savoir.

Xia préférait sacrifier sa fille que sa dignité d'épouse.

54

31 juillet 2013

LINA retourna au monastère, où les moines l'attendaient pour le déjeuner.

La panique de Li-Li était contagieuse. Alors qu'elle marchait sur les sentiers de pierre, Lina n'avait cessé de se retourner, pour voir si personne ne la suivait. Cette nouvelle découverte lui avait retourné l'estomac. Lu-Pan avait vendu sa fille… sa propre fille… vendue ! Avec peut-être la même indifférence que celle qu'il affichait alors qu'il s'apprêtait à acheter une Vietnamienne.

Lina rejoignit les moines, qui étaient déjà attablés. Le menu de ce repas était aux antipodes des festins de la famille Dai : aubergines, salade et bol de riz nature, le régime après la tempête. Fidèle à lui-même, Yao-Shi avait une tête d'outre-tombe, même si depuis trois jours il faisait des efforts pour se montrer aimable. Heureusement, Maître Ushi détendait toujours l'atmosphère.

– Nous avons une bonne nouvelle, s'exclama le moine à la fin du repas, nous avons confectionné un verrou pour votre chambre ! Désormais, nos invités pourront jouir d'une parfaite intimité. Nous avons aussi changé la literie. Le sang s'était incrusté… elle était irrécupérable.

Cette annonce ne réjouit pas franchement l'étudiante. Elle préférait largement la chambre d'amis de la famille

Dai, et ce malgré les monstrueux ronflements du grand-père, son voisin de palier.

Après le repas, Lina s'isola à l'intérieur de sa cellule monacale. Un vieux matelas de caoutchouc avait remplacé la paillasse. Le ménage des fidèles avait fait des miracles : plus de trace du massacre ni d'odeur irritante.

L'étudiante saisit son téléphone et consulta les numéros de son répertoire. Après un instant d'hésitation, elle décida d'appeler Rong Zhou.

L'inspecteur décrocha à la quatrième sonnerie :

– Mademoiselle Soli, quelle surprise ! Comment allez-vous ? Votre nouveau boulot de détective vous plaît ?

– Disons que je n'ai pas eu le meilleur des accueils.

– M. Mesli m'a parlé du chat étripé. Entre nous, je vous avais prévenue…

– C'est vrai, admit Lina.

– Et que me vaut l'honneur de votre appel ?

– Eh bien, j'ai une question à vous poser. Avez-vous déjà entendu parler de parents chinois qui vendraient leurs petites filles ?

Elle sentit que Rong Zhou était perplexe.

– Qui les vendraient ? Mais à qui ? Votre question est surprenante. Je peux savoir pourquoi vous me demandez ça ?

– Ce matin, j'ai eu une conversation avec une habitante. Elle m'a confié à demi-mot que Lu-Pan Tang n'avait pas tué sa fille, mais qu'il l'avait vendue… Elle a refusé de me donner un nom, mais elle avait l'air terrifiée.

– Je vous avoue que j'ai du mal à y croire, répondit l'inspecteur d'une voix grave. Ce que prétend cette femme ne tient pas la route : dans les années 90, des bébés étaient abandonnés tous les jours, qui aurait acheté une fillette ? Vous êtes sûre que cette femme est digne de confiance ? Comment s'appelle-t-elle ?

– Li-Li Dai, répondit Lina, c'est une paysanne qui connaissait bien Sun Tang. Vous n'avez jamais entendu parler de trafic d'enfants ?

– Bien sûr que si, mais des trafics de garçons ! Des hommes kidnappent des garçons sur les trottoirs des grandes villes, avant de les revendre à la campagne. Les familles paysannes adoptent des fils, pas des filles… Il s'agit d'un vrai fléau en Chine, et les forces de l'ordre luttent activement pour y mettre fin.

Lina souffla, dépitée. Elle pensait que l'officier lui apporterait des réponses, au lieu de quoi il lui révélait un autre travers dramatique de la politique de l'enfant unique : des filles tuées ou abandonnées, des garçons kidnappés et revendus.

– Mademoiselle Soli, je comprends votre désarroi. Mais méfiez-vous de ce qui se raconte. Ces dernières décennies, les rumeurs les plus folles ont circulé dans les villages. Dans mon bureau, j'ai vu défiler des centaines de parents qui proféraient des histoires surréalistes sur leurs enfants disparus. La plupart n'avaient aucun fondement.

– Je vois. Et Lu-Pan Tang ? Est-ce qu'il y a un moyen de savoir s'il a tué sa femme ?

– Je me suis penché sérieusement sur le cas de Sun Tang. J'ai lu toutes les archives de l'enquête. Les conclusions sont formelles : son mari est hors de cause.

Rong Zhou ne tarda pas à raccrocher, car il avait d'autres impératifs.

Toujours allongée sur le matelas, Lina resta au moins une heure les yeux fixés dans le vide. Malgré les déclarations de l'inspecteur, elle était convaincue que Li-Li Dai ne mentait pas. Elle n'avait aucune raison de le faire.

Alors qui avait acheté Chi-Ni ? Pourquoi dépenser de l'argent pour se procurer une petite fille, s'il y avait tant de nouveau-nées sur les trottoirs…

La réponse lui parut simple tout à coup. Si les bébés couraient les rues, des hommes étaient peut-être en quête d'une chair un peu plus mûre que celle des nourrissons. De quoi mettre la main au portefeuille.

Le pire lui traversa l'esprit.

55

6 octobre 1991

MONSIEUR CIGARE réapparut dans la soirée de dimanche. Chi-Ni savait qu'il faisait nuit car, la journée, un minuscule rai de lumière s'infiltrait sous la porte. La fillette était enfermée depuis plus de soixante-douze heures, avec pour seule compagnie les multiples insectes qui parcouraient le plancher. En plus des horribles cafards, des moucherons bourdonnaient et s'insinuaient dans ses oreilles à chaque fois qu'elle baissait la garde. Plusieurs moustiques l'avaient piquée, d'abord sur les pieds, puis sur les mains. En milieu d'après-midi, son ventre s'était mis à la gratter furieusement et elle avait attrapé une grosse araignée qui s'était faufilée sous le tissu.

D'où venaient tous ces insectes ? Chi-Ni aurait aimé savoir… L'odeur de ses excréments devait en attirer plus d'un.

Heureusement, la fillette n'avait pas peur des insectes. Au contraire, elle adorait ces petites bêtes, car elle se sentait moins seule à leur côté. Si Chi-Ni était née fourmi, elle aurait pu se glisser dans la fente juste en dessous de la porte, elle aurait pu s'échapper !

« Tu n'en aurais pas eu besoin ! Les mamans fourmis ont droit à plusieurs enfants ! Elles ne sont pas obligées de les abandonner… »

Chi-Ni trouvait sa remarque intelligente. Elle se l'était donc répétée à voix haute pour que le Bouddha qui habitait son cœur puisse l'entendre lui aussi.

– Dis-moi ce que je dois faire, avait-elle ajouté en tapotant sa poitrine.

Personne n'avait répondu… alors Chi-Ni s'était mise à réfléchir aux propos de Monsieur Cigare. Elle attendait son retour pour éclaircir un dernier point.

Justement, il ouvrit la porte.

– Alors gamine, tu as fini par te calmer ?

Monsieur Cigare grimaça comme un singe, les narines irritées par la pestilence. Chi-Ni était assise au fond du cagibi, enroulée dans la couverture. À cause de sa grève de la faim, elle avait les joues blanches et les lèvres sèches.

– Je veux savoir quelque chose ! clama la fillette en se redressant. Que se passe-t-il quand les mamans font un deuxième bébé ?

Une lueur de satisfaction traversa le visage du cerbère. Il sentait poindre sa victoire.

– Si les parents ne peuvent pas payer l'amende, le nourrisson leur est confisqué.

– À tout jamais ?

– À tout jamais.

Chi-Ni eut envie de pleurer, mais elle n'en avait plus la force. Que deviendrait son petit frère si elle retournait à la maison ?

L'idée qu'il soit confisqué l'épouvanta, car même si elle ne l'avait jamais vu, elle l'aimait déjà. Lorsqu'elle lui chantait une berceuse, la joue collée contre le ventre de Maman, elle sentait parfois de légers coups portés contre la paroi rebondie. La semaine précédente, Chi-Ni avait confectionné des pompons en laine, que sa mère avait cousus aux futurs vêtements du bébé. En plus de ne pas avoir froid, il serait beau comme un empereur !

– Alors, gamine, tu me promets d'être sage ? Si tu arrêtes de moufter, je te laisse sortir d'ici.

Chi-Ni hocha la tête à contrecœur, complètement désespérée. Avait-elle vraiment le choix ? Papa et Maman ne voulaient plus d'elle et elle détestait ce maudit placard.

– Je serai sage, mais où allons-nous ?

Monsieur Cigare lui tendit une main calleuse.

– Tu vas commencer par me suivre, ensuite tu verras bien.

56

1er août 2013

POUR CHASSER ses idées noires, Lina avait passé son mercredi après-midi à dessiner un plan de Mou di, afin de mieux marquer ses repères. Armée d'un bloc de papier, elle avait emprunté un chemin de terre qui grimpait dans la montagne. Dans le dossier, elle avait trouvé la liste des habitants. Deux moines et vingt-sept villageois, répartis en huit foyers. Ushi l'avait aidée à compléter son croquis avec le nom des différentes familles. Selon lui, dresser une carte du village était une excellente idée : elle servirait à tous les futurs étudiants qui séjourneraient au monastère.

Ce matin, Lina avait aidé le moine à dépoussiérer un ensemble de statues, dans la salle des Rois célestes.

– Tous les villageois parlent de vous, fit remarquer Yao-Shi au cours du déjeuner, savez-vous comment ils vous surnomment ?

– Je n'en ai aucune idée, mais je crains le pire.

– La « riche romancière », s'amusa Yao-Shi.

– Riche ? Mais je ne suis pas riche !

– Pour les habitants de Mou di, « riche » et « européen » sont des synonymes.

Ushi se retint de pouffer, le nez dans ses raviolis à la vapeur.

– Vous allez attirer les convoitises, jolie fleur, tout le monde voudra être votre ami !

– Ils voudront même vous épouser ! plaisanta Yao-Shi.

Lina feignit l'effarement, tout en riant de sa boutade. Yao-Shi avait donc de l'humour ?!

La veille au soir, ils avaient parlé plus d'une heure à côté du brasero. Elle avait alors découvert un homme plus réceptif, qui se cachait derrière des airs de dignitaire intransigeant.

– Vos travaux d'écriture soulèvent ma curiosité, lui avait confié le moine après le dîner.

Le visage illuminé par les flammes, il s'était intéressé à ses projets littéraires : où en était son intrigue ? Qui étaient les personnages ? Avait-elle vraiment l'intention de dénoncer certaines pratiques discriminatoires ? L'étudiante s'était pressuré le cerveau pour bâtir un scénario digne de ce nom, en espérant que le moine ne lui demanderait pas de lui soumettre ses écrits. Car Lina l'avait toujours à l'esprit : Yao-Shi comprenait parfaitement le français, il avait même été capable de l'enseigner au jeune Tao.

– Dites-nous, mademoiselle, quel est votre programme pour cet après-midi ?

À peine Yao-Shi avait-il terminé sa phrase qu'une porte claqua dans le monastère.

Un cri rauque retentit soudain, semblable au râle d'un agonisant.

Les moines se levèrent d'un bond, les poils hérissés jusqu'à l'échine.

– Qu'est-ce que c'est ? s'inquiéta Lina.

Un nouveau cri éclata, plus proche, plus aigu, porteur d'une effroyable détresse.

Lorsqu'ils se tournèrent vers la porte, la mémère déboula dans la salle commune, la mine déconfite et le visage plein de larmes.

Yao-Shi se précipita vers elle.

– Madame Dai, que se passe-t-il ?

– C'est notre Li-Li, pleura-t-elle en se laissant glisser jusqu'au sol, notre Li-Li est morte !

III

« Elle pleure presque chaque nuit, elle dit qu'elle rêve de nos filles. Je ne le crois pas vraiment. Nous travaillons si dur toute la journée, nous n'avons pas le temps de rêver ! »

Xinran

57

1er août 2013

LORSQU'ILS ARRIVÈRENT dans la cour de la famille Dai, un attroupement s'était formé. Des hommes et des femmes s'agitaient nerveusement devant la maison. Certains avaient le visage sinistre, marqué par l'image qui avait glacé leur œil. Près d'une motte de terre, une villageoise pleurait à genoux, en brûlant de l'encens. La mémère la rejoignit et s'associa à ses prières. Au pied des escaliers, Grand-Père Dai fumait une cigarette, le corps parfaitement immobile au point qu'il semblait statufié. Sa bouche se tordit en une épouvantable grimace lorsqu'il aperçut Lina.

– Pourquoi l'avez-vous amenée ? lança-t-il aux deux moines sans bouger d'un pouce. Cette étrangère porte malheur !

– Le malheur est là où vous l'imaginez, rétorqua froidement Yao-Shi. Où est Li-Li ?

– Vous voulez dire ce qu'il en reste…

Le pépère pointa un doigt crasseux vers l'ouverture sous la maison, qui menait au rustique abattoir.

Lina frissonna. D'ici, elle apercevait encore les taches de sang laissées par l'étripage du cochon. Ou alors était-ce le sang de Li-Li ?

– Ne touchez à rien, ajouta Grand-Père Dai, le fils Chao a appelé les flicards. Il dit que c'est la procédure. Ils devraient arriver, s'ils ne se perdent pas en route…

Des habitants ricanèrent dans la cour, ouvertement hostiles à la police. Indifférent, Yao-Shi s'immisça à l'intérieur, suivi d'Ushi et de Lina.

Là, dans la salle de bain, un triste spectacle leur troua le cœur.

Le corps inerte de Li-Li était avachi sur le sol, au pied de la baignoire. La tête à moitié disloquée.

Un jeune homme grand et maigre se trouvait non loin de là : le fils de Docteur Chao, médecin comme son père.

Le moine inclina la tête.

– Docteur Ho Chao.

– Maître Yao-Shi.

Ce dernier s'avança pour analyser la scène. À côté du corps livide de Li-Li, un tabouret en bois était renversé sur le sol, un pied cassé à sa base.

– Elle devait être debout sur ce tabouret, quand un des pieds a cédé, expliqua Ho Chao. Lorsqu'elle est tombée, elle s'est brisé la nuque contre le rebord de la baignoire.

– Le monde est une succession de naissances et de morts, répondit Yao-Shi avec fatalisme.

Derrière lui, Lina fit un pas vers le corps.

– Qu'est-ce que Li-Li faisait sur ce tabouret ?

Ho Chao désigna une ampoule brisée sur le sol.

– Elle changeait l'ampoule du plafond. C'est un accident. Un malheureux accident.

Immédiatement, Lina fut prise d'un affreux vertige mêlé de nausée. Son corps la tira vers la sortie, porté par un élan quasi irrépressible.

C'en était trop.

Elle se précipita à l'extérieur et s'éloigna d'une vingtaine de mètres, avant de vomir de dégoût. Elle se sentait malpropre, encrassée, souillée, comme si chaque parcelle de sa peau était imprégnée d'un intense parfum de mort.

Ce n'était pas un accident !

Elle en avait la certitude. Ses ennemis lui adressaient un message : « Ceux qui parlent trop seront tués. » Li-Li n'était pas tombée de son tabouret. Elle ne s'était pas brisé la nuque contre la baignoire. Elle avait été supprimée ! Tout cela n'était qu'une mise en scène.

Lina essayait de reprendre son souffle, quand elle aperçut Tao Dai assis sur une pierre, à l'écart des villageois. Le regard atterré, il s'aspergeait la figure avec une bouteille d'eau potable. Hésitante, la jeune femme prit place à ses côtés, en se tenant le ventre d'une main tremblante. Elle ne réalisait pas encore ce qui venait de se produire… son esprit refusait d'y croire.

– Ma mère était une femme formidable, bredouilla Tao en plantant ses yeux sur elle, elle était douce et altruiste. Elle a toujours pris soin de son entourage.

Il prit son visage entre ses mains, et laissa échapper des larmes qu'il essuya aussitôt, pour cacher sa douleur.

– Pourquoi maintenant ? Pourquoi mourir ainsi ?

Émue, Lina lui posa une main sur le dos, en espérant que son geste lui communiquerait son soutien. La jeune femme savait parfaitement ce qu'il ressentait. Elle connaissait intimement cette souffrance pour l'avoir vécue. Ce matin-là, la mort lui avait éclaté au visage. Son être avait éprouvé ce même sentiment de vide. Un vide de sens, un vide d'amour, un puits sans fond aux murs tapissés de colère et de questions.

– La vie est parfois injuste, murmura-t-il.

Elle observa Tao, perdu dans son chagrin. Soudain, elle se sentit coupable de le laisser dans cet état. La vie était parfois injuste, oui, mais Li-Li n'était pas morte par accident. Le plus injuste serait de cacher cette vérité à son fils par peur de subir sa réaction.

– Je dois t'avouer quelque chose, murmura Lina en français.

Ses mains se mirent à trembler, ses lèvres, puis tout son corps.

Tao leva les yeux vers elle, déboussolé.

– Hier matin… j'ai eu une conversation avec ta mère… Elle m'a parlé de Chi-Ni… elle m'a dit que Lu-Pan l'avait vendue… Ensuite, elle a paniqué… Je ne sais pas ce qu'elle avait dans la tête, mais elle se sentait en danger. Tao… je crois que c'est un meurtre !

Au moment où elle prononça cette phrase, un puissant sentiment de culpabilité s'empara d'elle. Elle était responsable. Sans son intervention, Li-Li ne serait pas morte à l'heure qu'il est. Elle aurait poursuivi sa vie tranquille auprès de sa famille et de ses amis.

– Je… je suis désolée, balbutia Lina, vraiment désolée. Je voulais seulement savoir ce qui était arrivé à Sun et à sa fille. Je n'aurais pas dû lui poser toutes ces questions ! Tout est de ma faute.

Tao secoua la tête, littéralement abasourdi.

– Je ne sais pas quoi penser.

– Tao…

Il la regarda fixement, soudainement habité par une étrange confusion.

– Lina, je préfère qu'on se voie plus tard, d'accord ?

Pouvait-elle refuser ?

Tao se redressa et s'éloigna d'elle. Plus loin, elle aperçut Yao-Shi le serrer dans ses bras.

Seule sur la pierre, Lina leva tristement les yeux vers le ciel et contempla les gros nuages qui défilaient sur l'immense aquarelle de la voûte céleste. Un monceau dense et sombre, aussi ténébreux que les émotions qui lui tiraillaient le cœur.

« Tao… je t'aiderai à trouver ce salopard », se promit-elle au fond d'elle-même.

Une phrase lui trotta dans la tête, comme un écho assez lointain. Li-Li l'avait prononcée la veille, à mi-voix, comme si malgré ses réticences elle avait voulu l'aiguiller : « La vieille Zhen en sait plus que moi. »

58

6 octobre 1991

APRÈS SA CONVERSATION avec Xia, Sun décida d'aller trouver la vieille Zhen.

La belle-mère était en plein travail de battage, à côté des rizières. Un foulard mauve sur la tête et un fléau à la main, elle frappait méthodiquement les panicules de riz, disposées en paquets sur une large planche en bois. Après le moissonnage, les gerbes avaient été exposées au soleil, jusqu'à ce qu'elles soient complètement sèches. Zhen faisait maintenant en sorte de détacher les grains des épis, avant de procéder au vannage.

Lorsque Sun s'approcha d'elle, la vieille se redressa fièrement, comme une vilaine oie se préparant à becqueter.

– Je me doutais que vous viendriez, lança-t-elle d'un ton narquois.

– Alors vous savez pourquoi je suis là.

– Je sais seulement qu'à votre place, je ne sortirais pas de chez moi. Avez-vous entendu ce que les gens disent ?

– Je sens que je vais bientôt le savoir.

La vieille ricana bêtement.

– Vous êtes une ingrate, Sun. Vous n'auriez pas été capable de vous défaire de votre fille. Et vous frappez votre mari alors qu'il vous rend ce service. Comment portez-vous votre honte ? N'avez-vous aucune dignité ?

Sun se retint de la gifler pour lui faire ravaler son orgueil. Cette vieille méritait qu'on lui couse les lèvres avec du fil de fer.

– Qu'en est-il de la vôtre, madame Gong ? Vous avez vendu votre petite-fille, sans même en informer ses parents.

– Peu leur importe qu'elle soit morte ou vendue, ils savent que Chen n'est plus là et c'est un soulagement.

– Vous n'avez pas de cœur !

Zhen serra plus fermement son fléau, de manière à l'intimider. Elle n'avait qu'un geste à effectuer pour lui briser la nuque.

– Je vous trouve très sévère, Sun. Ne me traitez pas comme une meurtrière. Cette mioche sera plus heureuse sur un autre continent !

Sun la dévisagea avec des yeux exorbités. Un autre continent ?

– De quoi parlez-vous ?

– Eh quoi ? Lu-Pan ne vous a rien dit ? L'homme qui achète les marmots les revend à des Occidentaux. Ces gens-là sont riches, et pour une raison qui m'échappe, ils veulent adopter nos filles.

Zhen cracha par terre, fière de son effet.

Face à elle, Sun était médusée, presque tétanisée. Pourquoi les étrangers se souciaient-ils des enfants chinois ? Depuis qu'elle était née, Sun n'avait jamais rien entendu de bon au sujet des Occidentaux, en particulier des Américains. Ses parents lui avaient expliqué que les hommes blancs voulaient corrompre leur pays, parce qu'ils enviaient la réussite du communisme. Les jalousaient-ils au point de leur voler leurs enfants ?

– Où pourrais-je trouver cet homme, l'acheteur ? demanda Sun en la fusillant de son regard.

La vieille Zhen secoua les épaules, sans cacher son dédain.

– Débrouillez-vous. Il se balade en ville, où il cherche d'autres enfants. On le surnomme le « nettoyeur » et il a une camionnette blanche. Seul le bouche-à-oreille vous permettra de remonter jusqu'à lui.

Même si cette réponse était vague, Sun se sentit soulagée d'avoir une piste sérieuse à creuser. Maintenant, elle avait au moins un surnom et un signe distinctif.

Elle inclina la tête puis s'éloigna des rizières, l'esprit absorbé.

Si cet homme n'avait pas menti à Zhen, alors les enfants qu'il achetait étaient destinés à l'adoption internationale… Une procédure que la Chine n'avait pourtant jamais autorisée.

« Du marché noir… »

Tout devenait plus concret, plus tangible.

Mais aussi écœurant.

Car Chi-Ni serait adoptée par une famille complètement étrangère à sa culture et à sa vie passée. Une famille qui allait la pousser à renier ses propres racines… Pensaient-ils être de meilleurs parents ? Avaient-ils seulement conscience d'adopter des fillettes arrachées à leurs mères désespérées ?

L'inquiétude de Sun redoubla.

Si les enfants traversaient l'océan, elle ne parviendrait jamais à retrouver sa fille. Chi-Ni disparaîtrait, à des milliers de kilomètres, dans un pays corrompu par le capitalisme.

59

1er août 2013

Vers 13 h 15, deux inspecteurs de police débarquèrent à Mou di. Ils laissèrent leur voiture sur le parking, puis descendirent à pied, par la seule voie possible. En bas, une foule de regards froids les accueillit. Dans les villages de paysans, personne n'aimait les policiers. Depuis quelques années, le gouvernement réquisitionnait des terres pour y implanter des raffineries. Si les agriculteurs protestaient, les forces de l'ordre intervenaient au moyen de méthodes exagérément musclées…

Lorsque Lina aperçut l'inspecteur Zhou, son pouls accéléra. Uniforme bleu et moustache noire, il avait l'air drôlement sévère. Le deuxième inspecteur était moins jeune mais plus abordable. Une apparente bonhomie l'habitait, accentuée par son crâne presque chauve, aussi luisant que de la cire. À la vue du corps, son visage se vida de son sang.

– Je déteste les cadavres, dit l'homme rondouillard avec un fort accent de la région.

Il se pencha vers le cou disloqué de la paysanne.

– Détendez-vous, inspecteur Yi, vous êtes encore plus pâle que la dépouille ! Vous avez sans doute connu pire.

– Nous avons tous les deux connu pire. Vous vous souvenez de cet homme brûlé vif sur les quais de Yangshuo ?

– Holà ! Il y a vingt ans de cela.

– Déjà vingt ans que vous êtes parti ?

Rong Zhou hocha la tête.

– Eh oui, le temps passe vite !

Ils firent rapidement le tour de la petite salle de bain, en écoutant les explications du docteur Ho Chao. De fins débris de verre jonchaient le sol, confirmant l'hypothèse selon laquelle Li-Li Dai se serait fracassé la nuque contre le rebord de la baignoire, alors qu'elle changeait l'ampoule du plafond.

– Elle est morte vraiment bêtement, soupira l'inspecteur Yi. Tomber d'un tabouret, cette pauvre femme n'a pas eu de chance !

Il caressa du bout des doigts son ventre bedonnant, tombant sur ses larges cuisses. Depuis l'arrivée de McDonald's en Chine, il s'était découvert un amour démesuré pour la cuisine américaine.

Le policier prit plusieurs photos de la scène, puis s'arma d'un bloc de papier pour recueillir quelques témoignages. C'était le protocole, même en cas de mort accidentelle, pour écarter toute éventualité de meurtre.

Pendant que son confrère interrogeait Kun Dai au sous-sol, Rong Zhou demanda à Lina de le suivre, officiellement pour l'auditionner. Ils quittèrent les villageois amassés dans la cour pour se rendre dans la salle à manger.

Zhou prit soin de fermer complètement la porte afin que personne ne les entende. Ils s'assirent l'un en face de l'autre, de chaque côté de la grande table.

– Mademoiselle Soli, commença l'inspecteur, je me doutais que vous étiez le genre de femmes à faire des ravages, mais à ce point, vous m'épatez.

Lina fronça les sourcils, quelque peu déroutée. Si d'ordinaire elle appréciait l'humour noir, la remarque de Rong Zhou était de très mauvais goût.

– Vous êtes en charge de l'enquête ?

– Non. Officiellement, j'ai été envoyé par le Bureau de Pékin en qualité d'observateur, afin d'évaluer l'efficacité du commissariat de Wuming. Je ne fais que superviser le travail de l'inspecteur Yi.

– Ah. Et qu'est-ce qu'il en pense ?
– Que c'est une mort accidentelle. Et vous ?
– Que c'est un meurtre ! Ça me paraît évident.
– Parlez moins fort, on pourrait vous entendre.
– D'accord, chuchota-t-elle, mais qu'est-ce qu'on fait ?

Rong Zhou croisa les bras.

– Au risque de vous décevoir, je suis d'avis que vous courez un grand danger en restant ici. Pour assurer votre sûreté, vous avez tout intérêt à partir. Dès aujourd'hui.

Il accompagna sa phrase d'un regard impérieux et d'un claquement de langue. Son ton était cordial, mais autoritaire. Il comptait sûrement sur son rang d'officier pour l'impressionner.

Alors Thomas avait dit vrai ! Rong Zhou n'approuvait pas leurs démarches. Il voulait les voir partir et la mort de Li-Li lui donnait enfin un argument.

– Ça m'est égal, répondit calmement la jeune femme, je prends le risque. Il est trop tard pour faire machine arrière.

– Mademoiselle Soli, il sera trop tard quand vous serez dans votre tombe ! Quelqu'un est prêt à tuer des innocents pour protéger un secret. Vous voulez être la prochaine ?

– Je ne permettrai pas que Li-Li Dai soit morte pour rien !

L'inspecteur la dévisagea attentivement.

Les yeux de Lina étaient humides et son visage congestionné. Depuis tout à l'heure, son sentiment de culpabilité ne la quittait pas d'un pouce, elle le traînait comme un poids enchaîné à sa cheville.

– Regardez-vous, vous êtes en train de vous enfoncer dans un pétrin indescriptible à cause d'un homme que vous ne connaissez même pas. Il vous envoie dans ce village, sans penser aux conséquences pour votre vie. Je sens que vous portez déjà la mort de cette femme sur votre conscience.

Il s'arrêta un instant, car un bruit l'avait perturbé. Une fausse alerte. Juste le ballottement d'une lanterne sous l'effet d'un léger vent.

Lina insista :

– Inspecteur Zhou, je veux rester ici. Je ne le fais pas pour Thomas mais pour des enfants qui ont peut-être besoin d'aide. Je ne peux pas baisser les bras, c'est exactement ce que cette enflure d'assassin espère !

Le policier caressa sa moustache noire d'un air navré.

– Je comprends, mais j'ai bien peur que ce ne soit pas possible. Je vais vous faire une confidence : j'ai accordé une faveur à M. Mesli en vous permettant de mener cette investigation. Aucun policier du commissariat de Wuming ne le sait. Et si qui que ce soit l'apprend, figurez-vous bien que personne n'approuvera mon excès de tolérance. Vous n'aurez pas d'autre choix que de partir.

– Je sais me montrer discrète !

– Vous n'avez pas compris : si quelqu'un s'aperçoit que Li-Li a été assassinée, et que sa mort a un lien avec vous, les autorités chinoises vont vous congédier illico ! Elles ne laisseront jamais une touriste au milieu d'une affaire de meurtre.

Lina ne put étouffer un rire nerveux. Changement de registre. Le ton condescendant de l'officier la provoquait en duel.

– Je me moque de ce que souhaitent vos hommes politiques, rétorqua-t-elle. Que diraient ces messieurs si je me présentais à la presse internationale pour leur exposer ce que j'ai vécu ici ? Je pourrais leur raconter comment une femme est morte parce qu'elle était sur le point de divulguer un « secret abominable » impliquant des enfants. Que ce soit clair, si vos politiciens me demandent de partir, je reviendrai tôt ou tard. Mais avec des journalistes, des avocats ou toute personne susceptible de m'aider à connaître le fin mot de cette énigme.

Rong Zhou eut l'air dépité. Il était en train de capituler.

– Vous, les Occidentaux... vous pensez toujours que vous êtes les bienfaiteurs de l'humanité ! Vous débarquez avec vos ONG et vous vous immiscez dans la vie des gens, sans leur demander leur avis.

– Je ne suis pas sûre que la police chinoise sollicite l'avis de la population. La presse internationale, en revanche…

– Vous maîtrisez l'art du chantage ! coupa-t-il avec cynisme. Vous voulez rester, soit. Mais alors soyez discrète, plus effacée qu'un courant d'air ! Maintenant, ne restez pas là, retournez au monastère.

Il se dirigea vers la porte.

– Merci pour votre collaboration, inspecteur ! lança-t-elle avec une pointe d'arrogance.

L'homme aux yeux d'aigle secoua la tête, d'un air sceptique.

– Ne vous réjouissez pas trop vite, personne ne sait ce que l'avenir vous réserve.

60

1er août 2013

THOMAS avait du mal à croire que Li-Li était morte. Cette nouvelle l'avait giflé en milieu d'après-midi, quand Lina l'avait appelé. Jamais il n'aurait imaginé que cette affaire les porterait si loin. Pourtant, il aurait dû s'y préparer. À force de jouer avec des explosifs, il risquait de provoquer une pétarade digne du Nouvel An chinois. À moins d'enclencher le désamorçage :

– Lina, si tu souhaites retourner à Canton, sache que je respecterai ton choix.

– Ah non ! Tu ne vas pas t'y mettre, toi aussi ! Rong Zhou m'a fait un sermon il y a deux minutes !

Inutile d'insister. Thomas avait senti qu'elle était à bout de nerfs. Il avait donc décidé de la laisser respirer et avait repris ses propres recherches sur les trafics d'enfants.

Il s'engagea sur le trottoir d'une longue artère qui longeait la muraille de pics karstiques. Sous la fraîcheur des arbres, des retraités promenaient leurs oiseaux de compagnie dans des cages en bambou.

Au bout de la rue, Thomas entra dans un petit bâtiment à la façade défraîchie. Le mois précédent, un ami l'avait emmené ici, dans l'appartement d'un expatrié français amateur de nouvelles drogues. Ils avaient passé une soirée complètement délirante, que Thomas s'était bien gardé de raconter aux collègues de son ONG. L'humanitaire monta dans l'ascenseur et appuya sur le bouton 3B correspondant au quatrième étage. En Chine, le chiffre 4 portant malheur, on se débrouillait pour ne pas y faire référence.

Il frappa trois fois à la porte, quand l'expatrié ouvrit.

– Hé, je te connais, toi ! T'es pas le sauveur de mômes ? Le pote de Jérôme ?

– Content que tu te souviennes de moi !

Même si le type avait l'air effrayant, avec ses yeux hagards et sa peau translucide, Thomas n'avait pas peur de ce genre de loustics. Il en avait fréquenté beaucoup du temps où il traînait dans les rues.

– Viens, entre, fais comme chez toi !

Thomas se glissa à l'intérieur, où il trouva une petite place sur le canapé poisseux. Un fatras de vieux linges encombrait la table basse et le sol était couvert de joints.

– T'es passé chercher de la came ? J'ai du cannabis de synthèse, tout frais.

– Non merci, j'ai arrêté y a longtemps.

– C'est aussi ce que tu disais le mois dernier !

Thomas grimaça.

– Entre-temps, j'ai appris qu'on pouvait être condamné à mort avec ces conneries.

– Les gros trafiquants, mon gars, pas les petits consommateurs ! La Chine est devenue le paradis des drogues synthétiques, autant en profiter.

Thomas comprit à son regard qu'il était complètement défoncé. Au moins, il causerait plus facilement.

– Je voulais savoir si t'avais entendu parler d'un trafic de fillettes dans la région.

– J'ai une gueule de flic ?

– Déconne pas ! T'as le nez fourré dans le réseau noir. Tu dois sans doute savoir des trucs.

Le type se laissa tomber dans un fauteuil en faisant la moue. Il avait l'air égaré dans des contrées lointaines et imaginaires, où virevoltaient des centaines de feuilles de cannabis.

– Mon rayon c'est les stups, pas les gamines. Faudrait que t'ailles faire un tour en Thaïlande, tu trouverais ton bonheur.

Thomas tapa du poing sur la table basse.

– Allez, fais un effort, je suis certain que t'as une idée !

Le visage abruti, le type réfléchit un instant avant de se lever. Il enjamba maladroitement des bouteilles vides, puis se dirigea vers son ordinateur portable, posé sur un bureau. Il fit signe à Thomas d'approcher.

– Bon, pas sûr que tu aies ton compte, mais viens voir.

Sous l'œil curieux de l'humanitaire, il ouvrit un logiciel au logo en forme d'oignon. Il lui expliqua qu'en quelques clics, n'importe quel connaisseur avait accès au *deep Web*, un réseau parallèle où culminait la cybercriminalité.

– Mate, c'est là que je fais mes courses.

Il entra une série de chiffres, ouvrant la page d'une boutique en ligne. Aussitôt, Thomas se crut sur eBay. Des annonces illustrées s'alignaient, auxquelles s'ajoutaient des avis de consommateurs. Sauf qu'en y regardant de près, les articles proposés étaient sensiblement différents : méthamphétamine, méphédrone, hallucinogènes synthétiques. Les drogues étaient livrées à domicile, frais de port offerts au-delà d'un certain prix.

– Quel est le rapport avec les trafics d'enfants ? lui demanda Thomas en l'observant pianoter.

– Jette un œil par ici. On trouve vraiment de tout !

Il survola les icônes donnant accès aux différentes catégories de produits. Stupéfiants, faux papiers, armes à feu. N'importe quel guignol pouvait se faire livrer une kalachnikov en sept jours ouvrés. L'expatrié s'arrêta sur le lien « sexe », avant de double-cliquer.

– Ah, je te vois venir ! soupira Thomas.

Une nouvelle fenêtre s'ouvrit, puis le type glissa sur l'onglet « pornographie infantile » à droite de l'écran.

– Regarde ! Plus de cinquante gigas de vidéos, où des gamines se font défon…

Thomas lui prit la souris des mains pour l'empêcher d'aller plus loin.

– Oublie ! Je veux pas voir ça !

– Calme-toi, mon pote, moi non plus ! Je veux juste te montrer un truc ! Tu peux faire une recherche avancée, par exemple par nationalité.

Il ouvrit le lien « Chinoises » et le site lui proposa une série de vidéos pédopornographiques disponibles à la vente. Pour donner un avant-goût au cyberconsommateur, quelques photos très suggestives venaient illustrer le contenu. Thomas ferma brutalement le clapet de l'ordinateur, qui se mit immédiatement en veille.

– Je t'ai dit que je ne voulais rien voir, bouffon !

Le type haussa les épaules, le regard toujours divagant.

– Ouais, de toute façon, c'est peine perdu. Tu ne pourras jamais remonter à la source des vidéos. Le réseau a été crypté par les meilleurs hackers de cette planète. Et à ce que j'ai entendu dire, le FBI est déjà sur le coup !

61

6 octobre 1991

MALGRÉ les recommandations de Docteur Chao, Sun Tang était partie à Wuming après le déjeuner. Elle n'en avait parlé à personne, pas même à Yao-Shi, certaine que le moine aurait tenté de l'en dissuader. Aujourd'hui, la jeune paysanne se sentait plus en forme, et bien qu'elle ait encore mal aux cuisses, son état de santé s'était amélioré.

En un peu plus de deux heures de marche, elle avait rejoint le centre de Wuming, à la recherche du mystérieux nettoyeur. Elle avait questionné les vendeurs ambulants, les balayeurs des rues et les laveurs de vélos. Au marché, elle avait interrogé les marchands, les passants, et même le coiffeur qui travaillait sur le trottoir.

Personne, grand Dieu, personne ne semblait pouvoir l'aider !

Malgré son opiniâtreté, Sun se sentait comme une feuille qu'on chassait à coups de balai. Son moral s'effritait. Pour finir, elle était passée chez son amie la couturière, puis à l'orphelinat. Là-bas, le petit Tao était venu se blottir dans ses bras, tandis qu'elle racontait ses mésaventures à Mama Xian-Zi.

– Je n'ai jamais entendu parler de ce nettoyeur, lui avoua la gentille femme, sincèrement navrée. J'aurais aimé vous aider, mais je n'ai pas un bon *guanxi*.

Le mot était lâché : *guanxi*[1]. En Chine, personne n'avait rien sans relations ; elles étaient comme un trousseau de clés donnant accès à toutes les portes. Dans ce bas monde, Sun n'était qu'une simple paysanne, sans pouvoir ni argent. Elle était même jugée trop inculte pour entrer dans certains cercles…

– Je ne sais plus où chercher, se lamenta la jeune femme, j'ai l'impression de patauger dans la boue.

Xian-Zi lui posa une main sur l'épaule.

– Vous devriez retourner au commissariat, c'est la meilleure des choses à faire.

Sun soupira. Oui, elle n'avait pas le choix, la police était sa dernière chance.

Une demi-heure plus tard, elle se présenta au Bureau de la sécurité publique. Ses jambes étaient fatiguées et son ventre la tourmentait. Depuis quelques jours, les contractions utérines étaient de plus en plus fréquentes.

– J'aimerais parler à l'inspecteur Zhou, réclama-t-elle à l'accueil.

Qui pouvait-elle demander d'autre, puisqu'elle ne connaissait personne ?

– L'inspecteur Zhou n'est pas disponible. Attendez quelques minutes. Vous parlerez à son collègue.

Trois quarts d'heure plus tard, elle entrait dans le bureau d'un trentenaire souriant, à la peau tannée et au nez aquilin. Il avait les sourcils aussi fins que des bâtons d'encens.

« Inspecteur Yi », lut-elle sur son uniforme.

– Madame… ?

– Tang.

– Je vous écoute.

Son ton affable la rassura. En haut du front, l'inspecteur Yi avait plaqué une longue mèche de cheveux avec du gel, pour cacher son début de calvitie. Il lui donnait l'impression d'être un policier sympathique, mais égale-

1. Réseau de connaissances, le *guanxi* joue un rôle social primordial en Chine.

ment chevronné, ce qui n'était pas forcément le cas du jeune Rong Zhou et ses yeux de rapace.

Sun inspira profondément avant de tout raconter : la disparition de sa fille, les dettes de son mari, ses douloureux aveux puis ceux de la vieille Zhen. Il y avait, dans les rues de Wuming, un homme qu'on surnommait le « nettoyeur » qui achetait des enfants, pour les revendre à des familles étrangères.

L'inspecteur écouta son monologue avec une patience exemplaire. Parfois, il ponctuait son discours d'un murmure approbatif ou d'un hochement de tête, sérieux comme un Garde rouge.

– Madame Tang, dit-il à la fin de son récit, je ne mets pas en doute votre parole, mais votre histoire présente des incohérences. Nous savons vous et moi que de nombreux parents abandonnent leur bébé lorsqu'il s'agit d'une fille. Chaque semaine, nous retrouvons des nourrissons pleurant sur un trottoir ou même dans une poubelle. Pourquoi un homme paierait-il six cents yuans pour se procurer une fillette ?

– Oui, cela peut vous sembler fou, mais il y a forcément une explication…

Le policier étira ses jambes en réfléchissant. Contrairement au bureau de Rong Zhou, le sien était parfaitement ordonné : une pile de dossiers, une rangée de livres, *Le Quotidien du peuple* et un portrait de Mao. À l'évidence, il était méthodique et organisé.

– Vous avez raison, finit-il par avouer, il y a une hypothèse qui serait plus crédible, mais j'ai bien peur qu'elle ne vous plaise pas du tout.

Sun tressaillit légèrement, en se préparant au pire. L'inspecteur poursuivit :

– Peut-être que cet homme achète des enfants de plus de deux ou trois ans car les nourrissons ne l'intéressent pas.

Elle le regarda, déconcertée.

– Mais ce n'est pas logique ! Les couples préfèrent adopter des bébés…

– Oui. Et c'est pourquoi je crois que le nettoyeur a menti. Avec un discours centré sur l'adoption, il sait que les parents lui céderont plus facilement leur rejeton. Pour une mère, il est plus rassurant de penser que son fils ou sa fille sera accueilli dans une nouvelle famille qui l'aimera, même si cette famille vit en Occident.

Il replaça son horrible mèche noire au centre de son front, sans quitter Sun des yeux.

– Mais alors, qu'arrive-t-il à ces enfants ? s'affola-t-elle en retenant son souffle.

– Je n'ai aucune certitude. Un inspecteur qui a voyagé au Vietnam et en Thaïlande m'a parlé d'une affaire impliquant des mineurs. Vous savez ce qu'est le tourisme sexuel ?

Sun secoua la tête. Non, elle n'en avait aucune idée. Mais ces deux mots ne lui inspiraient rien de bon.

– À ce qu'on raconte, il y a des endroits en Asie où des enfants sont retenus captifs, afin d'être mis à la disposition de... clients, souvent venus de l'étranger.

– Vous voulez dire que ma fille...

Sa voix s'étrangla.

– Oui, il s'agit d'exploitation sexuelle, confirma l'inspecteur. Mais nous ne sommes sûrs de rien.

Sun eut l'impression qu'on lui avait percé le cœur. En moins de dix secondes, une vague de fourmillements envahit ses membres, suivie d'une chaleur intense lui montant dans le crâne.

– Madame ? Vous m'entendez ?

Yi lui secoua le bras, tandis qu'elle était prise d'un malaise. Ses paupières étaient lourdes, tremblantes, bleuies.

– Je... j'ai besoin d'un verre d'eau. Je n'ai rien avalé depuis ce matin...

– Venez avec moi, il faut vous hydrater !

Le policier l'accompagna dans la salle d'attente, où il ordonna à une secrétaire de s'occuper d'elle. Là, Sun ingurgita deux verres de jus d'orange, puis resta allongée sur une banquette, le temps de retrouver ses forces.

Avant qu'elle ne quitte le commissariat, une heure plus tard, l'inspecteur Yi lui promit d'enquêter sur cette affaire et de la tenir informée. Une petite victoire somme toute, mais qui ne calma pas ses inquiétudes.

La jeune mère repartit à Mou di aussi épuisée moralement que physiquement. Et surtout obsédée par l'image de sa fille violentée.

62

1er août 2013

– Alors ? demanda l'inspecteur Zhou à son confrère. Quelles sont vos conclusions ?

Yi baissa d'un ton pour ne pas être entendu.

– Les habitants ne sont pas très bavards… mais bon. Je n'ai pas changé d'avis, répondit-il en consultant son calepin, cette femme était appréciée. Les gens ne lui connaissaient pas d'ennemi. Apparemment, Li-Li avait entretenu plusieurs années une relation conflictuelle avec sa belle-mère, mais les tensions s'étaient apaisées dès qu'elle lui avait donné un petit-fils. Ce matin, elle est descendue sous la maison vers dix heures moins le quart, pour nettoyer le sol. La belle-mère était à l'étage et préparait le repas. Elle n'a entendu aucun cri ni aucun bruit suspect. Vers midi, Kun Dai a découvert le cadavre de sa femme, alors qu'il rentrait des champs. Bref, je n'ai rien trouvé qui puisse infirmer la thèse de l'accident.

L'inspecteur Yi guetta la réaction de Rong Zhou. Il n'aimait pas l'idée d'être évalué par un officier de Pékin, même si cet officier était son ancien collègue. Contrairement à Yi, Zhou avait connu une carrière florissante. Il avait énormément voyagé, en même temps qu'il montait en grade. Maintenant, il ne venait à Wuming qu'en de rares occasions, comme s'il reniait ses racines… Dans le commissariat local, personne n'était dupe : l'inspecteur

Zhou avait beaucoup de talent, mais il devait aussi sa réussite à ses nombreuses relations.

– Vous allez demander une autopsie ? questionna l'officier.

Yi fronça les sourcils.

– Vous pensez que c'est nécessaire ? D'habitude, on n'envoie personne sur les morts accidentelles. On manque déjà de personnel, alors…

– Je vois. Les choses n'ont pas changé.

– Effectivement. Et entre nous, la famille m'a fait comprendre que la défunte devait rapidement être conduite à Biechu, son village natal, en attendant sa crémation. Ils ne veulent pas qu'on lui « dévisse le crâne » et qu'on « amoche son joli corps ». Le beau-père a peur qu'on change les organes de place et qu'elle se retrouve avec un orteil à la place du nez.

L'inspecteur Zhou se gaussa. « Ah, ces paysans… »

– Au fait, s'exclama Yi, j'ai vu que vous interrogiez une Française qui est hébergée au monastère ? Le beau-père dit qu'elle leur a porté la poisse.

Le dos de Rong Zhou se redressa. « Nous y voilà ! »

– Je ne sais pas si elle porte la poisse, mais il s'agit d'une touriste sans histoire, certifia-t-il avec assurance, elle passe quelques jours au temple pour prier et méditer auprès des moines. Une sorte de stage initiatique pour purifier le corps et l'âme, bla-bla-bla. Des conneries de spiritualiste. De toute façon, elle ne compte pas rester longtemps.

Yi sembla gober son baratin.

Avant de partir, l'officier Zhou parcourut la pièce du regard, en imaginant ce qui avait pu se passer quelques heures plus tôt. Avec toutes ces ouvertures, il était possible d'entrer de n'importe quel côté. Un jeu d'enfant, à vrai dire, car Li-Li devait être absorbée par ses tâches ménagères. Alors l'assassin l'avait prise par surprise, avant de lui casser le cou. Il ne lui restait plus qu'à mettre en place sa macabre mise en scène. Un tabouret renversé, une ampoule brisée, un corps affaissé contre la baignoire.

– Poussez-vous donc ! aboya Grand-Père Dai en lui faisant de grands signes depuis la salle de bain.

Derrière lui, Li-Li était maintenant sur un brancard improvisé avec des branches, couverte d'un tissu troué. Tao et son père portaient la civière.

Exaspéré, l'inspecteur se plaqua dos au mur pour les laisser passer. Alors qu'ils rejoignaient le parking, plusieurs villageoises poussèrent des lamentations.

63

7 octobre 1991

YAO-SHI était sur le point de s'endormir quand un hurlement l'arracha à son sommeil.

– Noooon !

Le moine bondit de sa paillasse, les poumons en feu. Il lui fallut plusieurs secondes pour revenir à lui.

« Sun ! »

Il se précipita dans la chambre voisine.

La jeune femme était assise dos au mur et reprenait son souffle, complètement déboussolée. Son cœur cognait dans sa poitrine et son corps dégoulinait de sueur.

– Sun ? Ça ne va pas ?

Elle se leva soudainement, puis elle s'écroula dans ses bras et éclata en sanglots.

– C'est trop dur, je ne tiendrai pas ! Je ne peux pas vivre avec de telles images. Chi-Ni était là, sur ce lit, et ce pervers qui baissait son pantalon…

Elle se frappa violemment le crâne pour chasser l'horreur de ses pensées. Non, elle n'était pas avec sa fille dans cette chambre bleue et glauque, théâtre de l'insoutenable. Elle était au monastère de Mou di !

Yao-Shi lui tint les deux bras et les serra avec force.

– Sun, c'est un cauchemar ! Juste un cauchemar, je suis persuadé que Chi-Ni va bien !

– Vous n'en savez rien ! Si on ne la retrouve pas ?

– L'inspecteur Yi va tout mettre en œuvre. Il vous l'a promis.

– Je sais, mais j'ai peur qu'il soit déjà trop tard !

La jeune mère inspira profondément, avant de se rasseoir sur la paillasse.

Yao-Shi se sentit désarmé. Des visions nauséeuses erraient dans son esprit. Depuis que Sun était revenue du commissariat, le moine essayait de surmonter le découragement qui le gagnait. Car si même lui baissait les bras, sur qui Sun allait-elle se reposer ? Elle avait besoin qu'il soit fort et optimiste !

– La peur ne vous aidera pas, certifia le moine, elle ne fait qu'ajouter de la souffrance à une situation qui est complètement incertaine. Ayez confiance, Sun. La vie est toujours de votre côté.

Avoir confiance… Était-ce encore possible, après les révélations de l'inspecteur Yi ?

– Maître Yao-Shi, je ne sais plus quoi faire… Il y a ces images dans ma tête, elles me font mal, tellement mal !

Le regard protecteur, le moine s'assit à côté d'elle et posa une main sur son épaule.

– J'ai peut-être une idée pour vous soulager. Voulez-vous que je vous raconte comment Chi-Ni a sauvé les vers de terre que Docteur Chao s'apprêtait à donner à ses crapauds ?

Sun laissa échapper un rire étouffé, qui se mêla à ses larmes. Elle hocha timidement la tête, en se collant contre le moine.

– Chi-Ni a toujours aimé les vers de terre…, commença Yao-Shi avec mélancolie.

Une foule de pensées se pressa dans son esprit. Des images colorées et magnifiques, éclairées par le sourire d'une fillette.

Lorsque le cœur saignait de détresse, la mémoire offrait un doux baume pour cautériser les plaies. Pourtant, dans les périodes les plus sombres, rares étaient les souvenirs qui stoppaient l'hémorragie.

64

3 août 2013

DEUX JOURS s'étaient écoulés. Des journées lugubres et des nuits agitées.

Depuis la mort de Li-Li, le monastère ne désemplissait pas. Toutes les heures, les habitants se succédaient, prosternés devant Bouddha, des bâtons d'encens à la main. Les femmes avaient confectionné des couronnes de fleurs en papier, qu'elles avaient déposées devant la maison des Dai. La date des funérailles avait été fixée par un voyant cinq jours plus tard, dans le village natal de la défunte. En attendant, les membres de la famille passaient leurs journées là-bas, près du cercueil, pour préparer la cérémonie.

De son côté, Lina faisait profil bas. Surtout, elle restait constamment sur ses gardes, et vérifiait régulièrement que personne ne la suivait. Car elle était sûre d'une chose : aucun étranger ne pouvait entrer dans le hameau sans se faire remarquer, en conséquence le meurtrier de Li-Li était probablement un habitant. Mais qui ? Pour avancer dans son enquête, sa seule initiative avait été de contacter Zhen Gong. À trois reprises, elle avait toqué à sa porte, en espérant la rencontrer. Personne ne lui avait ouvert… Soit la vieille n'était jamais là, soit elle la fuyait comme la peste.

Ce n'était pas étonnant.

Depuis le décès de Li-Li, tout le monde considérait l'étudiante française avec méfiance. Grand-Père Dai avait convaincu les villageois qu'elle portait malheur. Quand elle marchait dans la rue, les regards fuyaient vers le sol. Plus personne ne la saluait d'une voix joviale et engageante. Yao-Shi était redevenu muet, aussi froid qu'un glacier polaire. Seul réconfort pour Lina : le moine Ushi se montrait encore chaleureux.

Fatiguée par l'ambiance délétère, elle profita de ce samedi après-midi pour s'éclipser à Wuming. Elle retrouva Thomas dans la salle commune de son hôtel, une sorte d'auberge un peu miteuse où même les toiles d'araignée prenaient la poussière. L'hôtesse d'accueil piquait une sieste, la joue écrasée sur le comptoir… digestion oblige.

– Alors, Clochette, tu te sens mieux ?

Thomas lui parut plus séduisant que jamais : sous ses cheveux bruns en bataille, son visage était lumineux.

– J'avais besoin de prendre l'air. Il y a beaucoup de tensions à Mou di.

Il lui offrit son plus beau sourire, sans doute pour la réconforter. Même si Lina s'obstinait à rester, il savait que la mort de Li-Li l'avait profondément affectée. Aujourd'hui, elle avait besoin de parler, alors il l'écouta d'une oreille attentive. Le chat étripé, la méfiance des villageois, la froideur de Yao-Shi, Lina lui décrivit tout en détail, jusqu'au cadavre de Li-Li Dai. Ces huit jours avaient été difficiles et elle avait besoin d'extérioriser ce flot d'expériences et d'émotions.

Quand elle eut fini de vider son sac, elle souffla un bon coup et se redressa, le cœur un peu plus léger.

– Et toi ? Tu t'es renseigné sur l'alibi de Lu-Pan Tang ?

– J'ai téléphoné à Zhou ce matin, lui répondit Thomas. Lu-Pan a dit aux flics qu'il n'était pas chez lui le matin du décès, mais dans un bar de la ville : le Dragon rouge. L'inspecteur Zhou s'est renseigné discrètement auprès de l'établissement et quelqu'un a confirmé la présence de notre homme. Manifestement, il est hors de cause !

Lina soupira. Encore un échec. Mais elle restait persuadée que Lu-Pan était malsain et totalement dépourvu de moralité. De l'autre côté de la table, Thomas prit un air inquisiteur.

– Dis-moi, ça s'est mal passé avec Rong Zhou ? Il m'a fait remarquer que tu t'étais montrée particulièrement « désagréable » avec lui.

– Pardon ?! s'exclama l'étudiante. J'ai été désagréable ?

– Je ne fais que répéter ses propos…

– Il est gonflé ! C'est lui qui m'a prise entre quat'z-yeux en exigeant que je me barre.

– Tu lui as répondu quoi ?

– Je l'ai menacé d'en parler à la presse internationale et de revenir avec du renfort.

D'abord surpris, Thomas ne put s'empêcher de sourire. Il aimait les femmes de caractère.

– Tu savais que les collègues de Rong Zhou n'étaient pas au courant de nos recherches ? ajouta-t-elle.

– Oui, il me l'a dit. Zhou travaille à Pékin, il n'a aucun compte à rendre à la police locale.

– J'ai du mal à comprendre. Il est prêt à mentir à ses coéquipiers uniquement pour nous permettre de poursuivre notre enquête ? D'habitude, les flics chinois suivent l'intérêt du Parti, non ?

– Qui te dit que ce n'est pas le cas ? Rong Zhou a peut-être reçu des directives de Pékin, lui demandant de garder cette histoire de disparitions sous son contrôle. Et peut-être que les autorités centrales veulent tenir à distance la police locale, qui est souvent réputée pour sa corruption et son indiscipline. Rien ne doit compromettre les objectifs du Parti. Et sais-tu ce qui serait vraiment compromettant ? C'est qu'on fasse un scandale dans la presse, en racontant que le gouvernement essaie de nous écarter d'une affaire abominable, impliquant des enfants. Car alors ce ne serait pas une ONG qu'ils auraient sur le dos, mais toute la communauté internationale.

– Rong Zhou serait une sorte d'espion envoyé par le gouvernement ?

– C'est une façon de le formuler.

Lina s'énerva :

– Tu attendais quoi pour me le dire ?

Thomas resta un instant silencieux, avec le regard d'un gamin qu'on viendrait de gronder.

– Ce sont des suppositions ! Et je ne pense pas que Rong Zhou soit quelqu'un de mauvais. Il veut autant que nous élucider cette affaire. Mais il aimerait seulement que cela se fasse loin de l'attention publique.

L'étudiante se mordilla nerveusement un ongle. Elle n'appréciait pas la tournure politique que prenaient les événements. Un danger supplémentaire planait au-dessus d'eux, et après réflexion, elle ne savait pas qui était le plus à craindre : un mystérieux assassin ou des despotes en colère ?

– Maintenant que tu es ici, j'aimerais te parler de mes investigations, lui dit Thomas pour changer de sujet.

Lina le dévisagea, intriguée. Il avait une drôle de façon de clore leur débat sur l'inspecteur.

– Qu'est-ce que tu as trouvé ?

– Plusieurs choses. J'ai essayé de me concentrer sur les trafics pouvant impliquer des filles. J'ai d'abord pensé à la pédophilie, mais pour l'instant aucun réseau de ce genre n'a fait parler de lui dans la région. Ce n'est quand même pas à exclure. J'ai aussi découvert une plateforme sur le Web avec de nombreuses vidéos pédopornographiques. Certaines ont été tournées en Chine, mais on n'a aucun moyen d'identifier leurs auteurs. Cette hypothèse est d'ailleurs peu crédible, car Chi-Ni a disparu en 1991, bien avant l'expansion d'Internet.

– Et donc ? dit-elle en craignant le pire.

Thomas attrapa sa sacoche en cuir et se leva.

– Donc je t'emmène quelque part.

– Où ça ?

– Surprise, tu verras bien ! J'ai exploré une piste qui semble plus probable. Mais plutôt que de rester là à en parler, je préfère te montrer directement.

Lina fit la moue, l'air soupçonneux. Cette proposition arrivait comme un cheveu sur la soupe.

– C'est loin ?

– Une quarantaine de minutes en bus.

Elle hésita.
– Allez ! Tu as dit que tu voulais prendre l'air !
– OK. J'espère que ta « surprise » vaut le détour.
– Tu ne vas pas être déçue !

65

3 août 2013

Le trajet en bus avait duré quarante-cinq minutes exactement, une course complètement folle au milieu des taxis en furie et de centaines de scooters. Ici, les couples roulaient sans casque, leur bébé sur les genoux, sous l'œil indifférent de la police.

Vers 15 heures, les deux Français descendirent du bus dans une zone éloignée de la ville, qui ressemblait à un Far-West laissé à l'abandon. Des terrains vagues, des murs en béton et des bâtiments industriels, le tout sous un soleil de plomb.

– C'est par ici, dit l'humanitaire en l'entraînant dans une artère déserte.

– Attends, je peux savoir où tu m'emmènes ?

– Tu connais la chanson d'Orelsan, « La petite marchande de porte-clefs » ?

Lina haussa les épaules en continuant de le suivre. Elle ne voyait pas bien pourquoi il lui parlait de ce rappeur. Soudain Thomas leva un bras.

– Viens, c'est là !

Il désigna un long grillage métallique qui encerclait un édifice. Thomas fit quelques pas sur la gauche, avant de lui montrer un trou pour passer au travers.

– On a le droit ?

– Personne ne saura, grouille-toi !

Inquiète, Lina inspecta rapidement les alentours, de peur que quelqu'un ne les observe. Pas un chat.

Thomas avait déjà franchi le grillage et se dirigeait vers l'imposant bâtiment grisâtre.

– Tu me suis ?

Lina souffla, un peu agacée. Pourquoi se sentait-il obligé de laisser planer le mystère ? Se croyait-il dans un film d'action ?

Vigilante, l'étudiante se faufila dans l'ouverture, et le rejoignit au pied d'une énorme porte en bois. Un battant était entrouvert, et Thomas ne tarda pas à entrer. Lina le suivit, toujours sur ses gardes.

– Bienvenue au royaume du *made in China*, s'exclama le jeune homme en ouvrant les bras.

Lina plissa les yeux pour s'adapter à la pénombre. Devant elle se dressait une gigantesque fabrique, complètement désaffectée. Des rangées d'établis s'alignaient, aussi poussiéreuses que les débris de machines qui avaient servi au travail à la chaîne. Des objets jonchaient le sol : blouses, pinces, vis. Comme si on avait quitté les lieux dans la précipitation. La salle dégageait une atmosphère lugubre et suffocante.

– Pourquoi tu m'as emmenée ici ? demanda-t-elle avec un pressentiment.

– Cette fabrique a été démantelée par la police chinoise il y a six mois. Les forces de l'ordre y ont trouvé cinquante et un enfants âgés de huit à quinze ans.

Lina observa les rangées sombres, où des centaines de petites mains devaient s'acharner au travail. À force de répéter les mêmes gestes, les doigts devaient être couverts d'ampoules.

– Comment avaient-ils atterri ici ?

– En fait, il arrive fréquemment que des parents envoient leurs gosses dans des usines, pour qu'ils rapportent un peu d'argent. Ici, c'était pire : les dirigeants les avaient achetés à des intermédiaires, qui s'étaient spécialisés dans la revente de petites filles. Elles travaillaient entre quatorze et seize heures par jour, surveillées par un contremaître armé d'un bâton. Si elles n'étaient pas assez rapides, elles étaient battues.

– Personne ne s'en était rendu compte ?

Thomas s'engagea dans une allée sombre, où plusieurs chaises étaient renversées.

– En fait, des fonctionnaires locaux étaient impliqués. Les dirigeants achetaient leur silence en leur versant une part des bénéfices. Ce petit commerce a duré plusieurs années jusqu'à ce que l'affaire éclate au grand jour.

– J'ai du mal à y croire, souffla l'étudiante.

– Ces gamines fabriquaient nos smartphones.

Lina secoua la tête, dépitée. Elle avait déjà entendu parler de l'exploitation d'ouvriers dans certaines usines. Nike, Samsung, Gap, Apple… les grandes marques occidentales confiaient la confection de leurs produits à des sous-traitants asiatiques qui offraient une main-d'œuvre ridiculement bon marché. Les multinationales se faisaient une marge confortable, au détriment des ouvriers, qui travaillaient dans des conditions déplorables. Obsédées par l'appât du gain, les grandes firmes fermaient parfois les yeux sur des esclavages d'enfants.

Thomas la conduisit un peu plus loin, vers un escalier en bois aussi détérioré que le reste. L'étage était morbide : portes massives, fenêtres condamnées, dortoirs exigus, avec de vieux grabats accolés les uns aux autres. Des rats rasaient les murs. Dans les chambres, des habits traînaient sur le sol, à côté de morceaux de poupées décousues.

Lina imagina les gamines, déambulant comme des zombies dans ces couloirs obscurs. De pauvres enfants arrachés à leurs familles, exploités dans de monstrueux poulaillers humains.

– Ça me donne envie de gerber…

– La Chine est l'usine du monde, c'est bien connu ! commenta Thomas.

Il avait l'air complètement blasé.

– Des fois, je n'arrive pas à te cerner.

– Parce que je ne hurle pas comme un cheminot à chaque fois que je constate une injustice ?

– Parce que tu donnes toujours l'impression d'être détaché de la situation ! Tu arrives à plaisanter même dans les cas les plus révoltants. On dirait que tout te passe au-dessus de la tête !

D'une main, elle fendit l'air en sifflant, pour mimer son propos. Étonné, il la regarda droit dans les yeux pendant plusieurs secondes, avec une gravité qu'elle ne lui connaissait pas.

– C'est ce que tu crois ? Que je suis insensible ?

– Tu ne l'es pas ?

Thomas serra les lèvres.

– Je travaille pour mon ONG depuis sept ans. Avant de venir en Chine, j'ai parcouru plusieurs pays. J'ai déjà vu des gamins se faire massacrer en Syrie, des filles se faire violer en Inde, et des enfants-soldats mourir en Somalie. Alors quand tu as vécu ce que j'ai vécu, tu sais que face à l'horreur l'humour et le détachement sont parfois la seule façon de ne pas sombrer dans la folie…

66

3 août 2013

GLISSÉE sous les draps, Lina réécoutait pour la troisième fois « La petite marchande de porte-clefs ». Thomas ne lui avait pas parlé de cette chanson d'Orelsan par hasard. L'histoire d'une petite Chinoise vendue par ses parents à un marchand qui prétendait revendre les enfants à des touristes. Mais la fillette n'avait jamais été adoptée. Elle avait été envoyée dans une fabrique de chaussures, où on en avait fait une esclave.

À force de cogiter dans sa chambre, Lina avait les idées un peu plus claires sur la disparition de Sun Tang. Les pièces du puzzle s'assemblaient, même si certains emboîtements étaient encore fragiles. Un scénario structuré se tissait dans son esprit. Il avait des couleurs sombres et des contours édentés.

Octobre 1991. Quand Lu-Pan avait vendu sa fille, une terrible dispute avait éclaté au sein du couple. Sun Tang avait frappé son mari, avant de partir à la recherche de Chi-Ni. De fil en aiguille, elle avait découvert un réseau de trafiquants. Des malfaiteurs qui exploitaient des enfants dans des fabriques clandestines, ou bien des proxénètes, c'était possible aussi. Désespérée, Sun aurait demandé de l'aide aux habitants de Mou di, ceux qui depuis des années disaient porter le « fardeau de ce secret abominable ». Li-Li, sa meilleure amie. Zhen, peut-être. Mais il y avait aussi cet homme qui avait téléphoné à Thomas. Combien étaient-ils en tout ? Impossible de le savoir.

Sun avait disparu une semaine après la fameuse dispute. Les trafiquants avaient peut-être décrété qu'elle était un danger pour eux. Pourtant, Li-Li avait prétendu qu'elle n'avait pas été assassinée. Sun avait-elle pris la fuite ? S'était-elle réfugiée quelque part ? Avait-elle changé d'identité ? Quoi qu'il en soit, les choses avaient fini par se tasser, quand vingt-deux ans plus tard l'arrivée de Lina avait fait prendre conscience aux trafiquants que d'autres habitants étaient susceptibles de parler. Des individus qui jusqu'alors s'étaient terrés dans le silence de peur de connaître un sort funeste. Se sentant menacés, les trafiquants avaient décidé de remédier au problème, en toute discrétion : une mort « accidentelle » et l'affaire était pliée.

Sauf qu'une question importante restait sans réponse : qui avait tué Li-Li ? Quel habitant de Mou di souhaitait étouffer cette histoire ? Y avait-il parmi eux un membre du réseau ? Une personne qui les soutenait ?

« Kun… Grand-Père Dai… Ho Chao… Zhen… Yao-Shi… » A qui se fier ?

Lina se redressa, elle avait entendu un bruit, comme un bruissement de feuilles, derrière la fenêtre ouverte. Elle se hissa sur ses jambes et colla sa tête contre les barreaux, pour voir à l'extérieur. Dehors, le chant des cigales s'élevait par poussées, aussi sonore que des centaines de poêles à frire bourdonnant à l'unisson.

Rien.

Devenait-elle paranoïaque ?

Elle se rassit sur la paillasse, quand un nouveau bruissement retentit. Cette fois, Lina frissonna.

– Cassez-vous ! cria-t-elle dans le vide, avant de fermer la fenêtre.

Soudain, elle se surprit à imaginer Sun Tang, tapie dans le noir. Se pouvait-il qu'elle soit toujours dans le village ? Et si des habitants l'aidaient à se cacher, dans le plus grand secret ?

67

7 octobre 1991

Elles étaient huit, huit petites filles, serrées les unes contre les autres.

Leurs parents ne voulaient plus d'elles, elles étaient devenues trop encombrantes. Toutes avaient été vendues au monsieur à la camionnette, avant d'être amenées ici, dans cette maison désaffectée. La plus jeune avait trois ans et la plus grande neuf. L'aînée, qui s'appelait Ting-Ting, était la première à avoir investi les lieux. C'était quinze jours plus tôt, peut-être plus, Ting-Ting n'avait plus les idées claires. Les suivantes étaient arrivées au compte-gouttes, aussi terrorisées les unes que les autres. Car quel que soit leur âge ou leur milieu d'origine, la même peur les habitait : devoir retourner dans le placard, avec ses insectes voraces. Si l'une d'entre elles osait protester, le méchant homme la punissait en la giflant ou en l'enfermant plusieurs nuits à l'intérieur du cagibi. Ses menaces étaient efficaces : les petites filles s'efforçaient de rester sages, malgré la faim, malgré la terreur, et cet atroce sentiment d'abandon qui leur nouait les tripes.

Beaucoup ne dormaient pas la nuit, envahies de cauchemars. Il n'y avait ni lit ni paillasse : elles se couchaient à même le sol, enveloppées de leurs ombres et les muscles douloureux

Quand finirait ce calvaire ?

– Nous sommes peut-être en prison, avait suggéré Ting-Ting.

En même temps elle trouvait bizarre qu'il n'y ait pas de policiers. Elle avait longtemps regardé cette pièce confinée : des fenêtres grillagées, des murs sombres, pas de meubles. Une grande porte en métal était verrouillée de l'extérieur. Aucun moyen de s'enfuir ou d'appeler à l'aide.

Un tombeau de désespoir.

À force d'angoisser, les fillettes s'engourdissaient dans une torpeur abrutissante. Elles n'attendaient plus rien, sinon les visites de celui qu'elles haïssaient toutes : l'individu maléfique qui les gardait prisonnières, et qui puait le cigare.

Dès le lever du soleil, le méchant homme poussait la porte et leur ordonnait de se mettre en rang. Il posait deux gamelles sur le sol et les regardait manger tour à tour avec des baguettes : bouillie de riz et thé vert, le seul repas de la journée.

– Si vous ne voulez pas crever ici, il faut avaler.

Du riz, toujours du riz. Pas d'alternative au menu. À chaque fois que le type ouvrait la bouche, c'était pour dire les mêmes mots. Des verbes à l'impératif, qu'il répétait machinalement : « Tiens… Prends… Mange… Tais-toi… »

Les fillettes obéissaient, tenaillées par la faim.

Son deuxième passage avait lieu le soir, quand le soleil se couchait au-dessus des tiges de bambou. Là, il vidait le bac en cuivre qui leur servait de latrines. Il débordait souvent d'urine, alors le sale type s'énervait. Il leur balançait des torchons pour qu'elles nettoient les dégâts. De temps en temps, il leur apportait deux carafes d'eau.

– Lavez-vous ! ordonnait-il en les regardant se frotter le corps.

Pourtant, dans ce brouillard de découragement et d'effroi, une lanterne s'allumait parfois, dans l'obscurité de leurs cœurs. Tous les deux jours environ, le vilain homme ouvrait la porte, en compagnie d'une nouvelle venue :

toujours une petite fille, pâle et désorientée, qui venait de passer plusieurs nuits au placard.

À chaque fois, les fillettes l'accueillaient fraternellement, car elles connaissaient son calvaire. Au fond d'elles, ces arrivées leur redonnaient un peu de réconfort et d'espoir.

Le lundi 7 octobre, c'est Chi-Ni qui les rejoignit.

68

4 août 2013

La chance lui sourit enfin, car ce dimanche matin, Zhen Gong se présenta au temple. La vieille fit son apparition à onze heures moins le quart, un panier vide au bras. À cette heure-ci, Lina et Ushi fabriquaient des fleurs de lotus en papier, destinées à être brûlées lors de l'incinération.

Parée d'une longue robe jaunie, Zhen se planta devant eux, au milieu de la salle commune. Elle était maigre comme un clou, et ses cheveux gras et hirsutes débordaient d'un chapeau rond. Avec son dos cassé, manifestement plus capable de se tenir droite, elle avait tout d'une revenante au corps brisé et aux os mous, qui menaçait de s'écrouler dès qu'elle dépliait un membre.

– Madame Gong, l'accueillit Ushi en inclinant la tête, je me demandais quand vous reviendriez. Personne ne vous a vue ces derniers jours.

– Je n'aime pas les embrouilles, répondit-elle sans même les saluer, je n'vais pas pleurer la mort d'une idiote quand mon fils à moi meurt sous mes yeux.

Elle se gratta le haut du front, où une énorme verrue avait planté ses racines. Grâce aux documents de Thomas, Lina savait que Mme Gong vivait seule avec son fils, un célibataire sans enfant atteint d'une grave maladie. Zhen était âgée de quatre-vingt-cinq ans et souffrait d'une mauvaise réputation. Aux yeux des villageois, elle était la peste de ce hameau. Cette femme puait la malfaisance.

– Nos réserves sont bientôt vides. J'ai prié Bouddha pour qu'il me file un coup de main, dit-elle en tendant son panier vide, mais comme il n'répond pas, je préfère m'adresser à ses porte-parole.

Ushi ne parut pas étonné. Serein, il se leva de sa chaise et jeta un œil par la fenêtre. On apercevait Yao-Shi, qui arrosait le jardin.

– Madame Gong, nourrissez d'abord votre cœur avant de nourrir votre corps. Dans votre vie future, vous serez la plus riche des femmes.

Après un léger soupir, il partit dans le garde-manger et revint les bras chargés de fruits et de légumes frais.

Aussitôt, Lina sauta sur l'occasion. D'un geste rapide et adroit, elle se tourna vers la vieille Zhen et lui prit son panier des mains.

– Permettez-moi de vous aider, s'exclama-t-elle, je vais vous raccompagner.

Sa démarche était un peu brusque, mais si Lina laissait filer la vieille, elle devrait camper devant sa porte, en attendant sa prochaine sortie.

Curieusement, Mme Gong ne protesta pas et se contenta de serrer discrètement les dents, la mine renfrognée. Après avoir remercié Ushi, elle suivit nonchalamment l'étudiante.

– Je suis heureuse de faire votre connaissance, la flatta Lina tandis qu'elles s'éloignaient du monastère.

L'hypocrisie n'était pas son fort, mais passer un peu de pommade ne faisait jamais de mal.

La vieille Zhen bougonna en continuant d'avancer. Elle boitait de la jambe droite et était d'une lenteur exaspérante. Pourquoi n'avait-elle pas de canne ?

Lina s'essuya le front, assommée par les quarante degrés ambiants. « À cette allure, on va griller au soleil ! »

– On m'a dit que vous étiez la doyenne des habitants. Vous devez être fière. Vous connaissez ce village sur le bout des doigts, je me trompe ?

Soudain, la grincheuse s'immobilisa au milieu de la rue et la fusilla de ses yeux de hyène.

– À quoi jouez-vous, mademoiselle l'écrivain ? Vous me prenez pour une dinde ?

Lina la questionna du regard, simulant l'étonnement :

– Madame Gong, je ne comprends pas.

– Bien sûr que si, vous comprenez. Vous avez frappé plusieurs fois à ma porte ces deux derniers jours. Que me voulez-vous ?

– Vous n'avez pas ouvert.

La vieille leva une main au ciel, fortement irritée. Dans cet état, elle paraissait encore plus laide : ses traits étaient convulsés et des veines violettes saillaient sur son front dégarni.

– Maintenant je suis devant vous, alors je vous écoute. Allez droit au but !

Lina fut prise au dépourvu. En employant ce ton hargneux, Mme Gong lui signifiait qu'elle ne lui donnait qu'une seule chance pour s'exprimer : tout de suite ou jamais.

La jeune femme se jeta à l'eau.

– J'aimerais vous parler de Sun Tang.

– Tiens donc ! s'exclama l'autre en crachant par terre. En voilà une nouvelle ! Puis-je savoir en quel honneur vous vous intéressez à cette guenon ?

– Pour mon roman. Son histoire est intéressante, j'ai envie de la développer. Je trouve bizarre qu'une femme se volatilise dans la nature, au moment où elle apprend que son mari a vendu sa fille de six ans.

Zhen essaya de cacher sa surprise en toussotant dans sa manche. Elle ne s'attendait visiblement pas à ce que la Française en sache autant.

– Et qui vous a raconté ça ?

Lina détourna le regard.

– Ne me dites pas que c'est Li-Li ? Hein ? Oh… J'y vois plus clair. Li-Li a trop jasé sur Sun Tang… C'est pour ça qu'elle est morte ! J'me disais bien… Elle est pas tombée de son tabouret, hein ?!

Elle se tint la nuque avec effarement.

– Quelle crétine ! Je pensais pas qu'elle était aussi bête.

– La mort de Li-Li est un accident ! insista Lina.

– Hé, jeune fille, me la faites pas à moi, j'ai tout pigé ! Ça alors... Elle vous a parlé et après... Comment a-t-il pu le savoir ?

– Il ? De qui parlez-vous ?

– De personne. Ne comptez pas sur moi, mademoiselle l'écrivain. Vous me croyez kamikaze ? Je n'veux pas finir comme l'autre idiote. Peu importe ce qu'elle vous a dit, elle aurait mieux fait de fermer son clapet, et vous aussi !

Énervée, la vieille se remit à marcher en direction de sa maison, mais en déployant une énergie que personne ne pouvait soupçonner. Ses jambes se mirent à trottiner comme si une force invisible venait de lui graisser les rotules. On aurait dit qu'une décharge électrique lui avait assoupli les muscles.

– Madame Gong, laissez-moi vous parler !

Lina l'interpella plusieurs fois, mais en moins de deux, la vieille arriva sur le pas de sa porte et la fixa avec hostilité.

– Sortez-vous Sun Tang de la tête !

– Pourquoi ? Dites-moi pourquoi ! Que lui est-il arrivé ? Qu'avait-elle découvert ?

– Vous êtes une écervelée ! Quittez ce village, vous êtes un vrai fléau !

Elle lui prit son panier des mains en jetant un œil anxieux en direction des rizières. Plus haut sur la montagne, Tao et Kun Dai descendaient les escaliers de pierre qui menaient au hameau.

– Et si je vous proposais quelque chose en échange ? tenta désespérément Lina. De quoi avez-vous besoin ? De nourriture ?

– Allez au diable.

– Alors peut-être de l'argent ? J'ai beaucoup d'argent ! insista la Française.

Dans le mille ! La vieille ferait tout pour de l'argent, Lina le lut dans son regard. Une lueur presque imperceptible avait jailli au fond de ses prunelles. Aux yeux des paysans, un appel au repos, au bonheur, au pouvoir. La promesse d'un lendemain moins précaire, plus soyeux.

« Tu le veux, cet argent… tu en rêves ! »

Zhen Gong faillit céder.

Mais d'un geste brusque elle referma la porte violemment. La serrure cliqueta et ses pas s'éloignèrent.

69

9 octobre 1991

Monsieur Cigare était de plus en plus violent. À chaque fois qu'il ouvrait la porte, il aboyait comme un chien et leur intimait l'ordre de se mettre en rang. Lorsqu'elles refusaient d'obéir, ou quand leur alignement laissait à désirer, le vilain homme les frappait avec sa ceinture, en les traitant de « pisseuses ».

En réalité, son humeur s'était dégradée depuis que Chi-Ni avait rejoint les huit fillettes. Quand la petite avait retrouvé sa meilleure amie Chen Gong, elle s'était senti pousser des ailes. Elle s'était mis en tête qu'elle devait protéger sa « petite sœur de cœur », mais aussi toutes les autres orphelines, qu'elle avait décidé d'appeler « sœurs » en signe de soutien et d'amitié. En l'espace de deux jours, Chi-Ni avait pris la barre de leur cellule insalubre, avec un unique mot d'ordre : résistance.

– Mais on ne peut pas résister, avait rétorqué Ting-Ting le soir de son arrivée, nous n'avons aucune force… tu as vu comme il est grand ?

– Il est grand mais il est seul.

Chi-Ni lui avait raconté une histoire, qu'elle tenait de Yao-Shi. Un jour, un sage indien avait lutté pour la liberté et l'indépendance de son pays. Il avait résisté à l'oppression sans user d'aucune violence, mais en entamant des grèves de la faim ou des marches symboliques. Grâce à sa patience, le sage avait réussi à sauver son peuple. Ne pouvaient-elles pas imiter sa démarche ? Il suffisait qu'elles se soutiennent, qu'elles se protègent coûte que coûte, qu'elles soient toujours à l'unisson ! Si l'une d'elles était maltraitée, elles devaient toutes s'interposer, en faisant gronder leur révolte.

Au début, les petites filles n'étaient pas convaincues par son idée. La plupart étaient totalement perdues et se sentaient incapables de s'insurger contre le méchant monsieur. Pourtant, ce mercredi, Chi-Ni leur prouva qu'il était possible de lui tenir tête...

Le matin, Monsieur Cigare se présenta comme d'habitude, avec son infâme bouillie de riz et son thé vert. Quand vint le tour de Chi-Ni, elle refusa de manger.

– Nous ne voulons plus de cette nourriture. Ce n'est pas bon et c'est toujours la même chose. Nous aimerions des fruits, des nouilles, du lait.

– Et quoi encore ? Vous avalerez ce que je vous donne.

Chi-Ni se redressa et cambra le dos pour montrer qu'elle n'avait pas peur. Elle répliqua qu'elle entamerait une grève de la faim, « comme le sage indien qui avait libéré son pays ».

À ces mots, le type ricana, les yeux réduits à deux fentes minuscules. Quelle gamine culottée ! Dès l'instant où il l'avait enfermée dans le placard, il avait su qu'elle lui causerait des ennuis. Elle était trop intelligente et trop peu disciplinée.

– Tu vas apprendre à obéir !

D'un coup sec, il la gifla une première fois, en clamant qu'il était le chef, et qu'elle devait se plier à sa volonté.

En guise de réponse, Chi-Ni cita Bouddha :

– Celui qui est maître de lui-même est plus grand que celui qui est maître du monde.

Deuxième gifle. La fillette resta debout, immobile, en le défiant du regard. Vexé, l'homme détacha sa ceinture et se prépara à la frapper.

« Une épreuve, pensa-t-elle, il faut être courageuse. » Dans son esprit, le visage de Yao-Shi lui adressa un sourire pour l'encourager. Chi-Ni inspira lentement.

Le cuir fouetta son épaule. « Aïe… » Deuxième impact. Elle avait drôlement mal. Yao-Shi n'avait pas dit que ce serait aussi dur…

– Petite garce, tu vas manger ?

L'enfant s'obstina, sous l'œil admiratif de sa troupe alliée.

C'en était trop ! L'homme alluma un cigare et aspira trois bouffées, en crachant des ronds de fumée qui s'évanouirent vers le plafond.

Soudain, il attrapa fermement le poignet de sa victime et écrasa le bout du rouleau sur sa paume de main, pour la brûler en profondeur.

Chi-Ni crut qu'elle allait s'évanouir.

Une douleur épouvantable envahit sa main. Ses doigts se crispèrent, ses dents se serrèrent, mais aucun gémissement ne sortit de sa bouche.

Ne pas crier, ne pas pleurer. Résister à la souffrance. Maître Yao-Shi serait fier, tellement fier, s'il la voyait tenir bon.

La jeune protestataire cilla à peine, en se concentrant sur une image : à cet instant, elle était un arbre, un grand prunier fort et robuste, avec de longues racines plantées dans le sol.

Tout à coup, Ting-Ting lui porta secours.

– Je suis d'accord avec elle. Je fais une grève de la faim !

La fillette avança courageusement d'un pas, en se retenant de trembler. Elle n'avait aucune idée de ce que signifiait le mot « grève », mais la détermination de Chi-Ni l'avait persuadée de l'épauler.

– Quoi ? maugréa Monsieur Cigare.

– Moi aussi ! s'exclama Chen Gong en prenant la main de l'aînée.

Aussitôt, une pluie de « Moi aussi ! » s'abattit sur l'homme. Yilin, Fen, Ma-Ku… toutes les petites filles se mirent à crier et à taper du pied, puis elles agrippèrent le bras du vilain pour qu'il arrête son supplice.

Miraculeusement, Monsieur Cigare relâcha Chi-Ni, en vociférant.

– Je n'ai pas de temps à perdre ! dit-il avant de quitter la pièce.

Cet élan de solidarité avait dû le perturber, car il repassa le soir sans leur adresser un seul mot. Mais il déposa à leurs pieds un panier rempli de bananes et d'oranges, ainsi que trois briques de lait.

Après son départ, toutes les petites filles applaudirent Chi-Ni.

70

4 août 2013

LINA S'ASSIT sur un muret en attendant Tao.

Depuis trois jours, ils n'avaient pas eu l'occasion d'échanger plus d'une phrase. Tao passait ses journées dans le village natal de sa mère, où il préparait la cérémonie et la crémation, qui auraient lieu le 6 août. D'ici là, les proches de la défunte devaient s'habiller en blanc, couleur du deuil, comme le voulait la tradition. Ils devaient aussi faire brûler continuellement de l'encens à côté du cercueil, tandis que des religieux récitaient régulièrement des prières bouddhistes et taoïstes.

Lorsque Tao arriva dans le hameau, il s'éloigna de son père et rejoignit Lina en esquissant un sourire forcé. La jeune femme le trouva affaibli : visage pâle, joues creusées, profonds cernes. L'expression d'un homme tourmenté, qui s'efforçait de faire face, la tête haute.

– Tao, comment vas-tu ? Tu tiens le coup ? lui dit-elle d'une mine soucieuse.

Il s'assit à côté d'elle et haussa les épaules.

– Juste un peu fatigué. Je dors très peu. Je pense beaucoup à ma mère et je consacre mon temps à prier pour soulager son âme…

Lina savait que les bouddhistes ne concevaient pas le dernier soupir comme une fin. À leurs yeux, la conscience d'un homme décédé poursuivait sa route dans une nouvelle vie, où elle continuait son éveil. Mais après une mort aussi brutale, l'esprit du défunt ne partait pas dans les meilleures dispositions : il pouvait passer plusieurs semaines à souffrir, errant entre deux mondes, avant sa renaissance.

– J'imagine que ça ne doit pas être facile.

Tao fronça les sourcils, écœuré.

– Le plus pénible, c'est de savoir que ma mère a été assassinée.

Sa franchise étonna Lina.

– Donc tu me crois ?

– J'ai récupéré les deux ampoules de la salle de bain : celle du plafond et celle qui était brisée sur le sol. Elles sont de la marque Lumiai. Tu vas penser que je m'accroche à des détails, mais ce n'est pas la même marque que les autres ampoules de la maison, y compris les ampoules de rechange que ma mère gardait dans la cuisine.

Tao souriait toujours, un sourire coincé et douloureux, mais un sourire infatigable pour dissimuler sa peine.

– Tu vas en parler aux inspecteurs ?

– Bien sûr que non. On ne peut pas faire confiance à ces gens-là !

Réponse prévisible, compte tenu de la réputation de la police à Mou di. Les forces de l'ordre symbolisaient davantage la répression que la sécurité.

Tao plissa le front en balayant le village du regard. La rue était déserte, silencieuse. Dans une cour, un chien dormait à l'ombre d'un arbre, écrasé par la chaleur.

– Lina, quand tu as interrogé ma mère au sujet de Sun Tang, tu sais qui aurait pu vous entendre ?

– Nous étions seules...

– Tu n'as croisé personne en partant ?

– Non ! Tao, à quoi tu penses ? Tu crois que quelqu'un voulait empêcher Li-Li de parler ? le sonda la jeune femme.

Le visage de Tao s'assombrit.

– Je n'en sais rien, mais celui qui a fait ça doit habiter Mou di. Et je ne supporterais pas de rester dans un village où vit l'assassin de ma mère.

Il la regarda fixement, soudainement envahi par une étrange détermination. Après un long silence, où chacun était absorbé par ses pensées, la jeune femme relança la conversation :

– Quand ta mère a parlé de Sun Tang, elle a ajouté : « La vieille Zhen en sait plus que moi. »

– C'est pour ça que tu es allée la voir ?

L'étudiante afficha une moue pincée sans répondre.

– Lina, je sais que tu es bien intentionnée. Mais tu devrais arrêter de poser toutes ces questions. Zhen est une pauvre femme. Elle a beaucoup d'ennuis avec son fils. Évite de la solliciter.

– J'aimerais seulement comprendre pourquoi ta mère m'a orientée vers elle… J'ai l'impression qu'elle essayait de me montrer la voie…

Tao eut l'air de s'impatienter.

– Écoute… l'histoire de la famille Gong est complexe, et je te déconseille de t'en mêler.

– Complexe ? Qu'est-ce que tu entends par là ?

– Je veux dire que la femme de Pan-Pan Gong s'est suicidée parce qu'elle n'arrivait pas à avoir de fils. Elle avait mis au monde cinq petites filles, mais aucune n'a survécu.

Lina resta tétanisée, la bouche ouverte. Cinq petites filles ! Cinq morts précoces ?

– On les a tuées à la naissance ?

Tao fit une grimace, avant de se lever.

– Si tu continues, tu vas t'attirer des ennuis ! Je dois rentrer chez moi, mon père m'attend. Peut-être qu'on se verra demain ?

– Tao, j'aimerais savoir…

– À demain, Lina !

Elle le regarda partir, déçue qu'il prenne la fuite.

Manifestement, certains résidus du passé seraient difficiles à exhumer. Tao estimait sans doute qu'ils glissaient sur un terrain trop dangereux.

71

11 octobre 1991

DÉJÀ CINQ JOURS. Cinq longs jours à attendre, cloîtrée dans le monastère. Que faisait l'inspecteur Yi ? Avait-il trouvé une piste ?

Depuis qu'elle était revenue à Mou di, Sun passait ses journées aux côtés des deux moines, à l'intérieur du temple. Pour échapper à l'épouvante, elle tâchait de méditer ou de prier en silence. Les nuits étaient tourmentées.

Même si, aux dires de Docteur Chao, Lu-Pan n'était pas fâché, elle refusait catégoriquement de regagner son domicile. Son mari avait trop d'orgueil, il n'était pas venu la voir. Le bougre racontait partout que sa rebelle d'épouse reviendrait d'elle-même, « en rampant comme une chienne ».

Ce matin, Sun avait encore une fois confié ses angoisses à Maître Yao-Shi, pendant le petit déjeuner. Mais les réponses du moine sonnaient de plus en plus creux, vidées de toute conviction. Même s'il essayait de le cacher, le moral de Yao-Shi s'était largement émietté depuis cinq jours. Le nez dans ses Sutras, le moine récitait des textes à longueur de journée. Trop de textes, en fin de compte, car cette manie trahissait son tracas. Yao-Shi voulait se donner l'illusion que la sérénité était là, à portée de pages. Mais enfiler un masque ne faisait pas de lui un bon acteur. Certains signes ne trompaient pas : une inflexion dans la voix, un regard qui se plie, des lèvres qui frémissent.

Sun ne lui en voulait pas : quand rien ne l'alimentait, l'espoir finissait toujours par s'assécher.

– Et votre ventre ? s'inquiéta Yao-Shi. Toujours autant de contractions ? Nous devrions prévenir une sage-femme, en prévision de l'accouchement...

– Ne vous inquiétez pas pour moi. Je sais que vous devez vous absenter une journée, mais je vous assure que je vais survivre.

Sa touche d'humour ne tranquillisa pas le moine. Il devait passer l'après-midi dans un village voisin pour célébrer un enterrement. La cérémonie serait assez longue, et s'achèverait tard dans la nuit.

Avant de partir, Yao-Shi la serra dans ses bras, avec une force qui la chamboula complètement.

Quand il eut passé la porte, elle resta seule dans la salle des Bouddhas, au pied de Guanyin. Elle fixa plus de deux heures ce doux visage blanc, espérant que la déesse comprendrait son tourment. Guanyin était vénérée pour sa miséricorde. Drapée de sa robe ivoirine, elle écoutait les pleurs de ceux qui l'imploraient. L'avait-elle entendue ? À plusieurs reprises, Sun perçut le grincement de la porte du temple. Un couinement métallique qui lui arrachait un sursaut. À chaque fois, son cœur faisait un bond et une chaleur étourdissante lui montait à la tête. Des milliers de fourmis couraient sous son crâne, lui donnant le tournis.

Pourtant, toujours rien. Rien que la sournoiserie du vent.

Et puis vers 15 heures...

– Sun !

Ushi débarqua dans la salle, le visage préoccupé.

– Sun, un petit garçon vous réclame ! Je ne sais pas d'où il vient, mais il veut absolument vous parler.

Derrière lui, Sun aperçut Tao, au milieu de la cour.

Elle se précipita vers l'orphelin.

– Tao, qu'est-ce que tu fais là ? Où est Mama Xian-Zi ?

– Madame, tu dois me suivre ! s'exclama l'enfant en lui attrapant la main.

Il la tira frénétiquement vers la sortie.

– Attends… tu es tout seul ? Est-ce que Mama Xian-Zi sait que tu es ici ?

– Non, non ! Elle pense que je suis à l'école. Je suis venu à pied, comme un grand ! Viens avec moi !

Sun l'immobilisa, la poitrine haletante. Une casquette sur la tête, Tao transpirait à grosses gouttes, la respiration saccadée. Elle le regarda fixement.

– Mon garçon, calme-toi et réponds-moi : pourquoi es-tu venu ici ?

Tao s'éclaircit la gorge, les nerfs surexcités :

– Le monsieur que tu cherches est passé à l'orphelinat !

72

4 août 2013

CLOÎTRÉ dans sa chambre d'hôtel, Thomas Mesli feuilleta une nouvelle fois le document qu'il avait imprimé. Le rapport s'intitulait « La traite d'enfants : perspectives de l'Asie et du Pacifique » et avait été présenté au cours d'une conférence à Montréal. L'auteure y énumérait toutes les possibilités en matière de trafics d'enfants. Les chiffres avancés étaient effarants : entre 1980 et 1999, dix mille sept cent soixante-huit enfants chinois avaient été enlevés et vendus, dont 70 % avaient moins de sept ans. En tête de palmarès, l'adoption illégale de garçons, suivie de près par le commerce matrimonial et l'exploitation au travail. Venait ensuite l'industrie du sexe, certains pays délivrant des « visas artistiques » pour recruter de jeunes prostituées. Enfin, l'ablation forcée d'organes avait aussi sa place, à des fins de transplantation pour de riches patients, souvent occidentaux. Autant dire que Thomas avait l'embarras du choix, ce qui paradoxalement l'amenait à se sentir de plus en plus impuissant.

Son téléphone sonna vers 14 heures. Son visage s'adoucit quand il entendit la voix de Lina.

– J'ai peut-être une nouvelle piste ! s'exclama-t-elle.

Son ton étonna l'humanitaire. Lina était rarement aussi guillerette.

– Je suis tout ouïe.

– Zhen Gong a eu cinq petites-filles, qui n'ont soi-disant pas survécu. Je suis sûre qu'elle connaît toute l'histoire, elle doit même être impliquée !

Surexcitée, Lina lui rapporta les propos de la mégère et de Tao Dai. D'après elle, Zhen Gong avait la frousse et se retenait de parler. Dans un coin de son esprit, la vieille imaginait sans doute son propre cadavre étalé sur le carrelage de sa cuisine. Peut-être se représentait-elle le meurtrier, s'apprêtant à lui donner la mort. Son visage lui était familier, Lina en était convaincue : Zhen connaissait l'identité du tueur.

– Tu as une idée pour la faire parler ? demanda Thomas en s'allongeant sur son lit.

– Oui, je crois savoir. Zhen et son fils n'ont plus un radis, elle mendie de la nourriture. Je suis persuadée qu'elle accepterait de répondre à mes questions si je lui donnais quelques centaines de yuans.

– Tu plaisantes, j'espère !

– Non, je suis tout à fait sérieuse. Quand je lui ai parlé d'argent, j'ai senti une hésitation.

Thomas maugréa entre ses dents. Ce genre de marchandage le rebutait clairement. D'ailleurs, son association n'investirait pas le moindre yuan dans une telle entreprise. Ses collègues ne cautionnaient qu'à moitié son investigation à Mou di : à leurs yeux, cette affaire était du ressort des forces publiques, pas d'une ONG.

– C'est un peu compliqué, avança-t-il. Depuis que je bosse en solo, je paye tout de ma poche. Et comme je ne suis ni ministre du Budget ni attaquant au Real Madrid, je vais bientôt être dans la dèche.

– Il n'y a pas moyen de trouver des fonds ?

– Hum… Je pourrais vendre mes charmes à une riche cougar pékinoise en manque de sensations fortes. Je dois valoir assez cher sur le marché, tu ne crois pas ? D'ailleurs, je suis dans la chambre 12, si tu t'ennuies un soir.

Heureusement qu'il ne la voyait pas : Lina rougit comme un piment. Thomas adorait la taquiner.

– Mon emploi du temps est malheureusement trop chargé, répliqua-t-elle avec aplomb, une autre idée ?

– J'ai toujours des idées ! Mais avant de faire la manche, je te propose de commencer par exploiter au mieux nos acquis. Ton amoureux bucolique t'a dit que Xia Gong avait mis fin à ses jours car elle n'arrivait pas à avoir de fils. Je vais demander à Rong Zhou ce que la police a conclu au sujet de sa mort. Il est possible qu'elle ne se soit pas suicidée… Je ne crois plus un mot de ce que disent les villageois.

– Je ne pense pas que Tao me mentirait.

– Mouais. J'ai surtout l'impression que tu en pinces pour ce garçon ! Méfie-toi, il est trop propre, trop gentil. Et tu le connais depuis moins d'une semaine, c'est peu !

Lina fronça les sourcils.

– Rappelle-moi la date de notre première rencontre ?

– Hum…

Un point pour elle ! Pourtant, Lina devait admettre que Thomas n'avait pas absolument tort. Comment pouvaient-ils faire le tri dans ce foisonnement de ouï-dire ? Ce hameau baignait dans une mare fangeuse de rumeurs, de médisances et de mensonges. Chaque jour, les commérages passaient de bouche en bouche, amplifiés, remodelés et toujours déformés. Au fil des années, une croûte épaisse et inextricable avait recouvert la vérité, sans que personne ne soit plus capable de démêler le vrai du faux.

– Bon, je vais appeler Rong Zhou.

– Tiens-moi au courant, répondit-elle.

Perturbée, Lina concentra son attention sur l'étendue de toits, qui semblaient se chevaucher en dégringolant. Elle était assise sur une marche d'escalier, une centaine de mètres au-dessus de Mou di, avec une vue plongeante sur les rizières en terrasses qui bordaient le hameau. Ici, elle était certaine que personne ne l'entendait.

Vingt minutes plus tard, son téléphone sonna. L'écran affichait un appel de Rong Zhou. Dommage, elle aurait préféré Casanova.

En quelques mots, l'inspecteur lui expliqua qu'après le coup de fil de l'humanitaire, il avait jeté un œil aux archives du commissariat au sujet de Xia Gong. Selon lui, le rapport ne laissait planer aucun doute : Xia s'était bien suicidée en avalant des pesticides en janvier 1996. D'autre part, Xia et Pan-Pan Gong n'avaient jamais déclaré d'enfant. Autrement dit, si leurs cinq filles avaient existé, alors elles étaient toutes des extra-naissances.

– Il n'y a aucun moyen de savoir si l'une d'elles a été vendue ?

– Aucun, répondit Rong Zhou, mis à part délier les langues, mademoiselle Soli. Mais à ce jeu-là, vous êtes plus douée que moi.

Lina soupira.

Retour au point de départ. Elle avait parfois l'impression de tourner en rond, sur un jeu de l'oie. À chaque fois qu'elle avançait d'une case, son pion était éjecté en arrière, et elle devait attendre le prochain tour. Dans son enfance, Lina n'avait jamais de chance en lançant les dés.

– Une dernière chose, précisa Rong Zhou, j'envisage la possibilité qu'un micro ait été caché dans votre chambre ou sur l'un de vos vêtements. J'aimerais que vous preniez le temps de vérifier que vous n'êtes pas surveillée.

Quand il raccrocha, Lina mit plusieurs secondes à réaliser.

« Un microphone… » Pourquoi n'y avait-elle pas pensé plus tôt ?

Car quelle que soit sa nature, le trafic d'enfants générait des sommes considérables, de quoi se procurer le nec plus ultra des appareils électroniques.

Survoltée, Lina bondit sur ses jambes et dévala les escaliers.

Sa garde-robe allait souffrir.

73

4 août 2013

ZHEN GONG entra dans la chambre de son fils et déposa un plateau sur sa table de nuit. Des légumes sautés au wok et un bol de riz nature : un dîner d'empereur, en comparaison des autres soirs.

Pan-Pan Gong la remercia, puis détourna le regard vers une photographie en noir et blanc fixée au mur. Le portrait de sa femme, une jolie brune aux joues hâlées, qu'il pleurait depuis dix-sept ans. Contrairement aux mariages habituels, le leur n'était pas arrangé. Adolescents, ils s'aimaient d'un fol amour, un trésor rare et précieux que tout le village leur enviait.

Mais aux yeux de Pan-Pan Gong, Zhen avait brisé ce bonheur. Elle avait martyrisé Xia, au point de la pousser au suicide. Tous les jours elle l'insultait, tous les jours elle l'enfonçait plus bas que terre. Elle clamait qu'une bonne épouse devait mettre au monde un fils, sinon elle ne méritait pas de vivre. Xia était fragile et très influençable. Elle n'avait pas eu de chance : cinq petites filles étaient sorties de son ventre. Zhen en avait vendu deux, et elle avait tué les trois autres. Petit à petit, Xia avait perdu la raison : elle pleurait tous les jours, racontant qu'elle était hantée par les cris de ses filles disparues. Rongée par la culpabilité, elle s'était mise à bercer d'invisibles bébés qui lui torturaient l'esprit.

Un matin du mois de janvier 1996, Xia s'était donné la mort.

– Il faut manger, insista Zhen, ton corps a besoin de forces pour combattre la maladie.

Pan-Pan haussa les épaules, avant de tousser violemment. Le visage violacé, il se racla la gorge et cracha dans un seau, posé au pied du lit.

– Veux-tu me laisser seul ? Je suis fatigué.

Zhen Gong baissa les yeux, accablée de tristesse. Son fils était atteint de silicose et demeurait dans son lit depuis plus de trois semaines. Il avait déclaré forfait.

– Je n'ai plus envie de me lever, avait-il dit au début du mois de juillet, que la mort me prenne !

Depuis, il attendait la fin. Il savait qu'elle était proche car sa respiration devenait difficile. Son souffle était celui d'un mourant : long, rauque, parfois glaireux. « La silicose est incurable », se répétait-il, une phrase fort savante prononcée par Docteur Ho Chao.

Dépitée, la vieille décida d'aller se coucher, en marmonnant entre ses dents. « Il vaut mieux un fils infirme que huit filles valides », prônait le dicton. Des sottises… avec Pan-Pan, ni descendance ni « assurance vie ». Personne ne veillerait sur ce qui lui restait de vieux jours.

« Tout est de la faute des Occidentaux ! Maudits *yangguizi* ! »

Elle en avait fait les boucs émissaires de ses nombreux malheurs. Pan-Pan serait-il malade s'il n'avait pas fabriqué des jeans pour ces satanés Américains ? Quand son épouse était décédée, Pan-Pan était devenu *mingong*[1]. Pendant seize ans, le pauvre homme avait dormi dans un piteux dortoir avec d'autres migrants et trimé plus de soixante-dix heures par semaine pour une paye mensuelle de mille yuans[2]. Certes, c'était dix fois plus qu'un salaire de paysan dans les années 90… Mais pour une

1. « Paysan-ouvrier ». En Chine, beaucoup de paysans désertent la campagne et partent chercher un emploi d'ouvrier (souvent en usine), afin de nourrir leurs proches, restés au village.

2. Environ cent vingt euros.

telle somme, il avait inhalé des nuages de poussière, ravageant peu à peu les alvéoles de ses poumons. Le sablage industriel l'avait rendu malade. En l'absence de *hukou*, Pan-Pan n'avait pas eu droit à des soins médicaux. Alors il était revenu à Mou di l'été dernier.

Allongée sur son lit, la vieille femme alluma la télévision, en espérant se changer les idées. Jadis, cette boîte à images symbolisait la réussite financière de son fils. Elle l'avait installée dans sa chambre pour vaincre la solitude causée par son absence. Aujourd'hui, Zhen était à deux doigts de troquer l'appareil contre un baril de riz.

Après avoir parcouru les différentes chaînes, la mégère éteignit le téléviseur, agacée par toutes ces émissions superflues où des guignols en costume imitaient les Américains. Depuis dix ans, la Chine n'était plus la même : elle se remplissait de petits-bourgeois arrogants aux mœurs tristement dépravées et aux ambitions superficielles. Parfois, Zhen était nostalgique, elle regrettait le temps où Mao guidait le peuple vers l'harmonie sociale et la justice. On vivait mieux à cette époque : il y avait moins de laissés-pour-compte, moins de chômeurs, moins de corruption…

Mélancolique, elle s'enroula dans ses couvertures.

Depuis ce matin, elle pensait à la jeune fouineuse et à son odieuse proposition. De l'argent, toujours de l'argent. Le pognon régissait ce monde. Il avait aussi dicté la plupart de ses propres choix. Était-elle heureuse pour autant ?

Zhen ferma les yeux et se laissa aller, lasse de souffrir.

Encore une journée où elle triomphait de la mort.

Vers trois heures du matin, le plancher de sa chambre craqua lugubrement.

Mais elle n'entendit rien.

74

11 octobre 1991

Chi-Ni avait été désignée « chef de la résistance ». Depuis son exploit de l'avant-veille, les fillettes avaient décidé qu'elle commanderait leur troupe parce qu'elle était la plus courageuse et la plus maligne.

Pour les conforter dans cette image, Chi-Ni avait fait semblant de ne pas avoir mal à la paume de sa main. Monsieur Cigare l'avait brûlée au troisième degré, mais en tant que meneuse de la résistance, la fillette ne voulait pas révéler ses faiblesses. Elle devait montrer l'exemple. Alors elle endurait sa douleur en silence, même si la plaie exsudait un liquide jaunâtre et prenait l'odeur d'un durian[1].

– Demain, nous réclamerons des oreillers et des couvertures ! avait clamé Chi-Ni avant le coucher.

Comme sa meilleure amie n'arrivait pas à trouver le sommeil, Chi-Ni s'était assise à côté d'elle et lui avait caressé les cheveux, avec la douceur d'une maman. Chen Gong était la plus jeune des neuf sœurs, et celle qui pleurait le plus. Elle ne comprenait pas pourquoi sa grand-mère l'avait laissée entre les mains râpeuses du monsieur à la camionnette.

Pour la consoler, Chi-Ni lui avait raconté l'histoire du Bouddha endormi, qui se cachait dans sa poitrine.

1. Fruit malodorant originaire du sud-est de l'Asie.

En écoutant son cœur, Chen saurait qu'elle n'était pas seule. Un protecteur l'accompagnait, en lui murmurant des conseils.

Quand Monsieur Cigare ouvrit la porte ce vendredi matin, Chi-Ni avait décidé de poursuivre l'offensive.

– Bonjour, mesdemoiselles, s'exclama-t-il en entrant dans leur cellule. Aujourd'hui, je vous demande d'accueillir une invitée.

Pas d'attaque pour le moment.

Les yeux des fillettes s'agrandirent, tandis qu'elles s'imaginaient déjà l'arrivée d'une dixième sœur. Quel âge aurait cette nouvelle recrue ? En saurait-elle un peu plus sur le sort qui les attendait ?

Contrairement à leurs attentes, ce n'est pas une enfant qui les rejoignit, mais une femme grande et svelte qui aurait pu être leur mère.

– Dites bonjour à votre *ayi*[1], pria le vilain homme d'un air enjoué, à partir d'aujourd'hui elle restera auprès de vous.

Les fillettes obéirent, décontenancées par cette nouvelle. Une nounou ? Pour s'occuper d'elles ? Était-elle plus gentille que Monsieur Cigare ? La nourrice resta figée et observa le groupe d'orphelines. Ses traits étaient insondables, aussi inexpressifs que ceux d'une araignée. Chi-Ni se demanda ce qu'elle pouvait ressentir, face à autant de bouilles apeurées. Serait-elle leur amie ou leur ennemie ?

Pour en avoir le cœur net, la fillette s'avança courageusement vers elle, et lui tendit une main, comme pour prendre la sienne. Lorsque l'*ayi* remarqua sa brûlure, sa figure se décomposa.

« Elle a pitié », pensa Chi-Ni, en jubilant intérieurement.

Cette *ayi* serait leur amie.

1. En mandarin, signifie « tata », mais désigne les gardes d'enfants (qui s'occupent aussi des tâches ménagères).

75

5 août 2013

ELLE AVAIT RÊVÉ toute la nuit de micros. De minuscules capteurs noirs, aussi sophistiqués que diaboliques, accrochés à ses vêtements comme de vicieux cafards, impossibles à débusquer. Elle les voyait dans les poches de ses shorts ou incrustés dans la semelle de ses sandales. D'autres se cachaient dans les coutures ou sur les barrettes qui retenaient son chignon. Discrets, sournois, des centaines de micros semblaient la défier de les trouver.

Vers huit heures du matin, Lina sortit de son sommeil, réveillée par le trot d'un âne.

Un sentiment d'irritation lui oppressait la poitrine. Son échec l'obsédait. Après un après-midi et une soirée d'intenses recherches, elle était restée bredouille, persuadée qu'elle avait manqué de peu ce fichu mouchard électronique. Selon elle, la théorie du microphone était tout à fait plausible, car seul un surdoué de la filature aurait été capable de l'épier en permanence. Néanmoins, cela signifiait aussi que les malfaiteurs qu'elle pourchassait étaient suffisamment riches pour mettre en place un tel dispositif, sans lésiner sur les moyens.

Toujours allongée sur le matelas, Lina consulta son téléphone portable, qu'elle avait éteint pendant la nuit. Un SMS de Thomas l'attendait, reçu à 7 h 45. « Salut, Clochette, une bonne nouvelle en perspective : j'ai trouvé une solution pour dégoter un peu d'argent. Je te tiens au courant. »

Après avoir enfilé un short et un débardeur, Lina rejoignit la salle commune pour y prendre son petit déjeuner. Tous les jours à l'aurore, les moines préparaient des *mantou*[1], un aliment mou et sucré qui ressemblait à une boule de neige. Ces pains avaient très peu de goût, mais la pâte était suffisamment bourrative pour caler l'estomac jusqu'à midi.

– *Ni hao,* mademoiselle, lui dit Yao-Shi en la voyant entrer.

L'étudiante murmura un « Bonjour » réservé. Il lui semblait que le moine avait une posture inhabituelle. Assis sur un tabouret, il avait les bras croisés sur la table et une mine à la fois suspicieuse et consternée.

– J'espère que vous avez bien dormi. J'attendais votre venue.

Lina en resta bouche bée. Yao-Shi avait parlé en français, pour la première fois depuis leur rencontre. Elle s'étonna de sa maîtrise. Une grammaire et une syntaxe parfaites ; hormis un léger accent, chaque mot était bien prononcé.

– Le matelas est confortable, répondit-elle.

– Vous devriez jeter un œil par la fenêtre.

Perplexe, Lina se dirigea vers la fenêtre du fond. D'ici, on apercevait une multitude de toits grisâtres, qui semblaient amassés les uns sur les autres. Mais surtout, la jeune femme remarqua un attroupement de villageois devant la maison de Zhen Gong. Parmi eux, l'inspecteur Yi semblait recueillir des témoignages, tandis qu'un policier expertisait les environs.

Instantanément, le visage de Lina blanchit comme de la craie et sa respiration s'accéléra.

Dans son dos, Yao-Shi prit la parole :

– Mme Gong est morte dans la nuit. À première vue, une mort naturelle… Pourtant, j'ai l'impression que les policiers ont des doutes. Deux morts à quelques jours d'intervalle, c'est un peu étrange. Un commentaire ?

---

1. Petit pain cuit à la vapeur.

Lina déglutit. L'espace d'un instant, elle se serait crue sur le plateau de *Faites entrer l'accusé,* en compagnie d'un mauvais présentateur. Le moine avait débité son discours comme s'il lisait nonchalamment un prompteur incrusté dans la table. Pas un haussement de voix, pas une émotion. Juste le poids des mots et leur cruauté muette.

– Je... C'est horrible..., balbutia-t-elle sans quitter des yeux la cohue.

– Hier matin, vous avez raccompagné Mme Gong à son domicile.

– Oui... son panier était lourd.

– Vous avez aussi discuté en tête à tête avec Li-Li la veille de sa mort.

Lina se retourna et le scruta fiévreusement. Enveloppé de son *kesa* orange, Yao-Shi avait un regard pénétrant, qui ne la lâchait pas. D'ici, elle avait l'impression qu'il s'insinuait dans son âme, pour en visiter chaque recoin. Une radiographie de l'esprit. La Française le trouvait bien fureteur, pour un moine adepte de prières et de méditations.

– Vous êtes en train de m'accuser ? interrogea-t-elle, sur la défensive.

– De quoi vous accuserais-je ? Vous avez le sentiment d'avoir commis une faute ? Je me borne à constater que vous êtes probablement la cause de ces événements, ou au moins un élément déclencheur.

– Soyez plus clair...

– Lina... Vous écrivez un roman sur les injustices que subissent les femmes de nos campagnes. Je sais que vous souhaitez vous appuyer sur des faits réels. Votre intention est louable. Cependant, je remarque que dans l'immédiat, votre curiosité a pour effet de semer des cadavres. Je n'ai pas d'ordre à vous donner, mais si j'étais vous, je ne resterais pas à Mou di.

Il s'inclina, et dans un français toujours aussi parfait, déclara qu'il s'en allait prier dans la salle des arhats[1].

Lina resta paralysée.

---

1. Désigne, dans le bouddhisme, ceux qui ont atteint l'état d'éveil, le nirvana.

Zhen Gong était morte. Quelqu'un l'avait tuée pour qu'elle ne dévoile rien du secret de Sun Tang.

L'étudiante se tourna vers la fenêtre et appuya son front contre la vitre. L'espace d'un instant, elle pensa au cadavre de Li-Li, étendu sous ses yeux. Elle n'avait encore rien mangé, et pourtant elle avait déjà la nausée. Cette nuit, Zhen avait subi le même sort. Une mort maquillée en accident, qui d'après Yao-Shi n'avait pas convaincu la police.

Ce que redoutait l'inspecteur Zhou était en train de se produire…

Lina fixa le groupe de villageois, aussi survoltés que des mouches attirées par l'odeur du sang.

« Tiens, Rong Zhou… » L'officier venait d'entrer dans la maison, avec son collègue.

Lina aurait aimé s'approcher de la foule afin d'en savoir davantage. Mais elle savait pertinemment que son idée était mauvaise.

76

11 octobre 1991

AUX ALENTOURS de midi, un homme baraqué s'était présenté à l'orphelinat. Pendant plus d'un quart d'heure, l'inconnu avait discuté avec Mama Xian-Zi, mais le garçonnet n'avait pas eu le droit d'écouter leur conversation. Quand le visiteur était parti, la gérante s'était exclamée :

– Tao, l'homme qui vient de partir est celui que cherche Sun Tang ! Peux-tu aller chez la voisine, j'ai un service à lui demander.

Mais la voisine était occupée. Elle n'avait pas le temps de se rendre à Mou di. Le vendeur d'eau et la tricoteuse de chaussons avaient également refusé.

– Alors j'ai filé en cachette, parce que Mama Xian-Zi a répété plusieurs fois que c'était urgent. Moi, je veux t'aider !

– Tu es épatant, petit homme.

Sun lui caressa les cheveux alors qu'ils marchaient dans la forêt. La jeune mère se sentait particulièrement touchée par la démarche du garçon. Elle avait du mal à concevoir qu'un enfant de sept ans et demi soit aussi débrouillard et courageux. Même s'il vivait avec Xian-Zi, Tao était un jeune vagabond : il avait grandi dans la rue et n'avait peur de rien.

Au bout d'une heure de marche, Sun lui demanda de ralentir le pas. Elle se sentait fatiguée et avait l'impression de traîner sa carcasse, comme une centenaire agonisante contrainte de porter sa palanche jusqu'au tout dernier souffle. Après encore deux heures d'effort, ils passèrent les grilles de l'orphelinat, où Xian-Zi se précipita vers eux.

– Tao ! J'étais folle d'inquiétude !

Elle le prit dans ses bras, soulagée de le retrouver.

– Je suis désolée, l'excusa Sun, Tao s'est déplacé jusqu'à Mou di pour venir me chercher. Cet enfant est un ange.

– Et un fripon ! Il refuse d'aller à l'école, il préfère traîner sur les trottoirs des bas quartiers.

Xian-Zi alla chercher un tabouret, puis Sun s'assit sous le préau pendant qu'elle-même finissait la toilette des bébés. Un robinet extérieur alimentait l'établissement. Pour nettoyer les nourrissons, la gérante remplissait une grande bassine d'eau et leur faisait prendre un bain les uns après les autres. Dans un coin de la cour, Tao et les autres orphelins se lancèrent dans une partie de marelle.

– Vous m'avez l'air exténuée, remarqua Xian-Zi en pivotant vers son invitée, vous aimeriez une tasse de thé ?

– Peut-être après, dit-elle avec impatience. Le petit m'a dit que le nettoyeur était passé vous voir ?

La gérante lui fit signe de baisser d'un ton.

– Ne parlez pas trop fort… Je ne sais pas comment il s'appelle, ni s'il a un surnom, mais il s'est pointé ce midi, il désirait « parler affaires ». Il a d'abord tourné autour du pot, et comme j'ai fait mine d'être réceptive, il m'a proposé d'acheter des enfants ! Sept cents yuans pour Tao, et six cents yuans pour une fillette.

Elle passa une main dans sa tignasse grise, délogeant du même coup plusieurs grains de poussière.

– Je lui ai demandé quelles étaient ses intentions. Il a répondu que les bambins seraient revendus à de riches étrangers, qui souhaitaient les adopter.

Sun fixa le sol avec dépit. Les propos de l'inspecteur Yi lui revenaient en mémoire. Cette histoire d'adoption était peut-être un énorme mensonge, destiné à faciliter la vente.

– À quoi ressemblait cet homme ?

– Hum... Je l'ai trouvé assez commun : yeux et cheveux noirs, le teint mat. Par contre, ses muscles étaient aussi saillants que ceux d'un maître de kung-fu. Je me suis dit qu'avec ses grosses mains, il était sûrement capable de casser des briques à main nue !

Elle s'empara d'une serviette et essuya le dernier bébé. Avant de l'habiller, elle le revêtit d'une culotte fendue : un vêtement découpé au niveau de l'entrejambe, permettant à l'enfant de se soulager en toutes circonstances, sans qu'il soit nécessaire d'acheter des couches.

– Savez-vous comment je pourrais le retrouver ? questionna Sun en l'observant.

– C'est justement pour ça que je voulais vous faire venir, madame Tang. Quand cet homme m'a demandé si j'acceptais sa proposition, je lui ai dit que j'avais besoin d'un court temps de réflexion.

– Vous voulez dire qu'il va revenir ?

Xian-Zi inclina la tête, en souriant.

– Le rendez-vous est pris. Il repassera demain matin. Souhaitez-vous dormir ici ?

77

5 août 2013

Ce matin-là, l'inspecteur Yi était arrivé le premier sur les lieux. Il avait reçu un appel à 6 heures pétantes, mais s'était bien gardé de prévenir l'inspecteur Zhou. Le temps que ce dernier débarque, Yi avait pu mener son inspection librement, sans la pression qu'occasionnait le regard d'un examinateur pékinois. Sauf que le décès de Zhen Gong l'avait vraiment intrigué. Même si la vieille avait quatre-vingt-cinq ans, Yi ne croyait pas à une mort naturelle. Il le sentait, il le savait. Son instinct de flic ne le trompait pas ! Alors il n'avait pas attendu longtemps pour faire venir un légiste, ainsi que trois agents de l'identification criminelle.

Alerté, Rong Zhou arriva à Mou di vers 8 h 30, en arborant une mine contrariée.

– Inspecteur Zhou, votre nuit a été bonne ?

– La vôtre a été courte, répliqua l'officier, on m'a dit qu'une vieille femme était morte dans son sommeil. Vous avez fait appel à un légiste ? J'imagine que vous avez d'excellentes raisons de l'avoir fait ?

– Naturellement ! Venez constater par vous-même !

Il emmena son homologue dans une chambre, au premier étage. Là, une odeur d'excréments assaillit les narines de l'inspecteur. Le légiste était en train d'examiner le cadavre de la vieille femme, étendu sur le lit. Vêtue d'une chemise de nuit jaunie, Mme Gong avait les bras le long du corps, le visage dur, le regard vide. Zhou n'avait jamais vu cette dame, qu'il trouva affreusement maigre.

Le médecin salua le nouvel arrivant.

– Inspecteur Zhou, je suis content de vous rencontrer.

Il enleva un gant et tendit une main, que le policier serra énergiquement.

– Enchanté. Je vois que vous êtes déjà au travail. Vous avez découvert quelque chose ?

Le petit homme à lunettes se gratta le bord du nez. Il était arrivé une heure plus tôt, armé de sa mallette blanche.

– L'inspecteur Yi a été perspicace. Il a su repérer certains éléments qui trahissent une asphyxie. Regardez le visage. Si on est attentif, on se rend compte qu'il est cyanosé. Vous remarquerez aussi les ecchymoses sous-conjonctivales et les chémosis.

Rong Zhou se pencha vers la dépouille, l'air inquisiteur. Oui, il voyait plusieurs œdèmes rouges dans les yeux.

De sa main gantée, le médecin ouvrit la bouche du cadavre pour montrer l'intérieur. Là, derrière les dents jaunies et cariées, il avait retrouvé des morceaux de chiffon sur la langue, ainsi que du sang. Pour lui, Mme Gong avait très probablement subi une occlusion des orifices respiratoires. Et celui qui l'avait tuée avait comprimé ses lèvres avec tellement de force qu'elles s'étaient entaillées contre les dents.

– Je vois, murmura Rong Zhou, des signes de lutte ?

– Des griffures au niveau du cou, discrètes mais bien présentes. Dans l'hypothèse où elle a voulu se débattre, elle était probablement trop faible pour lutter. Je doute même qu'elle ait pu crier. Bien sûr, il faut attendre l'autopsie pour confirmer définitivement la thèse du meurtre, mais j'en mettrais ma main à couper !

Rong Zhou releva le col de son uniforme, en tentant de cacher son dépit. Il n'essaya même pas de les dissuader. C'était déjà trop tard. Il se tourna vers l'inspecteur Yi.

– Et les habitants de Mou di, vous les avez interrogés ?

– Son fils, Pan-Pan Gong, était dans sa chambre, au deuxième étage. Il dormait à poings fermés. Pour les autres, ils sont muets comme des carpes : ils n'ont rien vu, rien entendu, ils ne savent rien et ne veulent surtout pas d'ennuis. Mais deux morts consécutives dans le même village, cela soulève des questions ! J'ai trouvé bon de faire appel à la section technique pour qu'ils viennent jeter un œil.

– Je sais, je les ai croisés en arrivant.

Zhou les avait tout de suite repérés, avec leur tenue d'exterminateur de cafards. Il en avait compté trois, un effectif réduit comparé à l'armada pékinoise. Mais chacun avait apporté sa plus belle mallette : photographies, dactylotechnie et prélèvements biologiques. L'officier soupçonnait Yi de vouloir l'impressionner en sortant l'artillerie lourde.

Les deux inspecteurs retournaient à l'extérieur quand une femme en combinaison blanche apparut dans le couloir. La dactylotechnicienne avait une mâchoire anguleuse et de larges épaules.

– Lok ! J'espère que vous avez de bonnes nouvelles...

– Deux, en fait. À vous de voir si elles sont bonnes.

Elle retira sa coiffe blanche, en s'approchant des deux inspecteurs. Ses cheveux teints en blond paraissaient aussi artificiels que le rayon coloré de ses illuminateurs.

– Premièrement, la fenêtre de la cuisine a été forcée. Hier soir ou un autre jour, impossible de le dire. Mais n'importe qui a pu s'introduire au premier étage avec une échelle. J'ai relevé quelques empreintes, mais ce n'est pas concluant. Avant qu'on arrive, plus de quinze personnes avaient déjà mis les pieds dans cette maison. Une orgie de poils, de cheveux, de souliers. J'ai même croisé la route d'un crachat ! Autant dire que tout est affreusement pollué.

– Et la deuxième chose ?

La blondinette brandit un sachet transparent, contenant une bouteille de *baijiu*.

– Je l'ai trouvée dans la cour, derrière un tas de foin. Quelqu'un l'a jetée par terre alors qu'elle n'était pas complètement vide. De l'alcool a coulé sur le sol : il était encore légèrement humide, ce qui signifie que la bouteille a été abandonnée au cours de la nuit. Si tueur il y a, il s'est probablement pochardé avant de passer à l'acte. Et pas avec n'importe quoi ! C'est du Moutai[1]. Huit cents yuans l'unité.

– Huit cents yuans ? s'exclama l'inspecteur Yi. Mais qui peut se payer un alcool à ce prix ? C'est un village de paysans !

– Je n'en sais rien, répondit Lok, mais celui qui l'a bu a laissé sa salive sur le goulot, et des empreintes sur la bouteille…

– Bien ! Gardez-la au frais. Nous verrons après l'autopsie.

– Elle a lieu quand ? questionna Zhou.

– Ce soir. Le légiste nous fait une fleur.

« Le légiste veut surtout faire bonne impression », pensa l'officier. S'ils n'étaient pas tous soumis à son évaluation, jamais ils n'auraient bougé le petit doigt pour la mort d'une vieille paysanne. Tout cela était du cinéma, avec une mise en scène calquée sur les séries américaines.

Alors que l'inspecteur Yi retournait poursuivre ses interrogatoires, Zhou s'isola dans une pièce pour réfléchir.

Pour l'instant, aucun habitant n'avait parlé de Lina Soli, ce qui la mettait hors de cause. Mais pour combien de temps ? Car Zhou n'osait pas imaginer les dégâts que causerait la police locale si elle apprenait la vérité. Au commissariat de Wuming, personne ne se doutait qu'il menait une investigation parallèle aux côtés de deux Français, et personne ne devait le savoir. Sa carrière était en jeu.

Zhou saisit son téléphone portable : il devait appeler l'étudiante.

---

1. Marque de *baijiu*.

78

5 août 2013

FIDÈLE À LUI-MÊME, Rong Zhou essaya une nouvelle fois de la convaincre de partir :

– Mademoiselle Soli, vous devez songer à quitter Mou di ! Mme Gong est morte étouffée. Mon collègue est déjà sur la piste du meurtre. La police finira tôt ou tard par se douter que la mort de ces deux femmes a un rapport avec votre venue.

– Vous me demandez encore d'abandonner ? se rebella l'étudiante, toujours postée derrière la fenêtre.

– Je ne vous parle pas d'abandonner, la rassura Rong Zhou, vous avez effectué un travail exemplaire ! Mais maintenant que mon collègue a ouvert une enquête, ma présence à Mou di est parfaitement justifiée. Je suis en mesure de prendre votre relève, sans attirer de soupçons. En restant ici, non seulement vous courez un grand danger, mais vous risquez de tout compromettre. Le trafic d'enfants est un sujet houleux, une bête noire. Si mes collègues découvrent ce qui se trame, ils enterreront l'affaire. Ce que ni vous ni moi ne souhaitons.

Elle soupira avec consternation.

– Monsieur Zhou, je n'ai pas envie de rentrer dans ce débat maintenant…

– Alors nous en reparlerons plus tard. Vous êtes au monastère ?

– Affirmatif.

– Très bien, ne sortez surtout pas. Il y a des flics partout, ce n'est pas le moment de vous faire remarquer.

Cette remarque amusa Lina.

– Bon courage, inspecteur.

– Soyez sage !

Dès qu'il eut raccroché, elle l'aperçut au loin, près de la maison de Zhen Gong. Lina se sentit un peu irritée. Même si Rong Zhou voulait bien faire, elle n'avait pas envie de passer son tour. Elle s'était déjà trop investie physiquement et émotionnellement pour faire ses valises maintenant. Il était hors de question qu'elle s'en aille !

L'étudiante retourna dans sa chambre, en attendant que la police vide les lieux. Vers 11 h 30, la jeune femme s'aventura hors du monastère, en prenant soin d'éviter le sentier qui bordait la maison de Pan-Pan Gong. En excluant l'hypothèse des micros, un seul villageois savait qu'elle avait parlé de Sun Tang aux deux défuntes : Tao. Partant de ce constat, Lina était convaincue qu'il en avait touché un mot à Yao-Shi. Le moine était son instructeur, il lui avait appris le français. Lina soupçonnait les deux hommes d'être plus complices qu'ils ne le paraissaient… Et comme l'avait souligné Thomas, Tao n'était peut-être pas entièrement digne de confiance, il était « trop propre, trop gentil ». Le Yin qui cachait le Yang.

Lorsqu'elle arriva dans la cour de la famille Dai, Lina aperçut le jeune homme qui brossait un âne, attaché à un piquet. Elle agita une main dans sa direction.

– Bonjour.

– Salut.

Les yeux de Tao étaient rouges, bouffis, aussi fatigués que son visage froid, aux allures de pierre.

– Tu n'as pas l'air en forme.

– Je devrais ?

Lina se mordit la lèvre. Sa remarque était absurde. Comment Tao pouvait-il être en forme après ce qu'il venait de vivre ?

Le garçon la regarda fixement.

– Lina, j'ai besoin de connaître la vérité, à qui as-tu parlé de ta conversation avec Zhen ?

– J'allais te poser la même question.

– Je ne plaisante pas. Tu t'es entretenue avec un policier ou avec un habitant ?

Elle agita négativement la tête, faisant danser ses boucles blondes. Elle aurait tant aimé lui parler de l'hypothèse des micros...

– Non, mais toi, tu as tout raconté à Yao-Shi !

– Maître Yao-Shi est un moine. Il m'a toujours donné de bons conseils. Il est la personne la plus fiable de ce hameau.

Lina laissa échapper un rire nerveux. Elle ne croyait plus les villageois, qu'ils soient maîtres bouddhistes ou vendeurs de criquets.

Face à elle, Tao continuait d'étriller son âne, en jetant des regards furtifs alentour. Aujourd'hui, l'air était moins chaud que les jours précédents. Le soleil était dissimulé par un escadron de nuages, qui se prolongeaient en brume au-dessus des rizières.

– Tu as besoin d'aide ? lui demanda-t-elle avec sympathie.

– Depuis que tu es arrivée, des gens meurent.

Elle baissa la tête, désappointée. Tao voulait-il également la voir partir ?

– Je n'ai pas souhaité ce qui arrive. J'espère que tu me crois...

– Je te crois.

Il lui avait répondu sans même la regarder, en brossant mécaniquement le pelage de son âne, les yeux fuyants.

– Tao, dis-moi ce que tu as, tu es vraiment bizarre !

– Lu-Pan est chez lui, il n'est pas sorti de la matinée.

– Et ?

– Et cette nuit, vers 3 heures, j'ai entendu du bruit. Ça venait de sa maison. Je n'arrivais pas à dormir... Quelqu'un a fermé une porte puis s'est éloigné dans le village.

Lina croisa les bras, en proie à un frisson.

– Tu crois que Lu-Pan aurait...

– Je n'en sais rien ! Mon père m'a dit que les policiers avaient trouvé une bouteille de Moutai dans la cour des Gong. Un produit de luxe. À Mou di, personne n'a les moyens d'acheter ce genre d'alcool, à moins d'y passer tout son budget.

– Lu-Pan a bien rassemblé vingt mille yuans pour se payer une Vietnamienne !

– Justement, j'y ai pensé.

Tao s'assit sur un banc, face aux rizières. Il frémissait d'effroi. Attristée, Lina le rejoignit et posa une main sur son épaule. À cet instant, elle sentit qu'il avait envie de pleurer, mais aucune larme ne coula.

– Qu'est-ce que tu comptes faire ? Tu ne crois pas qu'il faudrait prévenir la police ?

– Tu rigoles ? Je t'ai déjà dit ce que je pensais d'eux !

Lina leva les yeux vers la maison des Dai, où une trentaine de rubans rouges avaient été noués aux tiges des lanternes en signe de deuil. Quand la brise les caressait, les langues de papier bruissaient, comme si elles susurraient une mélodie secrète.

Lu-Pan, un meurtrier ? Même si Lina le soupçonnait, il manquait encore des pièces dans le puzzle qu'elle avait recomposé. Pourquoi Lu-Pan voudrait-il faire taire les habitants ? Pour cacher ses méfaits passés ? Mais maintenant Lina était persuadée que Zhen Gong aussi avait vendu des enfants.

– Pour être honnête, j'ai peut-être une idée, avoua tout à coup Tao, la tirant de ses réflexions.

La jeune femme le dévisagea.

– J'envisageais de fouiller le domicile de Lu-Pan…

– Tu es sérieux ?

– Oui, ça m'a traversé l'esprit… Si Lu-Pan est coupable, il doit bien y avoir une preuve quelque part ! Qui sait, une autre bouteille de Moutai. Un pot-de-vin. Des gants. Des ampoules Lumiai…

– Et donc tu attends qu'il parte ?

– C'est bien le problème ! Il reste cloîtré chez lui. Et il va sans doute y passer la journée.

Il baissa la tête, l'air accablé. Derrière lui, les couinements stridents des cochons retentirent.

– J'ai peut-être une solution ! s'exclama soudainement l'étudiante. Si on s'y met tous les deux, on devrait y arriver !

– Comment ?

– Tu n'as qu'à faire diversion, répondit-elle. Tu l'emmènes couper du bois ou faire un truc que vous avez l'habitude de faire, et pendant que tu l'occupes, je me débrouille pour entrer dans la maison.

Tao la regarda fixement. Cette entreprise était folle, et même dangereuse. Comment réagirait Lu-Pan s'il la surprenait chez lui ?

– C'est risqué !

– Mais il y a des chances que ça marche !

Oui, Tao devait l'admettre.

– Tu ferais ça pour moi ?

Elle hocha la tête. Même s'il fallait prendre des risques, elle refusait de rester les bras croisés. D'ailleurs, elle avait toujours été téméraire… Lorsqu'elle vivait au foyer, il n'était pas rare qu'elle décampe la nuit, pour se balader seule dans la ville. Au cours de ses fugues nocturnes, elle était déjà tombée sur de sacrés types, bien plus effrayants que Lu-Pan.

– Je veux t'aider. Je te l'ai déjà dit.

– Tu n'as vraiment peur de rien !

79

11 octobre 1991

CHI-NI ne s'était pas trompée : l'*ayi* n'était pas comme Monsieur Cigare, elle ne leur voulait aucun mal.

Dès que le bourreau était parti, la nourrice s'était rendue dans une autre pièce – une chambre qui lui était prêtée – pour chercher sa trousse médicale. Elle avait commencé par soigner la brûlure de Chi-Ni, dont la plaie s'infectait. Puis elle avait soigneusement appliqué de la pommade sur les hématomes des orphelines. Pendant plus d'une demi-heure, une myriade de bleus avaient défilé sous ses yeux, témoignant du traumatisme des claquements de ceinture, des gifles violentes ou des coups dans les tibias.

À chaque nouvelle blessure, son visage se crispait et une teinte de tristesse traversait son regard. Pourtant, l'*ayi* ne faisait aucune remarque. Dès que les fillettes évoquaient Monsieur Cigare, elle s'abstenait de prendre position, comme si la résignation était la seule réponse possible.

– Maintenant, je suis avec vous, répétait-elle comme un vieux disque rayé.

Après avoir soigné les petites, elle s'assit au centre de la pièce pour chanter des chansons et câliner les plus jeunes. Certaines avaient les cheveux emmêlés, elle les coiffa avec un peigne en corne de buffle. L'*ayi* était une femme coquette. Sa peau sentait bon, parsemée de grains de beauté. Elle portait du rouge à lèvres et sa voix était très douce.

En l'espace de quelques heures, elle réussit à apaiser la plupart des tensions. Les fillettes se nourrirent de cette chaleur maternelle, qui leur avait tant manqué.

Néanmoins, si Chi-Ni avait suspendu sa rébellion, elle ne capitula pas pour autant. Elle trouvait un peu étrange que cette sauveuse tombe du ciel, au moment où Monsieur Cigare perdait son autorité.

Pourquoi les retenait-on toujours prisonnières ? Combien de temps allait durer ce calvaire ?

Tout au long de la journée, Chi-Ni pressa la nourrice de questions, qui les éluda une à une. L'*ayi* ne savait pas, elle ne pouvait rien dire, elle en saurait plus dans quelques jours... En réalité, la vérité se coinçait dans sa gorge, comme une longue arête de poisson.

Mais après plusieurs offensives répétées, Chi-Ni obtint l'ombre d'une réponse.

– Est-ce que je pourrais prendre l'air ? Je ne supporte plus d'être enfermée.

– Je n'ai pas le droit de vous laisser sortir.

– Alors je ne reverrai plus jamais le soleil ? J'aime beaucoup le soleil, moi...

Le visage de l'*ayi* s'attendrit.

– Ne te fais pas tant de souci. Cette situation ne durera plus longtemps.

– Donc nous allons bientôt partir...

– Bientôt.

– Mais où ?

– Vers un avenir probablement meilleur.

Chi-Ni souffla.

Un avenir meilleur... De belles promesses, mais elle n'avait jamais demandé à vivre mieux. Elle avait toujours aimé sa vie à Mou di, aux côtés de sa mère et de Maître Yao-Shi.

– Est-ce qu'il y aura des moines dans cette vie meilleure ?

– Je ne sais pas, ma petite.

– Est-ce que les mamans auront le droit de nous rendre visite ?

En guise de réponse, la nourrice soupira. Son expression ne trompait pas. Chi-Ni n'obtiendrait rien de plus. L'*ayi* portait une muselière…

Dans le fond, cette femme leur ressemblait : elle était enchaînée par la peur.

80

5 août 2013

TAO ATTENDAIT dans une remise attenante à sa maison. Sa famille y entreposait des outils agricoles et du matériel encombrant.

Depuis plus d'une heure, il réfléchissait à la meilleure façon de faire sortir le loup de son repaire. Tao en était de plus en plus persuadé : c'est Lu-Pan qui avait tué sa mère. Il le savait car l'homme avait toujours été prêt à tout pour arriver à ses fins. Il faisait partie de ces hommes chez qui l'individualisme et l'esprit de compétition avaient pris le dessus, au détriment des valeurs traditionnelles. Jadis, il avait vendu sa propre fille pour effacer ses dettes. Aujourd'hui, qui sait s'il n'avait pas sali ses mains contre une poignée de yuans ? Peut-être même qu'*on* ne lui avait pas laissé le choix…

À 14 heures, Lina Soli le rejoignit dans la remise.

Tao accueillit la jeune femme avec un sourire, touché par sa sollicitude. Pourtant, il se sentait coupable de lui mentir continuellement. Lina lui plaisait, il l'appréciait beaucoup. Mais quel que soit son investissement, elle ne devait pas savoir la vérité. Leur survie en dépendait.

– Alors, quel est le plan ? dit-elle en calant ses mains sur ses hanches.

Tao hésita un instant, en se demandant s'il n'était pas en train de la manipuler.

– Tu es sûre de vouloir m'aider ?

– Certaine !

– Bon, dans ce cas, Lu-Pan cultive un potager pas très loin du monastère. Comme il est ami avec mon père, il nous donne régulièrement des légumes, qu'il va directement chercher au jardin. Comme on sera nombreux à Biechu, je vais lui demander quelques salades pour le repas de ce soir. Le temps d'un aller-retour, tu auras une vingtaine de minutes pour fouiller sa maison. Je ferai la causette pour le ralentir.

« Seulement vingt minutes, pensa Lina, c'est un peu court... »

Tao était catégorique : Lu-Pan ne fermait jamais sa porte à clé quand il se rendait au jardin. Tous les habitants se connaissaient, il n'y avait jamais eu de vol. Dans la journée, la plupart des entrées étaient grandes ouvertes pour laisser circuler l'air.

– Et s'il ferme à double tour exceptionnellement ? Avec les événements de ces derniers jours, les gens doivent être plus prudents.

– Alors tant pis... Ne prends pas de risques démesurés !

Lina ignora sa remarque. Quand les deux hommes seraient partis, elle serait libre d'agir à sa guise, et ce quel que soit l'avis de Tao.

Quand le jeune homme estima que le moment était venu, un panier sous le bras, il alla toquer à la porte de son voisin.

Cachée dans la remise, Lina croisa les doigts. Elle attendit plus de cinq minutes, l'œil collé à une brèche qui donnait sur la rue. Maintenant qu'elle était sur le point de passer à l'acte, le doute l'envahissait. Elle s'apprêtait à commettre une violation de domicile... Quelles que soient ses motivations, elle encourrait des sanctions, et Rong Zhou ne serait peut-être pas en mesure de la sortir de son pétrin.

Soudain, elle aperçut les deux hommes qui partaient en direction du monastère. Lu-Pan avait mordu à l'hameçon !

Lina souffla à deux reprises pour évacuer son stress. Le plus dur restait à faire.

Dès que les deux hommes furent à une distance suffisante, elle s'élança de sa cachette et se précipita vers la grande maison montée sur pilotis.

Deux marches. Six marches. Dix marches.

L'espoir s'évanouit. En haut des escaliers, elle trouva un cadenas sur la porte. Évidemment… Tout aurait été trop beau, trop facile…

Consternée, elle descendit discrètement l'escalier et fit le tour de l'habitation. Pas de fenêtre ouverte sur la façade principale. Par contre, une partie à l'arrière de la bâtisse avait été rafistolée. Au premier étage, le mur qui faisait face aux rizières était incomplet. Sur plus de deux mètres il était remplacé par une simple balustrade, au-dessus de laquelle Lu-Pan avait tendu une bâche pour cacher l'intérieur.

Lina analysa le tout, à la recherche de prises.

En partant du palier, ses pieds pouvaient prendre appui sur le prolongement du plancher : une longue bordure en bois qui lui permettrait de progresser en équilibre quatre mètres au-dessus du sol. Ainsi, elle pourrait longer la façade et atteindre ce qui ressemblait à une loggia.

Après avoir vérifié que personne n'était dans les parages, elle remonta précipitamment les escaliers et enjamba la rambarde.

Le ventre plaqué contre le mur, elle se laissa glisser le long de la façade, en s'agrippant aux poutres apparentes. Aussitôt, des échardes traversèrent ses vêtements et lui écorchèrent la peau. Lina jeta un œil vers le sol, saisie d'un vertige. Dans quel état serait son corps après une chute de quatre mètres ?

En ébullition, Lina progressa le plus vite possible, pour atteindre l'arrière de la maison. Au bout du mur, elle aperçut enfin l'ouverture.

Après un dernier effort, elle atteignit la rambarde et se faufila à l'intérieur, en écartant la bâche. Elle venait de s'introduire dans une sorte de buanderie en désordre, où du linge séchait sur une corde.

Pressée par le temps, Lina fouilla rapidement les étagères, à la recherche d'une boîte d'ampoules ou d'un microphone. Raté. Sans plus attendre, elle sortit dans le couloir et se précipita au hasard dans une autre pièce.

La chambre. Un lit à deux places, défait, poisseux. Rien dessous. Une armoire presque vide : quelques habits et des chaussures. Une odeur de transpiration et d'humidité.

Dans la précipitation, Lina avait oublié de regarder à quelle heure Lu-Pan avait quitté son domicile. Sa montre affichait 14 h 43. Combien de temps s'était écoulé depuis le départ des deux hommes ?

La cuisine. Une pièce rustique, assez sale, où la vaisselle s'accumulait dans un évier de fortune. Lu-Pan avait un vieux réfrigérateur, mais pas de four ou de micro-ondes. Lina ouvrit rapidement les placards, sans rien trouver de concluant. Un sac de riz gisait par terre, à côté d'une poubelle en plastique. L'étudiante en fouilla le contenu, avec dédain.

Parmi les cannettes de bière et autres déchets alimentaires, une bouteille vide attira son attention. Ce n'était pas du Moutai, mais une marque de vin française, suffisamment onéreuse pour soulever la suspicion. Quel était le salaire d'un agriculteur ? Deux cents yuans ? Trois cents yuans ?

« Peut-être un cadeau, ne t'excite pas ! »

Lina se rendit dans le salon : une caricature de pièce à vivre semblable à un bric-à-brac aux meubles rafistolés. Elle ouvrit les buffets. Encore une fois, elle ne trouva rien en rapport avec les meurtres, mais elle tomba sur une cartouche de cigarettes Yuxi sur laquelle figurait encore le prix.

Lorsque Lina le consulta, ses yeux roulèrent dans leurs orbites.

– Mille huit cent cinquante yuans ! s'exclama-t-elle avec ahurissement. Juste pour des clopes ?

Elle vérifia, persuadée qu'une virgule avait dû s'effacer, mais non, elle ne s'était pas trompée. Encore un produit de luxe ! Elle se rappela qu'en Chine, il n'était pas rare d'offrir des cadeaux en prenant soin d'y laisser les étiquettes. Le montant indiquait le degré d'intérêt porté au receveur. Quatre chiffres était un excellent score, de quoi sceller une belle négociation…

Elle réfléchit. Il y avait deux possibilités : soit Lu-Pan avait touché une forte somme d'argent au cours de ces dernières semaines, soit il avait d'excellentes relations, qui le caressaient dans le sens du poil.

Assez pour le convaincre de commettre un meurtre ?

Lina fit volte-face, une forme chaude et velue venait de lui effleurer les mollets.

« Foutu matou. »

Un signe du destin ?

La bête miaula plaintivement en se frottant contre ses jambes. Lina repoussa le chat, le cœur battant.

« Allez, on décampe, Lu-Pan va bientôt revenir. »

Tant pis pour la salle de bain, elle retourna à la hâte dans la buanderie, et commença à escalader la rambarde. Avant de se raviser soudainement.

Avait-elle fermé la porte du buffet ?

« Bien sûr, tu as dû le faire automatiquement… »

Pourtant, elle resta immobile, obsédée par cette porte qui était peut-être restée ouverte.

À bout de nerfs, la jeune femme fit demi-tour et se précipita dans le salon, le chat sur les talons. Fausse alerte. Tout était en ordre. Son imagination l'avait trompée.

« Maintenant, tire-toi ! »

Un bruit lui arracha un sursaut.

Trop tard.

La serrure cliquetait et la porte s'ouvrit.

81

12 octobre 1991

Les nuits à l'orphelinat ressemblaient à des concerts lugubres, si noirs qu'ils figeaient le sang. Des pleurs s'élevaient de la chambre des nourrissons. À chaque fois, le même refrain : un gémissement naissait, aussi craintif que le geignement d'un chiot, puis les poumons se gonflaient pour cracher leurs lamentations, des cris aigus et puissants qui réveillaient d'un sursaut l'ensemble des bébés. Alors, la symphonie commençait. Elle n'avait rien d'harmonieux ou de cadencé. Des sirènes discordantes de nourrissons s'entremêlaient confusément, clamant la peur, la faim et l'incompréhension. Appelant au secours celle qui n'était pas leur mère.

Avec une patience angélique, Mama Xian-Zi s'extirpait de sa paillasse, au pied des étagères, puis susurrait une comptine tout près des paniers. Sa voix les rassurait, sa main caressait leur joue. Parfois, la brave femme les berçait dans ses bras, à tour de rôle.

Dans la pièce voisine, le sommeil des enfants était peuplé de cauchemars. Tao et les fillettes dormaient blottis les uns contre les autres, et tressaillaient souvent, comme frappés de secousses. Leurs soubresauts étaient ponctués de faibles cris ou de sanglots étouffés.

Sun, à leurs côtés, n'avait pas fermé l'œil de la nuit. Le visage de sa fille hantait son esprit. Dès qu'elle baissait les paupières, elle apercevait Chi-Ni en larmes dans une chambre infâme. Sun redoutait l'instant où elle verrait le nettoyeur entrer dans la cour de l'orphelinat. Il se présenterait en début de matinée, pour parler à Xian-Zi. Et ensuite ? Devrait-elle l'apostropher ? Le supplier de lui rendre sa fille ? Non. En agissant ainsi, elle risquait de se couper l'herbe sous le pied. Et si elle filait l'acheteur, pour repérer sa tanière ? L'homme la mènerait peut-être jusqu'aux enfants vendus... Sauf qu'il débarquerait sans doute en camionnette, auquel cas elle n'aurait aucune chance de le suivre.

– Debout tout le monde ! Une belle journée commence.

La voix cristalline de Mama Xian-Zi réveilla les enfants à 7 heures, invitant les plus grands à se préparer pour l'école.

Le pouls fébrile, Sun l'aida à habiller les fillettes et à servir le petit déjeuner. Ses gestes étaient maladroits. Avec l'accumulation de fatigue, son corps s'était vidé de sa vitalité. La nervosité lui rongeait les os et lui pompait le souffle.

– À tout à l'heure, gentille madame Sun ! s'exclama Tao, un petit sac sur le dos.

La jeune mère déposa un baiser sur le front du garçon, puis les enfants s'en allèrent, accompagnés par une voisine.

Une heure passa. Longue et angoissante.

Sun occupa son esprit à compter les fourmis, qui traçaient un long chemin sur les gravillons.

En attendant le moment fatidique, elle avait choisi de rester en retrait, derrière un muret, sous le préau. D'ici, elle apercevait les grilles entrouvertes, tout en demeurant à l'abri des regards.

Si l'homme venait à pied, elle le suivrait en douce. S'il avait un véhicule, elle relèverait la plaque d'immatriculation.

Par instants, Sun pensait à Maître Yao-Shi et à son dernier conseil. Ne pas prendre de risques... Comment avait-il réagi en apprenant qu'elle était partie à Wuming ?

Peu après 9 heures, une camionnette blanche se gara sur le trottoir, à côté d'un bosquet. Cachée derrière le muret, Sun retint son souffle, tandis qu'un homme musclé descendait de l'engin.

Elle pâlit aussitôt, puis plongea d'un bond vers le sol, de peur d'être aperçue.

Ses nerfs vibrèrent comme une corde.

La respiration haletante, la jeune mère se prit la tête entre les mains, en tendant l'oreille.

Derrière elle, la voix rauque de l'arrivant salua Xian-Zi.

Aucune erreur possible.

Elle connaissait cet homme…

82

5 août 2013

LINA RESTA CLOUÉE sur place au milieu du salon. Incapable de fuir.

En entendant le cliquetis de la serrure, elle avait reculé d'un pas, heurté une commode, puis ses cuisses s'étaient durcies comme de la pierre, en même temps que l'angoisse s'emparait de son corps.

Que faire maintenant ?

Il n'y avait, pour sortir, qu'une seule et unique porte. Lu-Pan l'avait refermée et lui barrait le passage. Devait-elle tenter un saut périlleux par l'une des fenêtres, au risque de se briser les jambes quatre mètres plus bas ? Non, ridicule. Elle était coincée comme un rat et devrait affronter le loup. Dans ce genre de situation, quatre ans de boxe française pouvaient l'aider. Lu-Pan était assez costaud, mais elle avait déjà mis KO de plus grosses bêtes.

Instinctivement, Lina s'empara d'un tabouret, les quatre pieds tournés vers son adversaire, au cas où il essayerait de l'agresser.

Mais le loup resta figé devant l'entrée, les joues contractées, les sourcils froncés ; un mélange d'étonnement et d'irritation qui se cristallisait en une étrange grimace.

– Je peux savoir ce que vous trafiquez chez moi ? dit-il d'un ton exagérément calme.

Sa voix était enrouée mais dénuée de colère. Il n'essayait pas de la provoquer. Une parade avant l'attaque ? Lina s'éclaircit la gorge, en réfléchissant rapidement. D'une minute à l'autre, Tao allait débarquer pour la sortir de ce pétrin.

– Je cherche des réponses, lança-t-elle avec défiance.

– Des réponses ? Et vous n'avez pas jugé bon de venir me consulter, plutôt que d'entrer chez moi par effraction ? Oh, c'est peut-être ainsi que font les gens chez vous, en Europe ?

– Je... j'ai l'impression que vous me fuyez.

– Je n'ai rien à dire aux gens qui essaient de m'humilier ! répliqua-t-il, mais je suis là maintenant. Vous avez des questions, posez-les !

Lina remua les épaules, tétanisée.

À quoi bon mentir ? Si elle devait gagner du temps, autant exiger des explications.

– Hier soir, vous êtes sorti vers trois heures du matin...

– Qu'est-ce que vous racontez ?

– Vous savez très bien de quoi je parle. Vous êtes sorti de chez vous au milieu de la nuit... Pourquoi ?

Toujours aussi stoïque, Lu-Pan lissa ses cheveux noirs vers l'arrière. Il avait les traits violacés de celui qui boit beaucoup.

– Vous me fliquez ?

Il fit un pas vers elle, mais se ravisa, car elle agita hargneusement le tabouret comme si elle voulait l'embrocher.

– Vous êtes folle ! Posez ça !

Elle jeta un œil vers la porte. Quand Tao allait-il prendre conscience qu'elle était piégée à l'intérieur ?

– Vous n'avez pas répondu à ma question, insista-t-elle, hier soir vous êtes parti de chez vous vers trois heures du matin. Où êtes-vous allé ?

– Dans un bar ! Je suis libre, non ?

– Au bar du Dragon rouge, comme le matin où Li-Li est morte ?

Ces mots le déstabilisèrent. Lu-Pan plissa le front, surpris qu'elle détienne une telle information. Il s'accroupit et attrapa le chat qui se frottait contre ses jambes. L'animal dans les bras, il se releva et le caressa mièvrement.

– Je vous trouve vraiment gonflée ! Vous êtes entrée chez moi pour chercher des preuves ? Vous pensez que j'ai tué ces deux femmes ? Sortez immédiatement de chez moi !

Lina resta figée, méfiante.

« Une feinte ! Si tu avances vers la sortie, Lu-Pan t'assommera en une demi-seconde. Il te jettera son chat au visage, et quand ses griffes t'entailleront les joues, il te brisera les tibias d'un coup de genou bien placé… »

– Je ne vous le dirai pas deux fois ! la menaça Lu-Pan.

D'un coup de pied, le paysan ouvrit brutalement la porte, et tomba nez à nez avec Tao, debout sur le palier.

– Il y a un problème ? bredouilla le jeune homme d'une voix étranglée.

Lu-Pan le toisa avec mépris, puis agita le bras vers Lina, comme s'il chassait un insecte.

– Allez, dehors, je ne veux plus vous voir.

Elle eut à peine posé un pied à l'extérieur qu'il claqua furieusement la porte.

83

5 août 2013

Tao lui attrapa la main et l'entraîna dans la remise où ils avaient échafaudé leur plan. Sur le sol, trois salades vertes mangeaient la poussière à côté d'un panier renversé. Le jeune homme les avait jetées là dans la précipitation.

– Qu'est-ce qui t'est passé par la tête ? On avait dit que si la porte était fermée, tu ne devais rien entreprendre !

Le garçon croisa les bras, le regard réprobateur. Face à lui, Lina ne répondit rien, trop occupée à reprendre son souffle.

– Lina ?

Elle l'observa avec crainte.

Ses traits étaient de plus en plus froids, et ses veines saillaient sur son front, donnant l'impression qu'une sève pernicieuse s'était infiltrée dans son sang. Au fond de ses yeux, Lina devinait beaucoup de peur et de colère, mais aussi une lueur assez étrange, à la fois blafarde et fugitive, qu'elle n'arrivait pas à qualifier.

– Tu n'aurais pas dû prendre autant de risques !

Contre toute attente, Tao la serra maladroitement dans ses bras, mais elle s'extirpa de son étreinte, totalement décontenancée.

– Je n'aurais peut-être pas dû, mais je l'ai fait, répondit-elle en s'asseyant sur le sol.

Elle inspira profondément, pour reprendre ses esprits. Toutes ces tensions l'avaient épuisée. Son cerveau se repassait le film de cette invraisemblable mésaventure : l'arrivée de Lu-Pan, ses jambes qui se figent, son cœur qui palpite. Et soudainement, les mots qui se pressent. Trop francs, trop directs. Mais le type reste de marbre. Elle insiste, il fuit. Non, il lui demande de partir sans aucune remontrance. Que penser d'une telle réaction ?

Lina se remémora ses mimiques, ses intonations. Leur échange avait été très court, pas plus de trois minutes.

Tao s'assit à côté d'elle, l'air un peu plus calme.

– Tu as trouvé quelque chose ?

– Concrètement, rien de sérieux, déclara-t-elle posément, pas moyen de trouver une boîte d'ampoules, pas de preuve irréfutable. Mais je suis tombée sur une bouteille de vin français et des cigarettes de luxe.

Tao blêmit.

– Des cigarettes de luxe ? Tu en es sûre ?

– Oui, c'était des Yuxi. Le prix était encore sur le paquet : mille huit cent cinquante yuans.

Elle remarqua que son visage s'était vidé de ses couleurs, crispé de dépit.

– Alors il a été payé.

– Tao, ne va pas trop vite, on n'en a aucune preuve ! Lu-Pan m'a dit qu'il avait passé la nuit dans un bar.

– Laisse-moi deviner, le bar du Dragon rouge à Wuming ?

Lina le fixa un instant, stupéfaite.

– Oui… comment tu le sais ?

– Je le sais, un point c'est tout ! Lu-Pan n'a pas passé la soirée dans ce bar, c'est un faux alibi ! Il a tué ma mère et il a tué Zhen.

– Tao, ton raisonnement m'échappe. Lu-Pan aurait été payé par qui ? C'est un ami de tes parents, il aurait assassiné ta mère pour de l'argent ?

Le garçon ricana avec acidité.

– Il en est capable, tu peux me croire !

Le regard sombre, Tao s'appuya contre un mur en serrant les deux poings.

– Qu'est-ce que je dois faire, hein ? Qu'est-ce que je dois faire ?

À ses pieds, la jeune femme resta immobile, l'estomac noué. Tao ne s'adressait pas à elle, mais fixait le plafond, les yeux remplis de larmes.

– Je n'en peux plus ! cria-t-il.

Subitement, il se mit à jeter des objets contre les murs, renversant des tables, brisant des pots en terre cuite. Pendant plus d'une minute, il exprima sa douleur par un ouragan de cris et de fracas. Apeurée, Lina s'était levée, n'osant intervenir.

Lorsque Tao s'arrêta, il avait les mains en sang et le visage en sueur.

– Pardonne-moi, bredouilla-t-il, j'ai besoin de me reposer.

Lina fit un pas vers lui, mais il lui fit signe de reculer.

– S'il te plaît. Je n'ai plus envie de parler.

La jeune femme baissa la tête, les lèvres tremblantes. Elle savait qu'à force de refouler trop de colère, l'esprit finissait par craquer. L'aigreur s'accumulait, saturait la conscience. L'âme devenait fébrile, instable, explosive. Un jour, c'en était trop, le corps entier régurgitait sa rage… Mais un tel déferlement n'était pas anodin. La colère de Tao ressemblait à une avalanche, un torrent de fureur qui devait puiser sa source bien avant la mort de sa mère.

Peut-être que Tao cachait quelque chose…

Le garçon s'en alla, écrasé par la honte.

84

12 octobre 1991

– SUN, c'est bien trop risqué ! Vous ne pouvez pas aller là-bas toute seule, attendez Maître Yao-Shi !

Xian-Zi lui agrippa les épaules pour essayer de la raisonner. Mais depuis le départ de la camionnette blanche, Sun était folle de rage.

– Je n'attendrai pas une minute de plus. Ma fille est en danger. Vous avez un couteau ?

La gérante secoua la tête.

– C'est une très mauvaise idée.

Sun se mordit les deux pouces, pour contenir sa colère. Désemparée, Xian-Zi ouvrit un tiroir et en sortit un canif, qu'elle lui tendit craintivement.

– Faites attention à vous, vous portez un bébé !

Xian-Zi espérait que cette phrase allait produire l'effet d'un déclic, mais Sun n'écoutait plus qu'elle-même. Elle s'élança sur le trottoir, le couteau dans la poche et les poings serrés avec tant de fureur qu'elle ne percevait plus la douleur qui irradiait dans ses jambes. Elle se sentait capable de tout, même de tuer un homme.

Neuf jours. Chi-Ni avait disparu depuis neuf jours.

Lu-Pan avait menti. Il n'avait pas vendu sa fille à un vulgaire inconnu qui l'aurait apostrophé en ville. Tout à l'heure, elle avait reconnu le fameux nettoyeur : c'était l'un des deux gros bras qui l'avaient sauvagement tabassée la semaine précédente… Le plus pourri des mafieux, dont elle voyait encore le sourire, au moment où il balançait rageusement son pied dans la chair de ses cuisses. Il l'avait battue sans pitié, sous les yeux satisfaits de Hsin.

« Ce gars connaît mon mari… Ils doivent même passer des soirées ensemble, à jouer au mah-jong, dans ce bar ignoble. »

Sun accéléra le pas, en se tenant le ventre avec les deux mains. À plusieurs reprises, elle croisa le regard de passants soupçonneux, intrigués par les ecchymoses jaunâtres qui marquaient encore son visage.

Déterminée, Sun traversa la zone industrielle, en se préparant mentalement à affronter les malfaiteurs.

Au bout d'un quart d'heure, elle arriva devant le bar du Dragon rouge.

85

5 août 2013

LINA ENFOURCHA son vélo et rejoignit la forêt.

Elle se sentait électrisée, survoltée jusqu'aux orteils. La réaction de Tao l'avait énormément perturbée. Comment pouvait-il être sûr de ce qu'il avançait ? Qui aurait payé Lu-Pan pour ces deux assassinats ? Connaissait-il les trafiquants ?

Un sac pendu à l'épaule, Lina dévala la pente, happée par l'humidité ambiante. Ses boucles blondes virevoltaient derrière elle et lui chatouillaient le dos par instants. La jeune femme trouvait l'air irrespirable : il lui encombrait les bronches et comprimait ses poumons. Comble de l'inconfort, sa peau collait, comme si elle avait enduit ses bras et ses cuisses d'une couche épaisse de crème solaire mélangée à de la glu.

Elle pédala à toute vitesse. Traverser Wuming sur un deux-roues n'était pas une mince affaire. Les routes étaient peuplées de conducteurs enragés, persuadés qu'une voiture les rendait tout-puissants.

En quarante minutes, Lina arriva devant l'hôtel de Thomas, en périphérie du centre-ville. Lorsqu'elle cogna à la porte de sa chambre, il l'ouvrit presque instantanément.

– Tiens, j'ai commandé une masseuse ? plaisanta-t-il lorsqu'il l'aperçut.

– Pousse-toi, c'est urgent !

Et elle l'écarta d'une main pour s'introduire dans la chambre.

– Faut que je te parle.

– Hé, doucement ! Tu aurais pu me prévenir avant de passer.

– Zhen est morte. On l'a assassinée.

Thomas se raidit sous le choc.

– Quoi ? La vieille Gong ? Celle à qui tu voulais filer de l'argent ?

– Exact.

Lina s'assit sur le lit, aux draps défaits et froissés. La chambre de Thomas était à l'image de l'hôtel : miteuse, couverte d'une tapisserie aux hideux motifs floraux. La tête de lit était abîmée, comme le minuscule bureau en bois calé au pied d'une fenêtre grillagée pour éloigner les insectes. Au plafond, un gros ventilateur tournait dangereusement, menaçant d'éjecter ses pales.

L'étudiante se massa la nuque en grimaçant.

– Zhen a été tuée car elle allait se confier à moi. Ça ne fait aucun doute. Son fils l'a trouvée ce matin morte dans son lit. Les flics pensent que c'est un meurtre, Zhou n'a pas pu les convaincre du contraire.

Thomas s'assit à côté d'elle et serra sa main dans les siennes, pour lui communiquer sa chaleur.

– Lina… je suis désolé. Je n'aurais pas dû… Ce n'était pas une bonne idée de t'envoyer à Mou di. J'ai fait une erreur…

– S'il te plaît, je ne suis pas venue pour t'entendre te lamenter. Au contraire, j'ai besoin de toi. Écoute-moi.

Elle inspira calmement, puis raconta en détail tout ce qu'elle venait de vivre : son intrusion dans la maison de Lu-Pan, ses découvertes, leur altercation… Elle termina en décrivant la crise de nerfs qui avait frappé Tao.

– Tao est persuadé que Lu-Pan n'a pas passé la nuit au bar du Dragon rouge. Je ne sais pas ce qui l'amène à penser ça, mais il en est convaincu.

– Et qu'est-ce que tu veux faire ?

– Aller dans ce bar pour vérifier son alibi. Tu me suis ?

Thomas eut une seconde de flottement, avant de réagir.

– Le plus simple serait de demander à Rong Zhou !

– Laisse tomber. Il aimerait qu'on se retire. Et Tao ne veut pas que j'en parle à la police.

– C'est Tao qui décide ? ironisa Thomas. Tu devrais arrêter de protéger ce péquenot. Je t'ai déjà dit qu'il n'était pas clair ! C'est un peu bizarre cette crise de nerfs... On dirait qu'il joue un double jeu... Tu ne t'es jamais demandé s'il ne te manipulait pas ? Peut-être qu'il voulait diriger tes soupçons sur Lu-Pan...

– Je crois surtout que tu ne l'aimes pas. Tu es jaloux ?

– Bien sûr que non !

Ils se fixèrent mutuellement, sans ciller.

– Est-ce que tu as l'adresse ? capitula Thomas.

– Non, mais on doit pouvoir la trouver sur Internet.

Thomas s'empara de son téléphone portable et lança une recherche. Il localisa rapidement l'établissement sur une carte électronique.

– Fujin jue, c'est pas le quartier le mieux fréquenté... Je suis toujours d'avis qu'on prévienne d'abord Rong Zhou.

– Oublie Rong Zhou ! insista Lina. Je ne te demande pas grand-chose : on va y faire un tour, on observe, on interroge quelques habitués...

L'humanitaire se leva pour faire les cent pas, préoccupé.

– D'accord, mais je vais appeler une connaissance qui connaît bien Wuming. Il pourra nous renseigner sur ce bar.

Il composa le numéro de l'expatrié, sans obtenir de réponse. Il lui laissa un message.

– Bon, on y va ? s'impatienta Lina en se dirigeant vers la porte. On ne va pas attendre qu'il fasse nuit !

Contrarié, Thomas attrapa son sac et rassembla ses affaires. Le pire, dans cette situation, n'était pas qu'elle s'obstine à lui tenir tête, mais que malgré sa désinvolture, il commençait à la désirer... et même à la désirer très fort.

86

5 août 2013

La nuit tombait sur Wuming et ses somptueux pics karstiques. À l'horizon, le soleil rougeâtre irradiait les montagnes de son encre rubescente. Dès que l'astre déclinait, les ruelles de la ville se métamorphosaient subitement. Des paysans débarquaient sur leurs triporteurs et étalaient leurs légumes, leurs fruits, leur viande, parfois à même le sol sur des bâches. Les trottoirs s'habillaient d'étals, de comptoirs et de tables en plein air. Dans les bas quartiers, peu de Chinois dînaient chez eux, certains n'en avaient même pas la place. Les repas se faisaient dans la rue, au pied des échoppes et des gargotes, dans une atmosphère conviviale où se mêlaient rires et odeurs alléchantes.

Les effluves épicés du marché nocturne chatouillèrent les narines de l'inspecteur Zhou. Près de la fenêtre, l'officier soupira en observant les familles attablées. Il pensa à sa femme et à son fils, restés à Pékin. Combien de fois les avait-il abandonnés pour partir aux quatre coins de la Chine ? Il commençait à en avoir assez de cette vie de nomade, qui ne lui laissait même pas le temps de jouir de sa réussite.

– Inspecteur Zhou, vous êtes prêt ? demanda le légiste.

Rong Zhou pivota, avant de suivre le médecin dans une pièce attenante où patientait l'inspecteur Yi. Comme lui, le policier avait dû enfiler tout un attirail vestimentaire : combinaison, masque buccal, gants, surbottes… Un cérémonial irréprochable, toujours pour l'impressionner.

19 h 10. Le légiste commença son charcutage.

Au début de sa carrière, Rong Zhou n'aimait pas les autopsies médico-légales. Il se sentait mal à l'aise en présence de ces corps froids, rigides, blafards, couverts de taches sombres ou rosées. À chaque fois qu'il regardait un cadavre, il avait l'impression que le mort allait ouvrir les paupières et lui sauter à la gorge. Lors de ses premières autopsies, Rong fermait systématiquement les yeux lorsque le légiste incisait la chair. Le corps humain se laissait découper avec une étrange facilité. La peau était moelleuse comme du beurre : il suffisait d'un léger coup de couteau pour qu'elle se scinde en une fermeture éclair nette et rouge.

Le légiste était semblable à un boucher, mais un boucher très spécial : après avoir brisé les côtes, il extrayait chaque organe pour le peser et le disséquer. De la langue au rectum. Mais aux yeux de Rong Zhou, le plus dérangeant était l'ouverture de la boîte crânienne. D'abord, le médecin découpait le cuir chevelu et le retirait comme on enlève une perruque. Ensuite, il s'armait d'une scie à plâtre et sectionnait le crâne qui se détachait dans un bruit creux.

– C'est répugnant ! s'exclama plusieurs fois l'inspecteur Yi. Je déteste le trifouillage des macchabées.

De son côté, Zhou affichait un total détachement. À force de fréquenter la mort, elle ne lui paraissait plus aussi effrayante. Les corps qui défilaient sur la table d'autopsie étaient désincarnés, des enveloppes vides, qui n'avaient plus qu'une ombre d'humanité. Au fil du temps, Zhou avait même contracté une forme de fascination envers les cadavres. L'organisme était incroyablement complexe et son harmonie était belle à voir.

– Eh bien voilà… vous aviez raison, conclut le légiste. Lésions congestives des poumons, ecchymoses viscérales. Le foie est gorgé de sang et les reins congestionnés. On a aussi des résidus de chiffon dans la trachée. La victime est morte par occlusion des orifices respiratoires.

L'inspecteur Yi ressentit un énorme soulagement. Si le légiste avait écarté la thèse du meurtre, il serait passé pour un sombre idiot aux yeux de son examinateur.

– Très bien ! s'enflamma-t-il. Je vais envoyer une équipe à Mou di dès demain matin. Il me faut l'alibi de chaque habitant ! Et je vais aussi téléphoner à Lok pour qu'elle analyse le plus rapidement possible les traces digitales retrouvées, y compris celles sur la bouteille de Moutai.

Rong Zhou agita la main pour calmer son euphorie.

– Doucement, inspecteur Yi. Ne mettez pas la charrue avant les bœufs ! D'une part nous ne savons pas si cette bouteille appartient effectivement à l'assassin, et d'autre part les empreintes que nous détenons ne sont peut-être pas répertoriées dans notre banque de données.

– Et Li-Li Dai ? Il faudrait l'autopsier, non ?

– Holà, une chose à la fois ! Si vous récupérez le corps de Li-Li Dai, vous allez vous retrouver face à une horde de paysans en colère. Et Dieu sait s'ils ne vous embrocheront pas le croupion avec une faucille.

Yi se tut quelques secondes, sans savoir s'il devait rire ou s'offusquer. Dans tous les cas, pouvait-il contredire un officier aussi haut placé que Rong Zhou ?

– C'est vous le patron, finit-il par cracher.

– Tenez-moi informé de vos avancées.

Rong Zhou alluma un cigare, avant de quitter la pièce.

87

5 août 2013

– On est sur la bonne route, indiqua Thomas, le nez collé à son portable.

Ils traversèrent un quartier populaire parsemé de karaokés et de fast-foods. Sur les trottoirs, des adolescents s'étaient lancés dans des combats de grillons, encouragés par des badauds qui avaient ouvert les paris.

Après vingt minutes de marche, ils arrivèrent dans le quartier de Fujin jue. Ici, les passants étaient plus rares. Le bar du Dragon rouge se situait loin du centre, au cœur d'une zone semi-industrielle qui semblait à l'abandon.

– Je n'aime pas cet endroit, souffla Thomas en observant les gigantesques hangars bordant les rues.

– On y est bientôt ?

– Deux cents mètres.

Ils ne tardèrent pas à apercevoir le bistrot. Une façade d'un jaune poisseux ornée d'un dessin de dragon.

– Tu veux vraiment entrer là-dedans ?

Lina opina du chef avec aplomb. Après tout, il s'agissait seulement d'un bar… Si on leur posait des questions, ils pourraient toujours se faire passer pour des touristes égarés.

Elle poussa énergiquement la porte et ils s'introduisirent dans l'établissement en feignant de ne pas savoir où ils fourraient leur nez.

L'intérieur était aux antipodes de la façade : banquettes en cuir, lumières tamisées, immenses écrans plats diffusant des clips américains. Une quinzaine de gaillards étaient attablés.

Thomas et Lina prirent place sur une banquette disposée dans un angle. D'ici, ils avaient une vue d'ensemble sur la salle, y compris le comptoir, à deux mètres sur leur gauche.

– C'est assez sympa, commenta Lina, même si la devanture faisait plutôt penser à un bar PMU tenu par un psychopathe.

Thomas sourit, mais son visage était crispé. Au-delà de ce cadre un peu chic, il avait surtout remarqué que Lina était la seule femme présente, et qu'elle attirait l'attention. Deux ou trois hommes avoisinant la cinquantaine ne la quittaient pas des yeux. Elle finit par s'en rendre compte.

– Ils nous observent bizarrement, tu ne trouves pas ?

– Évidemment… Tu pensais que tu allais te fondre dans le décor ?

Il accompagna sa phrase d'un regard réprobateur, qu'il promena sur son short et son débardeur. Elle n'avait visiblement pas conscience de l'effet qu'elle faisait aux hommes.

Lina observa les types attablés. Pour le moment, elle ne percevait qu'une ribambelle de buveurs jouant aux cartes ou fumant de gros cigares. Comment réagiraient-ils si elle évoquait Lu-Pan Tang ?

– Bon, personne ne vient, je vais commander des boissons.

Au moment où elle se levait, un homme se redressa à l'arrière de la salle, et s'approcha du comptoir en titubant à moitié. Il avait l'allure d'un commerçant modeste trop branché sur la bibine et aux incisives jaunies par la cigarette.

Lina décida de rester assise en attendant qu'il prenne sa commande. Mais ce n'est pas pour demander à boire que l'ivrogne aux dents jaunes s'adressa au serveur.

– Qu'est-ce que ces *yangguizi* foutent ici ? lui grogna-t-il haut et fort. Tu ne vas pas me faire croire qu'ils se sont perdus…

Thomas posa sa main sur celle de Lina pour lui faire signe de se décontracter.

– Essaie de rester naturelle. Beaucoup de Chinois pensent que les étrangers ne sont pas assez intelligents pour apprendre le mandarin ! Au moins ça nous donne l'avantage.

– Si tu le dis…

Derrière le bar, le serveur chuchota quelques mots à l'oreille du soûlard, sans doute pour lui demander de baisser d'un ton. Mais l'individu s'excita :

– Ils ne pigent rien, tu sais. Regarde cette nana. Je me serais bien fait son cul. Elle a l'air collée à son maquereau. Elle a quel âge, vingt ans ? Je suis sûr qu'il l'entretient, et en échange elle écarte les cuisses. Elles sont chaudes les Américaines !

« Française, couillon ! Si tu continues, je te fais bouffer ton verre. »

Lina sentit les doigts de Thomas se resserrer sur son avant-bras.

– Ne tire pas cette tête. Ce gars est saoul.

– Ça ne lui donne pas le droit de dire ce qu'il veut.

Dans la salle, les hommes s'étaient tus pour écouter l'ivrogne. Fier de son savoir, il s'était maintenant lancé dans un discours éminemment philosophique sur la sexualité des Occidentales.

– Vous savez ce qu'on raconte ? Ces filles-là sont des libertines ou des prostituées ! J'ai un ami – le bon vieux Bai – qui voulait se faire de la Blanche. Il en a facilement trouvé une, elles sont attirées par l'odeur de la drogue. Eh bien, au bout du compte, il a chopé une maladie vénérienne !

Lina serra les poings, excédée.

– Calme-toi, intima Thomas.

Au même moment, son téléphone vibra à l'intérieur de sa poche. Un SMS de l'expatrié : « Ne mets pas les pieds dans ce bistrot, c'est un nid de mafieux ! »

Thomas blêmit.

– Merde ! Il faut qu'on se casse !

– Quoi ?

– Ces mecs sont des mafieux. Viens !

Ils se levèrent subitement, mais aussitôt un silence morbide glaça la salle. Les deux Occidentaux restèrent figés un instant, scrutés par l'assemblée. À la lueur qu'il vit dans les regards, Thomas comprit qu'ils avaient intérêt à mettre les voiles.

– Bouge-toi !

Ils n'eurent pas le temps d'atteindre la porte. Le barman se précipita sur eux pour leur barrer la route. Lina le poussa pour se frayer un passage, mais il agrippa sauvagement son bras en l'entraînant vers l'arrière de la salle.

Thomas réagit au quart de tour. Il lui attrapa l'épaule et lui décocha une droite si puissante que sa mâchoire craqua sous le choc.

Aussitôt, deux hommes se levèrent et foncèrent sur lui pour le rouer de coups.

Thomas se débattit frénétiquement, en frappant dans le ventre de ses adversaires. Survoltée, Lina bondit dans le dos du plus gros et lui asséna un puissant coup de pied à l'arrière du genou, avant d'enchaîner avec plusieurs frappes. Quatre ans de boxe française n'étaient pas de trop. Le type fléchit à terre. Mais au même moment, son acolyte fit volte-face et balança son poing dans le visage de la jeune femme.

Elle n'eut pas le temps de l'esquiver. La douleur la foudroya. Lorsque les phalanges heurtèrent son front, Lina eut l'impression qu'on venait de lui fendre le crâne avec un marteau. Déséquilibrée, elle bascula en arrière, sous les cris hystériques de l'ivrogne qui encourageait ses compères.

– Lina !

Le sang ruisselait sur sa joue.

À cet instant, une fureur indescriptible s'empara de Thomas. Il se jeta sur l'agresseur, et d'une clé de bras parfaitement maîtrisée le projeta brutalement au sol en lui arrachant un hurlement. Pour l'immobiliser, Thomas s'accroupit et lui plaqua un pied sur l'omoplate. Puis d'un geste sec il tira violemment sur le bras, tout en appuyant sur le coude, comme s'il voulait l'arracher.

– Thomas, ça suffit, laisse-le !

La voix de Lina se noya dans sa colère. Thomas n'était plus lui-même…

Elle se traîna jusqu'à lui, mais il était déjà trop tard. Instantanément, les os craquèrent. Un claquement sec, creux, profondément dérangeant. Le coude se brisa d'un coup, en même temps que l'humérus se déboîtait de l'épaule.

Fou de rage, le second assaillant brandit un couteau.

– Arrêtez tous ! hurla une voix à l'arrière du comptoir. On ne touche pas à eux !

Un homme en costume gris, cheveux rasés, venait de surgir de nulle part. Il rangea un téléphone dans sa poche, comme s'il venait de raccrocher.

Lina redressa la tête, encore sonnée. À la vue du nouvel arrivant, plus personne n'osait broncher. Même l'ivrogne s'était tu, et fixait lamentablement le sol en jouant avec ses doigts.

Celui qui avait tout l'air d'un meneur se tourna vers le serveur.

– Aidez-les à se relever !

Lina et Thomas échangèrent un regard incrédule, totalement stupéfiés. Alors que le serveur s'avançait vers eux, Thomas lui fit signe de reculer, avant de s'incliner vers Lina. Il la souleva et l'attira contre lui, le cœur battant.

– Maintenant, déguerpissez ! ordonna le vieux.

Abasourdis, les deux Français se dirigèrent vers la sortie, en contournant l'homme au bras brisé qui gémissait toujours à terre.

Personne n'essaya de les retenir. La salle entière semblait statufiée.

Dès qu'ils furent à l'extérieur, Thomas se tourna vers la jeune femme pour inspecter son front : la plaie était peu profonde, bien qu'elle ait beaucoup saigné. Elle n'avait pas besoin de point de suture, mais elle garderait un hématome pendant plusieurs semaines.

– Tu as mal ?

– J'ai connu pire.

– Je suis désolé, murmura Thomas, vraiment désolé.

Lina ne répondit pas. À cet instant, elle ressentait l'envie de se blottir dans ses bras et d'y rester longtemps.

Oublier. Juste une soirée. Construire une bulle isolée du monde.

Mais elle se contenta de le fixer dans les yeux, avec un mélange de terreur et de reconnaissance.

– Viens, il ne faut pas traîner ici.

Ils quittèrent rapidement les lieux, avant d'appeler un taxi.

88

12 octobre 1991

LORSQUE SUN entra dans l'établissement, des regards ahuris l'observèrent.

Un juke-box crachait un air de jazz qui n'avait rien de chinois, lui donnant l'impression d'avoir traversé le Pacifique.

Les yeux irrités par la fumée, Sun s'avança jusqu'au bar et interpella le serveur :

– J'aimerais parler au nettoyeur.

Le barman haussa les épaules, comme si ce surnom lui était étranger.

– Madame Tang !

Sun se retourna, et aperçut le pervers grisonnant et gringalet qui l'avait emmenée auprès des mafieux la semaine passée. Il était vêtu d'un long costume noir qui lui donnait un air de serviteur macabre. Il la reluquait avec des yeux d'assoiffé.

– Conduisez-moi au nettoyeur, dit-elle en se dirigeant vers lui d'un pas ferme, je dois m'entretenir avec lui.

– Doucement, mignonne. Le nettoyeur n'est pas ici.

– Alors je voudrais voir Hsin.

L'homme rectifia :

– M. Hsin.

– Ouais.

– Mais qu'est-ce que vous cherchez ? À vous faire abîmer le portrait une seconde fois ?

Il pointa du doigt les nombreux hématomes qui lui couvraient encore le visage. Sun croisa les bras en vociférant :

– Épargnez-moi vos conseils, je veux retrouver ma fille ! Et je sais très bien que votre bande est mouillée dans cette affaire !

Le sexagénaire grogna, visiblement exaspéré, puis il lui indiqua le chemin d'un mouvement de tête. Pour la deuxième fois en dix jours, Sun emprunta les couloirs bleu pétrole qui menaient aux quartiers de la mafia chinoise. Jeux d'argent, trafic d'armes, commerce de drogue, qui sait quels échanges crapuleux avaient lieu dans ces bas-fonds ? Surtout, Sun se disait que des enfants étaient peut-être retenus prisonniers derrière l'une de ces portes…

Cette fois, le grisonnant ne l'emmena pas dans le bureau de Hsin, mais dans un grand salon où un groupe d'hommes jouait au billard en sirotant de la Tsingtao. Non loin d'une étagère pleine de bouteilles, Hsin était avachi sur un vieux canapé en cuir et fumait un cigare en compagnie d'une femme qui agitait un éventail.

Lorsqu'il aperçut la jeune mère, le mafieux leva la main vers elle avec amusement.

– Madame Tang, quel plaisir de vous revoir ! Je ne pensais pas que vous reviendriez… Vous ai-je remerciée d'avoir transmis mon message ? Grâce à vous, votre mari m'a remboursé l'intégralité de ses dettes.

Elle serra les dents.

– Vous m'avez menti, monsieur Hsin.

Le moustachu fronça les sourcils.

– Pourriez-vous être plus précise ?

– Vous m'avez dit que vous n'aviez pas ma fille.

– Et c'est le cas.

– Vous mentez, répliqua Sun, le type qui m'a tabassée dans votre bureau, le nettoyeur, il achète les enfants ! Il travaille sous vos ordres.

Le visage du patron se barra d'un odieux sourire. Derrière lui, les autres mafieux continuaient leur partie de billard tout en les écoutant d'une oreille.

– Madame Tang, mes hommes ne sont pas des esclaves. Je ne leur ai jamais interdit de développer leurs propres activités. Ce qu'ils font de leur temps libre ne me regarde pas, tant qu'ils n'entravent pas mon commerce.

– Vous insinuez que vous n'êtes pas impliqué dans cette magouille ?

– Si le « nettoyeur » – comme vous l'appelez – a acheté votre fille, ce n'est certainement pas pour mon compte. Et n'attendez pas de moi que je vous en dise plus : je suis en dehors de cette affaire.

Sun savait qu'on ne devait jamais faire confiance à un homme de ce milieu, mais Hsin paraissait honnête. Surtout, un élément de taille plaidait en sa faveur : pourquoi le mafieux lui aurait-il réclamé de l'argent s'il avait lui-même acheté Chi-Ni ? S'il en avait été l'auteur, l'« enlèvement » aurait suffi à effacer les dettes de Lu-Pan...

– Savez-vous où je pourrais trouver votre homme ?

Hsin haussa les sourcils.

– Probablement dans la rue, à chasser des petites filles !

Terrassée par l'indignation, Sun ne remarqua même pas le bras du mafieux qui la tirait vers la sortie. Elle se sentait amorphe, consumée de chagrin et rongée par l'échec. Depuis le début, elle accumulait les faux pas, multipliait les erreurs... elle avait perdu un temps précieux qui aurait pu lui permettre de retrouver Chi-Ni.

« Ressaisis-toi, il y a toujours une solution. Tu vas t'asseoir dehors, devant le bar, et tu attendras que le nettoyeur arrive. Tu y passeras la nuit s'il le faut, il va bien finir par se pointer ! »

Voyant qu'elle obtempérait, le pervers grisonnant la raccompagna jusqu'à la sortie qui donnait sur la ruelle.

La gorge de Sun se serra au souvenir de son calvaire, huit jours plus tôt. Elle avait cru mourir ici, entre deux bennes à ordures. Mais bizarrement, le sexagénaire ne ferma pas immédiatement la porte. Il la fixa attentivement, en se léchant la lèvre inférieure.

– Madame Tang, j'aimerais savoir… que seriez-vous prête à faire pour retrouver votre fille ?

Sun devina dans ses yeux la nature de son offre. Mais l'idée était si répugnante qu'elle refusa de croire à sa propre intuition.

– Dites-moi, où voulez-vous en venir ?

– Eh bien, imaginez que je sois en mesure de vous indiquer le lieu où est retenue votre fille… Que seriez-vous prête à faire pour me convaincre de vous le révéler ?

Elle frissonna. Cette fois, il n'y avait plus de doute, car l'horrible mafieux accompagna sa proposition d'une subtile caresse, adressée à son entrejambe.

89

5 août 2013

Dehors, la nuit était presque tombée. Le taxi parcourait un boulevard rectiligne de Wuming, flanqué d'énormes bâtiments commerciaux. Partout, du rouge, du jaune, les couleurs fétiches de la Chine, et entre deux constructions, l'ombre des pains de sucre, hauts d'une centaine de mètres. Si le ciel n'avait pas été si dégagé, Lina aurait été persuadée qu'un orage se préparait. Tout autour d'eux, une nuée de flashs crépitait dans les airs, comme s'ils s'étaient engagés sur une piste d'atterrissage.

– Des radars automatiques, commenta Thomas pour briser le silence, personne ne respecte les limitations de vitesse et la plupart des gens ne payent pas leurs amendes.

Lina fixa du regard ces éclaboussures de lumière qui semblaient jaillir du ciel. Depuis qu'ils étaient assis à l'arrière du taxi, ils n'avaient pas échangé un seul mot. Le soulagement initial avait laissé place à un étrange embarras.

– Tu veux voir un médecin ? demanda-t-il.

– Non. J'ai seulement besoin de me reposer. Et toi, tu tiens le coup ?

– Il en faut plus pour m'amocher.

Même s'il avait un peu mal aux côtes, Thomas savait qu'il s'en remettrait rapidement. Il n'en était pas à sa première bagarre… et curieusement, il se battait toujours pour des femmes.

– Tu crois que Lu-Pan a été payé par la mafia chinoise ? fit la jeune femme.

– C'est fort possible. Il a peut-être l'habitude de les fréquenter. Et quand ces gars te demandent un service, tu peux difficilement te permettre de refuser…

Lina scruta la route en se remémorant la scène. Cette violence, cette fureur, cette folie. Elle entendait encore cet homme à terre qui gémissait.

– Tu n'étais pas obligé de lui briser le bras, dit-elle soudainement.

– C'était du krav-maga, de l'autodéfense.

– Tu l'avais déjà neutralisé…

L'humanitaire fit la moue. Effectivement, il avait forcé la note, mais il n'avait pas supporté que cet homme s'en prenne à elle.

En guise de réponse, il lui effleura la joue, où du sang avait coulé. Troublée, Lina rougit, mais se laissa faire avec détachement. Cette douceur lui faisait du bien.

Vingt minutes plus tard, le taxi les déposa devant l'hôtel, enfoncé dans la nuit. Sans même se concerter, Lina et Thomas grimpèrent les quelques escaliers qui menaient à la chambre 12.

– Après toi, lui dit Thomas en ouvrant la porte.

Une fois à l'intérieur, il referma le battant puis planta ses yeux noirs dans les siens.

– Et maintenant ? Tu vas continuer à me faire la morale ? Ou je…

Avant même qu'il n'ait terminé sa phrase, Lina lui saisit la nuque et l'embrassa.

Thomas se retira brusquement.

– Je… Qu'est-ce que je dois comprendre ?

Il la dévisagea plusieurs secondes, avec étonnement. Mais Lina soutint son regard, parfaitement immobile. Son cœur cognait dans sa poitrine, comme si elle se sentait happée par une pulsion soudaine.

– Ne me demande pas pourquoi, mais j'ai envie de toi.

Les mots étaient sortis tout seuls.

– Est-ce que j'ai bien entendu ?

– Je ne le répéterai pas.

Le corps vibrant, Thomas la plaqua contre le mur, et détacha son chignon pour libérer les boucles blondes. Sa chevelure était ondoyante, parfumée... Thomas avait du mal à croire qu'elle voulait se donner à lui... Mais comme elle se laissait faire, il approcha ses lèvres des siennes, en frissonnant sous son souffle chaud. Lentement, il embrassa les commissures, mordilla la lèvre inférieure, avant de lui dévorer la bouche avec gourmandise.

La poitrine palpitante, Lina ferma les yeux.

Ce soir, elle n'avait pas envie de se raisonner. Elle le connaissait à peine et cette aventure était complètement insensée. Mais après des jours de tension, elle avait besoin de lâcher prise.

Sans relâcher son étreinte, Thomas fit courir sa langue le long de son cou, en déboutonnant sa chemise d'un geste habile. Doucement, il caressa la cime de ses seins ronds et pâles, enveloppés de dentelle. Ses doigts se promenèrent sur sa peau, la frôlant, la palpant avec finesse, pianotant de-ci de-là, en traçant des arabesques. De plus en plus durs, les mamelons appelèrent sa bouche, qui descendit jusqu'aux seins pour en embrasser l'exquise rondeur. Ses lèvres léchèrent, sucèrent, écumèrent le téton, de plus en plus raide. Thomas dégusta les deux bijoux, en les mordillant légèrement. Au contact de ses dents, une volée de frissons parcourut tous les membres de Lina.

Une chaleur intense gagna son bas-ventre. Son corps s'emballait...

Confiant, Thomas fit glisser sa paume jusqu'à l'intérieur des cuisses, qu'il caressa lentement. Lina remua le bassin avec impatience. Mais Thomas la plaqua plus fermement contre le mur, en la fixant de ses yeux avides.

– Laisse-toi aller ! murmura Thomas.

Bouillonnante, Lina leva les yeux vers le plafond, alors qu'il s'introduisait sous le vêtement...

Quand la pulpe de ses doigts provoqua son bas-ventre, Lina frémit, le souffle court. La paume de Thomas était moite, engageante, à deux doigts de ce vagin aussi gorgé que brûlant.

Cramponnée à ses épaules, elle laissa la main se perdre dans la tiédeur de son jardin secret. Son odeur l'enivra, et chacun de ses subtils mouvements propagea en elle une onde électrique.

Au bout de quelques minutes, sa respiration s'exhala en gémissements. Des pulsations s'emparèrent de sa vulve. Son sexe criait sa faim dévorante de chair.

Lina agrippa d'une main les cheveux du bel homme et caressa de l'autre son entrejambe ferme et imposant. Lorsqu'elle fit tomber son vêtement, ils se figèrent un instant, les yeux dans les yeux.

La jeune femme n'y tenait plus. Le creux de son bas-ventre pleurait sur ses cuisses, vibrant à l'idée d'être entièrement rempli. D'un geste animal, Thomas la retourna contre le mur, et lui retira ses vêtements. Son excitation atteignit son paroxysme quand sa verge effleura ses fesses. Il fit courir son sexe sur ces courbes alléchantes, affamé.

Soudain, il tira le bassin de la jeune femme contre lui et s'introduisit dans l'antre chaud de ses cuisses.

Le souffle haletant, Lina essaya d'étouffer un cri, ivre de désir.

– J'en mourais d'envie, avoua-t-elle.

L'un contre l'autre, ils prolongèrent cette rencontre des corps dans l'effervescence des va-et-vient, mêlés d'étreintes fougueuses. Leurs bassins dansèrent langoureusement, épris de contractions rythmiques. Au terme de leur valse, le corps de Lina se raidit et ses jambes grelottèrent.

Puis ils se laissèrent tomber sur le lit, épuisés au plus profond d'eux-mêmes.

90

12 octobre 1991

SUN TITUBA sur plusieurs mètres, une main posée sur son ventre. Elle avait le visage en sueur, les yeux hagards, vitreux, reflet d'un esprit divagant, cherchant à fuir les souvenirs. Au coin d'un bâtiment, elle se pencha brutalement vers le sol, envahie de palpitations. De dégoût.

Un acide filet blanc s'échappa de ses lèvres brûlantes et violettes.

Les yeux remplis de larmes, Sun toussa, cracha, à s'en arracher les boyaux. Sa salive était glaireuse, salie de poils courts et rêches, qui lui démangeaient la gorge.

Dans sa tête, des mots tournoyaient :

« Les fillettes sont retenues dans une maison abandonnée, en attendant leur transfert. À ce qu'on m'a dit, elles vont être adoptées par des Blancs. Si tu te montres coopérative, je pourrai t'indiquer le chemin. »

À cette pensée, Sun vomit instantanément. Une odeur de tabac et de pisse venait de ressurgir, comme si chaque phrase en était imprégnée.

Au début, elle s'était montrée méfiante. Comment pouvait-elle croire un mafieux ? Il la savait vulnérable, fragile, impuissante.

– Vous allez trahir votre ami ?

– Le nettoyeur n'est pas mon ami ! Vous savez ce qui m'horripile ? Que ces pourris d'Occidentaux achètent nos gosses. J'ai grandi avec un slogan : « À bas l'impérialisme américain ! » Il y a trente ans, ils nous bombardaient au Vietnam. Et vous voulez qu'on les laisse prendre nos enfants ?

Elle avait atteint un tel niveau de désespoir qu'elle était prête à tout pour retrouver sa fille. N'était-ce pas cela, l'amour maternel ? Ce sentiment si puissant qui donnait la force de tout sacrifier, y compris sa dignité d'humain ?

– Dites-moi ce que vous attendez de moi.

En l'entendant prononcer cette phrase, le visage du pervers s'était barré d'un sourire cynique, dévoilant des dents brunies et cariées. Il n'avait pas l'intention de lâcher le morceau sans une importante contrepartie.

– Rapproche-toi un peu, j'aime bien tes lèvres.

Des mots aussi hideux que le cri rauque qu'il avait lâché quand il avait fourré sa bouche. En même temps qu'elle le suçait entre deux bennes à ordures, il avait caressé vicieusement son ventre de femme enceinte, qui le faisait tant bander. À plusieurs reprises, Sun avait éprouvé l'envie de refermer ses dents, pour hacher le répugnant organe. Combien de malheureuses avait-il déjà salies ?

Au bord du trottoir, la jeune mère essuya son visage ruisselant. Deux taches de sang maculaient sa chemise au niveau de la poitrine. Le mafieux avait torturé ses tétons de ses mains rugueuses.

« Ne reste pas plantée là, tu dois retrouver Chi-Ni. »

Mais les images affluaient et elle continuait de vomir.

Pendant plus d'un quart d'heure, elle s'était exécutée… des gestes mécaniques, sans âme. Sun avait tenu bon, jusqu'au bout. Jusqu'à ce que le liquide chaud lui encrasse le palais.

« Je hais cet homme, je les hais tous… »

Elle avait le sentiment de ne plus être elle-même. Elle flottait comme une ombre consumée par la haine. Mais une ombre qui persistait à avancer, malgré l'horreur et la souffrance.

Elle ne regrettait pas son geste.

Désormais, elle savait où était sa fille.

IV

« À la fin de l'année 2007, le nombre des orphelins chinois adoptés dans le monde entier s'élevait à cent vingt mille. Ces enfants étaient dispersés dans vingt-sept pays – et presque tous étaient des filles. »

Xinran

91

6 août 2013

LINA SOLI ouvrit les yeux. Au-dessus d'elle, le ventilateur tournait paresseusement, comme fatigué de répéter la même chorégraphie. Il faisait chaud, peut-être trente degrés. Derrière la moustiquaire, le jour était déjà levé. Des klaxons et des ronflements de moteurs s'élevaient de la rue, deux étages plus bas. Depuis le lit, Lina apercevait l'avant-toit recourbé d'un énorme gratte-ciel, un chapeau de tradition greffé au modernisme.

– Bien dormi ?

Allongé à côté d'elle, Thomas l'observait avec un sourire. Sans savoir pourquoi, Lina se sentit mal à l'aise. Elle tira le drap sur elle, pour dissimuler son corps nu.

– Mieux qu'à Mou di, et toi ?

– Je dors toujours bien après l'amour.

Lina contracta les lèvres. En vérité, elle aurait préféré qu'il évite d'évoquer cet épisode. Maintenant que la nuit était passée, elle voulait repousser leur étreinte dans un coin de sa mémoire, pour la mettre au placard jusqu'à nouvel ordre. Comment avait-elle pu se laisser aller à ce point ?

Elle se toucha le front, la tête douloureuse. En plus d'un large hématome, une croûte de sang s'était formée. Elle n'avait même pas désinfecté la plaie. La veille, elle s'était simplement aspergé le visage d'eau avant de se glisser sous les draps.

– Je devrais retourner à Mou di, répondit-elle pour changer de sujet.

– Et si on commençait par avaler un petit déjeuner ?

– Je n'ai pas très faim.

Elle mentait. Mais l'appel de son estomac était moins urgent que son désir irrépressible de fuir tout semblant d'idylle.

– Hum... Tu as peur de passer pour une fille facile ?

– Tu l'insinues ?

Thomas la considéra un instant, déçu par sa réaction. Pourquoi s'obstinait-elle à jouer les dures à cuire ? Il n'y avait aucune honte à jouir de la vie !

Il attrapa son smartphone, non sans contrariété.

– Rong Zhou a appelé, dit-il en consultant l'écran, il a laissé un message.

Torse nu, il se leva face à la fenêtre et écouta sa messagerie. Pendant ce temps, Lina se mit en quête de ses vêtements, éparpillés autour du lit.

Elle venait de mettre la main sur ses chaussettes quand l'humanitaire raccrocha, le visage livide.

– Qu'est-ce que tu as ?

– Cette fois, ça va beaucoup trop loin. On arrête tout.

– Qu'est-ce que tu racontes ?

– Lu-Pan Tang a été retrouvé mort ce matin... Pendu...

– Quoi ? Lu-Pan s'est suicidé ?

– Apparemment.

Lina porta une main à sa bouche, terriblement secouée. Elle revoyait Lu-Pan, la veille, caressant son chat dans le salon. Elle était peut-être la dernière personne à l'avoir vu vivant... Un cauchemar. Il n'y avait pas d'autre mot pour qualifier l'enfer qui s'abattait sur eux.

– Je ne réalise pas... C'est complètement fou. Tu crois vraiment qu'il s'est donné la mort ?

– Je n'en sais rien. Ton Tao a peut-être décidé de venger sa mère.

– Ne dis pas n'importe quoi !

– Oh, allez, je suis sûr que tu ne trouves pas mon idée idiote. Tu as dit que Tao t'avait fait peur quand il avait piqué sa crise de nerfs !

Lina bougonna. Elle ne savait pas ce qui la dérangeait le plus : que Thomas s'attaque au jeune homme ou qu'il puisse semer le doute dans son esprit.

– Je retourne à Mou di, je veux savoir ce qui se passe.

– Lina, laisse-moi te parler sérieusement. On est allés trop loin. Beaucoup de gens sont morts. Si on s'obstine, on y passera aussi.

– Tais-toi ! Il faut continuer à chercher !

– Tu ne m'as pas compris, c'est trop dangereux ! insista-t-il. Cette affaire n'est plus de notre ressort. Le temps est venu de laisser la police faire son travail. Ta mission s'arrête là. OK ?

Lina se cabra de colère.

– J'y crois pas... Après tout ce qui s'est passé...

– Je sais que tu t'es beaucoup investie.

– Là n'est pas la question. Je te rappelle que c'est toi qui m'as convaincue avec tes beaux discours humanitaires ! Et maintenant que j'y suis plongée jusqu'au cou, tu exiges que je m'en aille, comme si de rien n'était ?

Il souffla, désolé. Pouvait-elle comprendre qu'il voulait la protéger ?

– La décision me revient, Lina. C'est moi qui t'ai envoyée là-bas, et je ne veux pas que tu te mettes en danger plus longtemps. C'est terminé. Et je ne te laisserai pas le choix. Si tu insistes, je me rendrai à Mou di et je dirai aux habitants que tu travaillais pour moi. Plus personne n'acceptera de te parler.

Elle resta paralysée, les mots coincés dans la gorge. Quel odieux chantage ! Après tout ce qu'elle avait fait... Et au moment où ils réveillaient le monstre, il voulait prendre la fuite...

« Ce n'est pas pour moi qu'il a peur, mais pour lui ! »

– Tu es pitoyable...

– Peut-être, mais au moins, je ne suis pas suicidaire !

Elle le fusilla du regard. « Suicidaire », un mot à ne pas prononcer ! À chaque fois qu'elle l'entendait, il déclenchait en elle une réaction viscérale. Les poils de ses bras se hérissaient et une boule se matérialisait dans sa gorge, comme si elle avait gobé un œuf.

À présent, elle le trouvait misérable, ignoble, navrant. Un dégonflé ! Voilà tout ce qu'il était ! Lina lui aurait fait manger son slip pour le punir de sa lâcheté.

– Si vous le permettez, Majesté, votre esclave retourne à Mou di pour chercher ses affaires.

– Je vais dire à Rong Zhou de te les rapporter.

– C'est hors de question ! Et n'essaie pas de m'en dissuader, où je mets en pratique ta leçon de krav-maga !

Thomas soupira avec aigreur. Il se dirigea vers sa table de chevet, à la recherche de son paquet de tabac. Adossé au mur, il se roula une cigarette. Il n'y avait guère que la nicotine pour calmer ses nerfs.

– Comme tu veux, je t'attends ici.

Sans demander son reste, Lina prit son sac, et après un dernier « Minable ! » haineux, elle sortit en claquant la porte.

92

6 août 2013

LE CORPS de Lu-Pan Tang était suspendu dans le vide. Son cou enserré par une corde nouée à une poutre du plafond. En termes techniques, une « pendaison incomplète » : la colonne vertébrale ne s'était pas brisée, mais il était probablement mort asphyxié, après avoir perdu connaissance.

Son cadavre avait été retrouvé tôt ce matin par les policiers chargés de collecter les alibis. À ses pieds gisait une feuille. Un mot d'excuse : « Li-Li et Zhen, pardonnez-moi. »

Pour couronner le tout, l'inspecteur Yi avait reçu un appel de la technicienne en identification criminelle. Lok lui avait apporté une preuve ultime et accablante : les empreintes retrouvées sur la bouteille de Moutai figuraient bien dans leurs registres, elles appartenaient à Lu-Pan Tang.

Autrement dit, celui qui venait de se suicider n'était autre que le meurtrier qu'ils cherchaient.

– Visiblement, l'affaire est close, conclut l'officier Zhou alors que des agents détachaient le cadavre.

Le visage de la dépouille était bleuté, cyanosé en raison du manque d'oxygène. Le plus effrayant était ses yeux : les deux globes injectés de sang sortaient de leurs orbites.

L'inspecteur Yi détourna le regard pour ne pas affronter la détresse de ce corps inanimé.

– Je ne suis pas tout à fait d'accord. Son mobile reste flou. Pourquoi a-t-il tué ces deux femmes ?

– Vous voulez mon avis ? proposa l'officier Zhou.

Son collègue hocha la tête, avec une certaine curiosité.

– Quel est le point commun entre Li-Li Dai et Zhen Gong ? Elles avaient toutes les deux un fils. Or Lu-Pan était célibataire, et il n'avait pas réussi à s'assurer une descendance… Il a sans doute subi les moqueries des familles voisines. Le poids de la honte devait l'accabler. Pour moi, il ne fait aucun doute que ces trois morts sont le résultat d'un règlement de comptes.

– Vous pensez qu'il a agi par pure jalousie ? s'étonna l'inspecteur Yi.

– Par jalousie et par ressentiment ! Nous savons tous quelles rivalités peuvent naître entre les familles. Les gens n'hésitent pas à se battre pour des raisons de filiation et d'honneur.

Son collègue pianota nerveusement sur la table du salon, dubitatif.

– J'ai du mal à croire qu'on puisse tuer pour de tels motifs, il faut être un forcené.

– Un homme tourmenté est capable de tout, rétorqua Zhou, si vous saviez quels prédateurs rôdent dans la nature, vous ne sortiriez plus de chez vous.

Vexé, l'inspecteur Yi haussa les sourcils. Son ventre bedonnant semblait dégouliner sous sa chemise.

– Si vous le dites.

Tandis que des policiers emportaient le corps, Rong Zhou fit mine de consulter sa montre. À son grand désarroi, il n'avait pas réussi à joindre Thomas Mesli. Il espérait que le Français avait reçu son message.

– Je vous laisse, inspecteur Yi, je dois encore régler un dernier détail en ville. Si M. Tang a commis ces meurtres, alors il n'était pas au bar du Dragon rouge le 1er août. Ce qui veut dire qu'on lui a fourni un alibi… Je vais aller faire un tour là-bas, pour *les* rappeler à l'ordre.

L'inspecteur Yi le regarda partir sans émettre d'objection. Mis à part le commissaire, il n'y avait guère que Rong Zhou pour oser « rappeler à l'ordre » les mafieux de Wuming. Aucun flic n'avait suffisamment d'audace pour s'attaquer à ces truands, sous peine de retrouver sa famille au fond d'un lac, les pieds attachés à une ancre de bateau.

– Tout va bien, inspecteur Yi ?

Un technicien de la police scientifique le sortit de sa rêverie.

– Vous avez l'air préoccupé !

Yi secoua la tête, avant de se mettre à l'écart.

Oui, il était préoccupé. Car même si Rong Zhou était plus haut gradé que lui, Yi trouvait son comportement un peu précipité. Ses conclusions étaient hâtives, comme s'il bâclait le tableau. Rong Zhou était-il impatient de retourner à Pékin, ou lui cachait-il quelque chose ?

Au commissariat, un de ses coéquipiers lui avait parlé d'un fait pour le moins intrigant. Apparemment, Rong Zhou avait transmis plusieurs lettres à un Français qui séjournait dans un hôtel de Wuming. L'officier, plutôt que de passer par la poste, demandait à une secrétaire de les porter là-bas, en toute discrétion. Sauf que la secrétaire en question avait la langue aussi pendue que celle d'un tamanoir adulte : la nouvelle avait rapidement filtré. Jusque-là, rien d'alarmant. Mais une Française était aussi hébergée au monastère de Mou di. Et bizarrement, Rong Zhou s'était empressé de l'interroger, après la mort de Li-Li Dai. Cette histoire sentait mauvais ! Qu'est-ce que Zhou trafiquait avec des étrangers ? Et pourquoi à l'insu de la police locale ?

« Reconcentre-toi sur le tueur, s'enjoignit l'inspecteur Yi, pour quelle raison s'est-il suicidé ? » Le remords ? Possible, c'est ce que laissait entendre sa lettre. Il arrivait fréquemment que des hommes se donnent la mort après avoir commis des actes abominables.

Mais depuis ce matin, un étrange sentiment s'était emparé de Yi. Le nom du suicidé lui trottait dans la tête, éveillant une sorte de malaise diffus mais grandissant.

« Tang. Lu-Pan Tang. Mou di… » Cette suite de mots lui remuait les tripes, sans qu'il puisse expliquer pourquoi. Il y avait comme un écho, une résonance. Une vibration familière et dérangeante.

Et puis tout à coup, une intuition…

Il composa un numéro sur son téléphone portable.

– Allô, Lok ? J'aimerais que vous m'éclairiez sur un point. Vous avez dit que Lu-Pan Tang était connu des services de police. Pour quelle affaire ?

93

12 octobre 1991

– SUN, VOUS VOILÀ !

Elle aperçut Yao-Shi qui traversait la route en se précipitant vers elle. Le moine avait les joues pâles et le dos voûté, comme à chaque fois qu'il se faisait du mauvais sang. Aujourd'hui, il n'avait pas mis son *kesa* orangé, mais une tenue plus discrète : un carré de tissu accroché autour du cou, symbolisant son rang bouddhiste.

– Sun, que s'est-il passé ? Xian-Zi m'a dit que vous étiez au bar du Dragon rouge…

– Je sais où est Chi-Ni ! Un mafieux m'a avoué qu'elle était retenue prisonnière, avec d'autres fillettes !

Elle sortit de sa poche un bout de papier froissé sur lequel le mafieux avait gribouillé un plan.

– Elles sont enfermées dans une maison abandonnée, au milieu de la forêt de bambous. C'est à une dizaine de kilomètres d'ici. Il faut emprunter le chemin qui passe derrière le temple taoïste Fubo.

– Vous êtes certaine que ce n'est pas un piège ?

Sun détourna le regard, en proie à une nausée. Si Yao-Shi savait ce qu'elle avait dû faire pour obtenir ces informations, il ne lui poserait pas cette question.

– Je ne suis sûre de rien, mais je dois aller là-bas. Il m'a dit que les enfants seraient bientôt transférés pour être adoptés par des Occidentaux. Je ne sais pas quand, mais je ne veux pas perdre une minute…

– Allons d'abord au commissariat, suggéra sagement Yao-Shi, l'inspecteur Yi saura quoi faire.

Sun hésita.

L'inspecteur Yi. Dans la folie des événements, elle l'avait complètement oublié.

« Tu n'as plus toute ta tête, Sun, fais attention. »

– Vous avez raison. La police nous aidera.

Craignant de s'écrouler, elle serra le bras de Yao-Shi, puis les deux amis se mirent en route pour le Bureau de la sécurité publique.

Sun avait l'impression que son corps était sale, encrassé d'une suie noire et collante, qu'elle mettrait plusieurs jours à enlever. Chaque parcelle de sa chair que le mafieux avait touchée la démangeait et elle aurait voulu se gratter la peau jusqu'au sang.

À plusieurs reprises, elle tourna la tête pour cacher ses larmes naissantes. Au cours de leur marche, Yao-Shi se contenta de l'aider à avancer, en lui souriant de temps à autre et en la félicitant pour son courage.

Ils arrivèrent au commissariat à midi, l'heure où les trottoirs étaient envahis de petits cuisiniers qui préparaient des plats dans leur tricycle aménagé. Une odeur de légumes sautés et de porc caramélisé embaumait l'air. Mais Sun avait toujours envie de vomir, tellement son estomac était noué.

Avant d'entrer dans l'imposant bâtiment, elle dit à son ami, d'un air confus :

– Maître Yao-Shi, pardonnez-moi, mais je préférerais y aller seule.

Si le moine l'accompagnait, alors il serait présent au moment où elle expliquerait comment elle avait obtenu le plan… Et Sun ne voulait pas lui infliger de telles images.

– C'est votre choix, Sun. Je vous attends ici.

L'instant d'après, elle se présentait à l'accueil du commissariat.

– J'aimerais m'entretenir avec l'inspecteur Yi, dit-elle à la toute jeune secrétaire.

– Vous avez rendez-vous ?

– Non…

Une tasse de thé à la main, son interlocutrice pinça les lèvres d'un air affligé.

– Navrée, M. Yi n'est pas là pour le moment.

– Je dois lui parler. C'est important.

– À quel sujet ? Une agression ?

La secrétaire pointa nonchalamment du doigt les ecchymoses qui couvraient le visage de Sun Tang.

– Non, à propos d'un trafic d'enfants.

– L'inspecteur Yi n'est pas responsable de ce domaine. Vous devriez vous adresser à…

– L'inspecteur Zhou, oui, d'accord, coupa Sun, est-ce que M. Zhou est disponible ?

La secrétaire soupira avec lassitude.

– Vous avez rendez-vous ?

– Bien sûr que non !

– Navrée, il est aussi absent.

Et elle bâilla en se couvrant la bouche.

Sun eut envie de lui attraper les cheveux pour la sortir de sa torpeur. Maudite inertie chinoise ! Pourquoi les gens étaient-ils toujours aussi flegmatiques ?

– N'y a-t-il aucun inspecteur qui puisse me recevoir ?

– Vous savez, c'est la pause déjeuner…

Façon détournée de lui dire non.

Sun tapa du poing sur le comptoir.

– Je m'en moque ! C'est urgent, vous comprenez ?

Vexée, la secrétaire attrapa un bloc-notes et un stylo.

– Vous voulez laisser un message ? C'est tout ce que je peux faire.

Enfin une bonne initiative ! La jeune mère s'empara du calepin et rédigea une note à l'intention des inspecteurs, en y recopiant le plan dessiné par le mafieux. Pourtant, elle ne se sentait pas soulagée… Au contraire. Et si les policiers traînassaient avant d'agir ? Et s'ils ignoraient volontairement son message, pour ne pas affronter la mafia ?

Une fois à l'extérieur, Sun jeta un regard sur la rue, en proie à une poussée d'adrénaline. Quelques passants, des commerçants… Et cette femme qui discutait avec Yao-Shi, à côté de son triporteur. Pour se protéger du soleil, elle tenait un parapluie qui réduisait son champ de vision.

« Même pas quatre mètres. »

Son cœur s'accéléra. L'occasion rêvée…

En un éclair, Sun se précipita vers le trois-roues et au prix d'un effort surhumain bondit sur la large selle.

« Démarre ! Démarre ! »

Le ventre comprimé contre le guidon, elle pédala de toutes ses forces pour atteindre la chaussée.

Bam ! Des casseroles tombèrent sur le sol, alors que le vélo quittait le trottoir, en un saut.

– Au voleur ! cria la bonne femme en lâchant son parapluie.

Le corps endolori, Sun fonça droit devant, parmi les voitures et les bus, tandis que la commerçante la poursuivait de ses injures.

Elle n'osa pas se retourner. Elle ne voulait pas affronter le regard de Yao-Shi.

94

6 août 2013

LINA GRIMPA la pente à vélo.

Elle se sentait éreintée, écœurée par le comportement de Thomas. Comment pouvait-il la laisser tomber maintenant, alors qu'elle s'était autant investie ?

Plus elle y réfléchissait, plus Lina trouvait des arguments pour accuser la mafia. Elle n'arrêtait pas de penser à la réaction de l'homme au costume gris dans le bar du Dragon rouge : pourquoi les avait-il laissés partir ? Suivait-il des instructions ? Lu-Pan avait-il reçu des consignes similaires ? Sinon, pourquoi l'aurait-il laissée filer alors qu'elle était à sa merci ?

À force de cogiter, l'étudiante commençait à avoir sa petite idée sur les événements. Pour elle, il y avait un mafieux derrière cette histoire, un trafiquant d'enfants, qui la pistait depuis le début, et qui se servait d'elle pour mettre la main sur tous ceux qui risquaient de le dénoncer. Ce criminel avait très probablement contraint Lu-Pan à tuer Li-Li et Zhen, en maquillant leurs morts en accidents. Mais comme la police avait flairé le traquenard et que l'étau se resserrait autour de Lu-Pan, cette nuit quelqu'un était passé chez lui pour lui régler son compte : le seul moyen de couvrir les arrières de la mafia.

Dans la forêt, Lina croisa plusieurs jeeps de police qui descendaient vers la ville. Le suicide de Lu-Pan avait probablement été un choc pour l'ensemble des villageois. Déjà trois morts, à quelques jours d'intervalle.

Lorsque Lina arriva à Mou di, elle remarqua des fidèles qui débattaient devant le temple, avec l'ardeur des jurés d'une cour d'assises. Elle s'avança vers eux, légèrement embarrassée, quand Yao-Shi l'interpella :

– Ah, Lina ! Nous nous inquiétions pour vous. Vous avez dormi à Wuming ?

– Oui… dans un hôtel. J'aimerais vous parler, Maître Yao-Shi, je dois quitter le monastère.

Ébloui par le soleil, le moine s'approcha d'elle, la mine soucieuse. Son visage se décomposa lorsqu'il remarqua la blessure sur son front : un semblant de colline bleutée surmontée d'un lagon cramoisi.

– On vous a frappée ?

– Je me suis battue… au bar du Dragon rouge.

– Venez à l'intérieur !

Il l'emmena dans la salle commune, pour discuter en tête à tête. Là, aucune leçon de morale sur les méfaits de la violence. Le moine souffla avec fatalisme.

– Tao n'aurait pas dû vous parler de ses soupçons, déclara-t-il d'un ton grave.

– Il vous a tout raconté ? J'ai voulu vérifier l'alibi de Lu-Pan. C'est la mafia qui m'a accueillie…

– Vous êtes têtue, vous savez ? Par moments, vous me faites penser à Sun…

– Pardon ?

Yao-Shi avait jeté cette remarque comme une invitation, une incitation à engager le dialogue. Était-il en train de lui tendre un piège ? Elle n'eut même pas le temps de réagir, car le moine poursuivit aussitôt :

– Lorsqu'elle avait votre âge, Sun aussi était allée voir la mafia… elle voulait trouver l'homme qui avait acheté sa fille.

– Elle a réussi ?

– Et vous ? Avez-vous obtenu des réponses ?

Lina secoua la tête, contrariée.

– Non… J'ai seulement déclenché une bagarre. Mais je suis persuadée que la mafia est à l'origine de ces homicides, je la soupçonne d'être impliquée dans un trafic d'enfants !

Yao-Shi inspira longuement, en regardant par la fenêtre. La plupart des maisons avaient été ornementées de billets rouges porteurs de formules protectrices. Un climat de suspicion régnait dans le hameau. La peur s'était propagée comme un virus contagieux et redoutable.

– Vous voulez du thé ? demanda-t-il en s'emparant d'une casserole encore chaude.

Lina accepta, décontenancée. Le moine lui servit une tasse, avant de s'asseoir sur un tabouret.

– Vous vous êtes mesurée à des mafieux pour connaître la vérité, déclara-t-il tout à coup, alors je vais vous faire une confidence : vous avez raison, l'homme qui a acheté Chi-Ni fait partie de la mafia. Aujourd'hui, il est à la tête d'un réseau de trafiquants dans le Guangxi.

Lina mit plusieurs secondes à digérer cette révélation. Avait-elle bien entendu ?

– Vous savez quel type de trafic ?

– À ce qu'on m'a dit, il se débrouille pour trouver des enfants qu'il place dans des orphelinats spécialisés dans l'adoption internationale. Les directeurs lui reversent une partie de l'argent qu'ils gagnent au moment de l'adoption.

« Je rêve ! »

Lina se remémora ce que lui avait dit Xian-Zi le premier jour : avec les avortements et les stérilisations forcées, le taux d'abandons avait considérablement baissé ; or l'adoption internationale rapportait gros, et la pénurie d'enfants frustrait certains dirigeants d'orphelinat qui en avaient fait leur commerce.

– Vous connaissez son nom ?

– On le surnomme le « nettoyeur », mais son véritable nom est Ling Jun. On ne le voit plus beaucoup, il doit passer son temps dans sa luxueuse villa d'où il dirige le réseau. Des mafieux continuent de travailler pour lui un peu partout dans la région. Il y a de fortes chances pour qu'il ait demandé à ses hommes de soudoyer Lu-Pan pour effectuer le sale boulot… puis il a probablement commandité sa mort.

La jeune femme écarquilla les yeux, avec le sentiment d'avoir aperçu un ovni. L'espace d'un instant, elle éprouva l'envie de sauter dans les bras du moine et d'embrasser son crâne rond et chauve. Non seulement Yao-Shi avait confirmé ce qu'elle pensait, mais il lui avait donné un nom !

« Ling Jun. »

– Lina, vous m'avez dit que vous quittiez le monastère ?

L'étudiante redescendit sur terre.

– Oui... je pense qu'il est temps que je m'en aille. J'ai suffisamment semé la pagaille.

– Vous avez agi comme il vous semblait bon d'agir... Je n'ai pas l'intention de vous juger. Mais j'imagine que partir maintenant est une sage décision. Je suppose que vous avez suffisamment de matière pour écrire votre livre, avec tous ces événements. Peut-être que vos écrits contribueront à freiner certains abus, qui sait ?

Elle se contenta de hocher la tête, un peu gênée. Le moine serait bien trop déçu s'il apprenait qu'elle n'avait jamais eu l'intention d'écrire un roman sur les enfants chinois.

Elle se demanda ce que Yao-Shi avait projeté de faire une fois qu'elle serait loin. Allait-il retourner à son silence ? Se cloîtrer dans son monastère, comme un grillon dans son trou ?

– Je m'apprêtais à partir pour l'orphelinat, ajouta le moine, voulez-vous que nous fassions un peu de route ensemble ?

– Je vous remercie de tout cœur, mais j'aimerais dire au revoir à Tao.

– Oh, bien sûr. Vous le trouverez chez lui. Je crois qu'il aimerait vous présenter des excuses pour son comportement.

Yao-Shi joignit les deux mains et s'inclina vers elle en signe d'adieu. À ce moment-là, elle le trouva touchant, et même attendrissant. Elle percevait en lui la compassion, qui lui avait permis de rester indulgent à son égard.

Reconnaissante, la jeune femme s'inclina à son tour, sans dire un mot.

95

6 août 2013

DÈS QUE YAO-SHI eut quitté le monastère, Lina s'assit dans la petite chambre et observa son sac à dos, posé contre le mur. Des taches de sang en parsemaient la toile, ravivant le souvenir du chaton mort.

Une grande tristesse l'envahit.

Quand elle avait reçu cette menace, le lendemain de son arrivée, Lina n'avait pas mesuré la gravité de la situation. Pourquoi n'était-elle pas partie à ce moment-là ?

Elle saisit son téléphone et le fit tourner entre ses doigts. Non, elle n'appellerait pas Thomas ! Son comportement l'avait terriblement déçue. D'ailleurs, pouvait-elle vraiment lui faire confiance ? Car si les enfants étaient destinés à l'adoption internationale, des Occidentaux devaient faire partie du réseau. Peut-être que l'humanitaire menait une double vie… Et s'il était de mèche avec la mafia chinoise ? L'association Cœur d'enfants existait, certes, mais Lina n'avait jamais rencontré ses confrères…

Elle composa le numéro de Rong Zhou.

– Mademoiselle Soli ! Thomas m'a téléphoné pour…

– J'ai un nom ! le coupa-t-elle.

– Un nom ?

– Oui ! Un mafieux, Ling Jun, mais on le surnomme le « nettoyeur ». Il est à la tête d'un réseau qui revend des enfants à des directeurs d'orphelinat corrompus.

À l'autre bout du fil, elle sentit que Rong Zhou était scotché.

– Vous en êtes sûre ? Qui vous l'a dit ?

– Le moine Yao-Shi, enfin, Maître Yao-Shi. Mais ce n'est pas tout. Il pense que ce fameux Ling Jun a envoyé quelqu'un payer Lu-Pan pour perpétrer les meurtres. La mafia veut faire taire tous ceux qui risquent de les dénoncer.

– Impressionnant ! s'exclama l'inspecteur Zhou. Maître Yao-Shi vous a-t-il dit comment il savait tout ça ?

Lina se mordilla la lèvre.

– J'aurais dû lui demander... Il vient de partir à l'orphelinat.

– Hum, écoutez, ce n'est pas grave. Évitons de prendre pour argent comptant tout ce qu'a raconté ce moine. Il ne dit peut-être pas toute la vérité.

« Sans blague ! » Lina allait finir par perdre la boule.

– Et Lu-Pan ? intervint-elle. Vous ne pensez pas que la mafia l'a tué ?

Un silence suivit.

– Je l'envisage sérieusement. Je suis justement en train d'exploiter cette piste ! Vous avez appelé Thomas ?

L'étudiante balbutia :

– Je... non, comment dire...

– Ne vous fatiguez pas, j'ai compris. Pour ma part, cela fait des années que je ne fais plus confiance à personne ! Thomas a l'air d'un type bien, mais j'ai de plus en plus de doutes à son sujet. Essayez de rester en lieu sûr. Un lieu public, par exemple. De mon côté, je m'occupe de coincer ce Ling Jun.

Lorsque le policier raccrocha, Lina se sentit terrassée. Ses soupçons n'étaient donc pas stupides... Même Rong Zhou avait l'air de remettre en cause la sincérité de Thomas.

Après avoir regroupé ses affaires, elle rassembla un peu d'argent liquide dans une enveloppe à l'adresse des deux moines, qu'elle glissa sous le coussin. Elle ressentait le besoin de leur faire un don pour leur hospitalité, mais elle était incapable de le leur remettre en main propre. Au fond d'elle, elle savait pertinemment qu'aucune somme ne pouvait réparer les dégâts irréversibles de son passage ici. « L'eau renversée est difficile à rattraper », disait un proverbe chinois. Les séquelles seraient profondes…

Son sac sur le dos, la jeune femme quitta le monastère et se dirigea vers la maison de Tao. Au-dessus des toits, le ciel couvert de nuages vaporeux évoquait de la soie blanche, où le vent tissait des formes familières et voluptueuses.

Lina tressauta soudainement.

« Mince ! »

Une question avait fusé dans son esprit, à la vitesse d'une étoile filante.

Elle posa une main sur son front, irritée. En cherchant des réponses sur la mafia, elle avait oublié une question essentielle.

Qu'était-il arrivé à Sun ?

96

12 octobre 1991

La forêt de bambous s'élevait à l'horizon en un bloc sombre et austère, imperméable à la lumière. Le chemin qui y menait traversait un champ de théiers pas plus hauts que des arbrisseaux.

Sun avait les jambes en feu.

Depuis qu'elle avait volé le tricycle, elle n'avait pas arrêté de pédaler, obnubilée par sa destination. De douloureuses crampes avaient envahi ses cuisses et sa gorge sèche la brûlait. En passant devant le temple taoïste, elle avait failli tomber de l'engin à cause d'une violente contraction. Son instinct lui disait que le bébé serait bientôt là, surtout si elle continuait de pousser son organisme à bout.

Exténuée, Sun entra dans la forêt, à l'endroit indiqué sur son plan. Elle remarqua des traces de pneus creusées dans la boue, entre les arbres. Un bon signe… Si le mafieux n'avait pas menti, la maison était située un kilomètre plus loin, en ligne droite.

Gênée par les branchages, la jeune paysanne abandonna le tricycle à la lisière de la bambouseraie et poursuivit à pied, en haletant. Elle n'aimait pas le bambou. Elle trouvait ce bois trop droit, trop rigide, semblable aux barreaux d'une prison.

Encore une contraction.

– Calme-toi, ce n'est pas le moment ! geignit-elle en se pliant en deux.

Une douleur lui barra le front.

« Tu dois tenir le coup, Sun, pour Chi-Ni ! »

Elle attendit plusieurs secondes, les deux mains posées sur son ventre. Elle avait l'impression que sa vue était de plus en plus trouble, et que les couleurs se fondaient progressivement en une masse indistincte.

Elle avança, tant bien que mal.

Elle avait détecté une émanation désagréable, pesante, irritante. Ses sens lui jouaient-ils un tour ?

Sun accéléra le pas, focalisée sur les larges sillons tracés par les pneus du véhicule. Elle ne devait plus être très loin de la maison... Que ferait-elle en arrivant là-bas ? Savait-elle au moins ce qu'elle allait trouver ? Combien d'enfants, combien de trafiquants ?

Son initiative était folle ! Elle allait y laisser sa peau !

La jeune mère se sentait seule, épuisée, impuissante... Elle n'avait rien, sinon ce misérable canif que lui avait donné Xian-Zi. Aurait-elle la force de se battre si on refusait de lui rendre sa fille ?

Après dix minutes de marche, Sun s'inquiéta sérieusement. Elle n'apercevait toujours pas la maison, mais l'air puait le bois brûlé. Derrière les arbres, elle remarqua une fumée grisâtre qui se tordait entre les troncs.

Un feu de camp ? Non. Trop volumineux. Ses oreilles commençaient à percevoir un lointain crépitement, qui attisa ses peurs. Sun se pressa, gagnée par la panique.

Soudain, elle laissa échapper un cri...

La bâtisse était là, un peu plus loin.

En feu.

– Mon Dieu ! Chi-Ni !

Sun se couvrit la bouche d'effroi. D'immenses langues orangées avalaient complètement le toit, les murs, avec une gourmandise foudroyante et malsaine.

– Chi-Ni !

Elle hurla en courant vers l'incendie. Et si les enfants étaient restés à l'intérieur ?

Au moment où elle atteignait la maison, un mur s'écroula.

Sun fut projetée au sol, balayée par le souffle ardent. Un nuage de cendres lui déchira les poumons.

Elle cracha avec peine, les yeux emplis de larmes. La fumée lui brûlait le visage.

– Chi-Ni…

Sa voix se transforma en pleurs, alors qu'elle levait la tête. Face à elle, un énorme monstre déployait ses bras orange. Le brasier avait gagné les arbres, qui s'enflammaient un à un.

Sa fille, où était sa fille ?

Sun concentra son attention, mais elle n'entendait rien de plus que le puissant torrent de flammes et les crépitations du bois. Un sinistre craquement lui annonça que le toit venait de s'effondrer.

– Non…

Si enfants il y avait, ils étaient maintenant tous morts… Et elle connaîtrait le même sort si elle restait plantée ici.

Elle n'arrivait pas à se relever.

La poitrine brûlante, Sun rampa, à bout de forces.

« Tu vas mourir. C'est ici que tu vas mourir ! »

Tout à coup, elle entendit un cri s'élevant de nulle part. Peut-être un cri de femme. Peut-être un cri d'enfant. Quelqu'un était-il piégé au milieu des flammes ?

À cet instant, elle perdit les eaux.

97

6 août 2013

L'INSPECTEUR YI n'était pas resté à Mou di. Après son coup de fil à la technicienne de la police scientifique, il avait chargé ses collègues de recueillir le témoignage des habitants, puis s'était empressé de rejoindre le commissariat. Une idée lui trottait dans la tête, de plus en plus précise, de plus en plus troublante. Ses neurones s'excitaient, des images s'associaient. Il devait puiser loin, très loin, au fond de ses souvenirs. Mais au fur et à mesure que sa mémoire se réveillait, il sentait comme un arrière-goût désagréable remonter à la surface.

La silhouette corpulente de l'inspecteur Yi se faufila entre les immenses étagères qui s'alignaient dans la salle des archives, au sous-sol du bâtiment. On aurait dit une bibliothèque universitaire qu'on aurait laissée à l'abandon. Au plafond, un ventilateur brassait l'air avec un bruit de vieux réfrigérateur détraqué. Les lieux semblaient infestés de forces maléfiques. Peut-être les esprits errants de toutes les victimes qui n'avaient pas obtenu justice… En trente-six ans de carrière, Yi avait vu un paquet de meurtres non élucidés.

Il mit enfin la main sur le dossier qu'il cherchait. Une affaire elle-même non résolue, datant d'octobre 1991. Sa respiration s'emballa alors qu'il commençait à lire les premières lignes de la feuille jaunie qui dégageait une odeur de tabac : « Sun Tang, vingt-trois ans, disparue le 12 octobre 1991. Domiciliée à Mou di. »

La première page fournissait un bref rapport rédigé par l'inspecteur Zhou, lorsque Sun Tang était venue le voir dans son bureau, le 4 octobre 1991 : « Sun Tang a signalé la disparition de sa fille, Chi-Ni Tang, âgée de six ans. »

Yi se souvenait de cette femme !

« La dernière personne à avoir été en contact avec l'enfant est Maître Yao-Shi, au temple de Mou di, le 3 octobre 1991 aux alentours de 17 heures. Sun Tang affirme que sa fille est une extra-naissance. Son mari a refusé de la déclarer, en prévision du jour où le couple aurait un enfant mâle. À ce jour, Sun Tang est enceinte, sa grossesse est bientôt à terme. »

Le rapport de Zhou s'arrêtait là. Et Yi savait très bien ce qui s'était passé ensuite.

La jeune mère était venue quelques jours plus tard dans son bureau, complètement désespérée, en racontant qu'un homme achetait des enfants pour les faire adopter à l'étranger… Il lui avait promis d'enquêter sur l'affaire. Et puis un jour, elle avait laissé un mot à l'accueil du commissariat, où elle disait avoir trouvé le lieu de détention des enfants, une maison dans une bambouseraie. La nouvelle avait fait le tour du Bureau de la sécurité publique. Dans la précipitation, Yi avait aussitôt rassemblé une équipe, avant de se mettre en route. Mais les choses avaient tourné au vinaigre. Alors qu'ils arrivaient sur les lieux, un incendie ravageait la forêt. Il avait fallu plus de trente pompiers pour venir à bout du brasier…

Finalement, personne n'avait jamais su si le message de Sun Tang disait vrai. Quelques indices allaient dans ce sens : on avait retrouvé de l'essence parmi les débris de la maison… mais surtout des fragments d'os humains, entourés de chair carbonisée.

Les enfants étaient-ils restés enfermés à l'intérieur ?

En 1991, cette éventualité avait obsédé les nuits de Yi. Il avait fait d'horribles cauchemars dans lesquels des fillettes brûlaient vives.

Frissonnant, l'inspecteur tourna une page, puis une autre, à la recherche du rapport qu'il avait lui-même rédigé à l'époque. Peut-être avait-il oublié un point important ? Peut-être qu'un élément lui avait échappé ?

Son cœur fit un bond.

Oui. Quelque chose était passé à la trappe…

98

6 août 2013

Une armada de policiers défilait dans l'allée. Partout des hommes en uniforme bleu regagnaient progressivement leur véhicule, plus haut sur la montagne. La dépouille de Lu-Pan avait été enfermée dans un sac en plastique opaque, et deux agents s'apprêtaient à l'emporter sur une civière.

Dévisagée à plusieurs reprises, Lina s'empressa de monter les escaliers qui menaient à l'entrée de la maison des Dai.

Elle toqua avec énergie. La grand-mère ouvrit la porte.

– Bonjour, j'aimerais parler à Tao.

– Tu traînes encore ici, toi !

– Je viens lui faire mes adieux.

– Ah ! Il est dans sa piaule, brailla-t-elle.

Elle plaqua son corps grassouillet contre le mur pour la laisser passer dans le couloir.

L'attachante Grand-Mère Dai avait visiblement disparu pour laisser place à une vieille harpie acariâtre, au visage pâle et crispé, déformé par la méfiance.

Quelques secondes plus tard, Lina entrait dans la chambre de Tao, une pièce mansardée où la température avoisinait les quarante degrés.

Le jeune homme était debout près de la fenêtre. Il avait les traits tirés et les yeux rouges.

– Tu t'en vas ? demanda-t-il en apercevant son sac.

Elle baissa la tête d'un air désolé. Même si cette décision n'était pas la sienne, elle assimilait son départ à un abandon, comme si elle avait capitulé.

– Maître Yao-Shi m'a dit que tu n'avais pas dormi au monastère.

– Non. J'ai passé la nuit à Wuming… Quand tu es rentré chez toi, hier après-midi, je suis allée au bar du Dragon rouge.

Il l'observa, interloqué. Ses sourcils noirs s'abaissèrent, lorsqu'il remarqua son hématome.

– Je comprends mieux pourquoi Lu-Pan est mort…

Elle ne put s'empêcher de culpabiliser.

– Oui… des mafieux ont dû débarquer chez lui dans la nuit pour lui régler son compte.

– Ce sont eux qui t'ont frappée ?

– Je me suis bien défendue, tu sais.

Elle esquissa un sourire, qui ne lui fit aucun effet. Affligé, Tao se mit face à la vitre et fixa la rivière qui s'écoulait non loin des habitations, avant d'irriguer les rizières. Depuis ce matin, il se demandait si les policiers avaient trouvé le vin français et les cigarettes Yuxi dans la maison de Lu-Pan, ou si son assassin les avait emportés avec lui.

– Lina, je souhaitais m'excuser… Je suis désolé pour hier après-midi. J'ai honte. Je ne sais pas ce qui m'a pris. Ma mère… me manque.

Ses yeux s'emplirent de larmes, qu'il s'efforça de retenir.

Bouleversée, Lina eut envie de se serrer contre lui, pour lui apporter du réconfort. Elle savait que ce genre d'attentions était impropre à la culture chinoise, mais elle ressentait trop de peine pour réfréner son geste. Elle se blottit derrière lui et l'étreignit doucement, sans rien dire. En le voyant ainsi, rongé par la douleur, elle éprouvait le besoin de pleurer avec lui. Non seulement pour Li-Li, mais aussi pour sa propre mère, qui lui manquait cruellement. Pourtant, les sanglots n'éclataient pas, jamais. Lina n'avait pleuré qu'une fois : la nuit suivant le drame. Puis l'aube s'était levée et avait asséché ses yeux : plus une larme depuis huit ans.

– Je comprends, Tao.

– Je ne vois pas comment tu pourrais comprendre.

– Détrompe-toi. J'ai aussi perdu ma mère. J'avais quinze ans quand elle a mis fin à ses jours. J'ai mis plusieurs années à me reconstruire.

Il se tourna vers elle et la dévisagea un moment, comme s'il venait de percer un grand mystère.

Tandis qu'il la regardait intensément, Lina ne parvint pas à deviner quelles émotions le traversaient. Mais elle eut l'impression que cet aveu avait réveillé quelque chose en lui, qu'il ne lui avait pas encore dévoilé.

Après un long silence, il se décida à parler :

– Tu as risqué ta vie, Lina. Pour moi, pour ma mère…

– Rien ne serait arrivé si je n'étais pas venue à Mou di. Si je ne m'étais pas mêlée de ce qui ne me regarde pas, personne ne serait mort à l'heure qu'il est.

Tao s'éloigna de la fenêtre, avant de s'asseoir sur le lit. Lui aussi avait un « si », et ce « si » l'obnubilait. Car les choses auraient été différentes s'il avait eu le courage de lui dire la vérité, le soir du 28 juillet. Il en avait eu l'occasion : Lina venait de rencontrer Lu-Pan et s'indignait du fait qu'il veuille acheter une Vietnamienne.

Après toutes ces horreurs, Lina avait peut-être enfin le droit à une explication.

Tao inspira profondément, en cherchant par où commencer. Ce n'était pas facile de se livrer maintenant, après tant de mensonges.

Mais s'il voulait qu'elle comprenne, il devait lui raconter.

Depuis le début.

– Li-Li n'était pas ma mère biologique.

99

12 octobre 1991

UNE FEMME SURGIT de nulle part et se hâta vers elle pour l'aider à s'éloigner du feu.

– Madame ! Madame ! Vous êtes blessée ?

Étourdie, Sun l'observa quelques secondes : petite, fluette, le visage parsemé de grains de beauté. Elle avait l'air d'un fantôme ou d'un ange tombé du ciel pour lui porter secours.

– Qui êtes-vous ? bredouilla Sun.

– Mon Dieu, vous êtes enceinte !

– Je viens de perdre les eaux…

– Levez-vous, je vais vous aider !

La jeune femme essaya de la soulever pour l'inciter à marcher. Sun s'accrocha à son bras, les jambes flageolantes.

Derrière elles, des flammes de plus en plus hautes grimpaient vers l'immense toit de feuilles qui tapissait la forêt. La fumée s'accumulait, donnant l'impression qu'un épais brouillard voilait les bambous.

– Il faut s'éloigner d'ici ! cria l'inconnue.

– Madame… d'où venez-vous ?

– Je n'ai pas le temps de vous expliquer.

Elle essaya de la soutenir, mais Sun n'avait plus d'énergie. Trois mètres plus loin, elle trébucha sur une branche et tomba au sol en toussant.

– Je ne peux plus ! hurla-t-elle. Je n'y arrive plus !

Elle inclina la tête et vomit aussitôt. Son corps entier tressaillit. Depuis qu'elle avait avalé des cendres, elle suffoquait. Son cœur manquait d'oxygène. À chaque fois qu'elle inspirait, une douleur lui tiraillait la poitrine. Elle se sentait consumée de l'intérieur, comme si du feu rongeait ses poumons.

– Nous devons partir, cria sa sauveuse, c'est trop dangereux !

Elle la saisit par les avant-bras, et essaya de la soulever. Mais Sun gémit de douleur.

– Je ne peux pas, arrêtez ! répéta-t-elle d'une voix faible. Il faut sauver le bébé. Moi je suis déjà morte.

L'inconnue se pencha sur elle et la fixa avec effroi. Sun avait le visage rouge et congestionné. Ses yeux commençaient à se révulser... De tels signes ne trompaient pas : elle était proche de l'asphyxie.

– Madame, je ne suis pas sage-femme... Je suis une simple nourrice, une *ayi*. Vous devez voir un médecin !

Elle l'empoigna une nouvelle fois, pour l'éloigner de l'incendie. Mais la fumée était épaisse, et même en l'absence de vent, le feu gagnait du terrain. Elles ne seraient pas à l'abri très longtemps.

– S'il vous plaît, murmura Sun d'une voix dissonante, saccadée, vous ne pouvez plus rien pour moi... Il faut sauver mon bébé...

À bout de forces, elle fouilla dans une poche et en sortit le canif, qu'elle lui tendit en frémissant.

L'*ayi* secoua la tête, horrifiée.

– Que voulez-vous que je fasse avec ce couteau ? Vous avez perdu l'esprit !

Sun remua faiblement la tête, sur le point de perdre connaissance...

Courageuse, la nourrice recommençait à la traîner, lorsqu'une voix masculine retentit dans la forêt :

– Sun ! Sun ?

La nourrice trembla de frayeur.

– Sun ! C'est moi ! Yao-Shi !

– Il va vous aider, bafouilla la jeune mère.

Déstabilisée, l'*ayi* se redressa et scruta les bambous. Avec la fumée, elle ne voyait pas à trois mètres devant elle : tout n'était qu'ombres enchevêtrées.

– Par ici ! appela-t-elle.

Tout à coup, elle aperçut une silhouette errant entre les arbres.

« Un moine, c'est un moine ! »

La jeune femme courut vers lui et lui attrapa le bras.

– Suivez-moi, maître ! Elle est juste là !

Lorsque Yao-Shi arriva près de son amie, il s'agenouilla, à deux doigts de fondre en larmes.

La future mère était inerte, les paupières closes. Son front ruisselait de sueur.

– Sun ! Oh… Sun ! Vous m'entendez ?

Aucune réponse.

Prise de panique, l'*ayi* s'accroupit à son tour, et lui tapota les joues. Le visage de Sun était aussi figé que du marbre.

– Il y a vingt secondes elle était encore consciente !

Mais Sun ne réagissait pas. Même lorsque Yao-Shi agrippa ses épaules pour la secouer vivement.

Désespérée, l'*ayi* lui tâta le pouls au niveau du poignet. Aucun doute.

– Je suis désolée, balbutia-t-elle, son cœur ne bat plus…

– Quoi ? Qu'est-ce que vous dites ?

– Elle est morte… elle ne respire plus.

Yao-Shi se prit la tête entre les mains. Non, il n'arrivait pas à y croire. Tout cela était irréel, inconcevable.

Face à lui, la nourrice déplia le canif que lui avait donné la défunte, avant de soulever son vêtement.

– Qu'est-ce que vous faites ? s'égosilla le moine.

– Je sauve le bébé !

Elle inspira profondément, puis planta rapidement le couteau dans le ventre de la morte. Un jour, un médecin lui avait dit qu'un fœtus pouvait survivre plusieurs minutes après la mort de sa mère. Le cœur palpitant, elle creusa une longue entaille dans les différentes couches de la peau, sur toute la largeur de l'abdomen.

Yao-Shi serra les dents, en réprimant un haut-le-cœur.

Moite de sueur, la nourrice incisa une seconde fois, pour percer une couche de graisse blanchâtre, imbibée de sang. Au moindre geste brusque, elle risquait de tuer le bébé.

– Vous devez m'aider, dit-elle à Yao-Shi, essayez d'écarter la peau… je dois couper les muscles.

Pris de nausées, le moine plongea ses mains dans la crevasse rougeoyante et éloigna les deux parois, pour permettre à la jeune femme d'atteindre les abdominaux. Sun avait un trou dans le ventre, un énorme trou, semblable à une gorge ouverte, dans laquelle il fallait creuser…

La nourrice donna un dernier coup de couteau, avant qu'un liquide trouble et grumeleux ne se déverse sur sa paume. Elle avait percé l'utérus.

– On y est ! s'exclama-t-elle.

Dans un dernier élan de courage, elle disséqua très délicatement cette ultime paroi, puis écarta les deux pans pour permettre à Yao-Shi d'attraper le bébé.

La fente était si large que le moine eut très peu d'efforts à faire pour extraire le nourrisson. Il lui dégagea la tête, puis le corps, tandis que l'*ayi* coupait le cordon.

Le petit être visqueux avait l'air minuscule dans les mains de Yao-Shi.

– Pourquoi il ne crie pas ? paniqua le moine.

Le nouveau-né gesticulait, mais son visage avait une teinte bleutée, comme s'il manquait d'oxygène.

D'un geste maîtrisé, la nourrice s'empara du bébé et lui tapota le dos pour lui stimuler les bronches.

L'instant d'après, le premier cri du nourrisson les remplit de soulagement.

– Sun ! Tu as un fils ! murmura le moine, gagné par les sanglots.

D'une main frémissante, il enveloppa le petit être ensanglanté dans un pan de son vêtement.

Cet enfant ne connaîtrait jamais sa mère.

100

6 août 2013

DISPARU.

Le rapport qu'il avait rédigé en octobre 1991 s'était tout bonnement volatilisé. Plus de trace de son entretien avec Sun Tang. Aucune allusion à un éventuel trafic d'enfants. Rien non plus sur l'incendie et les débris d'os humains. Le vide. Toute cette histoire paraissait n'avoir jamais existé ! Le dossier sur Sun Tang finissait en queue de poisson : elle avait quitté Mou di le 12 octobre 1991, dans le but de refaire sa vie, loin d'un mari qu'elle n'aimait plus. Une conclusion aberrante, au regard des événements.

Pour s'assurer qu'il ne s'agissait pas d'une erreur, Yi avait parcouru l'étagère, feuilletant une dizaine d'autres dossiers. Rien. Le document qu'il avait rédigé s'était évaporé dans la nature.

De retour à son bureau, l'inspecteur s'enfonça dans son siège, les yeux fixés sur le plafond. Il se sentait légèrement groggy, étourdi par ses propres idées. Depuis tout à l'heure, son malaise s'accentuait… Des images lui traversaient l'esprit. Des doutes, des soupçons, des supputations. Au souvenir de ces derniers jours s'ajoutaient de vieux fantômes du passé.

Fébrile, l'inspecteur Yi alluma une cigarette et crapota silencieusement. Ici, personne ne respectait l'interdiction de fumer dans les locaux. Comme partout en Chine, les règlements étaient considérés comme des recommandations.

Après plusieurs minutes d'intense réflexion, il décida de se jeter à l'eau et téléphona à un collègue resté à Mou di.

– J'ai besoin que tu me rendes un service. Depuis quelques jours, une Française séjourne au monastère. Essaie de voir si tu peux la trouver. C'est important que je lui parle !

Quand Yi raccrocha, il ne put s'empêcher de frémir.

« Important », le mot était faible.

À présent, il avait une idée bien précise sur le complot qui se tramait.

Et si son hypothèse était avérée, cette femme était au cœur d'une monstrueuse affaire, de quoi déclencher un scandale pour la police comme pour le Parti.

En avait-elle seulement conscience ?

101

12 octobre 1991

UN FATRAS D'ÉMOTIONS envahit Yao-Shi. Il n'y croyait pas. Sun était jeune, si jeune. Pourquoi s'en aller maintenant ?

Après des années de pratique bouddhiste, le moine était convaincu que la mort n'était pas une fin. Tout était impermanent. Nous venions de quelque part et nous y retournions. Une simple continuation. Entre deux renaissances, la vie était un voyage, une aventure, avec pour unique bagage le fruit de notre karma. Celui qui comprenait ce processus n'avait pas de raison de s'inquiéter. Dans ce cas, pourquoi Yao-Shi souffrait-il ?

Le moine caressa la main de Sun, le visage plein de larmes. Contre lui, le minuscule nouveau-né vagissait, comme s'il ressentait son chagrin.

La mort des êtres aimés n'était jamais facile… Certains départs étaient trop brusques, trop soudains. Quelles que soient nos convictions, le choc nous ébranlait, comme un déferlement de vagues qui inondait le cœur.

Tout à coup, il sentit la main de la nourrice lui agripper l'épaule.

– Hé ! Vous m'entendez ? Il faut partir !

Yao-Shi cligna des yeux. Il était tellement secoué qu'il avait fait abstraction de l'urgence de la situation.

– Oui… il y a un temple taoïste non loin d'ici. Les maîtres devraient nous aider.

– Ce chemin est trop dangereux, rétorqua l'*ayi*, nous devons traverser la forêt. Je sais qu'il va revenir d'une minute à l'autre.

Sans plus d'explications, elle se dirigea d'un pas précipité au cœur de la bambouseraie.

– Attendez, s'exclama Yao-Shi, je ne comprends pas !

– Suivez-moi ! Dépêchez-vous.

Le moine jeta un regard vers le corps de Sun Tang, qui serait bientôt mangé par les flammes.

De qui la nourrice avait-elle peur ?

Le bébé dans les bras, il trottina pour la rattraper. Beaucoup de questions lui brûlaient les lèvres.

– Qui êtes-vous ? Que faites-vous là ?

– Je m'appelle Yumi Ma, dit-elle sans ralentir.

Elle marchait très vite, le visage concentré, enjambant les troncs et les racines. Yao-Shi eut l'impression qu'elle ne voulait pas affronter son regard.

– Je suis gardienne d'enfants. Depuis deux jours, je m'occupais des petites filles dans la maison. Je n'ai pas eu le choix : mon mari doit de l'argent à la mafia. Mais aujourd'hui, les choses ont mal tourné, et j'ai dû prendre la fuite.

– Et les fillettes ?

– Elles sont déjà loin, ils les ont emmenées avant de mettre le feu à la maison.

Yao-Shi souffla, profondément soulagé. En apercevant l'incendie, tout à l'heure, il avait songé au pire. Il s'était imaginé Chi-Ni recroquevillée sur elle-même, le corps dévoré par les flammes… Mais les fillettes étaient vivantes !

– Ta sœur est saine et sauve ! jubila-t-il en embrassant le front du nourrisson.

Le bébé avait l'air affamé, mais bien portant. « Ce petit est solide », pensa Yao-Shi.

Un peu plus loin, l'*ayi* jeta des regards inquiets autour d'elle, comme si elle craignait d'être suivie.

Après dix minutes de marche, l'air devint plus respirable. La fumée s'était dissipée et des rayons de soleil s'infiltraient entre les feuilles.

Toujours méfiante, la nourrice demanda au moine d'accélérer le pas. En l'absence de fumée, ils étaient facilement repérables.

– Vous avez peur des trafiquants ? questionna Yao-Shi en lui emboîtant le pas.

– Ils doivent être en train de me chercher.

– Mais nous avons alerté la police…

– Je sais, l'interrompit-elle. À votre avis, pourquoi ont-ils mis le feu à la maison ?

Le moine sourcilla.

– Vous voulez dire que la mafia a une taupe au commissariat ?

L'*ayi* grinça des dents avec cynisme.

– La vérité est bien pire…

Les bras croisés, elle s'était immobilisée pour le regarder dans les yeux. Son regard était si intense que Yao-Shi distinguait chaque nuance de couleur à l'intérieur de ses iris. Le noir était cerclé de reflets bleus et de mouchetures grises, lui donnant un côté félin.

– En vérité, ils ne sont que deux, lâcha la jeune femme d'un ton froid. Le premier est un mafieux, Ling Jun, il achète les enfants. Cet homme n'est pas vraiment un trafiquant, il se considère comme un livreur.

– Et l'autre ?

– C'est lui qui tire les ficelles. Un très grand manipulateur et un homme sans pitié : il maltraitait les petites filles… Ce pourri est en train de recruter du monde dans les villes voisines pour développer son trafic. Il a tout orchestré du début à la fin. Et ce gars-là n'est pas de la mafia.

Elle serra les dents de dégoût.

– Il est flic.

102

6 août 2013

Lina lui coupa la parole :

– Un flic, tu plaisantes ?

– Non, répondit Tao, maintenant tu sais pourquoi nous ne faisons pas confiance à la police…

Le dos appuyé au mur, Lina sentit une sourde angoisse répandre son venin dans chaque partie de son corps.

Tao lui avait tout raconté : la disparition de Chi-Ni, les recherches de Sun Tang, sa mort dans l'incendie. Et maintenant, il en venait au point essentiel : le véritable instigateur de ce machiavélique réseau. Un point que Yao-Shi avait omis de préciser…

Ses doigts commencèrent à trembler.

– Son nom, s'exclama-t-elle, dis-moi son nom !

Tao la considéra, surpris par son affolement.

– Rong Zhou. L'inspecteur Zhou. Tu as dû l'apercevoir à Mou di. Normalement, il travaille à Pékin, mais il traîne dans les parages depuis quelques semaines.

Lina eut l'impression de recevoir un coup de massue. Elle demeura figée, sans voix, les lèvres entrouvertes et les joues blêmes. Dans son esprit, un solide échafaudage venait de s'écrouler, avec un fracas de tremblement de terre.

– Je sais, ajouta Tao, c'est effarant. Mais les trafics d'enfants pourrissent la Chine et beaucoup de fonctionnaires sont corrompus. Personne n'ose les dénoncer ! L'inspecteur Zhou est un homme puissant, qui s'est allié au réseau noir. La mafia lui fournit des larbins, et en échange, il couvre leurs magouilles. En 1991, il a quitté Wuming pour élargir son commerce, mais il garde un œil partout. Je ne sais pas comment il l'a appris, mais il devait savoir que tu écrivais un roman qui pourrait le compromettre. Tu étais surveillée ! Quand je l'ai compris, je n'ai pas osé te le dire… J'avais peur, et Yao-Shi aussi. Zhou se débarrasse de tous ceux qui le mettent en danger. Il n'a qu'à claquer des doigts et les mafieux obéissent…

Estomaquée, Lina vit défiler un cortège d'images : sa rencontre avec Rong Zhou, leurs multiples conversations. Chaque scène se jouait à présent sous un nouveau jour. Désormais, les morceaux s'emboîtaient… et tout prenait une teinte inédite mais atrocement diabolique.

Depuis le début, Rong Zhou menait la barque. Quand il avait appris qu'une ONG mettait le nez dans son trafic, il s'était senti en danger. Voilà pourquoi il avait quitté Pékin. Voilà pourquoi il voulait suivre Thomas Mesli. À Mou di, Rong Zhou avait perçu une menace et il avait décidé de l'anéantir, à l'écart de ses collègues. Car Lina comprenait enfin les raisons de sa frilosité envers les autres policiers. Zhou n'était pas un espion du Parti, il était venu de son propre chef, de peur qu'un villageois ne le dénonce. Tout ce temps, Lina avait été son pion, une simple pièce sur un échiquier. Zhou n'avait pas eu besoin de micros, il l'avait manipulée pour qu'elle lui fournisse docilement la liste de tous ceux qui risquaient de lui porter préjudice…

– Yao-Shi est en danger ! s'exclama la jeune femme.

– Qu'est-ce que tu racontes ?

– Tao, je n'écris pas de roman ! Je suis ici pour aider une organisation humanitaire. Quelqu'un a appelé un de ses membres au sujet de disparitions d'enfants, je devais enquêter sur Sun Tang. Depuis le début, Rong Zhou supervise mes recherches. Je suis désolée… Il m'a menée en bateau… Et je viens de l'appeler pour lui parler de Yao-Shi. Nous devons aller à l'orphelinat !

Elle aurait obtenu le même effet si elle lui avait jeté un pavé à la figure. Le visage de Tao se décomposa, donnant l'impression qu'il étouffait sur place.

Aucun mot ne sortit de sa bouche.

– Tao, parle-moi !

Pas de réponse. Il secoua la tête, fou de colère, avant de bondir hors de la chambre.

Évidemment… à quoi s'attendait-elle ? Qu'il passe l'éponge d'un revers de la main ?

Seule avec elle-même, Lina resta pétrifiée, l'estomac dans la gorge.

Yao-Shi. Il fallait sauver Yao-Shi.

Elle appela Thomas.

103

12 octobre 1991

La camionnette blanche était garée dans une ruelle désaffectée de la banlieue de Wuming. Au volant, Ling Jun était à bout de nerfs. Il attendait depuis quarante-cinq minutes. Son front était sale, transpirant. Ses larges mains puaient l'essence. Régulièrement, le mafieux jetait des coups d'œil inquiets dans le rétroviseur extérieur.

Ils l'avaient échappé belle... Un gros merdier. Une heure de plus, et un commando de flics armés dirigé par l'inspecteur Yi débarquait dans la forêt pour les coincer en beauté.

À l'avenir, ils devraient se montrer plus prudents, plus méticuleux. Monter un trafic de cette envergure requérait davantage de ruse.

Que se serait-il passé si Rong Zhou n'avait pas réussi à le joindre ?

Tout était allé très vite. Dès qu'il avait reçu son appel, au bar du Dragon rouge, Ling Jun avait sauté dans sa camionnette blanche et s'était rué sur les lieux, avec un bidon d'essence. Pour effacer les preuves, il n'avait eu d'autre choix que de mettre le feu à la maison...

Une silhouette apparut dans le rétroviseur. L'inspecteur Zhou. Il avait l'air d'un ramoneur avec ses vêtements noircis par la suie.

– Sale journée, dit-il en ouvrant une portière.

Zhou s'assit sur le siège passager. Quand il avait appris que l'*ayi* avait fugué, il était parti à sa recherche.

– Tu l'as trouvée ? demanda Ling Jun avec embarras.

– Non, elle s'est volatilisée. C'est un sérieux problème !

Le mafieux détourna le regard pour cacher sa honte. « Fichue nourrice... Elle a tout gâché ! »

Les choses auraient été plus simples si elle ne s'était pas rebellée, au dernier moment. En apprenant que l'inspecteur Yi était sur le coup, l'ingrate s'était interposée pour empêcher Ling Jun de partir avec les petites filles. Il l'avait menacée avec un couteau, mais elle avait réussi à s'enfuir. Il n'avait pas eu le temps de partir à ses trousses.

– Ce n'est pas tout, ajouta Rong Zhou, une mauvaise surprise m'attendait sur place.

Ling Jun frissonna. Que pouvait-il y avoir de pire ?

– J'ai trouvé Sun Tang, elle était morte, le ventre ouvert. Je crois que cette saleté d'*ayi* a sauvé son bébé. Mais je pense qu'elle n'était pas seule. J'ai trouvé deux empreintes différentes de semelles. Heureusement, j'ai eu le temps de mettre son corps dans le feu avant que mes collègues n'arrivent. Pas de traces, pas d'ennuis.

Ling Jun tapota le bord du volant, en réfléchissant.

Il leur restait plusieurs problèmes à régler. D'abord, qui les avait balancés ? Ils ne savaient toujours pas comment Sun Tang avait obtenu leur adresse. Quelqu'un avait craché le morceau : un mafieux ? Probablement. Certains étaient au courant de leur commerce. Ensuite, comment retrouver la nourrice ? Et qui l'avait aidée ? Cette femme connaissait la vérité, il fallait l'éliminer. Oserait-elle mettre en danger sa famille en révélant au grand jour leur trafic ?

– Et maintenant ?

– Je dois retourner au commissariat, répondit l'inspecteur. Commence à rouler vers Zhangjiajie. Je vais appeler mon contact. Je t'appellerai quand tu seras à l'orphelinat.

Quand Rong Zhou sortit du véhicule, Ling Jun expira de soulagement. Il n'y avait eu ni réprimandes ni représailles... Zhou s'était montré indulgent.

Le mafieux se dandina sur son siège, en jetant un regard à l'arrière de sa camionnette. Les neuf fillettes étaient immobiles, blotties les unes contre les autres, muettes de terreur.

Ling Jun se tourna vers l'une d'entre elles, recroquevillée sur elle-même. Elle avait la lèvre gonflée et la joue bleue. Sur son épaule, une tache de sang avait imbibé la bretelle de sa salopette.

« La morveuse s'est enfin calmée », se félicita-t-il intérieurement.

Tout à l'heure, lorsqu'il avait garé la camionnette, les fillettes s'étaient insurgées : une guérilla de chieuses. Pour rétablir le calme, il en était venu aux poings. Qui aurait cru qu'une bande de gamines oserait lui tenir tête ?

La petite Tang était la chef de file du bataillon. Pour mettre fin à leur révolte, il avait dû lui flanquer une raclée, afin d'assagir les huit autres. La petite s'était montrée coriace, un vrai soldat. Mais que pouvait-elle faire face à un homme de son calibre ? Il avait déjà tué des gosses… Ce n'était pas pour rien qu'on le surnommait le « nettoyeur » : lorsque ses patrons voulaient se débarrasser d'un importun, il était chargé de faire le ménage.

– Hé, toi ! Ça va ? lui lança-t-il assez froidement.

La fillette l'ignora complètement, les yeux rivés au sol. Il se demanda comment elle arrivait à masquer sa douleur. Il n'y était pourtant pas allé de main morte.

– Hé, toi, réponds ! Chi-Ni, c'est ça ?

Elle ne bougea pas d'un cil.

– Bon, m'en fous ! s'exclama le mafieux. C'était pour te dire que ta mère vient de crever. Elle a essayé de te sauver, mais elle a clamsé, par ta faute. C'est ce qui arrive quand on ne reste pas à sa place, tu vois. Alors si tu n'veux pas finir comme elle, t'as intérêt à te tenir à carreau…

Il l'observa attentivement.

Même si elle demeurait immobile, il remarqua que ses yeux venaient de s'emplir de larmes.

Ling Jun se retint d'exulter. Enfin un point positif : il avait réussi à lui clouer le bec. Cette morveuse n'allait pas se rebiffer de sitôt.

Ça valait mieux pour la suite de leur plan…

104

6 août 2013

TAO ENFOURCHA son scooter et dévala la montagne, les cheveux au vent.

Il s'efforçait de se contenir, mais sa colère était incommensurable. Elle grondait en lui comme un violent typhon, impossible à contrôler.

En voulait-il à Lina ? Non, pas vraiment, elle avait été manipulée. Le jeune homme était surtout en colère contre lui-même. Car dans l'enchaînement de faits qui avait mené à cette avalanche de morts, il était le premier maillon : pourquoi avait-il appelé cette ONG le 19 juin dernier ?

Tao se souvenait parfaitement de leur passage à Mou di. Ils étaient trois, trois Français qui disaient appartenir à une association de défense des enfants. Auparavant, aucune organisation étrangère ne s'était déplacée dans leur village. Pour Tao, il s'agissait d'une occasion rêvée… Il pourrait enfin confier son secret à un organisme non dépendant des autorités chinoises.

Déterminé, il avait téléphoné à l'un des humanitaires pour lui proposer une rencontre. La conversation avait été brève. Une seule phrase et toutes ses espérances s'étaient évaporées : « Ne vous inquiétez pas pour votre sécurité. Notre organisme travaille en collaboration avec la police de Wuming. » Du coup, Tao ne s'était pas présenté au rendez-vous. Mais il était loin d'imaginer que ce simple appel aurait un tel impact.

Le jeune homme klaxonna furieusement.

Il roulait maintenant sur une route de Wuming, sans respecter aucun feu. Il était bientôt 13 heures, l'heure où les rues grouillaient d'hommes d'affaires rejoignant leur lieu de travail. Tao manqua plusieurs fois de renverser un piéton.

« Pourvu qu'il ne soit pas trop tard… »

Rong Zhou avait-il envoyé quelqu'un pour éliminer Yao-Shi ?

En arrivant à l'orphelinat, Tao abandonna son scooter dans la cour et courut à l'intérieur.

Mama Xian-Zi était dans le hall d'entrée, le visage baigné d'inquiétude.

– Mon Tao ! J'ai essayé d'appeler chez toi, mais ta grand-mère ne te trouvait pas.

– Est-ce que tu as vu Maître Yao-Shi ?

La vieille femme hocha sinistrement la tête, en agitant sa canne vers la sortie.

– Il vient de partir. Un homme avec une voiture grise est venu le chercher… Il voulait discuter avec lui « en privé ».

– L'inspecteur Zhou ?

– Non ! Un autre. Enfin…

– Un type de la mafia ?

– Je pense… Maître Yao-Shi a essayé de me rassurer en prétendant que tout allait bien. Puis il est monté dans le véhicule. Mon Tao, que se passe-t-il ?

Le jeune homme serra les dents, pétrifié de peur. Ce qu'il craignait le plus venait de se produire : Yao-Shi était entre les mains de la mafia chinoise… à la merci de Rong Zhou.

– Tu sais où ils sont partis ?

– Ils n'ont rien dit, gémit la petite femme, mais la voiture n'a pas tourné en direction du centre-ville. Ils sont allés vers la zone industrielle, le bar du Dragon rouge peut-être ?

Tao baisa son front ridé en la remerciant.

Il avait entendu dire que les sous-sols du bar servaient encore à exécuter quelques règlements de comptes.

Peut-être était-il encore temps ?

– Sois prudent, lui lança-t-elle en le regardant s'éloigner.

Dans son dos, sa chemise voleta dans l'air humide. Un révolver était glissé à sa ceinture.

105

6 août 2013

LES YEUX BANDÉS, Yao-Shi était assis sur une chaise, les mains attachées dans le dos. Dans la pièce flottait une désagréable odeur de cigare qui le prenait à la gorge.

Depuis qu'on l'avait amené ici, au sous-sol du bar du Dragon rouge, le moine faisait tout pour repousser la peur. Cette situation était prévisible… En vingt-deux ans, il s'était souvent demandé comment il était parvenu à passer entre les mailles du filet. Il avait eu beaucoup de chance, peut-être plus que de raison. Mais tout au long de ces années, il était resté persuadé qu'il devrait tôt ou tard rendre des comptes. Son intuition le trompait rarement. Il avait eu raison de s'y préparer : le jour des représailles était venu.

– Allez, parle !

Depuis cinq minutes, un mafieux lui assénait des gifles en le submergeant de questions. Dans la voiture, Yao-Shi avait eu le temps de jauger le bonhomme. Proche de la trentaine, il pesait cent kilos de muscles : une véritable machine de guerre, aux pectoraux si puissants qu'il semblait porter un plastron.

– Parle, répéta le criminel, qu'est-ce que tu sais ?

– Probablement des choses que je ne devrais pas savoir, sinon je ne serais pas ici.

L'homme le gifla sauvagement.

Ils n'étaient pas seuls dans la pièce, car quelqu'un toussa derrière le moine. Combien de complices observaient la scène ?

– Ne joue pas avec moi, brailla la brute. Qui t'a donné le nom du nettoyeur ?

– Beaucoup de gens connaissent Ling Jun. D'ailleurs, où est-il ? Dans sa villa impériale ?

Nouvelle gifle, peut-être la douzième. Ses joues commençaient à brûler.

– Tu en veux encore ?

– Frappez-moi si ça vous chante. Tout ce que vous faites vous retombera dessus.

Le moine sentit que son tortionnaire perdait patience. Ses réponses l'exaspéraient. De rage, il lui donna un violent coup de pied dans le ventre. Le pauvre homme serra les dents, en réprimant un cri. Encaisser. Résister. Il ne pouvait rien faire de plus. Une envie de vomir le submergea. Il régurgita sur le plancher.

– Ne te fatigue pas, dit une autre voix, c'est la nourrice qui lui a dit. Je me trompe, Maître Yao-Shi ?

Celui qui venait de parler se tenait derrière lui, au fond de la pièce. Sa voix était rauque, caressante. Le moine connaissait ce timbre…

– Inspecteur Zhou, vous vous êtes déplacé pour moi ?

Rong Zhou marcha vers lui et arracha son bandeau.

– Nous y voilà, murmura-t-il.

Il fixa attentivement le prisonnier. Une chemise noire aux manches retroussées avait remplacé son uniforme. Il tira sur son cigare. Lorsqu'il ouvrit la bouche, une fumée nauséabonde en sortit.

– Allez, déballe, tu as parlé à Yumi Ma ? Dis-moi, tu l'as peut-être aidée à sauver le bébé, avant de prendre la fuite avec elle ?

Le moine ne répondit pas. À quoi bon ? Yumi Ma était morte depuis bien longtemps. Cinq jours après l'incendie, on avait retrouvé les restes de son corps dans l'enclos d'une porcherie. Évidemment, Rong Zhou avait été chargé de l'enquête, comme pour chaque affaire où il était mouillé.

Contrarié, l'inspecteur fit un pas de côté et agita la main. L'instant d'après, son acolyte abattait son poing dans la mâchoire du religieux. Ce dernier sentit ses dents hacher sa langue, en même temps que la douleur le pénétrait avec une force redoutable. Il se mit à cracher du sang.

– Alors, c'était toi ? répéta l'officier.

Cette fois, il devenait difficile de rester impassible.

Yao-Shi se concentra, l'esprit vacillant. L'odeur du sang lui rappelait d'horribles souvenirs. Il se sentait projeté vingt-deux ans en arrière, lorsqu'il avait inséré ses mains dans le ventre de Sun Tang.

– Effectivement, avoua-t-il, j'ai aidé Yumi Ma.

– Et le bébé ?

– Mort. Deux jours plus tard. Il avait avalé trop de fumée.

Rong Zhou le scruta longuement, pensant débusquer un mensonge. Mais le moine ne laissait rien transparaître. À croire qu'il n'était pas humain. Comment pouvait-il résister à cette averse de coups ? Sa tempe était gonflée, rougeâtre. Ses lèvres pleuraient un liquide rouge, mêlé de vomi.

– Tu en as parlé à quelqu'un ? Qui d'autre est au courant ?

– De qui avez-vous peur, inspecteur Zhou ? De vos collègues ? Du Département de contrôle de la discipline ? Si j'avais essayé de vous dénoncer, ils auraient préféré se débarrasser de moi, plutôt que de révéler au grand jour vos frasques scandaleuses.

Sans que Zhou lui en donne l'ordre, le mafieux le frappa si violemment au visage que Yao-Shi tomba de la chaise, le nez en sang. Quand son crâne heurta le sol, il eut l'impression que ses os éclataient. Il hurla de douleur, le nez fracturé.

– Eh bien, c'est maintenant que tu te réveilles ? rugit la boule de muscles. Tu vas apprendre à répondre aux questions !

Il entrouvrit son pantalon, et urina sur le visage du moine.

Écœuré, Yao-Shi vomit une nouvelle fois, manquant de s'étouffer.

« Fais le vide, oublie tout… »

Un vieux texte bouddhiste lui revint à l'esprit. Un vers qui, d'ordinaire, apaisait son cœur : « Patients comme la terre, fermes comme un pilier, limpides comme un lac profond et calme, les sages ne se laissent pas atteindre par les flammes de la colère ou de la peur. »

En était-il capable ?

106

6 août 2013

TAO ÉTAIT à deux pas du bar du Dragon rouge, lorsqu'il entendit une voix d'homme l'appeler en français.

– Tao, attends !

Le jeune homme fit volte-face et scruta la route.

Au milieu d'un parking désert, un homme courait vers lui, en agitant les bras. Le genre d'apollon qui semblait tout droit sorti d'une publicité.

Tao souffla avec contrariété. Il avait tout de suite reconnu l'humanitaire qui était venu dans son village au début du mois de juin…

– Qu'est-ce que vous faites là ?

– Tao… Lina m'a appelé… Je ne sais pas si vous vous souvenez de moi, et j'imagine que vous êtes en colère, mais je suis sincèrement désolé… Rong Zhou… nous a menti à tous les deux. Vous comprenez ?

Tao le massacra du regard. Ce gars avait choisi un très mauvais moment pour lui présenter des excuses.

– Je n'ai pas le temps de vous parler.

Thomas lui attrapa le bras.

– Attendez ! S'il vous plaît, n'entrez pas là-dedans, ce n'est pas une bonne idée !

– Mêlez-vous de vos affaires !

– Vous n'arriverez pas à le sauver.

Excédé, Tao s'extirpa de son étreinte, en agitant le

bras. Ce type était sacrément culotté ! Comment osait-il lui dicter sa conduite après le désastre qu'il avait causé ?

– Allez vous faire voir !

Le jeune homme se dirigea vers le bar, poussa énergiquement la porte, et se glissa à l'intérieur. Là, ni lumière ni musique pour l'accueillir. La ventilation crachait un souffle d'air froid qui lui glaça la nuque. Une vraie chambre mortuaire…

Tao avança d'un pas.

Dans la pénombre, deux hommes sirotaient des bières, accoudés au comptoir. Un employé à casquette noire nettoyait des tasses au-dessus d'un évier.

Tous le scrutèrent avec suspicion.

– C'est fermé, brailla le barman, t'as pas vu l'écriteau ?

Tao secoua la tête, en jaugeant les types. L'un d'eux, un bock entre les doigts, avait un corps énorme, aux muscles de taureau.

– Non, l'entrée était ouverte, alors…

– Qu'est-ce que tu veux ?

Au même moment, la porte de l'établissement s'ouvrit à nouveau et Thomas entra dans le bar.

Encore lui…, maugréa le barman en reconnaissant le trouble-fête de la veille. Qu'est-ce que vous foutez là ? Le bistrot est fermé, dégagez.

Les deux hommes attablés se levèrent, et gonflèrent le torse pour les intimider. Ils portaient un costume trois pièces démodé de couleur anthracite.

D'instinct, Thomas éprouva l'envie de tirer violemment sur leur cravate, jusqu'à leur visser le cou. Une idée totalement stupide, car les deux colosses lui briseraient la nuque avant même de manquer d'air.

– OK, on va partir.

– Pars si tu veux, répliqua Tao. Moi je vais voir Rong Zhou, maintenant !

Près de la porte, Thomas pesta intérieurement.

L'un des gaillards se racla la gorge, comme s'il allait cracher.

– Vous n'avez rien à faire ici. Alors dégagez.

– Où est Rong Zhou ? Au sous-sol ?

– Casse-toi, p'tit con…

– Réponds !

Poussé par l'adrénaline, Tao saisit son révolver et le brandit en direction du mafieux.

Thomas faillit faire une syncope.

Le garçon claquait des dents, cramponné à son arme. Il fit un mouvement de tête vers le Français.

– Tu les attaches ?

– Quoi ?

– Tu les attaches ?

Sans abaisser le révolver, de l'autre main il piocha dans la poche de son jean une cordelette qu'il lança à Thomas.

L'humanitaire s'avança vers le premier mafieux, hésitant. Immobile, le malfrat avait les dents serrées et le regard noir. Une bombe à retardement.

Dès qu'il fut à proximité, le colosse se jeta violemment sur lui, en lui agrippant le cou. Les deux hommes tombèrent au sol et roulèrent entre les tables.

Tao ne vit pas le deuxième agresseur débouler sur lui, pour le projeter contre le mur. Son révolver voltigea dans les airs, avant d'atterrir sous une banquette, quatre mètres plus loin. Aussitôt, Tao sentit son visage s'enflammer sous les poings de son assaillant. Ses os durs lui écorchaient la joue, qui se ratatinait sur ses dents.

Il essaya de se débattre à coups de genou.

– Sale con, brailla le mafieux, je vais te massacrer !

À deux pas de là, Thomas venait de fourrer ses doigts dans les yeux du géant. Les billes gélatineuses s'enfoncèrent sous ses ongles, laissant s'écouler un jus saignant, comme le pus suintant d'un kyste.

L'homme hurla du plus profond de ses tripes.

Jamais le Français ne regretterait ses cours de combat rapproché !

Le gars resta cloué au sol, à moitié évanoui.

D'un mouvement rapide, Thomas sauta sur ses jambes et balaya la pièce du regard. Une masse fondit sur lui. En un éclair, Thomas esquiva la batte de base-ball qui allait le frapper de plein fouet. Le barman cria de rage alors que son bâton s'écrasait sur une table, la fissurant sous le choc. L'espace d'une seconde, Thomas imagina son crâne à la place du meuble.

– Putain, t'as failli me buter !

Hors de lui, il lui assena un coup à la gorge avec son avant-bras. La respiration coupée, son adversaire tomba sur-le-champ.

« Plus qu'un », pensa Thomas.

Il attrapa la batte, et se tourna vers le dernier. Dans un angle de la pièce, le mafieux était en train d'étrangler Tao, le dos plaqué contre une banquette.

Un coup sur le crâne et le type s'écrasa sur le sol.

Le jeune homme reprit son souffle, le visage pâle.

– Merci…, balbutia-t-il.

Encore groggy, il se mit immédiatement à quatre pattes pour récupérer son arme.

– Ne traîne pas, on se tire, ordonna Thomas.

Mais Tao refusa de le suivre.

Le révolver au poing, il se précipita derrière le comptoir, pour rejoindre le sous-sol.

Le Français s'apprêtait à le suivre quand du bruit attira son attention. Il s'immobilisa, en scrutant la fenêtre.

« Et merde ! »

D'autres types rappliquaient.

107

12 octobre 1991

Ils marchèrent au moins une heure cachés dans la forêt. Durant leur trajet, ils avaient très peu parlé. Après la révélation de Yumi Ma, Yao-Shi préférait rester aux aguets, dans le cas où l'inspecteur Zhou serait sur leurs traces.

Dans ses bras, le minuscule poupon chauve remuait les pieds, tordait la bouche, couinait, pleurait, avant de retourner dans un état de demi-sommeil. La vie de ce bébé tenait du miracle.

Pourtant, le moine avait du mal à se réjouir de cette naissance. Cet enfant n'avait plus de mère. Son père était un homme irresponsable et violent. Mais surtout, Yao-Shi n'avait pas d'autre choix que de cacher son existence. La nourrice avait été claire : Rong Zhou était impitoyable, il tuerait tous ceux qui se dressaient sur son chemin.

– Est-ce que l'inspecteur Zhou a un moyen de savoir que vous étiez dans cette forêt ? avait demandé l'*ayi*.

– Non, je ne pense pas.

Sun s'était rendue seule au bar du Dragon rouge, et il ne l'avait pas accompagnée à l'intérieur du commissariat.

– Et vous, Yumi, qu'allez-vous faire ?

– Je ne sais pas encore… Pour les trafiquants, j'en sais beaucoup trop. S'ils me retrouvent, ils me tueront.

Yao-Shi brûlait d'envie de lui poser d'autres questions : avait-elle rencontré Chi-Ni ? Comment étaient traités les enfants ? Les trafiquants avaient-ils prévu de les faire adopter par des Occidentaux ?

« Ce n'est ni le lieu ni le moment ! »

Ils devaient d'abord se mettre hors de danger.

À l'orée de la forêt, ils profitèrent d'un ruisseau pour rincer leurs bras et leurs mains, ainsi que le bébé encore maculé de sang. Ensuite, ils s'immiscèrent dans Wuming, en empruntant des ruelles peu fréquentées, éloignées des artères principales. Le moine savait où aller.

– Par ici, dit-il à la nourrice, en fixant un panneau de signalisation.

Sous l'œil hébété de nombreux piétons, ils parcoururent plusieurs kilomètres, entre les bâtiments grisâtres de la ville. Aux fenêtres, du linge séchait sur des tiges de bambou, à côté de lanternes rouges, décorant les façades.

Il était plus de 17 heures lorsqu'ils passèrent les grilles de l'orphelinat. Dans la cour, des enfants jouaient au cerf-volant.

Mama Xian-Zi se précipita vers eux, folle d'inquiétude.

– Maître Yao-Shi ! Je me faisais un sang d'encre.

En approchant, la petite femme dévisagea la nourrice, puis le nouveau-né, le regard interrogateur.

– Où est Sun ?

– Sun est morte, déclara gravement le moine, nous avons tout juste eu le temps de sauver son bébé.

– Ciel ! Venez... Pas devant les enfants.

Ils la suivirent sous le préau, où de l'eau chauffait sur un feu de bois.

Xian-Zi inspecta le poupon.

– Que s'est-il passé ? demanda-t-elle.

Yao-Shi lui résuma brièvement la situation, sans lui cacher quoi que ce soit. Même s'il la connaissait depuis peu, il savait que cette femme était fiable et sincère.

– Qu'allez-vous faire de l'enfant ? questionna Xian-Zi à la fin de son récit.

Le moine s'éclaircit la gorge :

– J'ai peut-être une idée. Quand je rentrerai à Mou di, j'irai trouver Li-Li Dai, la meilleure amie de Sun Tang. Je la mettrai dans la confidence. Cette femme ne parvient pas à avoir un garçon, au point que son mari envisage d'en adopter un. Je suis certain qu'elle acceptera de recueillir le bébé et de l'élever comme son fils.

Il marqua une pause puis enchaîna :

– Par contre, je pense que le nourrisson devra rester ici quelques semaines, pour écarter tout soupçon. À part Li-Li, aucun villageois ne doit savoir ce qui est arrivé à Sun Tang.

– Je vous soutiens, assura Xian-Zi, je m'occuperai de l'enfant le temps qu'il faudra.

Elle s'éclipsa une minute pour aller chercher un biberon de lait. Le nouveau-né mourait de faim.

– Vous lui avez donné un nom ? demanda-t-elle en revenant.

Yao-Shi baissa la tête.

– Non, je ne sais pas quel prénom Sun avait choisi.

– Moi je peux vous le dire, sourit Xian-Zi. Hier, après le dîner, Sun a passé la soirée à cajoler Tao. Vous savez, elle adorait ce garçon. Elle m'a confié que si elle avait un fils, elle l'appellerait comme lui.

Yao-Shi observa l'orphelin au bec-de-lièvre qui jouait dans la cour. Depuis leur arrivée, il n'arrêtait pas de jeter des regards vers eux, sans oser s'approcher.

Le moine se tourna vers Yumi Ma. Il avait beaucoup de problèmes en tête. Si le nourrisson était sauvé, ce n'était pas le cas de Chi-Ni, toujours à la merci de ses ravisseurs.

L'*ayi* était assise sur le sol, près du feu. Ses cheveux en bataille tombaient sur ses traits fatigués et ses yeux égarés dans les flammes.

Yao Shi s'accroupit près d'elle.

– Yumi… Je ne pourrais jamais vous remercier assez pour ce que vous avez fait aujourd'hui. Votre courage est exemplaire, vous avez le cœur d'un Bouddha.

Elle remua simplement la tête, sans rien dire. Maintenant que la tension était un peu retombée, elle semblait prostrée, en proie à un sérieux traumatisme.

– Je sais que vous avez besoin de récupérer, ajouta Yao-Shi, mais j'aimerais vous demander une dernière faveur : s'il vous plaît, racontez-moi tout, Yumi. C'est important pour moi. Car même si je dois traverser l'océan, je ne renoncerai pas à chercher Chi-Ni.

Les lèvres de Yumi tremblèrent tandis qu'elle fixait le feu. Le moine mettait ses nerfs à rude épreuve. Pouvait-il imaginer ce qu'elle avait vécu là-bas ?

La voix implorante, Yao-Shi prit la main de cette pauvre femme et la serra avec force.

– Yumi, je vous en prie, parlez-moi des petites filles.

108

6 août 2013

LE MAFIEUX l'attrapa par le col et le replaça sur le siège.

– On recommence : qui d'autre est au courant ?

Le moine pensa à Tao et à Xian-Zi.

– Personne, geignit-il.

Il essaya de reprendre son souffle, l'esprit divagant. Son visage dégoulinait. À chaque inspiration, une vive lancination irradiait la cime de son nez, comme si on stimulait ses nerfs avec une aiguille.

– Vous les avez tous tués… je suis le dernier.

Il ferma les yeux, les oreilles sifflantes.

Face à lui, Rong Zhou haussa les sourcils, dubitatif. Il ne le croyait pas une seconde.

– Arrête tes mensonges. Les moines ne doivent pas mentir.

– Nous mentons quand la vérité pourrait servir une cause injuste.

Le policier fulmina. Ses veines saillaient sur son front, en une confluence de ruisseaux violacés. Il décida de passer à la vitesse supérieure et se dirigea vers une étagère, dans un coin de la pièce. Il revint avec un marteau et un panier rempli de bâtonnets de bambou, dont les extrémités avaient été taillées en pointe.

Yao-Shi frissonna. Il avait déjà entendu parler de ce supplice. La police l'utilisait au Tibet pour torturer les récalcitrants. Le bourreau plaçait une baguette de bambou au bout du doigt, entre la peau et l'ongle. Ensuite, il frappait le bois d'un coup sec, comme pour planter un clou.

Le marteau dans une main, le mafieux lui annonça que c'était sa dernière chance. Yao-Shi refusa de se soumettre, alors l'homme commença son travail. Le moine hurla de douleur quand le premier ongle se détacha. Rong Zhou lui demanda s'il avait changé d'avis. Yao-Shi secoua la tête, noyé dans la souffrance. Il flottait ailleurs, loin d'ici. Il pensait à ses frères suppliciés au Tibet. Comme eux, il avait choisi de ne pas céder à la haine et partageait leur tourment.

L'homme enfonça une tige dans le deuxième doigt, puis les suivants, jusqu'à ce que tous les ongles soient soulevés, décollés, arrachés.

Et comme il ne coopérait toujours pas, Rong Zhou lui dit qu'on lui disloquerait les membres, qu'on lui casserait les os, jusqu'à ce qu'il arrête de mentir.

– Tu tiens vraiment à mourir ?

Yao-Shi trouva la force de balbutier, agité de secousses :

– C'est parfois le seul moyen de rester libre.

109

6 août 2013

TAO SE SOUVENAIT encore de cette soirée d'hiver, où une tempête balayait la montagne. Il était âgé de quatorze ans et Li-Li lui avait demandé de l'accompagner au temple, pour réciter des prières.

Pourtant, lorsqu'ils s'étaient assis devant la statue de Guanyin, ils ne s'étaient pas adressés à la déesse. Yao-Shi les avait rejoints, et ils avaient longtemps parlé, accompagnés par le fracas du vent qui sifflait sous les toits.

– Aujourd'hui, Tao, tu es assez grand pour connaître la vérité, avait dit sa mère avec émotion.

Yao-Shi avait allumé plusieurs bâtonnets d'encens, puis il avait commencé un long récit. Un récit si poignant, si extravagant que Tao avait eu besoin de l'entendre une seconde fois, avant de parvenir à y croire.

On lui confessait que sa famille n'était pas sa famille de sang, que sa mère était morte à sa naissance, qu'il aurait dû avoir une sœur mais qu'elle avait été enlevée.

– Mais par qui ? Où est ma sœur ? s'était exclamé l'adolescent.

Yao-Shi lui avait alors rapporté ce que lui avait confié Yumi Ma. Dans la maison abandonnée, l'inspecteur Zhou avait évoqué le nom d'un orphelinat à Zhangjiajie, dans le Hunan. Yao-Shi avait mis deux mois à retrouver l'établissement, situé à plus de huit cents kilomètres de Mou di. Là-bas, personne n'avait entendu parler de Chi-Ni. Mais quelqu'un lui avait soufflé que des fillettes étaient déjà parties en Europe, grâce à un organisme qui servait d'intermédiaire pour des adoptions. Yao-Shi s'était lancé à leur recherche pendant plus d'un an... Il avait même franchi l'Oural, pour rejoindre l'Europe de l'Ouest. Un jour, à force de persévérance, il avait retrouvé Chen Gong, qui avait été adoptée par un couple de Français. Mais s'agissant de Chi-Ni :

– Je n'ai pas réussi, avait-il avoué, je ne l'ai pas retrouvée.

Ce soir-là, Tao avait pris une décision : il s'était promis de marcher sur les pas du moine bouddhiste. Il apprendrait les langues étrangères, il préparerait son voyage, et le jour où il serait prêt, il parviendrait à trouver sa sœur !

Sacré Maître Yao-Shi... À compter de ce jour, il avait fait tout son possible pour soutenir le jeune homme. Le moine savait choisir les mots qui lui redonnaient du courage. Au fil des années, ils étaient devenus très proches.

Tao se remémora tous ces souvenirs alors qu'il longeait les couloirs lugubres du sous-sol.

Le lieu était désert : d'interminables corridors, noyés dans un silence oppressant. Parfois, des portes entrouvertes laissaient entrevoir de grandes salles obscures, sans meuble, aux tapisseries déchirées. On disait que la mafia avait délaissé ces sous-sols pour un bâtiment plus sûr, dans un quartier voisin. Mais certains aigrefins continuaient d'utiliser les locaux, occasionnellement, pour des trafics de drogue ou des règlements de comptes.

Tao tendit l'oreille. Une musique s'élevait quelque part, dans les ténèbres de ces galeries. Le jeune homme avança, les oreilles grandes ouvertes. Au bout d'un énième couloir, il réalisa que la source d'émission se trouvait là, juste derrière une porte.

Le moment était venu...

Les mains moites, Tao serra son révolver et tourna la poignée.

– Maître Yao-Shi !

Quand il ouvrit la porte, Tao sentit son cœur se retourner, comme s'il tombait en chute libre. Sa vision le pétrifia, lui déchira le ventre.

Dans la pièce, presque rien : une étagère, un transistor.

Mais partout, un parfum de mort.

Yao-Shi était là, attaché sur une chaise. Il n'était plus qu'une masse difforme et sanglante, aux traits si défigurés qu'il était méconnaissable. Les os et les tibias du moine semblaient jaillir hors de sa chair, et ses bras pendaient, complètement brisés.

Instinctivement, Tao s'agenouilla vers lui, terrassé par le chagrin.

– Maître Yao-Shi ! Mon ami... que vous ont-ils fait ?

Derrière lui, la porte claqua.

– Il est mort, déclara Rong Zhou, tu arrives trop tard.

Les yeux pleins de larmes, Tao se redressa et observa les deux hommes qui venaient de faire irruption.

Désespéré, il pointa son révolver sur l'inspecteur, sans remarquer que son acolyte avait déjà dégainé le sien.

Le policier prit un air faussement navré.

– Gamin, pose ça, tu vas te blesser.

Tao ne se dégonfla pas et braqua plus fermement son arme, en fixant Rong Zhou avec colère.

Depuis des années, ses nuits étaient hantées par ce visage maléfique. Il avait rêvé plusieurs fois d'abattre ce pourri. Il avait imaginé les pires tortures, sans parvenir à réprimer son désir de vengeance.

Aujourd'hui, l'inspecteur était là, au centre de son viseur. Il n'avait qu'à enfoncer la gâchette, et c'en serait fini de ce salopard. Un minuscule mouvement de doigt...

– Allons, garçon, ne me force pas à ouvrir le feu.

Tao chancela. Pourquoi son doigt refusait-il d'appuyer ?

Plus loin, le mafieux était sur le qui-vive, en position de tir.

– Je me moque de mourir, bredouilla Tao, vous m'avez déjà tout pris. À cause de vous, je n'ai même pas connu ma mère !

Le visage de Rong Zhou s'illumina. Il le tenait enfin, ce fils dont il soupçonnait l'existence... Il savait que la nourrice avait menti. Juste avant que Yumi Ma ne meure, il avait lu dans son regard qu'elle cachait la vérité.

L'inspecteur Zhou laissa poindre un sourire, adoptant une voix mielleuse, presque sournoise :

– Tao, tu dois poser cette arme, c'est ce que te dirait ton Maître Yao-Shi, non ? Nous pouvons trouver un arrangement.

Tao secoua la tête, fou de rage. En lui, un monstre lui hurlait d'appuyer.

Il eut envie de fondre en larmes.

Il ne s'en sentait pas capable. Il n'était pas un meurtrier.

Face à lui, Rong Zhou perçut son hésitation.

– Est-ce que tu aimerais revoir ta sœur ?

Le cœur de Tao s'emballa.

– Pardon ? Qu'est-ce que vous dites ?

– Ta sœur, Chi-Ni, est-ce que tu aimerais la revoir ?

Le jeune homme se mit à trembler, la gorge palpitante. Sa sœur… Elle était donc toujours en vie ? Zhou avait-il le nom de sa famille d'adoption ?

Tao secoua la tête, complètement perdu.

Un torrent de larmes dévalait ses joues.

– Mon garçon, je peux te dire où est ta sœur. Tu veux savoir où elle vit ?

Accablé, le jeune homme desserra les phalanges, sous l'œil attentif du policier.

Y avait-il seulement une chance pour qu'il revoie sa sœur un jour ?

Tao baissa soudainement son arme, le cœur lourd.

Il ne quitta pas Rong Zhou du regard. Mais il l'entendit.

Ce simple cliquetis, qui signait son arrêt de mort.

Le mafieux pressa la gâchette, sans aucune compassion.

Il fallut moins d'une seconde pour que la balle atteigne son crâne. Et moins d'une seconde encore pour qu'elle fasse éclater son cerveau. Un laps de temps infime, durant lequel s'exhibe d'une traite le drame d'une existence.

Un dernier souffle et le corps du jeune homme s'écroula aux pieds de Yao-Shi. Son sang coula sur le carrelage blanc, se mêlant à celui du moine qui inondait déjà le sol. Deux corps aux regards vides, éteints. Deux corps unis par la mort, emportés par un même combat.

Indifférent, le mafieux se tourna vers Rong Zhou.

– Vous savez ce qu'est devenue sa sœur ? dit-il d'un air étonné.

L'inspecteur haussa les épaules.

– Aucune idée !

110

6 août 2013

– J'AI PEUR, murmura tristement Lina.

Thomas lui serra la main, à l'arrière d'une voiture de police.

– Reste calme, tout va s'arranger ! répondit-il pour la rassurer.

Dehors, les forces de l'ordre encerclaient le Dragon rouge. Depuis que Yi avait appelé Lina, toutes les sections étaient mobilisées.

– On y va ! cria l'inspecteur.

Il pénétra à l'intérieur du bar et descendit au sous-sol, suivi d'une armada de policiers.

Cette fois, Rong Zhou ne leur échapperait pas.

Armé jusqu'aux dents, le commando s'élança dans les interminables couloirs, à la recherche des trafiquants.

Au détour d'un passage obscur, un coup de feu retentit. Alertés, les policiers se précipitèrent au fond du boyau pour défoncer une porte.

Dès qu'ils furent entrés, une balle fusa, manquant de peu l'inspecteur Yi. Ce dernier riposta aussitôt en tirant dans la jambe du mafieux, qui s'effondra. Deux flics fondirent sur lui pour lui retirer son arme.

Dans un coin de la pièce, Rong Zhou était immobile, médusé.

Conscient d'être fait comme un rat, il retira son pistolet de sa ceinture et le jeta par terre.

Face à lui, l'inspecteur Yi lui lança un regard glacial.

– J'aurais dû m'écouter ! lâcha le policier. Il y a des années de cela !

Zhou comprenait. Il se souvenait très bien de ce mois d'octobre 1991, où son collègue avait enquêté sur l'incendie. À l'époque, Yi avait eu des suspicions. Des suspicions bien précises, qui auraient pu mettre un terme à son commerce encore balbutiant. Mais Yi était naïf et gentillet, il manquait encore d'assurance. Il s'était contenté de suivre le mouvement, persuadé qu'il ne lui était pas permis de mettre en doute l'intégrité de son coéquipier.

– Vous pensez avoir gagné, mais d'autres prendront ma place ! rétorqua-t-il avec cynisme. Vous n'en aurez jamais fini !

– J'en ai au moins fini avec vous !

Zhou se laissa menotter et emmener sans résister, en espérant que le Parti épargnerait sa vie. Après des années de loyaux services, la moindre des choses serait que ses supérieurs passent l'éponge sur ses petits trafics…

Au sous-sol, Yi contempla longuement la sinistre œuvre d'art qui défigurait le carrelage.

Une profonde tristesse l'envahit.

Tandis que le soleil embrasait les pains de sucre, on remonta les deux cadavres.

V

« De ce fait, l'enfant devient une marchandise, d'autant plus chère qu'elle est rare. »

Débats parlementaires
du Conseil de l'Europe, octobre 1987

111

22 février 2014

Six mois s'étaient écoulés.

Six mois où la Chine, étonnamment, avait connu de grands changements en matière d'assouplissement du contrôle des naissances, comme si le Parti s'était soudainement réveillé de sa torpeur, après des années d'asphyxie. Le gouvernement avait mis en place un programme, *Love the girls*, invitant les Chinois à aimer leurs filles.

À Canton, Lina avait découvert une nouvelle Chine, en pleine mutation sociale. Ici, le matérialisme et l'individualisme saturaient la société. La jeunesse était frivole, insouciante, piégée dans le tourbillon de la consommation. Elle s'enivrait dans les bars, s'abandonnant à tous les plaisirs que s'interdisait l'ancienne génération. Sexe, drogue, alcool, les jeunes Chinois recherchaient la jouissance et le luxe.

Mais en même temps, Lina avait remarqué un autre aspect : la plupart des étudiants avaient soif de liberté et de changement. Accros à la télévision, ils voguaient sur les réseaux sociaux, buvaient du cappuccino et se choisissaient des prénoms américains. Beaucoup idolâtraient ce monde étranger qu'ils entrevoyaient par la fenêtre du Web.

Lina s'allongea sur son lit et contempla le plafond. Des phénix et des dragons s'entrelaçaient sur une vieille tapisserie, dans une valse folle et langoureuse. Elle l'avait observée tant de fois qu'elle en connaissait par cœur les motifs, les couleurs, les courbes.

En vérité, ses premiers mois ici avaient été extrêmement difficiles. La mort de Tao et de Yao-Shi l'avait plongée dans un état léthargique proche de la dépression.

Suite au drame, elle avait passé une semaine à Wuming, dans une chambre d'hôtel payée par la municipalité. Comme Thomas, elle avait enchaîné les interrogatoires : tantôt l'inspecteur Yi et les autorités locales, tantôt le Département de contrôle de la discipline, une police spéciale chargée de traiter les cas de corruption menaçant l'image du Parti. Au terme de l'enquête, le verdict avait été sans appel : l'inspecteur Zhou et plusieurs de ses acolytes étaient condamnés à mort. Seul Ling Jun demeurait introuvable.

De leur côté, Lina et Thomas avaient été remerciés par le secrétaire du Parti de Wuming, qui les avait chaleureusement complimentés, avant de les écarter de ce vilain grabuge.

La presse chinoise avait à peine évoqué l'affaire, et se gardait bien de parler de corruption. Sur une page de faits divers, Lina avait lu : « Coup de filet dans la mafia locale, la police de Wuming arrête avec brio un groupe de trafiquants d'enfants. Une enquête est en cours. » Peu de précisions, beaucoup d'omissions : deux méthodes efficaces pour préserver l'image d'une société harmonieuse, en tronquant la réalité.

Après ces sept jours harassants, Lina était partie à Canton, pour effectuer tant bien que mal l'année d'étude qu'elle avait programmée. Le corps humain était une étrange machine : après huit ans de retenue, elle avait passé d'innombrables nuits à pleurer, dans la chambre de son auberge.

Sa vie avait retrouvé de la couleur grâce à la gentillesse des Cantonais. Depuis six mois, elle était subjuguée par la chaleur et la convivialité des gens qu'elle rencontrait. Partout où elle allait, la Française avait droit à un très bon accueil.

Ce dimanche 22 février 2014, Lina allait se plonger dans un livre quand son téléphone sonna. Elle observa l'écran, un peu surprise.

Thomas Mesli.

Il ne lui avait plus donné de nouvelles depuis au moins trois semaines. Après l'arrestation de Rong Zhou, l'humanitaire était retourné en Europe, pour poursuivre son enquête sur cette histoire d'adoption.

– Allô ?

– Salut, Lina. Tu vas bien ?

Le son de sa voix la fit sourire.

– Plutôt, oui. J'ai réussi mes premiers examens, je traîne dans des soirées étudiantes, et je me suis même inscrite à des cours de kung-fu. Disons que je tiens le bon bout. Et toi ? Tu es en France ?

– Hum, non, je suis de retour en Chine. J'ai retrouvé mon équipe dans le Hunan. Tu savais qu'il y avait aussi une Grande Muraille dans le Sud, à quelques heures de Wuming ?

– Tu m'appelles pour me parler de la Grande Muraille ?

Thomas toussota légèrement.

– Pas vraiment. En fait, j'ai deux nouvelles à t'annoncer, une bonne et une mauvaise. Je commence par quoi ?

– La bonne.

– D'habitude, les gens veulent d'abord connaître la mauvaise.

– Pas moi.

Même si sa réponse lui déplut, Thomas se plia à son exigence. Le drôle de caractère de Lina ne le surprenait plus.

– La police a enfin réussi à arrêter Ling Jun. Il s'était caché dans le Hunan, à Fenghuang. J'y suis actuellement. Il va bientôt être jugé.

– Et la mauvaise nouvelle ?

– C'est au sujet des fillettes.

Les fillettes… D'un seul mot l'humanitaire avait réveillé toute la douleur qui sommeillait en elle.

– Qu'est-ce qu'il y a ? Vous avez trouvé les familles d'adoption ?

Thomas soupira.
– Lina… on en sait un peu plus sur le trafic. Beaucoup de personnes sont impliquées, il s'agit d'un énorme réseau, avec des antennes dans chaque région de la Chine. À mon avis, il nous faudra plusieurs mois pour le démanteler. Je sais ce que tu crois : que les fillettes devaient être adoptées par des touristes étrangers. C'est ce que prétendait le nettoyeur, Ling Jun, et plusieurs habitants en étaient convaincus. Mais ce n'est pas complètement vrai.
Lina tiqua soudainement.
Qu'est-ce que Thomas essayait de lui faire comprendre ? Avait-elle manqué une marche ? Depuis qu'il était retourné en Europe, il avait maintenu la version des faits de Yao-Shi.
– Tu sous-entends que tu m'as menti ?
– Non, pas au sens propre du terme ! Mais il y a certaines choses que je ne t'ai pas dites. Je ne voulais pas t'en parler plus tôt, tu étais déjà suffisamment choquée par les événements. Quand un policier de Wuming m'en a touché un mot, je lui ai demandé de garder le silence, le temps que tu encaisses le coup…
Le cœur de Lina s'emballa. Elle ferma les yeux, gagnée par une sourde angoisse. Tout cela ne finirait donc jamais ?
Au bout du fil, Thomas inspira longuement.
– En réalité, le réseau avait de multiples ramifications, parfois insoupçonnées. Les mafieux se procuraient un maximum d'enfants, puis les revendaient au plus offrant.
– Thomas, va droit au but ! Qu'est-ce que tu essaies de me dire ?
Les mots coulèrent de sa bouche :
– Que seule une faible part des fillettes était destinée à l'adoption.

112

18 novembre 1991

Le voyage avait été éprouvant.

Un mois entier à parcourir les routes de régions inconnues.

Les fillettes avaient passé des heures enfermées dans la camionnette. Elles avaient eu peur, elles avaient eu faim, elles avaient versé des rivières de larmes, en pensant à leur famille. Au fil des jours, leur désespoir s'était accru. La fatigue avait rougi leurs yeux, creusé leurs joues et desséché leurs lèvres. Leur corps s'était émacié et laissait maintenant entrevoir les contours de leur maigre squelette.

Mais ce qui était le plus difficile, c'est qu'elles étaient de moins en moins nombreuses à faire partie du voyage…

Deux jours après l'incendie, la camionnette s'était arrêtée dans une énorme ville, avec d'immenses tours en béton. Là, la portière s'était ouverte, et un homme les avait longuement dévisagées.

– Ces deux-là, avait-il dit en montrant du doigt les plus jeunes.

– Seulement deux ? s'était exclamé Ling Jun.

– Si les affaires marchent, on vous recontactera le mois prochain !

Chen Gong et la petite Yilin étaient alors descendues du véhicule, devant un orphelinat. Elles avaient beaucoup pleuré en apprenant qu'elles seraient séparées de leurs « sœurs ». Mais le mafieux ne leur avait pas laissé le choix : il n'y avait pas de place pour les sept autres.

La camionnette avait repris sa route, à l'extérieur de la ville. Alors s'étaient succédé des journées d'errance, où Ling Jun lui-même ne savait pas où aller. Ils avaient parcouru des chemins de campagne, stationné dans des champs ou au milieu de forêts.

Des semaines plus tard, Rong Zhou les avait rejoints, avec deux nouvelles adresses pour livrer la « marchandise ». Ils avaient roulé longtemps, avant d'atteindre l'arrêt suivant. Quatre fillettes étaient descendues du véhicule, sous l'œil tourmenté de Chi-Ni. Elle n'avait aucune idée de ce qu'il adviendrait de ses amies, mais elle avait entendu dire qu'elles partaient en Thaïlande.

Le lundi 18 novembre, le périple s'arrêta enfin pour les trois dernières. Allongées dans la camionnette, Chi-Ni, Fen et Ting-Ting entendirent le cliquetis de la portière, avant que le soleil ne les éblouisse.

Là, sous des rayons éclatants, une femme se tenait devant elles.

– *Ni hao !* s'exclama-t-elle en s'inclinant. Bienvenue à toutes !

Les fillettes restèrent muettes, troublées par cet accueil.

– Je vous présente Mme Zei, annonça Ling Jun, à partir d'aujourd'hui cette dame va s'occuper de vous. Elle sera votre gardienne.

Chi-Ni observa l'inconnue avec méfiance. Sa peau était aussi blanche que la statue de Guanyin dans le temple de Mou di. Par contre, elle n'avait pas l'air aussi miséricordieuse que la déesse. Ses yeux globuleux n'exprimaient aucune sympathie.

Les petites filles sortirent de la camionnette, l'esprit confus, puis la gardienne les fit entrer dans le sous-sol d'un imposant bâtiment, aux pièces peu lumineuses mais parfaitement propres.

– Vous devez avoir faim, leur dit-elle une fois à l'intérieur.

Comme les petites hochaient la tête, Mme Zei les emmena dans une large cuisine, où plusieurs plats attendaient sur une table. Des nouilles, de la viande en sauce et d'alléchants légumes. Un festin pour les fillettes, qui purent se rassasier pour la première fois depuis des semaines. Ensuite, la gardienne les conduisit dans une salle de bain pour les laver. Chi-Ni trouva ce lieu magique : la pièce était entièrement recouverte de carreaux beiges, illuminés par une girandole d'étoiles incrustées au plafond. Il y avait aussi deux grandes baignoires sur pieds et des tubes arqués d'où l'eau jaillissait toute seule.

« Ici, pas besoin de puits ! » se réjouit la fillette.

Ce n'est qu'après le bain que Chi-Ni commença à s'inquiéter. Dans la salle d'eau, les petites filles durent se plier à un étrange rituel. Mme Zei les ausculta une à une, les mesura et les pesa, en prenant des notes dans un carnet. Ensuite, elle piqua leur bras avec une aiguille en métal, pour leur retirer un peu de sang.

– C'est pour s'assurer que vous êtes en bonne santé, les rassura-t-elle.

– Mais nous allons bien ! rétorqua Chi-Ni. Pourquoi sommes-nous là ?

– Pour accomplir une mission importante ! Tu en sauras plus très bientôt.

Une mission... Chi-Ni aimait les missions. Elle se portait souvent volontaire pour aider Yao-Shi. Mais Mme Zei était loin de lui inspirer confiance, malgré les mots gentils qui sortaient de sa bouche.

Par la suite, Chi-Ni, Fen et Ting-Ting furent emmenées dans une chambre où des draps et des oreillers avaient été posés à même le sol. Au fond de la pièce, une porte donnait accès à des toilettes. La gardienne leur annonça qu'elles devaient passer quelques jours ici, mais qu'elles sortiraient très bientôt, pour accomplir leur « devoir ».

Alors commença une attente angoissante, qui leur rappela beaucoup leur séjour dans la maison abandonnée. Dans la chambre, une minuscule fenêtre à barreaux laissait passer quelques bribes de lumière. Mais elle était bien trop haute pour que les fillettes puissent distinguer quoi que ce soit.

Le troisième jour, Chi-Ni demanda à ses deux amies de lui faire la courte échelle pour qu'elle puisse se hisser jusqu'à la vitre.

– Alors, alors ? Qu'est-ce que tu vois ? s'exclama Ting-Ting.

Agrippée aux barreaux, Chi-Ni aperçut d'abord des pieds. Des dizaines et des dizaines de pieds qui passaient furtivement devant la lucarne. Des hommes, des femmes, des petits garçons. Ils avaient de beaux habits, beaucoup plus élégants que ceux des paysans. Plus loin, Chi-Ni remarqua un énorme bâtiment plein de fenêtres, où entraient et d'où sortaient tous ces gens.

La fillette plissa les yeux pour déchiffrer l'écriteau au-dessus de la porte.

– Hôpital, lut-elle à haute voix.

– C'est quoi un hôpital ? demanda Fen.

– Ça sert à guérir les maladies.

– On est malades ?

– Je n'en sais rien, avoua Chi-Ni.

En fin d'après-midi, Mme Zei pénétra dans la chambre.

– Chi-Ni ? Suis-moi, ma grande. Nous avons besoin de toi.

La fillette l'escorta, non sans curiosité. Était-ce l'heure de remplir sa mission ?

La gardienne lui fit traverser plusieurs couloirs, avant de l'emmener dans une pièce sans fenêtre, peu rassurante. Des murs défraîchis, des meubles métalliques, des boîtes en verre, des lames, d'étranges instruments coiffés de fils électriques : un univers jaunâtre et aseptisé sur lequel les quatre néons blafards jetaient une lueur glauque.

Chi-Ni frissonna. Il faisait drôlement froid là en bas.

La gardienne enfila une chemise d'hôpital, et demanda à la fillette de se déshabiller pour revêtir la même tenue.

La petite obtempéra, l'œil interrogateur.

– Grimpe là-dessus et allonge-toi, lui dit Mme Zei en lui montrant une table en inox.

Chi-Ni n'eut pas le temps de réaliser ce qui lui arrivait. Dès que son petit corps d'enfant fut sur la table, la gardienne lui sangla les mains et les pieds.

Chi-Ni essaya de se débattre, mais il était déjà trop tard.

– Tout va bien se passer, assura Mme Zei, tu peux être fière de toi, tu as été choisie !

Sans rien comprendre à la situation, Chi-Ni se mit à hurler de peur, en tremblant de tous ses membres. Choisie ? Choisie pour quoi ? Et pourquoi toutes ces sangles ?

Soudain, la porte s'ouvrit. Un homme en blouse blanche apparut, affublé d'un masque et d'un bonnet bleu.

Il s'approcha de la fillette, d'un air concentré.

Les reins, le foie, les yeux.

Il avait du pain sur la planche.

Épilogue

Trafic d'organes :
double énucléation d'un enfant en Chine

Un enfant chinois de six ans a été drogué et a subi l'ablation des deux globes oculaires pour un trafic d'organes présumé, a rapporté ce mardi la presse chinoise. (...) Le garçonnet désormais aveugle a été montré sur son lit d'hôpital, ses orbites oculaires recouvertes de bandages, dans un reportage de la télévision de la province septentrionale du Shanxi. Cet acte particulièrement odieux vient une nouvelle fois illustrer le problème de la carence d'organes en Chine, qui alimente tout un trafic criminel. (...) La police a retrouvé les deux globes oculaires, sur lesquels avait été prélevée la cornée, a précisé la télévision d'État CCTV...

AFP, 27 août 2013

REMERCIEMENTS

Vous êtes nombreux à m'avoir aidée et soutenue pour ce deuxième roman, qui serait bien différent sans vos contributions. Un merci tout spécial à mes premières relectrices et critiques : ma tante Annie (toujours au top), ma mère Valérie et mon amie Julie Amesz. Mes lecteurs « vitamine » : mon grand-père Serge et ma grand-mère Thérèse. Merci Gautier, Gilou, Nico, Olivier et Agnès, pour vos coups de pouce. Je tiens également à remercier toutes les personnes qui m'ont parlé de la Chine ou qui m'ont soutenue au cours de l'écriture : ma famille, mes amis, mon entourage, mais aussi tous les anges qui continuent de m'inspirer.

« SPÉCIAL SUSPENSE »

MATT ALEXANDER
Requiem pour les artistes

STEPHEN AMIDON
Sortie de route

RICHARD BACHMAN
La Peau sur les os
Chantier
Rage
Marche ou crève

CLIVE BARKER
Le Jeu de la damnation

INGRID BLACK
Sept jours pour mourir

GILES BLUNT
Le Témoin privilégié

GERALD A. BROWNE
19 Purchase Street
Stone 588
Adieu Sibérie

ROBERT BUCHARD
Parole d'homme
Meurtres à Missoula

JOHN CAMP
Trajectoire de fou

CAROLINE CARVER
Carrefour sanglant

JOHN CASE
Genesis

PATRICK CAUVIN
Le Sang des roses
Jardin fatal

MARCIA CLARK
Mauvaises fréquentations

JEAN-FRANÇOIS COATMEUR
La Nuit rouge
Yesterday
Narcose
La Danse des masques
Des feux sous la cendre
La Porte de l'enfer
Tous nos soleils sont morts
La Fille de Baal
Une écharde au cœur
L'Ouest barbare

CAROLINE B. COONEY
Une femme traquée

HUBERT CORBIN
Week-end sauvage
Nécropsie
Droit de traque

PHILIPPE COUSIN
Le Pacte Pretorius

DEBORAH CROMBIE
Le passé ne meurt jamais
Une affaire très personnelle
Chambre noire
Une eau froide comme la pierre
Les Larmes de diamant
La Loi du sang
Mort sur la Tamise

VINCENT CROUZET
Rouge intense

JAMES CRUMLEY
La Danse de l'ours

JACK CURTIS
Le Parlement des corbeaux

ROBERT DALEY
La nuit tombe sur Manhattan

GARY DEVON
Désirs inavouables
Nuit de noces

WILLIAM DICKINSON
Des diamants pour Mrs Clark
Mrs Clark et les enfants du diable
De l'autre côté de la nuit

MARJORIE DORNER
Plan fixe

CHRISTINE DREWS
Ennemie intime

FRÉDÉRIC H. FAJARDIE
Le Loup d'écume

FROMENTAL/LANDON
Le Système de l'homme-mort

STEPHEN GALLAGHER
Mort sur catalogue

LISA GARDNER
Disparue
Sauver sa peau
La Maison d'à côté
Derniers adieux
Les Morsures du passé
Preuves d'amour
Arrêtez-moi

CHRISTIAN GERNIGON
La Queue du Scorpion
Le Sommeil de l'ours
Berlinstrasse
Les Yeux du soupçon

JOSHUA GILDER
Le Deuxième Visage

JOHN GILSTRAP
Nathan

MICHELE GIUTTARI
Souviens-toi que tu dois mourir
La Loge des Innocents

JEAN-CHRISTOPHE GRANGÉ
Le Vol des cigognes
Les Rivières pourpres
Le Concile de pierre

SYLVIE GRANOTIER
Double Je
Le passé n'oublie jamais
Cette fille est dangereuse
Belle à tuer
Tuer n'est pas jouer
La Rigole du diable
La Place des morts
Personne n'en saura rien

AMY GUTMAN
Anniversaire fatal

JAMES W. HALL
En plein jour
Bleu Floride
Marée rouge
Court-circuit

JEAN-CLAUDE HÉBERLÉ
La Deuxième Vie de Ray Sullivan

CARL HIAASEN
Cousu main

JACK HIGGINS
Confessionnal

MARY HIGGINS CLARK
La Nuit du Renard
La Clinique du Docteur H.
Un cri dans la nuit
La Maison du guet
Le Démon du passé
Ne pleure pas, ma belle
Dors ma jolie
Le Fantôme de Lady Margaret
Recherche jeune femme aimant danser
Nous n'irons plus au bois
Un jour tu verras…
Souviens-toi
Ce que vivent les roses
La Maison du clair de lune
Ni vue ni connue
Tu m'appartiens
Et nous nous reverrons…
Avant de te dire adieu
Dans la rue où vit celle que j'aime
Toi que j'aimais tant
Le Billet gagnant
Une seconde chance
La nuit est mon royaume
Rien ne vaut la douceur du foyer
Deux petites filles en bleu
Cette chanson
que je n'oublierai jamais
Où es-tu maintenant ?
Je t'ai donné mon cœur
L'ombre de ton sourire
Quand reviendras-tu ?
Les Années perdues
Une chanson douce
Le Bleu de tes yeux
La Boîte à musique

CHUCK HOGAN
Face à face

KAY HOOPER
Ombres volées

PHILIPPE HUET
La Nuit des docks

GWEN HUNTER
La Malédiction des bayous

PETER JAMES
Vérité

TOM KAKONIS
Chicane au Michigan
Double Mise

CLAIRE KENDAL
Je sais où tu es

MICHAEL KIMBALL
Un cercueil pour les Caïmans

LAURIE R. KING
Un talent mortel

STEPHEN KING
Cujo
Charlie

JOSEPH KLEMPNER
Le Grand Chelem
Un hiver à Flat Lake
Mon nom est Jillian Gray
Préjudice irréparable

DEAN R. KOONTZ
Chasse à mort
Les Étrangers

AMANDA KYLE WILLIAMS
Celui que tu cherches

NOËLLE LORIOT
Le tueur est parmi nous
Le Domaine du Prince
L'Inculpé
Prière d'insérer
Meurtrière bourgeoisie

ANDREW LYONS
La Tentation des ténèbres

PATRICIA MACDONALD
Un étranger dans la maison
Petite Sœur
Sans retour
La Double Mort de Linda
Une femme sous surveillance
Expiation
Personnes disparues
Dernier refuge
Un coupable trop parfait
Origine suspecte
La Fille sans visage
J'ai épousé un inconnu
Rapt de nuit
Une mère sous influence
Une nuit, sur la mer
Le Poids des mensonges
La Sœur de l'ombre
Personne ne le croira

JULIETTE MANET
Le Disciple du Mal

PHILLIP M. MARGOLIN
La Rose noire
Les Heures noires
Le Dernier Homme innocent
Justice barbare
L'Avocat de Portland
Un lien très compromettant
Sleeping Beauty
Le Cadavre du lac

DAVID MARTIN
Un si beau mensonge

LISA MISCIONE
L'Ange de feu
La Peur de l'ombre

MIKAËL OLLIVIER
Trois souris aveugles
L'Inhumaine Nuit des nuits
Noces de glace
La Promesse du feu

ALAIN PARIS
Impact
Opération Gomorrhe

DAVID PASCOE
Fugitive

RICHARD NORTH PATTERSON
Projection privée

THOMAS PERRY
Une fille de rêve
Chien qui dort

STEPHEN PETERS
Central Park

JOHN PHILPIN/PATRICIA SIERRA
Plumes de sang
Tunnel de nuit

NICHOLAS PROFFITT
L'Exécuteur du Mékong

PETER ROBINSON
Qui sème la violence…
Saison sèche
Froid comme la tombe
Beau monstre
L'été qui ne s'achève jamais
Ne jouez pas avec le feu
Étrange affaire
Coup au cœur
L'Amie du diable
Toutes les couleurs des ténèbres
Bad Boy
Le Silence de Grace
Face à la nuit

DAVID ROSENFELT
Une affaire trop vite classée

FRANCIS RYCK
Le Nuage et la Foudre
Le Piège

RYCK EDO
Mauvais sort

LEONARD SANDERS
Dans la vallée des ombres

TOM SAVAGE
Le Meurtre de la Saint-Valentin

JOYCE ANNE SCHNEIDER
Baignade interdite

THIERRY SERFATY
Le Gène de la révolte

JENNY SILER
Argent facile

BROOKS STANWOOD
Jogging

VIVECA STEN
La Reine de la Baltique
Du sang sur la Baltique
Les Nuits de la Saint-Jean

WHITLEY STRIEBER
Billy

MAUD TABACHNIK
Le Cinquième Jour
Mauvais Frère
Douze heures pour mourir
J'ai regardé le diable en face
Le chien qui riait
Ne vous retournez pas
L'ordre et le chaos
Danser avec le diable

LAURA WILSON
Une mort absurde

THE ADAMS ROUND TABLE PRÉSENTE
Meurtres en cavale
Meurtres entre amis
Meurtres en famille

Composition Nord compo
Impression CPI Bussière en décembre 2015
Éditions Albin Michel
22, rue Huyghens, 75014 Paris
www.albin-michel.fr
ISBN : 978-2-226-32272-2
ISSN : 0290-3326
N° d'édition : 22013/01. – N° d'impression : 2018118
Dépôt légal : janvier 2016
Imprimé en France